Ida Gräfin von Hahn-Hahn

Gräfin Faustine

Ida Gräfin von Hahn-Hahn

Gräfin Faustine

Sammlung Zenodot
Bibliothek der Frauen

Ida Gräfin von Hahn-Hahn: Gräfin Faustine.
Der Text folgt dem Erstdruck: Berlin: Alexander Duncker, [1840, vordatiert auf] 1841.

Veröffentlicht in der Zenodot Verlagsgesellschaft mbH
Berlin, 2007
http://www.zenodot.de/
Gestaltung und Satz: Zenodot Verlagsgesellschaft mbH
Druck und Bindung: Books on Demand GmbH, Norderstedt

ISBN 978-3-86640-221-8

An Bystram

Seit fünf Monaten schmachte ich im zwiefachen Kerker der Blindheit und der Krankheit;
seit fünf Monaten hast Du, unermüdlich über mir wachend, mich gepflegt und getröstet,
mir Muth und Beruhigung zugesprochen, mir die Thräne aus dem Auge und den
Angstschweiß von der Stirn getrocknet, mir Dein Auge und Deine Hand geliehen. Daß
ich nicht ganz in Verzweiflung, Stumpfsinn, Apathie untergegangen bin, danke ich
Dir. Darum soll dies Buch – das freilich schon vor einem halben Jahr, bis auf die letzte
Durchsicht, fertig war, dessen Herausgabe aber doch einen aufglimmenden Funken
geistiger Regsamkeit mir verkündet: – darum soll es Deinen Namen wie ein Diadem
an der Stirn tragen. Vielleicht ist er das Beste an dem ganzen Buche.

Tharand, 14. August 1840.

In Norddeutschland giebt es wol wenig lieblichere Punkte, als die Brühlsche Terrasse
in Dresden zur Frühlingszeit. An einem Juniustage, frisch, grün und strahlend wie ein
Smaragd, saßen mehre junge Männer vor dem Baldinischen Pavillon, rauchten Cigarren,
nahmen Gefrornes oder Kaffee, musterten die Vorübergehenden und schwatzten eine
Musterkarte von Unsinn durcheinander, wozu, wie sich von selbst versteht, Pferde,
Theater und Frauen das Thema lieferten, – ein Thema, so lange und so oft gebrand-
schatzt, daß man schwer begreift, wie es noch immer zu neuen Variationen dienen
könne.

Es war drei Uhr Nachmittags, und daher keine elegante Frau auf der Terrasse zu
sehen. Sie speisten oder wollten speisen, und fürchteten die Hitze, die Sonne, obgleich
sich kühler, grüner, wehender Schatten über die Terrasse legte. Desto mehr mußte es
auffallen, daß eine augenscheinlich dem höhern Stande angehörende Frau allein auf
einer Bank saß, den Rücken dem Pavillon zugewendet, ungestört von dem Geschwätz
der Männer, und von dem unruhigen, jauchzenden Treiben der Kinder, welche mit
und ohne Wärterinnen die Terrasse gleich Ameisen überdeckten. Aber es fiel Keinem
auf. Sie mußte also eine Erscheinung sein, die Jedermann kannte, und für die sich
Niemand interessirte. Sie zeichnete emsig. Ein Bedienter stand wie eine Statue seitwärts
hinter ihr und hielt einen Sonnenschirm so, daß weder ein blendender Lichtstrahl
noch ein zitternder Schatten des Laubes Auge, Hand und Papier der Gebieterin treffen
konnte. Ihr großes, dunkles Auge flog mit einem schnellen, scharfen Aufschlag hin
und her zwischen Gegend und Zeichnung, und die feine Hand, ohne Scheu vor der

Luft, der größern Festigkeit wegen des Handschuhs entledigt, folgte gewandt dem Blick. Sie war ganz in ihre Arbeit vertieft.

»Lady Geraldin ist heute nach Teplitz abgefahren – das ist meine letzte Neuigkeit,« sagte ein junger Mann aus jener Gruppe.

»Ist gar keine Neuigkeit!« rief ein Anderer, »es war längst bestimmt.«

»Aber auf morgen.«

»Nein, auf heute.«

»Wahrhaftig, auf morgen!«

»Kurz und gut, sie ist fort,« sagte ein Dritter, »und bald wird Dresden ganz ausgestorben sein. Man muß sich auch davon machen. Es ist unerträglich, nichts als gemeine unbekannte Gesichter zu sehen.«

»Ich liebe gerade die fremden Gesichter, welche wie Wandervögel jetzt hindurch und in die Bäder ziehen.«

»Ah, fremde Gesichter! das ist etwas ganz Andres! die lieb' ich auch, und die kennt man sehr schnell. Ich meinte die unbekannten, die Nobody's, den Bodensatz der Gesellschaft, Namen, die man sich hundertmal wiederholen läßt, ohne im Stande zu sein, sie zu behalten, Gestalten, die Anspruch darauf machen, gegrüßt zu werden, weil man sie in irgend einem Salon coudoyirt hat – und von solchen wimmelt Dresden plötzlich, wie die Nacht von Gespenstern.«

»Ich bedaure jeden, der gezwungen ist den Sommer hier zuzubringen.«

»Und gestern Abend ist Graf Mengen angekommen. Der Gesandte hat nur darauf gewartet, um seine Badereise anzutreten – so bleibt er denn *solo soletti!* – Freilich .... reiten kann man überall, und auch allein ist's amüsant.«

»Beneidenswerth! – Und wo werden Sie hingehen?«

»Unbestimmt noch! hie und da aufs Land, zu Freunden – später nach Teplitz. Wenn Fürst Clary Wettrennen veranstalten wollte, wie sie doch jetzt in jedem civilisirten Lande Europa's, und ziemlich an jedem Ort, wo fashionable Gesellschaft sich zusammenfindet, Mode sind: so würde der dortige Aufenthalt bedeutend gewinnen. Das Terrain wäre vortrefflich; die Wiener würden auch ihre Pferde schicken. Unbegreiflich, daß der Clary den Vortheil nicht einsieht.«

»Kennen Sie den Graf Mengen?« – wurde gefragt.

»Ich sah ihn heut' früh bei Feldern, seinem Universitätsfreunde, aber nur einen Augenblick. Wir wurden einander genannt – dann ging er zu seinem Gesandten.«

»Wie sieht er aus? hat er gute Manieren?«

»Ich denke, er muß pompös zu Pferd sitzen.«

»Aber, lieber Centaur,« rief Einer, »im Zimmer, im Salon kann man nicht zu Pferd sitzen, und muß sich doch präsentiren.«

Der Centaur, der nichts Schmeichelhafteres kannte, als diesen Beinamen, sagte:

»Wer gut reitet, präsentirt sich überall und immer gut, hat Gewandtheit, Kraft, Haltung, Ungezwungenheit – kurz Alles, was ein Cavalier bedarf.«

»Auch Verstand?«

»Auch Verstand! die Pferde sind kluge, schlaue, pfiffige, tückische Bestien, haben viel Aehnlichkeit mit den Weibern, müssen gehorchen lernen, auf den Wink, der geringsten Bewegung. Es gehört viel Verstand dazu, ein tiefes Studium und ernste Beharrlichkeit, ihnen Gehorsam einzuimpfen.«

»Den Weibern oder den Pferden?«

»Beiden! Der Umgang mit diesen ist gleichsam die Elementarschule zum Verkehr mit jenen.«

»Ich gratulire Deiner künftigen Gemahlin, lieber Centaur.«

»Hat noch Zeit! bin noch nicht firm genug« – war die Antwort.

»Da kommt Feldern mit einem Fremden, wahrscheinlich Graf Mengen,« unterbrach Jemand das geistreiche Gespräch.

»Richtig, er ist's!« rief der Centaur; »ich parire, er ist ein excellenter Reiter.«

Neben dem kleinen, blonden, schmächtigen, zierlichen Feldern, der Hände hatte, weiß und zart wie ein Frauenzimmer, und ein Gesicht freundlich lächelnd, wie ein vierzehnjähriges Mädchen – ging ein großer Mann, schlank und dunkel wie eine Tanne, vom Scheitel bis zur Sohle ernst und fest wie aus Erz gegossen; aber die ganze Erscheinung wunderbar gelichtet, erleuchtet fast, durch seine Augen, welche Lichtstreifen auf den Gegenstand zu werfen schienen, den sie anblickten; übrigens aber vornehm gleichgültig, zerstreut selbstbewußt in Haltung und Manieren – kalt übersehend, spöttisch abwehrend in Wort und Ausdruck für die Masse, jedoch dem Einzelnen nie Huldigung oder Bewunderung versagend – so trat Graf Mario Mengen auf.

Feldern machte ihn mit all den jungen Männern bekannt. Einige empfingen ihn neugierig zudringlich, Andere thaten gleichgültig gegen den Fremden, den Uneingeweihten in das Geschwätz und die Interessen ihrer Coterie. Mario ließ Alle schwatzen, gähnen, rauchen, setzte sich mit untergeschlagenen Armen, und blickte in die lachende Gegend hinein.

»Da zeichnet ja die Gräfin Faustine« – sagte Feldern plötzlich.

»Aber wo ist denn Andlau?« fragte Einer; »fast eine Stunde ist sie allein hier, mich wundert, daß er das zugiebt.«

»Daß er es erträgt!« rief ein Andrer.

»Nun, nun!« sagte der immer begütigende Feldern, »sie sind ja nicht Beide aneinander geschmiedet.«

»Glauben Sie nicht, Feldern, daß sie heimlich verheirathet sind?«

»Nein, denn sie könnten es ja wol öffentlich sein, wenn sie wollten.«

»Wer kann's wissen! das Ding hat gewiß seinen Haken.«

»O ganz gewiß!« rief ein Dritter; »z.B. den eigenwilligen Kopf der Gräfin Faustine selbst, die, um etwas ganz Apartes zu haben, in der Stille bestimmt tausend Martern ertrüge – natürlich ohne sich selbst oder Andern zu gestehen, daß es in der That Martern sind.«

»Es ist wahr, sie hat ihre eigenen und eigenthümlichen Allüren« – sagte Feldern.

»Ein Beispiel hat mich ungeheuer frappirt, entgegnete der Andre. »Sie trug den ganzen Winter hindurch in allen großen Soireen ein und dasselbe Kleid.«

»In allen Soireen! sie geht doch wenig in die Welt.«

»Kann sein! aber wenn sie ging, so trug sie ihr himmelblaues Atlaskleid. Zuerst war das ganz gut; aber es ist doch wunderlich, öfter als drei- bis viermal genau im nämlichen Anzug zu erscheinen. In Italien herrscht die Sitte, daß Mütter ihre Kinder unter den besondern Schutz der Madonna stellen und sie deshalb in deren Farbe, hellblau, kleiden – ein Jahr, eine Reihe von Jahren, immer, je nachdem sie es gelobt haben. Ich fragte die Gräfin Faustine, ob sie ein solches Gelübde gethan. Nein, sagte sie, aber das der Bequemlichkeit. – Ist dies natürlich bei einer Frau – ich frage!«

Indem erhob sich Faustine, gab dem Bedienten das Zeichenbuch und nahm den Sonnenschirm. Dann stand sie ungefähr eine Minute lang an der Balustrade der Terrasse. Sie trug ein ganz schlichtes weißes Percale-Kleid, den Hals umschließend, auf die Füße herabfallend. Kein buntes Band, keine Schleife, kein Shawl zerschnitt die Gestalt und störte den harmonischen Eindruck ihrer statuenmäßigen Proportionen. Ein tiefer weißer Taffthut verbarg ihr Haar, fast ihr Gesicht. Sie wandte sich langsam. Es sah aus, als bildeten die grünen Bäume ein Laubdach für Andere, einen Tempel für sie. Sie ging mit dem Anstand einer Königin an den Männern vorüber, die sie freundlich grüßte, als sie Bekannte unter ihnen wahrnahm.

»Wer war die Dame?« fragte Graf Mengen lebhaft.

»Eben die Gräfin Faustine, von der wir sprachen.«

»Eine Fremde?«

»Ja; doch seit einigen Jahren hier etablirt.«

»Verheirathet?«

»Gewesen. – Vielleicht. – Man weiß nicht. – Wittwe. – Unverheirathet.« – Erscholl es von allen Seiten.

Mengen warf den Kopf herum: »Die Herrn sind guter Laune.«

»Auf Ehre! reine Wahrheit was wir sagen!«

»Das Wahrste und Einfachste,« sprach Feldern, »ist indessen doch, wenn man sagt, daß Gräfin Faustine Obernau Wittwe ist.«

»Kennst Du sie?« fragte Mengen.

»Recht gut.«

»Ist sie liebenswürdig? kann ich sie auch kennen lernen? – Nimm nicht übel, daß ich die insipideste aller Conversationen, eine fragende, mache! Dem Fremden muß man das verzeihen.«

»Ueber diese Frau,« nahm ein Anderer das Wort, »könnte man noch ein Paar hundert Fragen thun, wenn es der Mühe lohnte, und Jeder würde eine andere Antwort geben, weil ein Feld von allerlei Möglichkeiten bei solchem Verhältniß aufgethan ist. Aber eben weil ein solches Verhältniß statt findet, kann man ja alle Fragen von Hause aus sparen.«

»Wann werden Sie dem König vorgestellt, Graf Mengen?« fragte Einer.

»Ich denke, Sonntag, wenn er von Pillnitz herein kommt.«

»Ist der Wiener Hof von großer Ressource für die Gesellschaft?«

»Von gar keiner! mit einer Cour hat die Gesellschaft, mit ein Paar Kammerbällen hat der Hof seine Pflicht abgethan.«

»War das diesjährige Pferderennen glänzend, und wessen Pferd siegte?« fragte der Centaur.

»Ich meine, es war ein Lichtensteinsches.«

»Das wissen Sie nicht einmal gewiß! ich hoffe, Graf Mengen, daß Sie ein Liebhaber der Pferde sind.«

»O ja,« sagte Mengen gelangweilt, »nur nicht der Gespräche über sie. Sobald ich meine Pferde hier habe, will ich die Gegend weidlich durchstreifen.«

»Graf Mengen!« rief der Centaur mit überquellendem Herzen; »gleich vom ersten Augenblick an hab' ich das in Ihnen vorausgesetzt. Ich hab' eine horrende Freude, daß mich mein erster Blick in diesem Punkte nie trügt.«

Er packte seine Hand und schüttelte sie. Die Uebrigen lachten und neckten den Centauren mit seinem untrüglichen Urtheil. Kein Demosthenes wäre im Stande gewesen, dem Gespräch über Pferde eine andere Wendung zu geben. Mengen stand auf.

»Die Speisestunde meines Ministers« – sprach er grüßend, und ging.

»Nun, Feldern,« riefen Alle durcheinander, »heraus damit! erzählt, erzählt! von seinen Verhältnissen, seinen Umständen, seiner Carriere!

»Mein Gott,« sagte Feldern, »davon giebt es nichts Besonderes zu erzählen! Er macht die diplomatische Carriere wie jeder Andere und wie er auch seine Studien machte – auf ganz gewöhnlichen Wegen, ohne besondere Protection. Und ob er Vermögen hat, weiß ich nicht! In Göttingen hatte er bald vollauf Geld und bald nichts; aber immer war er, als befehle er über Goldminen und verachte sie nur. Einmal kam ein Prinz dahin und brachte die Mode der kostbaren und eleganten Stöcke mit. Wir schafften uns Alle dergleichen an. Mengens Fonds mochten niedrig stehen, er hatte keinen. Da sagte er einmal bei Tisch: Bah! wer mag denn den Tambour-Major spielen und einen Stock mit blankem Knopf tragen! – Es kam uns vor, als habe er uns zu Tambour-Majors dadurch ernannt. – Die prächtigen Stöcke verschwanden.«

»Solch ein stupendes Uebergewicht kann auf der Universität jeder Raufbold haben.«

»Das war er nicht. Er schlug sich, wenn er mußte und dann tüchtig; aber nie suchte er Händel.«

»Wir wollen doch sehen, ob der Legationssecretär die Suprematie des Studenten hier wird geltend machen wollen und können.«

»Er scheint Lust dazu zu haben.«

»Ich glaube nicht,« sagte Feldern, »er hat Lust aus der untergeordneten in eine unabhängige Stellung zu kommen, freie Hand zu haben. Seinen alten Minister wird er wol etwas tyrannisiren, allein die Fanfaronaden der Burschenzeit liegen zu weit ab, um sie in die gegenwärtigen Zustände zu verflechten.«

»Wenn er sich poussiren will, muß er eine Ministertochter heirathen – anders geht's heutzutag nicht.«

»Oder n i c h t heirathen, das hilft bisweilen auch.«

»Wie das? wie so? – Das ist bequemer noch! – Wem ist das passirt?«

»Einem meiner Vettern! er war verlobt mit der Tochter eines Allmächtigen, und die Vermählung schon festgesetzt. Da kommt ein immens reicher, dummer Russe; die Braut faßt die heftigste Leidenschaft für ihn, die er, so gut er kann, erwiedert. Erklärungen, tragische Scenen zwischen Braut und Bräutigam! Letzterer tritt natürlich zurück, denn er ist der Aermere, folglich der Ungeliebte. Aber er hat eminenten Kopf, Schlauheit, Talent, Scharfsinn; der Ex-Schwiegerpapa will all diese guten Gaben nicht g e g e n sich im Felde wissen, so wird mein Vetter bei siebenundzwanzig Jahren Gesandter in Stockholm und einer eiteln Närrin los und ledig.«

»Verdammtes Glück! – Und das letzte größer als das erste!«

»Rücksichten regieren die Welt« – sagte Feldern bedachtsam.

»Aber sie geniren teufelmäßig!« – rief ein Anderer.

»Ich habe das nie finden können,« entgegnete Feldern; »Rücksichten sind die Geleise, in welchen der Wagen der Gesellschaft ruhig und sicher fährt, ohne mit andern zusammen zu stoßen, zu zertrümmern und zertrümmert zu werden.«

»Aber es giebt breitspurige Wagen.«

»Nun, die halten halbe Spur, und sind nach einer Seite wenigstens geschützt.«

Die Cigarren waren geraucht, die Tassen und Becher geleert, die Gespräche erschöpft. Jeder schlenderte seiner Wege; die Meisten zur Sieste.

In Faustinens Wohnung herrschte tiefe Stille. Sie lag an der Promenade; da gab es kein Wagengerassel, kein Pferdegestampf, kein Marktweibergeschrei, nichts, was an den Tumult und das Bedürfniß erinnert. Die Fenster des Salons – lange Glasthüren, welche auf den Balcon führten – waren geöffnet und die Jalousien geschlossen, damit nur das scharfe Licht, nicht die Luft verbannt sei. Auf einer Ottomane saß der Baron Andlau und blätterte ziemlich unaufmerksam in einem Buch – denn er wartete. Nichts auf der Welt ist störender als die Erwartung, sogar von den geringfügigsten Dingen. Von dem Moment an, wo man wartet, ist man trotz aller Fähigkeiten, Kräfte und Sinne nichts als ein Schütze, der von der ganzen Erde nichts sieht und weiß außer dem schwarzen Punkt in der Scheibe. Andlau wartete auf Faustine. Warum kommt sie nicht? sprach er zu sich selbst; sollte ihr irgend etwas zugestoßen sein? Warum ging ich nicht mit ihr – mein Kopfweh wäre nicht ärger worden! Warum ließ ich sie überhaupt gehen in dieser heißen Tageszeit! – Er nahm den Hut und wollte ihr entgegen; da hörte er ihren Schritt auf der Treppe, und er sprang auf und öffnete ihr die Thür. Es wurde ganz hell in dem verfinsterten Gemach, als sie eintrat. Faustine warf ihren Hut auf den einen Tisch, ihr Zeichenbuch auf den andern, sich selbst auf ein Sopha und sagte:

»Lieber Anastas, das wird ein hübsches Bild werden! aber müde bin ich – todtmüde!«

»Warum strengst Du Dich so an? muß das Bild denn nothwendig eine so heiße Sonnenschein-Beleuchtung haben?«

»Ganz nothwendig!« – sagte sie und stand auf; »ich bin auch schon ausgeruht, und heut Abend mußt Du mit mir nach der Neustadt hinüber! ich will mir recht einprägen, wie der Fluß und die Kirchen im Mondlicht aussehen. Das wird ein Gegenstück dazu.«

»Hier ist ein Brief an Dich,« sagte Andlau und nahm ihn vom Schreibtisch; »nach dem Wappen zu urtheilen, von Deinem Schwager.«

»Richtig!« rief Faustine und las:

»Geehrteste Frau Schwägerin! Ihrem erfreulichen Schreiben vom 24. huj. zu Folge, entnehmen wir aus demselben Ihre gütige Absicht, uns im Lauf des Monat Junius mit Ihrem schmeichelhaften Besuch zu erfreuen. Da mein jüngstgebornes Söhnchen am 10. desselben Monats die Taufe empfangen soll, so vereinigen meine liebe Frau und ich unsre Bitte und Wunsch dahin, daß es Ihnen gefallen möge, eine Pathenstelle bei selbigem Knäbchen zu übernehmen, und es am 10. Junius, Mittags um 2 Uhr, in meiner Kirche zu Oberwalldorf über die Taufe zu halten. Ihre Mitgevattern werden sein: die Frau Baronin von Feldkirch, geborne Gräfin Hagen auf Mühlhof, und mein Bruder Clemens von Walldorf, welcher sich, nachdem er seine Studien zu Würzburg und Jena seit Ostern vollendet hat, bei mir aufhält, um die Landwirthschaft praktisch zu studiren, was ein ganz ander und viel wichtiger Ding ist, als es theoretisch zu thun.

Meine Kinder befinden sich sämmtlich wohl und munter, was unter allen Umständen mit Dankbarkeit anzuerkennen ist, aber dann ganz besonders, wenn man sieben hat und auf dem Lande, fern von ärztlicher Hülfe, wohnt. Auch meine liebe Frau ist, Gottlob! so wohl wie man es nur wünschen kann, denn die Wochenbetten sind ihr bereits zur Gewohnheit worden, wie Tag und Nacht. Sie trägt mir die herzlichsten Grüße für die liebe Schwester auf. Ich aber, verehrte Frau Schwägerin, unterzeichne mich als Ihren treuergebenen Schwager und Bruder und ganz gehorsamen Diener,

Maximilian von Walldorf.«

»Nun gut!« sagte Faustine, »auf ein Paar Tage früher oder später kommt es Dir wol nicht an. Laß uns übermorgen reisen! Bis Coburg zusammen, dann Du nach Kissingen, ich nach Oberwalldorf, und in der ersten Hälfte des Julius hole ich dich ab, und fort nach Belgien.«

Andlau machte keine Einwendung. Er war mit Allem zufrieden, was ihr genehm war, und da sie meistentheils auf nichts und Niemand in der Welt Rücksicht nahm, als auf ihn allein, so muß man ihm diese Zufriedenheit als ein außerordentliches Verdienst anrechnen; denn die Masse der Menschen ist am verdrießlichsten, wenn man die größte Rücksicht auf sie nimmt. Faustine sagte:

»Es ist nur eine Trennung von vier bis fünf Wochen, die uns bevorsteht; aber dennoch, Anastas, bin ich traurig, als wären es eben so viel Jahre. Trennung ist Trennung! auf die Länge der Zeit, auf die Weite des Raums kommt es gar nicht dabei an. In drei Tagen, wo ich dich nicht sehe, nicht höre, nichts von Dir weiß, kannst Du und kann ich eben so gut zu Grunde gehen, als wenn wir auf immer getrennt wären. Ist denn das Wiedersehenwollen eine Bürgschaft des Wiedersehens?«

»Gewiß, Faustine! meinst Du, daß etwas Anderes uns trennen könne, als unser Wille?«

»O ja!« sagte sie melancholisch.

»Ja?« rief er heftig; »ja? nun, wenn Du das glaubst, so sind wir schon getrennt.«

»Der Tod,« sprach sie, »nimmt auf keinen menschlichen Willen Rücksicht; er hat seinen eigenen Gang.«

»O der Tod, Faustine! .... Du wirst nicht sterben, und wenn ich sterbe ....« –

»So sinke ich Dir nach! Du hast Recht, Anastas, das ist kein Tod und keine Trennung.«

Sie hatte sich zu ihm auf die Ottomane gesetzt, und legte nun ihr weiches, frisches, blühendes Haupt auf seine Schulter und ihre gefalteten Hände in seine Linke, während er sie mit dem rechten Arm umschlang. Er berührte leise mit den Lippen ihre Stirn und sah auf sie herab mit einem unbeschreiblichen Ausdruck von Zärtlichkeit, Andacht und Freude. Er hatte ein Gesicht mit scharfgezeichneten Zügen, mit Spuren von starker Leidenschaft, von ernsten Gedanken; aber wenn der Blick seines großen blauen Auges auf Faustine fiel, so verklärte sich dies strenge Auge und die schneeweiße Stirn, welche es überwölbte, auf eine Weise, die Keiner ahnte, der ihn nicht mit ihr gesehen; denn seine breiten, dunkeln Augenbrauen und sein glänzend schwarzes, feines Haar, das sich schlicht um seine Stirn legte, verbunden mit einem durchdringenden, klaren Blick, gaben ihm einen Ausdruck von ungewöhnlicher Strenge. Nur Faustine hatte ihn aus innerer Freudigkeit lächeln gesehen; denn für sie war er Alles, was sie bedurfte, und in jedem Augenblick, wo sie es bedurfte: Vater oder Freund, Lehrer oder Geliebter, lächelnd oder warnend, ermahnend oder scherzend, sorgend oder liebend, und wie an ihre sichtbare Vorsehung lehnte sie sich an ihn. Ihre fliegende Phantasie ward in Schranken gehalten durch seine Klarheit, ihre reizbare Beweglichkeit durch seine Ruhe. Bisweilen fühlte sie sich beängstigt durch das Uebergewicht, welches besonnene Charactere immer über phantastische haben, und sagte scherzhaft:

»Wie jene Sclavinnen des Orients als Zeichen ihrer Knechtschaft nur eine kleine goldene Fessel in der Hand tragen, die wie ein Schmuck aussieht, so ist auch Deine Liebe wol ein Schmuck, aber doch eine Fessel.«

»Die du nothwendig brauchst, um nicht in alle vier Winde zu verflattern« – entgegnete Andlau.

»Und dann verdien' ich es auch nicht besser,« sagte sie, »habe eine ächte Sclavennatur, und liebe da am meisten, wo ich am meisten tyrannisirt werde; und zwar so sehr, daß ich die Menschen gar nicht begreife, welche extraordinär genug lieben, um sich gar nicht um das Liebste zu kümmern, ihm sein Glück gönnen, ohne es theilen, seine Freude ohne sie genießen, seine Wege ohne sie verfolgen zu wollen. Aus lauter Liebe lassen sie das Liebste laufen; was bleibt da der Gleichgültigkeit übrig? Ich halt' es mit der exclusiven Liebe!«

Da ihr Geist immer Nahrung und Anregung bei Andlau fand, und seine Seele für sie der Inbegriff aller Vollkommenheit war, so drückte seine Ueberlegenheit sie auch nur in den seltenen Fällen, wo ihr Wille sich durch den seinen beeinträchtigt glaubte. Aber wenn sie sich die Mühe nahm zu überlegen, so sagte sie immer:

»Du hast wirklich Recht.«

Indessen kam es selten bei ihr zur Ueberlegung. Sie that wie und was Andlau wünschte, sobald seine Meinung die ihre überwog. Außerdem handelte sie nach Laune, aus Leidenschaft, aus Eingebung, was immer eine mißliche Sache ist, und wenn die Natur auch die allerreinste. Faustine hatte eine solche; Grundsätze jedoch hatte sie nicht.

»Wenn ich die Grundsätze nur begreifen könnte,« sagte sie oft, »so wollte ich sie mir ja sehr gern zu eigen machen. Allein Jeder hat seine ganz besondern und ganz possirlichen. Der Eine spricht: ich stehe alle Morgen um sechs Uhr auf, das ist mein Grundsatz. Der Andere: ich erziehe meine Kinder durch Prügel, das ist mein Grundsatz. Der Dritte: ich lasse die Leute schwatzen, was sie mögen, bekümmere mich um nichts und thue, was ich will – das ist mein Grundsatz. Mit Letzterem bin ich gewiß ganz einverstanden; nur sehe ich nicht ein, weshalb eine so natürliche Denk- und Handlungsweise mit dem pomphaften Wort Grundsatz belegt werden solle.«

»Die Grundsätze sollen uns ja keineswegs eine unnatürliche, sondern eine edle, unserm Wesen entsprechende Richtung geben,« sagte Andlau, »und uns helfen diese Richtung zu verfolgen, soviel es in menschlicher Kraft steht, wenn es uns auch schwer wird – eben weil wir sie als die erforderliche und nothwendige zu unserer Entwickelung erkannt haben.«

»Sie machen starr und unbeugsam!« rief Faustine.

»Wo sie fehlen, giebt's Leichtsinn und Flatterhaftigkeit« – sagte Andlau lächelnd.

»Wenn ich mir nun auch vorgenommen habe, auf der Chaussee zu gehen, warum soll ich nicht aus dem dicken Staube oder von den harten Steinen auf die Wiese nebenbei, und zu meinem Ziel spazieren? ich komme ja angenehmer hin.«

»Aber Du kannst Dir im Thau nasse Füße und den Schnupfen holen; oder ein breiter Graben sperrt Deinen Pfad und Du mußt umkehren; oder ein Schmetterling lockt Dich seitab; oder Du kommst eine Minute später an, und diese eine ist zu spät.«

»Ich hab' auch einen Grundsatz,« sprach Faustine ernsthaft.

»Und der wäre?«

»Nie mit Dir zu disputiren, weil ich immer den Kürzern ziehe, was gewiß sehr demüthigend ist.«

Doch auch dieser war nur ein momentaner Einfall. In ihrem Charakter waren viele Anomalien und manche Schatten; doch der vorherrschende Zug ihres ganzen Wesens war eine Liebenswürdigkeit, die jene ausglich und diese überstrahlte. Worin ihre Liebenswürdigkeit bestand, konnte man nicht definiren – vielleicht blos darin, daß sie natürlich und ohne Ansprüche war, und von Niemand weder Lob, noch Beifall, noch Huldigung verlangte. Die tiefe Sorglosigkeit über den Erfolg ihrer Erscheinung oder ihres Gesprächs gab ihr eine solche Frische, daß um alltägliche Handlungen, um gewöhnliche Worte ein reizender Schmelz gehaucht war, wie er auf frischgepflückten Früchten liegt. Es ist ein Hauch, ein Duft, eben Nichts! – doch wenn die Früchte zwölf Stunden im Zimmer gestanden, so ist dies liebliche Nichts verschwunden, und dann, wenn man es vermißt, wird es erst erkannt. Trotz ernster Lebenserfahrung, die oft muthlos – trotz herben Kummers, der oft trübe macht – trotz der Verhältnisse, die sie beengten – war Faustine an Körper und Geist, an Sinn und Seele jung und frisch, als hätte sie nichts erfahren, nichts gelitten; und fremd in den Verhältnissen des Lebens, als bewohne sie den Regenbogen etwa, oder den Orion, und komme nur zufällig bisweilen auf die Erde herab. Sie war ganz und ungetheilt Eins, nicht zerstückelt, nicht zersplittert; das gab ihr Klarheit. Sie blickte weder rechts noch links auf Wege, wo Andere gingen; sie wandelte unbekümmert auf dem ihren: das gab ihr Sicherheit. Sie griff nicht hier und dort nach Haltung umher, nach Liebe und Freundschaft suchend:

sie war begnügt im tiefsten Wesen; doch wenn man ihr entgegentrat und ihr die Hand bot, oder wenn sie erkannte, daß sie die Hand bieten durfte, so that sie es gern, nahm und gab dem fremden wie dem eignen Bedürfniß und Wunsch. Aber wer nicht mit ihr Schritt hielt, wer ihr kein Stab war, woran sie sich heraufranken konnte ans Licht, kein Fels, woran sie empor klettern konnte zur Luft – den ließ sie los, gleichgültig, unbefangen, wie man eine welke Blume nicht wegwirft, aber fallen läßt. Menschen, Zustände, Welterscheinungen, eigene Fehltritte – Alles war ihr Mittel, um sich daran fort- und auszubilden. Sie sagte oft:

»Helden, Künstler, große Herrscher, was thun sie Anderes, als daß sie in ihrem Wirkungskreise, der freilich nicht kleiner als die Welt ist, sich selbst zur Vollkommenheit durchzuarbeiten suchen. Das ungemessene Streben, Dursten und Ringen nach Vollendung kennt Jeder, aber nicht Jeder kann zu seiner Bildung in die Zeit hineingreifen und sich einen Thron in ihr errichten, oder in den Stein hauen und sich ein Monument daraus bauen. Es ist eine große Erleichterung für den Menschen, ein Genie in irgend einer Kunst, d.h. in irgend einem Zweige des geistigen Lebens zu sein: er hat, woran er sich üben kann. In seine Schöpfungen legt er den Ueberfluß des Daseins nieder und taucht frischgewaschen aus diesem Bade hervor, wie die großen Bergströme erst dann klares Wasser bekommen, wenn sie durch einen See geflossen sind. Wir Nicht-Genies müssen uns helfen, wie wir eben können, und ich bilde mir ein: Alles kann uns dienen, ohne daß wir deshalb geistige Blutsauger werden müßten.«

Aber unter dienen verstand sie eine Behülflichkeit zur Erlangung kleiner Absichten und Zwecke. Niemand besaß weniger Geschick als sie, die Menschen zu gewinnen und zu lenken für ihre Plane; schon deshalb, weil sie schwerlich je einen andern Plan als den einer Reise oder einer Spazierfahrt gehabt. Die Menschen dienten ihr wie anatomische Präparate oder wie seltene Pflanzen – als Studien, nicht einer Wissenschaft oder einer Kunst, sondern des Lebens, das sie nach allen Richtungen, in allen Aeußerungen verfolgen und verstehen wollte. »Ein Vogel singt, der andere fängt Mücken, jedes Ding hat seine Art,« sagte sie, und jede Art war ihr interessant: mitunter freilich nur auf zwei Minuten. »Ist das meine Schuld?« fragte sie unbefangen, wenn Andlau oder andere Freunde ihr vorwarfen, daß sie leicht der Dinge überdrüssig werde, und heute gähne, wo sie gestern Beifall geklatscht: – »ich habe wirklich noch nie Ueberdruß an meinem Gott und meiner Liebe empfunden.«

Fast alle Frauen ohne Ausnahme hatten Faustine lieb, denn in keinem Stück rivalisirte sie mit ihnen. Sie gönnte ihnen ihre Triumphe, ihre schönen Kleider, ihre Anbeter, ihre Verdienste, und begnügte sich – das Alles nicht zu haben. Zwar stellte sie die schönsten und glänzendsten Frauen in Schatten, doch so, daß beide Theile keine Ahnung davon hatten. Die schönen sagten: »Sie hat sehr viel Verstand, aber schön ist sie durchaus nicht.« Die klugen: »Verstand hat sie nicht viel, aber sie ist allerliebst.« Keine verglich sich mit ihr, so wie prächtige Gartenblumen sich vielleicht nicht mit einer Alpenpflanze vergleichen möchten. Ein Wilder sagte einst, als er das Gemälde eines Engels sah. »Er ist meines Geschlechts.« Civilisirte Leute haben nicht mehr diesen sublimen Instinct.

Männer interessirten sich im Allgemeinen weniger für Faustine, sie war zu unduldsam gegen Fadaisen, und, Gott sei es geklagt! sie machen den Lichtpunkt in der Unterhaltung der Männer aus. Damit hatte sie gar keine Nachsicht, d.h. die Langeweile malte sich unwillkürlich, aber so deutlich auf ihr durchsichtiges Antlitz, daß mehr als Verwegenheit dazu gehört hätte, eine Unterhaltung fortzusetzen, die solche Wirkung hervorbrachte. Folglich hatte die Masse der Männer ihr nichts zu sagen, und nichts drückt einen Mann mehr, als sich einer Frau gegenüber unwichtig zu fühlen. Daher kommt es, daß das eigene Geschlecht ziemlich willig einer eminenten Frau geistige Bedeutung und Uebergewicht verzeiht; das fremde hingegen nur dann, wenn sie von den Grazien in höchst eigener Person zur Gefährtin geweiht ist – was natürlich nie der Fall. – Aeltern Leuten gefiel sie besser, als jungen; vermuthlich deshalb, weil sie freundlicher gegen jene war, theils aus Achtung für das Alter, theils weil sie behauptete, man liefe bei ihnen keine Gefahr, nicht – sich zu verlieben, sondern – in diesen Verdacht zu kommen: was sehr unbequem und störend sei. – Ohne Vermögen, ohne Ansehen, ohne Verbindungen, ohne Intriguen, nur durch die Macht ihrer Persönlichkeit hatte sie es dahin gebracht, daß die Welt ihr Verhältniß zum Baron Andlau stillschweigend als ein legales anerkannte und, um sich gleichsam für diese Nachsicht zu entschuldigen, eine heimliche Ehe voraussetzte.

Faustine und ihre Schwester Adele, als Kinder schon verwaist und ganz arm, wurden von einer Schwester ihres verstorbenen Vaters erzogen, d.h. diese bezahlte die Pension beider Mädchen für ihre Erziehung in einer großen Kostschule, und bekümmerte sich nicht eher um sie, als bis sie erwachsen waren. Da nahm sie sie in ihr Haus, und hatte keinen sehnlicheren Wunsch, als sie so bald wie möglich zu verheirathen – nicht aus Interesse für die hülflose Lage der Mädchen, sondern weil sie selbst noch sehr gern Huldigungen entgegennahm, und ihrer vierzigjährigen Schönheit nicht mehr die Kraft zutraute, siegreich neben siebzehnjähriger zu bestehen. Zwei junge Männer, die öfters ihr Haus besuchten, schienen ihr so wünschenswerthe Neffen, daß sie beschloß: sie müßten es werden. Und sie wurden es. Graf Obernau, ein wilder, brutaler Militär, dem nichts über sein Pferd, seinen Schoppen Wein und seine Pfeife ging, war der eine; Maximilian von Walldorf, Gutsbesitzer, derb und vierschrötig, ohne Manieren, aber brav und ehrlich, war der andere; dieser von geringem, jener von bedeutendem Vermögen, was aber ziemlich auf eins herauskam, da Walldorf sehr guter Wirth »ein äußerst solider Mensch« war, – wie die Tante zu Adele sagte, und Obernau ein Tollkopf und

Verschwender »den Du zum schönen und nützlichen Gebrauch seines Vermögens anleiten wirst« – wie sie zu Faustine sprach.

Adele, emsig und thätig, von Kindheit auf mit hausmütterlichen Neigungen, froh der Kostschule entronnen zu sein, dachte sich keine lieblichere Zukunft, als ein eigenes Haus zu haben, und darin vom Morgen bis in die Nacht wirthschaftliche Geschäfte zu treiben. Ein Mann mußte sie freilich in dies Eldorado führen, denn auf dem Schloß der Tante hatte sie nicht so freie Hand, wie sie es wünschte, weil die Tante der Meinung war, Wirthschaftlichkeit und Fleiß sei ein Netz wie jedes andere, um den Mann darin zu fangen, welcher diese Eigenschaften suche; übrigens aber brauche man sie nicht gründlich zu treiben, nicht die Hände am Feuer zu verderben, und nicht die Haut in der Sonnenhitze auf dem Bleichplatz, oder an der Ofenglut beim Plätten. Adele aber kannte kein größeres Vergnügen, als die schöne, reinliche, weiße, feine Wäsche durch das Plätten zu ihrer Vollkommenheit zu bringen; und kein Blick auf ein Gemälde von Rafael oder auf eine italienische Gegend hätte sie so innerlich befriedigt, als der in einen großen, weitgeöffneten Schrank voll glatter, silberweißer Leinwand.

»Das Mädchen ist wirklich gar nicht im Salon zu brauchen,« sagte die Tante einst verdrießlich zu Walldorf, als Adele Abends dunkelroth im Gesicht und ganz schläfrig erschien. »Wenn ich sie wollte gewähren lassen, könnte ich zwei Mägde abschaffen und sie ersetzte deren Stelle. Heute früh um vier Uhr ist sie aufgestanden und hat Käse gemacht .... – essen Sie gern Käse?«

»Wenn er gut ist – mein Leibessen! aber die Butter muß auch gut sein.«

»O die Butter! das versteht Adele gründlich! – Dann hat sie beim Buttern die Oberaufsicht geführt .... –«

»Bei mir wird früher gebuttert, als Käse gemacht.«

»Das ist ja einerlei, wenn es nur tüchtig gemacht wird.«

»Nicht so ganz, freilich! doch Fräulein Adele ist noch so jung, kann lernen.«

»Ach, mein guter Walldorf, Sie müssen es nicht so genau mit mir nehmen; ich erzähle nur, was Adele heut Alles gethan hat: die Reihenfolge weiß ich nicht; aber gelungen ist Alles – das weiß ich.«

»Nun, was hat sie noch weiter gethan?«

»Sie hat Kirschen mit Zucker eingekocht; sie hat sich ein Kleid zugeschnitten, und zuletzt hat sie geplättet – darum ist sie so erhitzt.«

»Ein capitales Mädchen, das! wenn ich mir erlauben darf, es zu sagen.«

»Und so anspruchlos, so einfach, so genügsam, so freundlich – das wäre eine Frau für jeden verständigen Mann.«

»Gnädige Frau – auf Ehre, das hab' ich auch eben gedacht.« Und mit großen Schritten ging er durch den Saal zu Adele, die im letzten Fenster bei ihrer Arbeit saß, während Faustine und einige andere Personen um den Flügel versammelt waren.

»Was nähen Sie so emsig, gnädiges Fräulein?« fragte er, um die Unterhaltung anzuknüpfen, was ihm stets sehr schwierig vorkam.

»Taschentücher,« – entgegnete sie ohne aufzusehen. Daran ließ sich nicht fortweben. Er nahm einen neuen Anlauf:

»Essen Sie gern Kirschen, gnädiges Fräulein?«

»Außerordentlich gern« – antwortete sie und sah ihn freundlich an.

»In Oberwalldorf sind herrliche Kirschen, alle mögliche Arten.«

»Das hat mir meine Tante erzählt.«

»Hat sie das? das freut mich. Sagen Sie – möchten Sie die Kirschen essen?«

»Hier sind auch recht gute Sorten« – sprach sie ausweichend nach Mädchenart.

Er dachte im Stillen: Blitz und Donner! das Mädchen hat gute Qualitäten, ist aber etwas schwer von Begriff. Mit den verblümten Redensarten kommt man nicht vom Fleck bei ihr. Ich muß nur von der Leber weg reden.

»Gnädiges Fräulein, wenn Sie die Kirschen von Oberwalldorf essen oder einkochen oder was weiß ich! wollten, so würde es mir eine große Freude sein, vorausgesetzt, daß Sie mir gut genug sein könnten, um mich zu heirathen.«

Adele bückte sich tief auf ihre Arbeit und sagte: »Wenn die Tante erlaubt.«

»O, die erlaubt es sehr gern!« rief Walldorf herzensfroh und überlaut. »Nicht wahr, gnädige Frau, Sie haben nichts dawider, daß Fräulein Adele mich heirathet?«

Alles gerieth in tumultuarische Bewegung. Adele lief verlegen aus dem Saal, Faustine lief ihrer Schwester nach, Walldorf machte Miene, ihnen zu folgen; doch ein befehlender Blick der Tante hielt ihn fest. Man machte einen Spaziergang, man verständigte sich, man machte Alles sicher und fest, und beim Souper stellte die Tante Walldorf und Adele als Verlobte ihren Gästen vor, und lud sie in sechs Wochen zur Vermählung ein.

»Bist Du denn recht glücklich, Adelchen?« fragte Faustine zärtlich, als sie ihr am Hochzeittage den Myrthenkranz aufgesetzt.

»O, so sehr!« rief Adele und faltete die Hände.

»Und worüber wol am meisten?«

»Eigentlich über Alles – so im Ganzen – daß ich ein Haus und eine Wirthschaft bekomme ....« –

»Aber das wird Dir viel Plage machen.«

»Doch viel mehr Vergnügen noch! – daß ich die Tante verlasse ...« –

»Das ist freilich ein großes Glück.«

»Daß ich Frau werde und in Gesellschaften s i t z e, wenn die Mädchen haufenweise zusammen s t e h e n.«

»Es mag sein Angenehmes haben.«

»Am meisten aber doch, daß Walldorf mein Mann wird. Keinem Andern würd'
ich so gut sein können! Er spricht zwar etwas laut und macht nicht viel Complimente –
doch Niemand kann's ehrlicher meinen, als er, und warum soll er das nicht so laut
und offen wie möglich sagen, liebe Ini? –«

»Nun, sobald es Dir nicht unbehaglich ist, daß die Wände dröhnen, wenn er lacht,
und daß es einen rothen Fleck giebt, wo er küßt ....« –

»Einen rothen Fleck?!« rief Adele erschrocken und sah in den Spiegel. Als sie aber
ihr hübsches blühendes Gesichtchen makellos fand, setzte sie tröstend hinzu: »Der
vergeht wieder, Ini.«

Walldorf und Adele wurden und blieben ein glückliches Paar, d.h. glücklich auf
ihre Weise; denn Jeder hat seine eigene. Und zu ihnen wollte Faustine jetzt. Andlau
sagte:

»Wie seltsam, daß Dein unceremoniöser Schwager solche steife, förmliche Briefe
schreibt, die doch gar nicht in seiner Natur liegen.«

»Er hat so wenig Form, daß er gleich gezwungen wird, sobald er artig sein will, und
was diesen Brief betrifft, so mag er ihn wol aus einem uralten Briefsteller aus der Bibliothek von Oberwalldorf abgeschrieben haben, denn das Briefschreiben und Bücher-
lesen ist seine Sache nicht. Nur die Bücher studirt er mit wahrer Wonne, die er selbst
schreibt, und wovon er schon eine recht hübsche Sammlung besitzt.«

»Also schreibt er seine landwirthschaftlichen Beobachtungen nieder?«

»Keinesweges! seine Gutsrechnungen schreibt er nieder, aber auf eine Weise, die
seine Zeit und sein Interesse gleich sehr in Anspruch nimmt. Erst wird mit der ausge-
suchtesten Pünktlichkeit, bei Batzen und Kreuzer, die Rechnung geführt: das ist aber
nur der Brouillon. Dann macht er eigenhändig Abschriften dieses wichtigen Werkes,
in Sedez, in Duodez, in Octav, in Quart, in Folio und in Royal-Folio, auf dem schönsten
Papier, elegant gebunden, das Royal-Folio gar prächtig in Maroquin mit goldenem
Schnitt, und dann ordnet er die verschiedenen Ausgaben dieses Werkes nach ihrer
Größe in den Bücherschränken seines Arbeitszimmers, worin schwerlich ein anderes
Buch Zutritt findet. Das ist sein unschuldiges Steckenpferd.«

»Ich wundere mich nur, daß dies Steckenpferd gleichsam in einem Gespann mit
seinem Arbeitspferde läuft; daß etwas, das am Morgen seine Arbeit war, am Abend
seine Erholung wird; daß er nicht lieber etwas Andres abschreibt, meinetwegen gewisse
Zeitungsannoncen oder Wetterbeobachtungen, kurz, daß er in nützlicher und angenehmer Beschäftigung so gar keines Wechsels bedarf. Seine Einseitigkeit muß ihn für Jeden,
der nicht Landwirth ist, erdrückend langweilig machen.«

»Gehört nicht eine gewisse Einseitigkeit dazu, um etwas Großes in irgend einem
Fache zu leisten oder zu werden? Kann man zugleich tüchtig als König und Dichter

und Minister und Kunstkenner und Baumeister sein? mehr liefern als mittelmäßige Proben von mittelmäßigen Fähigkeiten in diesen verschiedenen Richtungen?«

»Das Genie ist seiner Essenz, seinem innersten Wesen nach vielseitig; denn was ist es anders, als die göttliche Kraft des Geistes, das Homogene aufzufassen, zu entdecken, zu schaffen, zu wirken, zu bilden, je nach dem Material, das man gerade unter der Hand hat. Das Genie findet es immer unter der Hand, es sucht nie. Es fragt nicht: soll ich lieber ein Held werden oder ein Künstler? sondern es greift nach Schwert oder Pinsel, und hat, ohne sich zu besinnen, die Welt erobert oder entzückt. Daß das Genie zuweilen mehre Talente hat, verschiedene Materiale behandelt, gleichsam in drei oder vier Sprachen spricht, daß da Vinci Maler, Baumeister und Dichter war, daß Peter der Große ein Reich aus der Versunkenheit emporzog und Schiffe baute, daß Julius Cäsar der erste der Imperatoren war, und nach ein Paar tausend Jahren noch der Schriftsteller der Jugend ist –: das blendet und verführt die Leute. Sie meinen, mit der Vielseitigkeit sei auch das Genie da, und vergessen nur, daß man viel Fähigkeiten in sich ausbilden, viel Fertigkeiten sich aneignen, aber nimmermehr ein Genie werden könne. Man muß es von Natur sein. Es liegt in einer dem Menschenwitz unerreichbaren Region. Der liebe Gott hat es sich vorbehalten, seinen Lieblingen damit ein Geschenk zu machen, das, gleich allen bedeutenden Geschenken, schwere Verbindlichkeiten auf den Empfänger wälzt, obgleich es ihn beglückt. – – Aber weil der Mensch doch einen bewegbaren Kopf hat, der sich rechts und links, vor- und rückwärts wenden kann, so meine ich, er solle nicht muthwillig Stupidität, Vorurtheile, Launen und Eigensinn als Scheuklappen sich vorbinden, die ihn hindern, irgend etwas zu sehen, das nicht in seinen Kram passen könnte. Selbst ausgezeichnete Talente werden, zwischen Scheuklappen ausgebildet, zur Manie. Ich hörte einen berühmten Pianisten; er übte täglich vierzehn Stunden; er dachte, er wußte, er kannte, er sprach nichts, als seine Kunst – nun, er spielte wie eine vom Dämon der Musik gefertigte und besessene Maschine. Stelle ich mir nun Deinen Schwager als einen vom Dämon der Erdscholle Besessenen, aber ohne in sein Fach einschlagende besondere Talente vor, so wünsch' ich ihm der Abwechselung wegen doch Liebhabereien aus einem andern Gebiet – etwa Mongolfieren oder dergl. –«

»Ich mache es, so wie Du meinst, daß man es machen müsse,« sagte Faustine; »ich sehe mir die Dinge an, und assimilire davon, was ich brauchbar finde, mit meiner Eigenthümlichkeit. So bleibe ich doch Eins und werde nicht allzu sehr einseitig. – Aber nun hör' weiter! Die Liebhaberei meiner Schwester ist auch aus ihrem Fach: es ist das Anschaffen und der Besitz von Leinwand. Spinnen, weben, bleichen zu lassen, ist ihr Element. Nach jeder Niederkunft erhält sie von ihrem Manne als Wochengeschenk ein Stück Land – bei der Geburt eines Knaben noch einmal so groß als bei der eines Mädchens – womit sie machen kann, was sie will. Sie läßt darauf Lein säen, und ihn dann verarbeiten zur Aussteuer für ihre Töchter, von denen die älteste sieben, die jüngste ein Jahr alt ist. Da sie außerdem noch fünf Söhne hat, so ist ihr Leinwandschatz und ihr Grundbesitz schon ziemlich bedeutend, und wir können es vielleicht erleben, daß mein Schwager nur noch Oberlehnsherr seines Gutes sein wird.«

»Aber sie sammelt für ihre Töchter; das ist doch ein würdiger Zweck.«

»Und mein Schwager gedenkt seine Werke den Söhnen zu hinterlassen. Der älteste bekommt die Ausgabe in Royal-Folio und so abwärts der Reihe nach. Für die Zukunft arbeiten wir Alle – außer uns, in uns.«

»Kennst Du den Bruder Deines Schwagers?«

»Den kleinen Clemens? ja. Vor vier Jahren fand ich ihn einmal in Oberwalldorf. Ein Mensch, damals schon wie ein Riese, aber so kindisch, daß ich ihn immer den kleinen Clemens nannte. Gut, daß er da ist! er wird doch ein wenig menschlicher und dann vielleicht recht angenehm geworden sein, und so etwas ist immer brauchbar – dort am meisten.«

»Sprich nicht so leichtsinnig, Ini!« sagte Andlau ernst.

»O Gott, gar nicht!« rief sie; »ich freue mich wirklich, den Clemens dort zu sehen. Thue mir den Gefallen,« setzte sie scherzend hinzu, »und werde ein wenig eifersüchtig; Du hast jetzt die beste Gelegenheit. Ich möchte gern wissen, wie Du Dich in eifersüchtiger Stimmung, und ich mich ihr gegenüber benehmen würde.«

»Du weißt, Faustine, bei mir kann darum nie von Eifersucht die Rede sein, weil ich keinen Rival anerkenne. Ein Gut, wonach ein Andrer die Hand ausstreckt, überlasse ich ihm gern.«

»Ich weiß, daß Du ein schroffer Mann bist.«

»Aber nicht für Dich.«

»O doch! auch für mich! Du bist wie ein Felsen; daran rank' ich mich als Epheu mit geschmeidigen Armen empor und schmücke ihn so gut ich kann. Aber der Felsen bleibt ernst und unbewegt, und ich weiß nicht einmal, ob es ihm eine Freude ist.« – Ihre Augen standen voll Thränen.

»Du kränkst mich, Ini,« sagte Andlau mit tiefer Zärtlichkeit; »Du weißt recht wohl, daß Du meine einzige Freude, mein ganzes Glück auf der Welt bist. Es wäre eben so kindisch, wenn Du daran zweifeln könntest, als wenn ich es Dir alle zehn Minuten wiederholen wollte.«

»Ich verstehe nur nicht zu zweifeln, wenn ich liebe; sonst, Anastas, würd' ich mir wol bisweilen Gedanken machen.«

»Und was für Gedanken? böse oder gute?«

»Ich würde mir vorkommen wie die Eidergans.«

»Das ist nicht sehr schmeichelhaft« – sagte er lachend.

»Nein, gewiß nicht für die Menschen! denn die schieben dem armen Vogel Kreide-eier statt der wirklichen ins Nest, weil er die Gewohnheit hat, sich die Federn auszurupfen, um die Eier damit zu erwärmen. Unermüdlich rauben die Menschen den weichen Flaum und machen sich bequeme Kissen daraus, und unermüdlich rupft sich der Vogel kahl für die unerwärmbaren Kreideeier.«

»Und die Nutzanwendung?« fragte Andlau etwas erstaunt.

»Was ich an Liebe und Zärtlichkeit im Herzen habe, streue ich, ohne mich zu besinnen, vor Dir aus, und bin gewiß glücklich genug, daß Du es mir gestattest, denn wo sollte ich sonst damit bleiben? Aber Du, Du nimmst absichtlich den weichen Flaum fort, damit ich mir immer etwas Neues und Frisches, immer eine andere Weise aufdenken möge, um Dir zu sagen, wie ich Dich liebe.«

»Wenn Du das von mir glaubst, so bestrafe mich und denke Dir nichts Neues auf.«

»Das würde mir aber ein großer Zwang sein.«

»Du siehst, liebe Faustine, unsre Natur ändern wir nicht. Du mußt die Fülle, die Glut, die Pracht der Deinigen aushauchen durch Wort und Bild und Ausdruck. Ich, der ich ohnehin nicht Deinen Reichthum habe, muß stumm und anbetend zu Dir emporsehen. Nennst Du das Mangel an Theilnahme und Liebe?«

»Nein, nein, Anastas! ich sagte Dir ja, daß ich die Gedanken nicht dazu kommen lasse, sich wirklich auszubilden.«

»Es wäre auch schade um Dich, wenn in Deine lichte reine Seele Zweifel und Zwiespalt verfinsternd fielen. Du bist ein Kind des Lichts, meine Ini.«

»Die Kinder der Welt sind klüger als die Kinder des Lichts – steht in der Bibel.«

»Ich dachte auch so eben nicht daran, Deine Klugheit zu preisen« – sagte Andlau lachend.

»Du bist mein Verstand, ich brauche keinen besondern;« antwortete sie, und drückte die Stirne an seine Wange. Die Locken fielen graziös über ihr Gesicht herab; die schlanke weiße Gestalt ruhte friedlich in seinem Arm. Sie sah aus wie eine junge Birke mit frühlingsgrünem, wehendem Gezweig an einen Felsen gelehnt.

Diese beiden Menschen lebten in und mit der Welt, wie auf einer goldenen Klippe, die mitten im Meer für sie emporgestiegen. Sie liebten sich so, daß sie zwar den Stürmen ausgesetzt, doch nicht vor ihnen zu beugen sich glaubten. Denn mochte Faustine auch zuweilen klagen über Andlau's immer gehaltenes Wesen, so war das doch nur so wie die Nachtigall Töne in ihrem Gesang hat, die gleich herzzerschmelzender Klage klingen, weil übermächtige Sehnsucht in ihnen widerhallt. Faustine war eine von den flammendurstigen Seelen, die in jedem Moment des Lebens die Nektarschaale des Glücks verlangen und leeren, ohne Rausch, ohne Taumel, ohne Uebermuth; mit dem Bewußtsein, daß sie ihnen zukomme, und darum nicht trunken wie die Sterblichen, sondern wie die Ueberirdischen, beseligt! Aber nur an großen Jubelfesten und nicht an Wochentagen wird sie den Menschen gereicht, und Trost und Beschwichtigung dafür fand Faustine immer bei Andlau. War er nicht von der Glut, so war er doch stets von der Höhe ihrer

Empfindungen und wie ein Fixstern von unwandelbarem Licht. An diesem Abend, als sie mit Andlau von dem Spaziergang nach der Neustadt heimkehrte, wo sie künstlerische Beobachtungen über Mondscheinbeleuchtung angestellt, verweilte sie auf der Brücke und sprach:

»Anastas! ich muß mir einen Zaubergesang aufdenken, womit ich, wie die alten thessalischen Zauberinnen, den Mond vom Himmel herabziehe. Er hat Geheimnisse, die ich ergründen möchte. Sein Strahl berührt mich so kalt, daß ich schaudere, wie von einem Leichenfinger berührt, und sein Glanz ist doch so magisch, wie der eines geliebten Auges, in das man immer hineinblicken möchte.«

»Laß den Mond in seiner Sphäre, und nimm Deinen Shawl zusammen, Ini.«

»Und ich denke, wenn ich ihn ganz nahe bei mir hätte, ihm gleichsam Aug' in Auge schauete, so würd' er nicht so leichenkalt sein. Um seiner Schönheit willen thut mir seine Kälte leid, die gewiß ein großer Fehler ist.«

»Besonders hier auf der Brücke. Nimm Deinen Shawl zusammen; die Luft weht kalt über die Elbe.«

»Ich thu' es, lieber Anastas! – Aber ich möchte wissen, ob die Gestirne nicht einen wesentlichen und räthselhaften Einfluß auf den Menschen und seine Schicksale haben; ob der Stern, welcher in dem Augenblick unsrer Geburt uns begrüßt, für immer unser Freund und mit uns in Verbindung bleibt.«

»Dies zu beweisen und zu berechnen, mühten sich in frühern Zeiten die Astrologen ab. Unsre Tage der scharfen Analyse und der materiellen Industrie sind dieser nebulösen Wissenschaft abhold, und ich meine, die Ueberzeugung sei uns heilsamer und förderlicher, daß wir selbst mehr Einfluß auf unser Schicksal haben, als Sonne, Mond und der ganze gestirnte Himmel.«

»Es kann wol Irrthum sein – dennoch bild' ich mir ein, daß die Sonne mich lieb hat, weil ich an ihrem Herrschertage geboren bin, am 22. Junius. Das ist der längste Tag des Jahres, da steht sie am höchsten über unserm Haupt, da tritt sie das mächtige Reich des Sommers an. Und nur wenn die Sonne hoch über mir steht, ist mir das Leben eine Lust, weil ich dann nicht abgesperrt von Erde, Licht und Luft bin, sondern ihr frisches, schaffendes Regen theile und genieße. Im Sommer, mein' ich, könne mir kein Unglück, nichts Böses widerfahren: die Sonne lächelt mich an! ist sie nicht das Auge Gottes? – O Anastas, ich habe wol Recht, die himmlische Sonne zu lieben, die mir Freuden bereitet, wie eine gute Mutter.«

»Ich sagte Dir schon heute, Du wärst ein Kind des Lichts.«

»Und der Stürme, Anastas! denn auch im Gewitter, unter Donner und Blitz, bin ich geboren. Darum thun mir die Stürme nichts! sie brausen über mein Haupt dahin, sie zerwühlen mein Haar und mein Kleid, ich drücke beide Arme kreuzweis über meine Brust, und senke den Kopf und lasse sie sausen – ich horche auf die Stimme des Ewigen in ihnen. Und auch der Donner schreckt mich nicht! nicht die leiseste Bangigkeit, die unwillkürlich, körperlich fast, sein soll – beschleicht mich im Gewitter. Wenn der Donner pomphaft über den Himmel, um hohe Berge und in tiefe Thäler rollt, so mein' ich, daß große Geister, aus ihren ewigen Wohnungen herabsteigend, die arme kleine Erde mit dröhnendem Fußtritt berühren, wie ein alter in Eisen gewaffneter Ritter das Hüttchen des Landmanns. Und die Blitze gar! die gelten alle, alle mir! die greifen und züngeln nach mir, die möchten mein Gürtel sein, meine Krone, meine Lanze – und ich Schwache, ich Bewußtlose verstehe nur nicht, sie zu brauchen. O die Blitze haben große Dinge mit mir vor! tödten will mich keiner, auch nicht blenden! als ich zuerst das Auge aufthat, hab' ich sie ja gesehen, und starb nicht und erblindete nicht. Aber versengen und aufzehren wollen sie alles Irdische – auch bei mir, glaub' ich. Darum sehe ich immer empor und breite die Arme aus zum Himmel, wenn es blitzt. Siehst Du, das Alles versteh' ich, aber den Mond versteh ich nicht.«

»Aber ich, Ini, denn er spricht eine unpoetische Sprache, die mir sehr geläufig. Sein kühler Strahl ist ein Wegweiser, daß man spät Abends nach Hause, und nicht auf der Elbbrücke gehen soll, wo böse Kobolde sich tummeln und uns mit eisigem Athem anhauchen. Sie suchen Dir zu schaden, und Du ahnst sie nicht – da muß ich dann Wache halten.«

»O Du bist gut!« sagte sie und drückte innig seine Hand. Er führte sie in ihre Wohnung und suchte dann die seine auf.

Zwei Tage später sagte Mengen auf der Terrasse zu Feldern:

»Du wolltest mich ja der schönen weißen Statue vorstellen, die vorgestern hier zeichnete, Gräfin ... wie heißt sie?«

»Obernau; eine Statue ist sie nicht; dafür aber heute früh auf mehre Monate verreist;« – entgegnete Feldern.

»Schade!« sagte Graf Mengen; »aber sie wird wiederkommen, und dann! – Manche Menschen sehen so wunderbar aus, daß ich übers Gebirg klimmen würde oder auf die Thurmspitze steigen, um ihnen wenigstens Einmal gründlich ins Antlitz zu sehen, und habe ich das gethan, so vergesse ich sie nie.«

»Dein Gesandter wird ja von der Badereise Tochter und Enkelin hieher bringen. Ob die junge Person hübsch ist?«

»Sehr hübsch, nach einem Portrait zu urtheilen, doch zu jung, um Eindruck zu machen.«

»Und die Mutter?«

»Nicht mehr jung genug.«

»Die diplomatische Laufbahn ist doch äußerst angenehm! Nicht nur, daß Ihr wie die Windrose für alle Weltgegenden und alle Classen der Gesellschaft eingerichtet seid:

Ihr findet auch, wohin Ihr entsendet werdet, überall ein Haus, in dem Ihr zu Hause seid wie in dem eigenen, ohne die Unbequemlichkeit, welche häufig mit letzterem verbunden ist.«

»Der Soldat hat seine Kameraden, der Beamte seine Collegen, was – beiläufig gesagt – unbeschreiblich philisterhaft klingt; und beide haben ihre Chefs; ich sehe keinen besondern Vortheil in unsern Verhältnissen, als höchstens den, daß unser Chef seinem einsamen Secretär ganz genau auf die Finger sehen kann. Ich bin zuweilen dieser Stellung überdrüssig zum Todtschießen! Wäre Cäsar nicht groß durch sein Leben und seinen Tod, so wär' er es durch sein berühmtes Wort vom Ersten und Zweiten.«

»Wir arbeiten rottenweise in einem weit ärgern Joch, als das ist, worin Ihr einzeln arbeitet; also habt Ihr doch immer die größere Chance für Euch, bald der Erste zu werden, und nicht in einem armseligen Dorf, sondern in irgend einer Weltstadt. Ich hätte mich auch gern der Diplomatie gewidmet, aber Rücksichten wiesen mich in eine andere Carriere, in der das Leben und die Gesellschaft geringere Ansprüche an uns machen.«

»Du bist verlobt, hörte ich sagen ....« –

»Seit vier Jahren.«

»Welche Geduld, mein lieber Feldern! – und Deine Braut lebt hier?«

»In der Nachbarschaft, auf dem Lande – Du wirst sie kennen lernen.«

»Ich würde mich auch gern verheirathen.«

»Ah, das freut mich! Auch schon verlobt?«

»Nein,« sagte Mario lächelnd, »und am wenigsten vier Jahr. Ein weibliches Wesen hat mir noch nicht den Wunsch eingeflößt, mich zu verheirathen, sondern aus der öden Oberflächlichkeit des Lebens möchte ich mir in dessen Tiefe eine Zuflucht bereiten, wo ich dem Gewirr unerreichbar bliebe, wo andre Geister walteten, als die, welche für und in unserm Beruf uns zur Seite stehen. Ich möchte erfahren, ob es denn kein anderes Glück giebt, als das, welches unser unruhiges Bemühen, unsern Ehrgeiz, unsre Eitelkeit belohnt, d.h. aufreizt, indem es sie momentan befriedigt. Ich möchte ein stilles, dauerndes, unerschütterliches, schützendes Glück, das wie ein schattiger Fußpfad neben der breiten, sterilen Lebensheerstraße dahinliefe. Das Alles, mein' ich, müsse eine Frau mir geben und mir sein! Doch die, zu der ich dies Vertrauen haben könnte, hab' ich noch nicht gefunden.«

»Du machst wahrscheinlich große Ansprüche, lieber Mario .... –«

»Ganz und gar keine! ich verlange nur, daß wir so zu einander passen, wie zwei mal zwei vier ist.«

»Das ist freilich eine sehr bescheidene Forderung« – sprach Feldern lächelnd.

Oberwalldorf war in lebhafter Aufregung. Eine festliche Taufe und ein wochenlanger Besuch galten in dem häuslichen, geregelten Leben für merkwürdige Begebenheiten. Heute sollte Faustine eintreffen, morgen die Taufe sein. Adele, eine sehr hübsche, aber kugelrunde Frau, rollte sich mit unglaublicher Behendigkeit und unermüdlicher Geschäftigkeit durch das Haus, um ihre sämmtlichen Anstalten und Einrichtungen zum neunundneunzigsten Mal zu überschauen und zu besprechen, obgleich alle Dienstboten, gleich Kanonieren mit brennender Lunte bei ihren Kanonen, schußfertig und des Winkes gewärtig bei ihren Geschäften waren. Hinter Adele her zog, wie eine wilde Jagd, ihre Kinderschaar, bei der man die gute Mannszucht, welche im Domestiken-Corps herrschte, sehr vermißte. Ihre Kinder zum Gehorsam zu gewöhnen, dahin hatte die gute Adele es noch nicht gebracht. Sie waren ihr von Hause aus über den Kopf gewachsen, und diese Frau, ein Muster von Ordnung und Pünktlichkeit, duldete, daß ihre Kinder, wenn es ihnen gefiel, ihre Einrichtungen in die kläglichste Unordnung brachten. Wurde es einmal so arg, daß sie eine Züchtigung für unumgänglich hielt, so trat ihr Mann dazwischen und sagte, er könne nicht leiden, daß seine Kinder gemißhandelt würden. Er selbst verlor die Geduld mit ihnen nur dann, wenn sie an seine Heiligthümer, Schreibtisch und Bücherschrank, unheilige Hand legten. Vielleicht den größten Zorn seines Lebens hatte er empfunden, als seine älteste Tochter in ihrem vierten Jahr seine Abwesenheit aus dem Zimmer benutzt hatte, um auf einen Stuhl vor dem Bücherschrank zu klettern, und seine sämmtlichen Werke, so weit sie ihren Händen erreichbar, auf den Fußboden zu schleudern. Damals hielt er ein Strafgericht, dessen Schrecknisse sich traditionell bei den Kindern fortpflanzten, so daß sie dreister eine Löwenmähne, als die Schriften des Papa berührt haben würden.

»Kommt nun herunter, Kinder« – sagte Adele, in das für Faustine bestimmte Zimmer tretend, wo die Kleinen verweilt waren, während sie die Runde durch die übrigen Gastzimmer gemacht. Aber die Kinder hörten und sahen nicht; denn drei rollten sich in der vom Bett herabgerissnen grünseidnen Decke kopfüber, kopfunter auf der Erde herum; und die beiden älteren voltigirten mit der höchsten Behendigkeit vom Bett auf den Fußboden und so wieder hinauf. Alle fünf kreischten, glühten, schwitzten, zappelten, balgten sich nebenher – kurz, es war ein außerordentlicher Spaß, den nur die Mutter nicht goutirte. Es gab ihr einen Stich durchs Herz, die derben Lederschuhe auf dem feinen Bettbezug umhertrampeln zu sehen. Sie rief zur Ordnung! doch leichter hätte sie eine Heerde junger Füllen als ihre Kinder zusammentreiben können. Da nahm sie ihre Zuflucht zu einer Kriegslist und: »Ein Wagen! die Tante kommt!« rufend, verließ sie schnell das Zimmer. Die Kinder stürmten augenblicks ihr nach und die Treppe hinab, und Adele hatte das Schlachtfeld gewonnen, auf welchem nach zehn Minuten wieder die frühere Zierlichkeit herrschte.

Endlich kam Faustine. Sie hatte sich heute von Andlau getrennt, und das Gefühl, wie einsam sie ohne ihn auf der Welt stehe, beängstigte sie. In der Familie unsrer Geschwister wird es uns selten heimisch. Mag uns der Bruder oder die Schwester noch so lieb und werth und vertraut sein – die Schwägerin, der Schwager, deren Eltern, deren Vetter und Muhmen, sind eben fremdartige Elemente, die uns häufiger abstoßen, als anziehen, vielleicht darum, weil man von uns begehrt, daß wir für Personen, die unserm Blute fremd und unsrer Neigung fern sind, Liebe und Freundschaft hegen sollen, welche Gefühle man doch gern nach eigener Wahl vertheilt. Seit zwei Jahren war Faustine nicht hier gewesen. Als sie sich Oberwalldorf näherte, vergaß sie etwas ihre Traurigkeit. Es lag äußerst freundlich am Eingang eines Thals, durch welches ein rascher Waldbach strömte, der weiter hinab sich in den Main ergoß und höher hinauf Schneide- und Sägemühlen trieb. Die Wohnungen der Landleute lagen zwischen blühenden Gärten; Wiesen und Felder grünten üppig; die Berge, welche das Thal zwischen sich nahmen, waren mit gemischtem Laub- und Nadelholz bedeckt: es war keine großartige, aber eine wohlthuende, liebliche Natur. Das Wohnhaus, das man aus Artigkeit das Schloß nannte, lag mitten im Besitzthum, von Ulmen umgeben, alterthümlich ohne Pracht, wodurch es ein etwas vernachlässigtes Ansehen hatte, was indessen nur Nebendinge betraf. Das Wappen über der Eingangsthür war beschädigt, künstliche Steinmetzarbeit an einem Erker war ganz herabgefallen und die Urne versiegt, welche ein verstümmelter Triton im Hof über einem Wasserbecken hielt. Alles Wesentliche war solid.

Die ganze Familie umringte lärmend Faustinens Wagen, und es gab ein Gejubel beim Empfang, daß Niemand sein eigen Wort hören konnte. Ein Paar Kinder stiegen in denselben und befahlen dem Postillon, sie im Hof umher zu fahren, wozu er durchaus nicht geneigt war. Für seine abschlägige Antwort trösteten sie sich damit, daß sie abpacken halfen.

»Erinnern Sie sich noch meiner?« fragte endlich eine sanfte, wohlklingende Stimme hinter Faustine.

»Recht gut!« – wollte sie sagen, und blickte sich nach dem Sprechenden um, doch erschrocken fuhr sie zurück, denn ein baumlanger, schwarzer Mann, mit einem Bart wie ein Jupiter, sah auf sie herab.

»Ich bin ja der kleine Clemens,« sagte der Riese, und ein mitleidiges Lächeln über Faustinens Schreck legte sich in seine freundlichen Augen.

»Find' es begreiflich, daß Sie das Bürschchen nicht erkannt haben,« sagte Walldorf mit schallendem Gelächter; »sieht ja aus wie der wilde Mann auf den Harzgulden, nur anständiger, versteht sich! war immer von tüchtigem Schrot und Korn. Was ein Haken werden will, krümmt sich bei Zeiten – obgleich der Clemens nichts weniger als gekrümmt ist, sondern gerade und unverbogen an Leib und Seele.«

»Das freut mich« – sprach Faustine mit einem Lächeln, so lieblich, wie Clemens schon vor vier Jahren gemeint hatte, es gleiche dem Sonnenstrahl.

»Sie sehen aber ganz aus wie damals!« rief Clemens.

»Das freut mich auch,« entgegnete sie.

»Willst Du nicht irgend etwas genießen, liebe Ini?« fragte Adele; »Du mußt recht Hunger haben; den ganzen Tag im Wagen gesessen – das macht müde – gelt?«

»Weder hungrig noch müde, Adelchen! ich habe ja nichts dabei zu thun.«

»Aber das Nachtessen will ich denn doch früher anordnen.«

»Nicht meinetwegen! ich danke Dir tausendmal, und werde Dir zehntausendmal danken, wenn Du nicht die geringsten Umstände für mich machst. Ich bin nicht blöde und werde fordern, was ich brauche – wenn Du es erlaubst.«

»Sehr verständig!« sagte Walldorf. »Ungenirt müssen Wirth und Gäste sein. Ehe ich es vergesse! welchen Namen wollen Sie denn Ihrem Pathchen geben?«

»Welchen Sie wollen, bester Walldorf.«

»O nein! die Gevattern legen dem Pathchen einen ihrer Namen bei – so schickt es sich.«

»Ich glaubte, das sei altmodisch.«

»Kann wol sein; d'rum hab' ich's gern.«

»Gefällt Ihnen denn Faustus oder Faustin für Ihren Sohn?«

»Nein, ganz und gar nicht! liebe nicht das Romantische, Abenteuerliche, wobei einem Räuber- und Gespenstergeschichten einfallen. Möchte Ihnen aber doch gern eine Ehre anthun. Haben Sie keinen Lieblingsnamen?«

»O ja, Anastasius.«

»Gut! so soll der kleine Mann Anastasius genannt werden. Wird aber schlecht fahren – das arme Bübchen!«

»Wobei? warum?« riefen Alle.

»Bekommt die Duodez-Ausgabe meiner beobachtenden Berechnungen von Oberwalldorf. Ein garstiges Format, das! nicht Fisch, nicht Fleisch, weder imponirend noch zierlich. Sollte der Himmel keinen Sohn mehr bescheeren, so bin im Stande, die Duodez-Ausgabe ganz und gar zu streichen; dann bekäme er den Sedez, der ein allerliebstes Spielzeug ist, mit Krähenfedern geschrieben ... –«

»Faustine kennt es, lieber Max« – sagte Adele.

»So? Ei!« sprach er, ungemein erstaunt, daß seine Frau ihn in dieser Unterhaltung störte, denn sie war so daran gewöhnt, daß sie für ihre Person nicht mehr darauf achtete, als auf fallende Regentropfen; doch jetzt hörte sie mit dem Ohr ihrer Schwester.

Die Kinder stürmten herein und drängten sich dann, Faustine gewahrend, scheu und bewildert in einem Winkel des Zimmers zusammen, wo sie mäuschenstill die Tante angafften, einige mit den Fingern im Munde, andre an den Knöpfen drehend.

»Wollt Ihr nicht schlafen gehen, Kinderchen?« fragte Adele.

Da erhob sich ein Lärm, wie die Hühner machen, wenn sie Abends zum Schlafen auffliegen, und unter endlosen Gutenacht-Wünschen und -Küssen zogen sie ab, denn die Tante war ihnen noch zu fremd, um nicht störend zu sein.

Der Tauftag ging vorüber mit vielem Geräusch und vieler Langeweile, wenigstens für Faustine, die keine Feste liebte, welche wochenlang vorbereitet waren. »Sie haben immer einen sauersüßen Beischmack,« sagte sie, »von all den Verdrießlichkeiten, Umständlichkeiten, Plagen und Qualen, welche die Festgeber während der Vorkehrungen ausgestanden haben.«

Hernach lebte sie in ihrer Weise, störte Keinen, und ließ sich nicht stören, las, zeichnete, ging spazieren. Adele fand nichts unbegreiflicher, als daß man zum Vergnügen spazieren gehen könne. Sie ging in den Garten, um zu sehen, ob die Kirschen reiften oder ob die Kartoffeln blühten, zuweilen aufs Feld, um ihren Flachs zu inspizieren; aber nur für diese Zwecke trugen ihre Füße sie über die Schwelle des Hauses. Walldorf, wie die meisten Männer, deren Geschäfte sie viel im Freien und auf den Beinen erhalten, nannte den Spaziergang einen Zeitverderb. Männer hingegen, welche eine Lebensweise führen, welche sie viel über den Arbeitstisch bückt, betrachten ihn als eine Arzenei, die sie täglich in einer gewissen, nach Stunden gemessenen Dosis einnehmen müssen. Alles sehr erniedrigend für den lieblichen, freien, zwecklosen, vornehmen Spaziergang, der seinen verborgenen Reiz nur dem enthüllt, der ihn ohne Nebenabsicht auf Dienst und Nutzen genießt. Ein Rezept ist nicht über das zu geben, was zu einem angenehmen Spaziergang gehört, denn nach Regeln wird er nicht construirt. Hingegen ist sehr leicht zu sagen, was nothwendig n i c h t zu ihm gehört: Gesellschaft. Man muß allein sein oder mit einem geliebten Menschen gehen; denn Letzteres ist keine Gesellschaft: man ist nur zu Zweien allein.

Clemens begleitete zuweilen Faustinen, um ihr irgend eine hübsche Aussicht, oder einen prächtigen Baum oder einen versteckten Fußpfad in den Bergen zu zeigen. Nach und nach geschah es täglich. Wenn Adele sich arbeitsam mit ihrer Näherei Abends vor die Thür in den Garten setzte, und Walldorf mit der Pfeife langsam vor dem Hause auf und nieder ging, machte Faustine gewöhnlich eine Viertelstunde lang diese ermüdende Promenade mit ihrem Schwager, und trat dann eine größere mit Clemens an. Er war ein ganz liebenswürdiger Mensch, sanft und weich an Gemüth, wie die kolossalen Gestalten gewöhnlich sind. Zu ihren riesigen Körperkräften gab ihnen die ausgleichende Natur eine milde, wohlwollende Seele, welche sie unfähig macht, ihre Kraft auf brutale Weise zu gebrauchen. Nur ausnahmsweise sind sie Raufbolde und Händelmacher. Die Kleinen, die sich auf die Fußspitzen recken müssen, damit man sie erblicke – das sind die Krakehler, die Zanksüchtigen; die thun patzig, damit kein fremder Ellbogen um ihre Nasenspitze spiele. Doch, zum Ersatz, weil sie oft so lächerlich sind – versteckte die ausgleichende Natur in die kleinen Figürchen die großen Genies.

Clemens hatte schon vor vier Jahren eine besondere Zuneigung für Faustine gehabt. Er war etwas schläfriger Natur damals; Bruder und Schwägerin trugen, ihrer Eigenthümlichkeit nach, nicht dazu bei, ihn zu ermuntern, wol aber Faustine, die mit dem unbeholfenen blöden Menschen sprach und scherzte, bis er etwas seine eckige Scheu verlor. Dafür blieb er ihr innig dankbar. Weil er ihr in dem Zeitpunkt begegnet, wo er anfing, das Leben mit andern als kindischen Augen zu betrachten, glaubte er, daß sie diese Wendung und Lichtung seines innersten Wesens veranlaßt habe, und so knüpfte er seine lieblichernste Erkenntniß an ihre lieblichernste Erscheinung. Jedes Mal, wenn er seinen Bruder besuchte, hoffte er heimlich Faustine in Oberwalldorf zu finden – immer umsonst! aber er bewahrte eine stille Sehnsucht nach ihr, wie man sie im Winter nach dem lang ausbleibenden Frühling empfindet. Handlung, Thätigkeit, welcher Art sie seien, sind den Einbildungen entgegen, wie Wasser dem Feuer, und ein Paar Studien- oder Arbeitsjahre, was sag' ich! Monate, bisweilen Wochen, bringen einen jungen Kopf sehr schnell ins rechte Gleis. Aber da Clemens sich keineswegs einbildete, Faustine zu lieben, sondern sie nur als das Holdseligste betrachtete, was ihm auf der Erde begegnet, so bewahrte er ihre Erinnerung in immer gleicher Frische. Und auch jetzt war sie ganz, ganz wie damals; denn sie that nicht gern einen Schritt vorwärts, den sie später hätte zurückthun müssen. Sie that sehr oft Schritte, die gewagt, regellos, nicht zur Nachfolge einladend waren, doch war es einmal geschehen, so stellte sie sich fest und sagte heimlich: »nur nicht zaghaft! nur immer vorwärts! wer gelenkige Glieder hat, muß springen und klettern, darf sie nicht einrosten lassen.« Das, in Beziehung auf sich selbst. Für Andere hatte sie einen Takt in der Seele, der ihre Schritte so abmaß, daß kein fremder Gang dadurch beeinträchtigt wurde – so glaubte sie wenigstens.

Einst fand sie Clemens unter den Ulmen des Hofes, als sie am Morgen einen Spaziergang machen wollte.

»Darf ich Sie begleiten?« fragte er.

»Ich danke Ihnen! Morgens brauch' ich Sie nicht,« sprach sie freundlich.

»Brauchen Sie mich nicht!« wiederholte er.

»Nein,« sagte sie unbefangen, »am Morgen geh' ich nicht so weit, daß ich mich verirren könnte, es wird zu heiß! und dann ist's ja heller Tag! Abends fürchte ich, daß die Dunkelheit über mich einbrechen könnte – dann brauche ich einen Beschützer.« Sie nickte ihm freundlich zu, und ging fort.

Dies war ganz wahr. Nebenbei dachte sie, es könne ihn in seinen gewohnten Beschäftigungen stören – »und ich mag Niemand stören,« fügte sie hinzu. »Anastas! den stör' ich nie, der lebt für mich, meinetwegen, der kann mit mir spazieren gehen vom

Morgen zum Abend; Clemens nicht! Clemens nur, wenn er nichts Anderes, nichts Besseres versäumt.«

Aber Clemens war mit dieser Rücksicht keineswegs zufrieden und sagte ihr am Abend:

»Gönnen Sie mir doch einige liebliche Stunden mehr in Ihrer Nähe für die Paar elenden Tage, die Sie noch hier sein werden.«

»Sie dürfen keinen zu lebhaften Geschmack an meinem nichtsthuerischen Leben finden, entgegnete sie, es ist unglaublich ansteckend.«

»Ja, so lange Sie da sind. Wenn Sie uns verlassen haben, gewinnt die alte Thätigkeit ihr altes Recht – und ein neues dazu: sie muß zerstreuen helfen.«

»Die Verständigkeit der Männer ist außerordentlich groß,« rief Faustine scherzend; »sie werden durch sie geschützt und nie um ein Haar breit weiter fortgezogen, als sie es sich vorgenommen haben.«

»Billigen Sie es nicht?« fragte er ernsthaft.

»Ich billige Alles, was Andern gut thut, wenn es mich nicht verletzt,« antwortete sie lachend.

»Und wenn es Sie verletzt?«

»So mag ich nicht mehr Richter sein. Wie Brutus über meine Söhne zu Gericht sitzen und ihnen das Leben absprechen – könnt' ich nicht. In Ermangelung der Söhne habe ich an meinen Neigungen und Meinungen Lieblinge und Schooßkinder, denen ich es gern gönne, daß sie ihr und mein Glück im Leben machen. Durch solche Schooßkinder sind wir Alle verletzbar.«

»Sollte wirklich großer Kraftaufwand nöthig sein, um sie, wenn sie Verräther waren, hinrichten zu lassen?«

»Vielleicht nicht! – aber um sie als Verräther zu erkennen – ein großer. Unser ganzes Wesen liegt in der Deutung, die wir den Dingen geben; die Deutung ist der Keim, woraus unsre Meinung als Stamm entspringt, der sich dann wieder in das zahlreiche Gezweig der Ansichten theilt und verbreitet. Geb' ich meine Meinung auf, so gestehe ich ein, daß ich statt eines geraden Baumes einen verkrüppelten gezogen habe, der umgehauen werden muß. Wo ich lieblichen Schatten fand, finde ich eine Wüste; wo Blattgesäusel und Vogelsang – einen öden, todten Fleck. O ich kann's begreifen, daß es der Tod sein könne, eine Meinung aufgeben zu müssen.«

»Sollte nicht das Bewußtsein der besseren Erkenntniß uns vor der Verzweiflung über den Irrthum schützen?«

»Aber auf der Grenze zwischen jenem Bewußtsein und der Verzweiflung – stirbt man einstweilen. Georg Forster starb aus Gram, am gebrochnen Herzen, als die französische Revolution eine Wendung nahm, die seiner Meinung nicht entsprach.«

»Georg Forster war ein enthusiastischer Mensch, dessen Feuereifer ihn aufgerieben haben würde, wenn auch die Revolution all seine Hoffnungen realisirt hätte.«

»Ja, Freund! mehr als Fischblut gehört allerdings dazu, um an etwas Anderem, als am Alter zu sterben. – Aber ein andrer Georg, gewiß kein Enthusiast in der Bedeutung, welche Sie dem Worte beilegen, nämlich der von Frundsberg, ward vom Schlag gerührt, als bei der Eroberung Roms die verwilderten Kriegsknechte seinem Befehl nicht mehr gehorchten.«

»Er würde viel besser daran gethan haben, auf irgend eine Weise seinen Einfluß wieder zu gewinnen, als sich todt darüber zu ärgern, daß er ihn verloren.«

»Er sah ein, daß seine Zeit aus war, darum starb er! Als Carl V. sah, daß seine Zeit aus war, d.h. daß er sie nicht mehr beherrschen könne, legte er die Krone nieder. Er mochte nicht zum Schein Kaiser sein und Frundsberg nicht zum Schein Feldherr, weil beide eine hohe Meinung von ihren Würden hegten.«

»Sie sind erschrecklich gelehrt mit all Ihren geschichtlichen Beispielen.«

»Die geben mehr Nachdruck, als wenn ich nur von unser eins rede.«

Clemens hatte während des Gehens einen großen Strauß von Wald- und Wiesenblumen gepflückt. »Er ist prächtig,« sagte Faustine, »aber ich kann unmöglich mit dieser Garbe mich befrachten.« So trug er ihn denn geduldig, und sie nahm ihn nur dann und wann, und drückte ihr Gesicht hinein, als wollte sie es in Duft und Frische baden. Nach einer Stunde waren die Blumen welk, matt und zerknickt. Nichts ist so schnell verwelkt, als eine Waldblume.

»Tragen Sie doch nicht mehr die Blumen,« sagte Faustine.

Clemens reichte sie ihr. Sie warf sie fort.

»O Gott!« rief er bestürzt, und blieb stehen.

»Bester, ich brauche meine Hände nothwendig zum Sprechen, das wissen Sie ja längst.«

»Aber ich hätte sie ja gern getragen.«

»Sie taugten nicht mehr. Blumen sind nur schön, so lange sie im Zusammenhang mit der Erde sind. Fehlt ihnen der, so haben sie nach fünf Minuten Leichenansehn und Todtengeruch. Ich pflücke nie Blumen.«

»Aber diese waren nun einmal gepflückt!«

»So wollen wir sie dem Elemente geben, das ihnen angenehm sein wird für ihren gegenwärtigen Zustand« – sprach Faustine scherzend, kehrte um, hob den Strauß auf, und warf ihn in den Bach, der äußerst lebendig mit ihm thalab über Stock und Stein sprang. »Den Tanz hätten sich die stillen Blumen wol nicht träumen lassen! Ob er sie amüsirt?«

»Sie sind recht grausam, Gräfin.«

»Und Sie wol gar sentimental?«

»Warum gönnten Sie mir die Blumen nicht?«

»Also Ihretwegen lamentiren Sie?« rief Faustine und lachte herzlich. »Ich meinte, das Schicksal der Blumen errege Ihr Mitleid, aber Sie bejammern ein verlornes Kräuterkissen, gut gegen Zahnweh oder dgl. Denn daß Sie sie etwa als Andenken an diesen Spaziergang aufheben wollten, kann ich nicht glauben.«

»Warum nicht, wenn ich fragen darf?« sagte Clemens etwas verstimmt.

»Weil er dazu nicht wichtig genug war! wir haben gar nicht über besonders interessante Gegenstände geredet.«

»Das thut mir leid – für Sie. Mir ist Alles interessant, was und worüber Sie reden.«

»Das ist brav, an Allem Interesse zu finden.«

»Keineswegs ist das mein Fall! nur an Allem, was Sie sagen.«

»Da Socrates zu den Füßen einer Diotima lauschend und lernend gesessen hat, so ist's wol keine Schmach, wenn ein Mann glaubt von einer Frau profitiren zu können. Nur bin ich leider nicht gescheut und weise genug dazu.«

»O« – sagte Clemens; aber Faustine unterbrach ihn schnell:

»Nur keinen Gemeinplatz! für mich bin ich klug genug – vielleicht! doch für Andre ganz gewiß nicht. Bei mir darf Niemand in die Schule gehen; die Praxis des Lebens, das Eingreifen, das Handanlegen, sind mir unerträglich, und die Männer sind dafür, wenn nicht geboren, doch erzogen. Wer nicht arbeitet wie eine Dampfmaschine, gilt nicht. Wer am Längsten am Schreibtisch sitzt, ohne leberkrank – und am Längsten: »Rechts um! links um!« kommandirt, ohne brustkrank zu werden – wem die Augen nicht übergehen und die Geduld nicht ausgeht – der kann was werden, kann es zu etwas bringen, wie man sagt. Aber da ich glaube, daß man es leichter auf seine eigene Hand, als in Reih' und Glied zu etwas bringt: so würbe ich gern Deserteurs, Ueberläufer, und sie wissen – das ist schimpflich.«

»Ach, Gräfin,« sagte Clemens aus voller Brust, »Sie sind unbeschreiblich liebenswürdig.«

»Die ächte Liebenswürdigkeit ist immer unbeschreiblich,« entgegnete sie, »denn sie besteht aus den Elementen, die nicht mit Worten wiederzugeben sind.«

»Ja, das fühlt man Ihnen gegenüber! Nehmen Sie es nicht übel! ich weiß wol, man sagt nicht so geradezu Complimente, aber ich denke, Sie wissen recht gut, daß ich Ihnen keine sagen will, – sondern mehr, weit mehr! oder weniger – wie Sie es betrachten wollen.«

Faustine ließ die Unterhaltung fallen. Nächsten Tags schrieb sie an Andlau:

»Anastas, ich bin traurig! die Tage laufen mir wie Wasser zwischen den Fingern durch: es bleibt nichts davon zurück, und wovon nichts zurückbleibt, das lebt man ja nicht, man träumt es höchstens, und ach! ich lebe so gern! Wie ich mich fürchte, sterben zu müssen, ohne gesehen, gekannt, erkannt zu haben! Was? wirst Du fragen.

Alles, Lieber! Vergangenheit, Gegenwart, Zukunft! ja, die Zukunft sogar. Müßte man sie nicht eben so gut aus ihren beiden Gefährtinnen beurtheilen können, wie der Arzt die Diagnose einer Krankheit stellt. Freilich gehört dazu tiefe Wissenschaft und ernster Scharfblick, und nicht alle Leute sind Aerzte, und nicht alle Aerzte sind geschickt und glücklich. So tröste ich mich selbst. Doch die Sehnsucht bleibt. Dann sehe ich mit unaussprechlichem Erstaunen Menschen an, die so gar nichts davon empfinden. Zuweilen beneide ich sie, und denke, eine unendliche Fülle von Glück mache sie unempfindlich für das, was außerhalb ihrer Sphäre liegt. Aber wenn ich mich besinne, so sehe ich wol ein, daß ein enger Gesichtskreis nur für den taugt, dessen Auge darauf eingerichtet ist, und dann erstaune und beneide ich nicht mehr. Wollte ich zu meinem Schwager sagen: »ich möchte gern die Zukunft wissen« – so würde er mir antworten: oben im Dorfe wohnt eine Kartenschlägerin; aber glauben sie denn das dumme Zeug? – Er ist sehr brav, mein Schwager, tüchtig, redlich, rechtschaffen, kränkt und betrügt niemand, und meine Schwester ganz eben so, beide wie nach einem Muster zugeschnitten, was zwei Menschen wol sein müssen, um glücklich mit einander zu leben. Wir sind uns auch Alle recht gut; allein, müßte ich mein Leben hier beschließen, so glaub' ich, es würde sehr bald beschlossen sein: ich langweilte mich todt. Mein Gott, was habe ich denn bei Dir für Unterhaltung von außen? da leb' ich ja auch zuweilen Tage und Wochen ganz einsam, ganz still – aber nie beschleicht mich diese seelenabspannende Mattigkeit. Immer giebt es etwas zu denken für uns. Hier giebt es immer nur etwas zu thun. Du weißt, es giebt eine Krankheit, den Veitstanz, so ansteckend, daß wer die Verrenkungen sieht, Lust bekommt sie nachzumachen. Sehe ich hier das Treiben und Arbeiten vom Morgen bis zum Abend, so ist mir bisweilen zu Muth, als müsse ich in der allgemeinen Thätigkeit und zum allgemeinen Besten meine Händ' und Füße schwenken, so gut wie alle Uebrigen – aber die wunderlichen Glieder wollen sich bei mir nicht anders brauchen lassen als zu nichtsnutzigen Dingen. O Anastas, wie dank' ich Dir, daß Du nicht auf meine Schultern die Last eines solchen betriebsamen, sorglichen, schaffenden Lebens gewälzt hast. Ich würde gar nicht wissen, wie ich mich dabei benehmen sollte. Adele sagt zwar: das lernt sich! – aber ich kann nur die Dinge lernen, die ich schon weiß. Adele interessirt sich für nichts, als für ihre Wirthschaft und für ihre Kinder, was gewiß sehr achtungswerth ist; wenigstens scheint mir, es gehöre die größte Selbstverleugnung dazu, für diese kleinen unbändigen Geschöpfe in steter Aufmerksamkeit zu sein und nichts zu beachten, als was mit ihnen in Verbindung zu bringen ist. Daher red' ich auch nur über ihre Kinder mit ihr. Kinder sind etwas allgemein Menschliches, für die Jedermann sich interessirt; aber um für d i e s e eine besondere Zärtlichkeit zu hegen, muß man eben Vater und Mutter sein. Ich gebe zuweilen Erziehungsansichten zum Besten, nicht weil ich glaube, daß sie Nutzen stiften könnten, sondern lediglich, um aus den persönlichen Beziehungen heraus zu kommen; Einmischung in Erziehung seiner Kinder verträgt Niemand, und hat Recht zu glauben, daß kein Dritter diesen Punkt so überdacht hat. Ansichten über die Oekonomie hab' ich aber gar nicht, und muß mich bei solchen Gesprächen schweigend und hörend verhalten, was auf die Dauer nicht amüsant ist. Dafür räche ich mich an Clemens Walldorf; mit dem rede ich und er hört mir zu; von Antworten ist nicht viel die Rede. Antworten nach meinem Sinn giebt mir niemand, als Du. Ich sehne mich sie zu hören. Sie zu lesen – bin ich überdrüssig. Der fatale Ueberdruß! muß er sich überall einschleichen? Nun, ich hoffe, Du nimmst es nicht übel, daß Deine Gegenwart mir lieber ist, als Deine Briefe.«

Clemens war halb gekränkt in seiner Eitelkeit und halb betrübt in seinem Herzen, daß Faustine ihn ganz in früherer Weise behandele. Was ihn anfänglich erfreute, gnügte ihm nicht mehr. Bin ich denn noch immer ein knabenhafter Schüler in ihren Augen? fragte er zuweilen leise; und gern hätte er laut an sie selbst diese Frage gerichtet. Aber wenn sie Ja sagte! Er fürchtete sich vor diesem Ja. Was könnte ich ihr auch sonst sein? setzte er seufzend hinzu; braucht sie überhaupt einen Menschen zu ihrem Dienst und kann ein Mensch ihr genügen? Ach, ich wollte sie ja nur auf der Hand tragen, wie einen Schmetterling.

Faustine hatte keine Ahnung, daß Clemens oder irgend ein anderer Mann ein Interesse für sie hegen könne, welches die gewöhnlichen Grenzen der Theilnahme und des Wohlwollens überstiege. Eine tiefe Neigung einzuflößen, schien ihr unmöglich, weil sie keine erwidern zu können glaubte, und sie hatte die feste Ueberzeugung, dies stehe ihr, so zu sagen, auf der Stirn geschrieben. Die Männer wüßten es auf ein Haar, behauptete sie, wo ihre Liebenswürdigkeit Eindruck mache und wo nicht, und »verlorne Liebesmüh« spielten sie nie. Clemens war für alle Menschen, mit denen er lebte, so freundlich, hatte stets ein so gutes Lächeln, ein so sanftes Wort, daß sie sich verwundert haben würde, sie, die Verwöhnte, wenn er es nicht doppelt für sie gehabt.

Als er einmal unermüdlich Ball mit den Kindern gespielt, sagte sie:

»Sie sind ein herziger Mensch, der eine recht liebe Frau verdient.«

Clemens sah sie groß an. Sein Bruder sagte:

»Denkst Du denn schon an eine Frau, Clemens?«

Clemens wandte sich zu seinem Bruder, sah den an und schwieg.

»Warum sollte er nicht?« fragte Adele statt seiner.

»Er ist so jung, so unerfahren in der Landwirthschaft.....« –

»Ach, Guter!« rief Faustine, »auf tiefe Wissenschaft wartet die Liebe nicht.«

»Und du warst ja auch nicht viel älter, als wir uns verheiratheten,« setzte Adele hinzu.

»Die Weiber mögen doch nichts lieber als selbst heirathen oder wenigstens Heirathen stiften« – sagte Walldorf und lachte donnernd über seine Bemerkung, die ihm eben so neu als geistreich vorkam.

Adele sagte empfindlich: »Ich dächte, das wäre sehr schmeichelhaft für Euch.«

Faustine rief: »Immer besser, sie stiften, als sie stören! – aber was meint denn Clemens dazu?«

»Daß es Zeit hat,« sprach er lakonisch.

»Seht ihr, wie gut ich meinen Bruder kenne!« rief Walldorf triumphirend. »Er macht erst eine tüchtige Schule gründlich durch, kauft dann ein Gut in meiner Nachbarschaft und läßt sich nieder. Während der Zeit ist die Josephine heran gewachsen .... gelt, Clemens?«

»Da muß er lange in die Schule gehen,« sagte Faustine, »wenn er auf Ihre Josephine warten soll. Wie lange rechnen sie denn die Lehrzeit?«

»Nun, sieben Jahr gewiß! ich fing bei vierzehn an, und verdarb dazwischen nicht meine Zeit mit Studien auf Gymnasien, Universitäten und was weiß ich! doch darf ich nicht sagen, daß ich vor dem einundzwanzigsten Jahre meine Lehrzeit vollendet hab'. Er fängt in dem Alter an, als ich aufhörte. Ist nicht meine Schuld! hab' ermahnt und gepredigt.«

»Jeder hat seine Weise, guter Max« – sprach Clemens gelassen.

»Und nicht wahr, auch seine Weise eine Frau zu nehmen?« fragte Faustine.

»Gewiß!« entgegnete er; »ich würde nie eine heirathen, die unter meinen Augen erwachsen wäre.«

»Warum denn nicht?« fragte Adele, wieder ganz empfindlich.

»Weil ich gern von meiner Frau glauben möchte, daß sie für mich vom Himmel herabgefallen wäre.«

»Ueberspannte Ansichten!« brummte Walldorf.

»Das gefällt mir!« rief Faustine, und klatschte vergnügt in die Hände; »ich hab' es gern, wenn der Mann etwas mehr von seiner Frau wünscht und erwartet, als daß sie ihm die Suppe nicht versalze.«

»Bei den hochgespannten Forderungen kommt selten ein sonderliches Glück zum Vorschein!« – bemerkte Adele; »dafür kann ich einstehen, daß meine Töchter ihren Männern nie die Suppe, noch irgend eine andre Speise versalzen werden; aber wenn die begehren, daß meine Töchter sich wie überirdische Genien benehmen sollen, so muß ich antworten: versucht's in Gottes Namen! ich habe nie etwas Ueberirdisches weder an ihnen bemerkt, noch für sie gewünscht.«

»Das ist nun so verschieden!« – sagte Faustine. »Hätte ich eine Tochter, und ein Mann bewürbe sich um sie, weil er doch eben eine Köchin oder, wenn's hoch kommt, eine Wirthschafterin braucht: so würde es mich sehr kränken.«

»Mit Unrecht!« rief Adele, »gemeinsame Sorgen verbinden so herzlich.«

»Ich glaube selbst, daß es thörig ist,« entgegnete Faustine gelassen, »und der Himmel hat mir diese Thorheit erspart, indem ich keine Tochter habe. Allein daran hab' ich nie gezweifelt, daß Sorge und Mühe, zusammen durchkämpft, zusammen getragen, die Herzen aneinander binden. Ich will ja auch sehr gern Haushälterin sein und Magd und Alles – aber ich will nur, daß der Mann mich als Faustine begehre mit all meinen Fähigkeiten, und nicht als Magd.«

»Ich erstaune!« sagte Walldorf, und ließ die Hand mit der Pfeife sinken.

»Ueber meine verständigen Ansichten?« fragte sie.

»Nein; daß Sie nicht grade heirathslustig, aber doch heirathsfähig sprechen, – das überrascht mich unaussprechlich.«

Faustine war äußerst belustigt durch ihren Schwager. Sie lachte sehr und fragte:

»Warum sollte ich nicht heirathsfähig sein? finden Sie mich zu alt?«

»O,« sagte er mit einer verbindlich sein sollenden Verbeugung, »eine so schöne Frau wird nie alt.«

»Bravo! Sie üben sich in der Galanterie. Also jung und schön genug wär' ich! – doch nicht reich genug etwa?«

»Nebensache, das! aber .... nehmen Sie's nicht übel, ich dachte, Sie wollten ganz auf gleichem Fuß mit dem Mann leben – und das geht doch nicht an. Darum mein freudiges Erstaunen bei Ihrer demüthigen Aeußerung, die vom Gegentheil zeugt. Ja gewiß! der Mann muß herrschen und die Frau gehorchen – dazu ist sie geboren.«

»Gott,« rief Faustine, »wie komisch sind die Männer! ganz ernsthaft bilden sie sich ein, der liebe Gott habe unser Geschlecht geschaffen, um das ihre zu bedienen!«

»Zu beglücken!« verbesserte Walldorf.

»Das kommt Euch gegenüber auf Eins heraus! Der gute Gott schuf nicht das Lamm, damit der Wolf es fresse; und nicht die Fliege, damit der Vogel sie erschnappe – sondern Lamm und Fliege, weil sie in seine Schöpfung gehören und auch ihre Lust am Leben haben sollen. Und die eine Hälfte des Menschengeschlechts wäre geschaffen, damit die andre sie brutalisire?!«

»Welch ein Ausdruck ....« –

»Ihr wollt winken, und wir sollen kommen – ein Wort sagen, und wir sollen anbeten – lächeln, und wir sollen auf die Knie fallen – zürnen, und wir sollen verzweifeln – Alles auf allerhöchsten Befehl, den ihr von Gottes Gnaden decretirt. Was ist das anders als uns brutalisiren? – ich frage. Das ist Euch schon zur Natur worden! in diesem Sinn richtet Ihr die bürgerlichen Verhältnisse ein, erzieht Ihr die Kinder, schreibt Ihr Bücher. Himmel! wenn ich neuere Romane aufschlage, besonders französische, was erdulde ich für Aerger! In ewiger Anbetung, wie der Pater Seraphicus im Faust, schweben die Frauen vor ihren Geliebten, und die lassen es sich gnädig, zuweilen auch ungnädig, gefallen. Könnt' ich nur Bücher schreiben – ich kehrte das Ding um, und brächte den guten alten Sprachgebrauch, der jetzt ganz widersinnig ist: »Er ist ihr Anbeter« – wieder zu Ehren. Ich werde es auch gewiß noch thun, nur um meiner Empörung Luft zu machen, und vielleicht giebt mir der Aerger liebliche Inspirationen.«

»Willst Du denn, daß die Frauen das Regiment führen?« fragte Adele.

»Nein, ich will nur, daß die Männer mit ihnen umgehen wie mit ihres Gleichen, und nicht wie mit erkauften Sclavinnen, denen man in übler Laune den Fuß auf den Nacken stellt, und in guter Laune ein Halsband oder ähnlichen Plunder hinwirft. Das demoralisirt die Frauen, es stumpft ihr Zartgefühl ab. Heut lassen sie sich eine Brutalität gefallen, um dafür morgen einen neuen Hut zu bekommen. Ich war einmal bei einer Freundin, ihr Mann kam von der Jagd heim, sehr verdrießlich, weil die Schnepfen sich nicht hatten wollen schießen lassen. Er warf sich aufs Sopha und commandirte: »Charlotte!« – sie stellte sich. »Knöpfe die Kamaschen ab!« große, schwere, plumpe, beschmutzte, lederne Kamaschen! Sie that es. Hernach sagte ich ihr: »Ich war recht verwundert, daß Du nicht den Bedienten riefst.« – Sie antwortete: »Das hätte meinen Mann noch verdrießlicher gemacht, und er würde mir nicht den Gefallen thun, meine Rechnung bei dem Juwelier zu bezahlen, was ganz nothwendig ist.« – Ich rief: »Du bist ja wie Esau, verkaufst Dein Erstgeburtrecht für ein Linsengericht!« – Diesen Vergleich mit Esau hat sie mir, beiläufig gesagt, nie vergeben. Aber diese Behandlung verdirbt die Frauen so, daß, wenn der Mann spricht: »Ich habe Kopfweh, bleibe doch heute Abend zu Hause« – so entgegnet sie: »Sehr gern, allein dafür bekomme ich doch dies oder das?« – Clemens – wandte sie sich plötzlich an diesen – wenn Sie dereinst nicht Ihre Frau als ein Wesen Ihrer Art behandeln, so sage ich Ihnen die Freundschaft auf.«

»Als ein Wesen höherer Art wird er sie betrachten, das hat er uns ja vorhin gesagt« – warf Walldorf spöttisch hin.

»Ich wollte Ihnen gönnen, wenn Sie ein Wesen fänden, welches das verdiente und rechtfertigte« – sagte sie freundlich zu Clemens.

Jedes ihrer Worte grub sich in sein Herz. Nur war es ihm unbegreiflich, wie sie ihm eine Frau wünschen konnte. Ahnet sie denn gar nicht, daß es für mich nur eine Faustine und gar keine Frauen giebt? fragte er sich heimlich. Er war zerstreut und blieb es auch, als er mit ihr spazieren ging. Er sprach wenig, doch das fiel Faustinen nicht auf, sie wußte, wie gern er ihr zuhörte. Er achtete auch nicht auf den Weg, und das fiel ihr auch nicht auf, weil sie sich immer unbekümmert von ihm führen ließ, und die ungebahnten Stege sehr liebte.

»Wo sind wir denn eigentlich?« fragte sie endlich, als sie aus einem dichten Gehölz auf eine Wiese heraustraten, die rings von Wald umgeben war und durch die ein sumpfiger Bach langsam floß. »Es ist recht schauerlich hier! – muß ich über den Bach?«

»Freilich!« sagte Clemens, und ohne weiter zu fragen, nahm er sie zierlich auf den Arm und trug sie hindurch. Als Faustine drüben wieder festen Fuß gewonnen, sagte sie verdrüßlich:

»Das verbitte ich mir! ich kann meine Füße gebrauchen! – Wohin nun?« Sie schüttelte ihr Kleid ab, als wollte sie seine Berührung abstreifen. Sie that es ganz unwillkürlich und das eben kränkte ihn tief. Er antwortete auf ihre Frage:

»Das weiß ich wirklich nicht.«

»Warum trugen Sie mich denn durch den Bach, wenn's unnütz ist?«

»Das weiß ich auch nicht.«

»Nun so gehen Sie, bitte, den Weg suchen.« Sie setzte sich auf einen Stein. Clemens blieb unbeweglich neben ihr stehen. »Sind Sie zu ermüdet?« fragte sie.

»Nein, ich möchte Sie nur um etwas fragen.«

»Was zaudern Sie denn? es ist so unbehaglich hier! – Also?«

»Weshalb schüttelten Sie vorhin Ihr Kleid ab, als krieche garstiges Gewürm darauf?«

»Ich mag nicht, daß man mich anfaßt,« sagte sie und lachte. »Nehmen Sie es nicht übel, es ist eine Eigenheit. Und da Sie mich *sans rime et sans raison* durch den Bach getragen, so sehe ich wirklich nicht ein, weshalb ich Ihnen dankbar sein soll.«

»Ich bin recht unglücklich!« reif er.

»Weil Sie den Weg verloren haben?«

»Nein, den Kopf.«

»Das ist freilich übel,« sprach sie ernst. »Suchen Sie erst jenen, dann finden Sie auch wol diesen wieder. Es wird regnen, glaub' ich.«

Clemens sprang über den Bach zurück und verschwand im Gehölz. Faustine wartete; die Zeit wurde ihr lang. Es dunkelte zwar noch nicht, allein finstere Wolken zogen sich herauf. Ihr graute auf dem öden Fleck. Sie beschloß, mit dem Bach zu gehen, ohne die Rückkehr ihres Gefährten abzuwarten. Einige Regentropfen fielen. Sie stand auf und ging durch die Wiese, durch das Gehölz, und stand nach einer tüchtigen Viertelstunde auf der Landstraße. Der Clemens hat wirklich den Kopf verloren, dachte sie; dies ist ja das Thal von Oberwalldorf, und der kleine sumpfige Bach, der mir ein treuerer Führer gewesen ist, als er, fällt dort in unsern großen, wohlbekannten Waldbach. Nur nie auf Menschen sich verlassen, immer auf die Natur! – Es regnete stark. So kam sie tüchtig durchnäßt, aber wohlbehalten nach Hause, wo sie ihr Abenteuer der staunenden Schwester erzählte und sich sehr über Clemens Ungeschick lustig machte. Adele sagte:

»Er wird Dich jetzt suchen und in Todesangst sein.«

»Freilich wird er das!«

»Du hättest ihn doch lieber erwarten sollen?«

»Dort auf der unheimlichen Wiese sitzen und mich naß regnen lassen? Nein, seine Unachtsamkeit verdient die kleine Strafe.«

»Solche Widerwärtigkeiten hat man von den Promenaden! Du wirst den Schnupfen bekommen und er ....« –

»Vielleicht den Husten!« sagte Faustine lustig. »Das ist ja kein Unglück! aber ich werde nicht mehr mit ihm spazieren gehen.«

Clemens hatte den Weg wieder zurückmachen wollen, den sie gekommen. Da er ihn aber nicht beachtet, so kam er seitab zu einem Köhler, dessen Buben er mitnahm, um den Heimweg sich zeigen zu lassen. Auf die Waldwiese zurückgekehrt, fand er zu seinem Entsetzen Faustine nicht mehr. Statt gradeswegs nach Oberwalldorf zu gehen, fing er an umher zu irren und zu suchen, er rechts, der Bube links. Es regnete, es dunkelte; er begegnete keiner Seele, kein Hirt, kein Kohlenbrenner, der sie gesehen hatte! Daß ihr ein Unglück zugestoßen, glaubte er zwar nicht; es gab hier keine Räuber, keine gefahrvollen Abgründe; aber verirrt konnte sie sein, geängstigt. Er raufte sich das Haar aus vor Verzweiflung. Endlich that er, was er gleich hätte thun sollen, und gethan haben würde, wenn er eben nicht den Kopf verloren: er ging nach Oberwalldorf, um die Schloßbewohner, und sollte es Noth thun, auch die Dorfbewohner nach Faustine auszusenden – dachte er. Die Thurmuhr schlug elf. Sonst war um diese Stunde das ganze Schloß dunkel. Heute Licht in einigen Zimmern! Sie ist nicht da, sonst wären sie wol schlafen gegangen – dachte er. Er trat in den Saal. Sie war da. Er flog auf sie zu, ergriff ihre Hände, küßte sie mit stürmischem Entzücken und sank dann halb ohnmächtig auf einen Stuhl, keines Wortes mächtig. Walldorf besprengte sein Gesicht mit Wasser, Adele hielt ihm Aether vor. Faustine sah zu.

»Was dachten Sie denn eigentlich?« fragte sie, nachdem er sich erholt.

»Nichts!« sagte er. »Sonst würd' ich wol das Richtige gedacht haben. Meine Angst war zu groß.«

Als er am andern Tage eine Promenade vorschlug, antwortete sie:

»Das haben Sie verscherzt! ich habe das Vertrauen zu Ihnen verloren. Sie lassen mich einsam auf der sumpfigen Wiese.«

Er gelobte und flehte. Aber Faustine ging nicht mehr. Ihre Abreise rückte ganz nah heran, und sie verbarg nicht, wie sehr sie sich darüber freute. Clemens war wie vernichtet. Am letzten Abend, als sie zufällig allein waren, faßte er Muth und fragte:

»Wüßte ich nur, ob Sie ohne Verdruß an mich denken!«

Auf Faustinens Lippe schwebte ein Lächeln, das soviel bedeutete, als: ich denke ja gar nicht an Dich. Sie sagte gleichgültig:

»Sie haben mir gar nichts Leides gethan.«

»Doch! jenen Abend auf der Waldwiese....« –

»Das sollt' ich übel genommen haben? nein, guter Clemens, beruhigen Sie sich. Wir scheiden wie wir uns fanden – als gute Freunde.«

»Und thun die nichts für einander?«

»Schwerlich!« rief sie heiter. »Freunde thun schon wenig genug für einander – aber gute Freunde wünschen sich glückliche Reise, und damit Basta!«

»Würden Sie mir nicht erlauben Ihnen zu schreiben?«

»Da ich schwerlich Zeit haben würde, Ihnen zu antworten, so mein' ich, daß Sie von dieser Erlaubniß keinen Gebrauch machen möchten.«

»Sie sind von einer eisigen, übermenschlichen Kälte! Fünf Wochen haben Sie hier gelebt, so freundlich, so liebenswürdig, daß es eine Wonne war, mit Ihnen zu verkehren, Sie zu sehen, sich von Ihnen anstrahlen zu lassen – und nun gehen Sie, als wäre Alles Spaß oder gar nicht gewesen.«

»Ich gehe mit derselben freundlichen, theilnehmenden Gesinnung, die ich beim Kommen hatte. Kummer über meine Abreise zu affectiren würde gewiß lächerlich sein. Ich bin sehr gern hier gewesen, zwischen guten Menschen, aber ich gehe auch gern; denn heimisch bin und werde ich hier nicht.«

»Und wann werd' ich Sie wiedersehen?«

»Müssen Sie mich denn durchaus wiedersehen?«

»Durchaus!« sagte er fest. »O Gott, nur sehen! das können Sie mir doch gönnen?«

»Wenn es Ihnen zu etwas hilft, Sie fördert – gern! wenn nicht – ungern! Ueberlegen Sie sich das.«

»Sie sind schauerlich, Faustine!«

»Hab' ich denn Unrecht? – Kommen Sie, wir wollen Schach spielen.«

Sie spielten; doch Clemens so unaufmerksam, daß Faustine ihm seine Königin nehmen konnte.

»Die Königin ist fort, das Spiel ist aus,« sagte er und verließ das Zimmer.

Der allgemeine Abschied am nächsten Morgen war herzlich und kurz. Einen besondern nahm Clemens nicht. Faustine kam zu Andlau mit jubelvoller Freudigkeit.

»Nun will ich wieder leben,« sagte sie. »Ich muß zum Leben einen weiten Horizont, einen hohen Standpunkt, eine schöne Aussicht, eine reine Atmosphäre haben – Alles haben, was ich auf hohen Bergen finde, und was Deine Nähe, Dein Umgang, Dein Wesen mir geben. Ohne Dich wandle ich im Thal umher, immer den Ausgang suchend, immer auf die Berge verlangend, durstend nach Luft, nach Freiheit, nach Dir, Anastas!«

Strahlendes Glück lag auf ihrem schönen Antlitz, aber sie weinte. Sie schloß Andlau mit jener Kraft in die Arme, welche den Mann schauern macht, weil er darin die Herrschaft der Seele über den Körper wahrnimmt. Er ist von Kindheit auf gewöhnt, dessen Kräfte zu üben, er führt die Waffen, er theilt die Wellen, er bändigt die Pferde; Ernst und Scherz, eiserne Nothwendigkeit und fröhliche Erholung machen ihn stark. Neigung, Gewohnheit, Erziehung machen heutzutage aus der Frau ein gebrechliches Wesen; aber man stelle sie mit einer Leidenschaft dem Manne gegenüber, und er wird zittern – so wie man beim Erdbeben zittert.

Andlau suchte immer Faustinens wetterleuchtendes Wesen zu beruhigen. Sie war zauberhaft schön mitten in den Stürmen der Empfindung, so wie im Grunde alle

Menschen nur dann schön sind, wenn sie sich in ihrem eigenthümlichen Element bewegen; allein er liebte sie so sehr, daß er weniger Freude darüber hatte, sie in ihrer Herrlichkeit zu sehen, als er Furcht empfand, daß die häufige Wiederkehr oder die Dauer solcher Momente das irdische Leben aufzehren könnten. Die Liebe sorgt stets um das Geliebte, obgleich ihre Sorge fast immer so überflüssig wie Andlaus Furcht ist. Kein Fisch ist gestorben, weil man ihn ins Wasser gelassen hat. Der Himmel und ich – pflegte Faustine zu sagen – wir müssen uns ausdonnern; das ist unsre Natur, und ihr Leute mit euern Blitzableitern langweilt uns sehr.

»Warum weinst Du denn jetzt, Ini?« fragte Andlau; »ehe Du bei mir warst, hattest Du doch einen Grund – aber jetzt? ....« –

»Pedant!« rief sie; »soll ich mich etwa nach Regeln freuen? Wenn Jubel, Küsse, Liebkosungen nicht ausreichen, so kommen Thränen und Klagen an die Reihe. Jenes ist Glück im Sonnenlichte, dieses im Mondschein. Auf die Beleuchtung kommt's ja nicht an, wenn's nur überhaupt etwas zu beleuchten giebt.«

»Aber Thränen erinnern doch an Schmerz, und ich möchte gern, daß Du bei mir ohne Schmerz glücklich wärest, befriedigt, ruhig. –«

»O, ich bin außerordentlich ruhig.«

»Nun so setze Dich zu mir und erzähle mir von Deinem Leben.«

»Erzählen – ja! sitzen – nein! Das Sitzen, lieber Anastas, ist eine entsetzliche Erfindung. Zum Gehen, Stehen und Liegen ist der Mensch geschaffen, das zeigt seine schöne, lange, gestreckte Gestalt, die vom krummen, geknickten, verbogenen Sitzen ganz krüppelhaft wird. Meine Gedanken verrosten, wenn ich sitze, und das macht nicht ruhig, sondern nur schläferig. Ruhig bin ich, wenn alle Kräfte in Bewegung sind und wie die Strahlen einer Fontäne springen. Ruhig bin ich, wenn meine Seele eine große Landschaft ist, wo im Westen die Sonne purpurgolden glüht, und unter ihr Blitze gleich Silberschlangen aus dem Gewölk auftauchen, wo im Osten der Mond friedlich hervorkommt, wie ein unschuldiges Kind, das von fern einer Schlacht zusieht, wo der Donner wie ein geschlagener, grollender Feind scheu entflieht, indessen die Vögel ihre Siegeshymnen anheben, wo die ganze Erde opferraucht und glänzt wie ein geschmückter Altar – o mein Anastas, dann bin ich himmlisch ruhig! und nur dann.«

Sie warf sich auf das Sopha, ganz erschöpft. Andlau kniete neben ihr nieder und wollte ihren Kopf an seine Brust legen; aber sie sagte:

»Laß mich! da steht ein Piano, es wird schlecht genug sein, aber spiele! ich habe Dich so lange nicht gehört! und nie sprichst Du lieblicher zu mir als in Tönen.«

Andlau küßte ihre wunderschönen Füße, und setzte sich ans Piano. Er spielte vortrefflich; am liebsten und am schönsten phantasirte er. Er fing zuweilen an nach Noten zu spielen, aber wenn ein Akkord oder eine Melodie oder irgend etwas kam, was ihn frappirte, so verließ er den Componisten, und löste in eigener Weise jenen Akkord auf. Er überdachte in Tönen den Tongedanken des Componisten, so wie man Randbemerkungen auf ein Buch schreibt. Musik! das ist eine Kunst! alle andere Künste sind keine, sie haben immer ihr Vorbild in der Natur, und wollen die nachahmen, wenn's hoch kommt – sie verklären. Menschenform und Menschenwesen zu idealisiren, oder den Raum zu verherrlichen, worin der Mensch sein Treiben hat – ist ihr Ziel, lieblich wie jedes Ziel, das über die Befriedigung des materiellen Bedürfnisses hinausgeht. Aber der Marmorgott und die gemalte Heilige werden unsersgleichen, gehen mit uns Hand in Hand! aber die Poesie, welche die natürliche Sprache des unbefangenen Menchen ist, giebt unsre eigenen Gedanken mit unsern eigenen Worten uns wieder! Die Musik hingegen verschönt nicht diese Welt und ihre Erscheinungen, sondern überwölbt sie mit einer zweiten, in der wir schweben gleich körperlosen Engeln, die Flügel haben unter einem strahlenden, liebenden, gläubigen Angesicht. Und das bewirkt sie durch Klänge, welche auf Zahlen sich gründen, durch Zahlen bezeichnet werden können, und aus der Zusammenstellung von Holz und Metall zauberisch, fabelhaft, hervorgelockt werden. nach klugen, tiefsinnigen, regelrechten Berechnungen, entdeckt die Musik über der Erde eine neue Welt, wie Columbus auf der Erde es gethan – eine Welt voll primitiver Kraft und Herrlichkeit, eine Welt, in der jeder sein Eldorado sucht, und zwar ohne Klugheit und Tiefsinn zu haben, und ohne die Regel zu verstehen! ein Paradies, worin jeder Zutritt hat, der eine Seele empfing. Kinder, Wilde, Greise, zu unentwickelt oder zu stumpf für die Schönheiten des Meißels und Pinsels, nehmen Theil an dem Zauber der Musik, und Wiegenlied und Grabgesang geleiten unsre ersten und unsre letzten Schritte im Leben. Die Poesie hieß in ihrer Frühlingszeit »die heitre Kunst,« und damals mit Recht, denn sie mußte aus der harmlosen Sprache, der noch die Eierschaalen der Rohheit und Unbeholfenheit anklebten, den buntgefiederten, tirilirenden Vogel herausschälen, den man Minnelied nannte, und der unter Musikbegleitung, als Improvisation, oft nach selbsterfundener Melodie, bei glänzenden Festen und frohen Gelagen zur Erhöhung der Lust über die Lippen des Dichters schwirrte. Seitdem sind aber lange Jahrhunderte vergangen, und die Poesie hat sich im Laufe derselben mißlaunig wie eine alte Jungfer in die Einsamkeit zurückgezogen, und sich auf Gelahrtheit und Schulmeistereien geworfen, weil sie doch gern, wie alle alten Jungfern, ein Wörtchen mitredet, und weil ein dozirender Ton, bald spöttisch lächerlich machend, bald superklug ermahnend, am meisten Effect macht bei den spöttischen, superklugen Leuten unserer Zeit. Sie ist nun ein Stubenhocker, ein Bücherwurm, die Poesie! hat die Beine unter dem Schreibtisch und Dintenflecke an den Fingern, treibt finanzielle und administrative Speculationen, schreibt Hymnen über Dampfmaschinen und Oden über Trottoirs von Asphalt, und wenn Jemand sie sich anders vorstellen kann, als mit einer blauen Brille über einer impertinenten Nase, den beneide ich um seine frische Phantasie. Das bischen Heiterkeit, das noch in der Welt, hat sich in die Musik geflüchtet, und wo es nur ein Fest giebt, für vornehm oder gering, in frescogemalten Sälen oder unter grünen Bäumen, Musik muß dabei sein. Nie wird munterer geplaudert, als wenn es Musik giebt: in jeder Soiree, bei jeder Tafel kann man sich davon überzeugen. Und das Volk nun gar! Wie schmaust der Wiener so behaglich seine gebackenen Hähnel, mit welchem Wohlgefallen trinkt der Dresdner seinen miserabeln Kaffee, wenn es nur Musik dabei giebt. Wie es in Berlin zugeht, weiß ich nicht. Ich habe gehört, daß das Volk viel Weißbier trinken soll, kann mich aber nicht davon überzeugen, weil ich gar keine Menschen erblicke, die wie »das Volk« aussehen. Geputzt und geziert, geschniegelt und gebiegelt wie unser einer, habe ich wol im Thiergarten große Schaaren gehen und sitzen sehen; aber sie kamen mir Alle vor, als sprächen sie: »wir sind viel zu gebildet, um uns mit etwas so Gemeinem wie essen und trinken abzugeben.« Wenn wirklich »Volk« in Berlin existirt, so muß es ausgeschieden wie Parias leben. Man dringt nicht zu ihm. – Dies Alles nur so beiläufig. Eigentlich wollt' ich sagen: da die Musik von Orpheus an bis zum Rattenfänger immer Wunder gethan, so ist es kein Wunder, daß sie auch Faustinens rasches, heißes Herz zur Ruhe brachte.

Ohne sich länger in Kissingen aufzuhalten, ging sie mit Andlau nach Belgien, dessen alte Geschichte und alte Künste sie mehr interessirten, als dessen moderne industrielle Betriebsamkeit.

Graf Mengen lebte ziemlich einsam in Dresden. Die Häuser einiger Minister gaben dann und wann den Ueberresten der zerstreuten Gesellschaft Gelegenheit sich zu sehen; jedoch war kein Nerv und kein Magnet darin, am wenigsten für ihn. Die Oberfläche des Lebens mußte sehr schillernd sein, sollte sein Auge an ihr haften bleiben, und um in die Tiefen hinabzusteigen, muß man einen andern Impuls haben, als Neugier und momentane Theilnahme. Stolz, kalt und rein ging er durch die Welt, nichts fürchtend, als aus seinem innern Gleichgewicht zu kommen, in Schwankungen zu gerathen und die Herrschaft über sich zu verlieren. Das geschieht aber leicht, wenn man sich in die Tiefen des Lebens hineinwagt. Dante zagte in der Hölle und war geblendet im Himmel; aber er ging, weil Beatrice es gebot und ihm den Führer schickte. Nicht Alle haben eine Beatrice und einen von ihr gesendeten Virgil. Mengen hatte keine. Er liebte den Umgang mit Frauen – als Unterhaltung und weil die Eitelkeit eines schönen und gescheuten Mannes immer ihre Rechnung dabei findet. Doch ward er besser von Männern verstanden, als von Frauen. Er lachte viel; darum hielten ihn die Frauen für sehr lustig; die Männer wissen aus Erfahrung, daß der Mann oft lacht, weil es sich für ihn nicht schickt zu weinen. Mario lachte über seine eigenen kolossalen Wünsche und ihre winzige Erfüllung; er lachte über das Maskenspiel, welches Kopf und Herz treiben, wenn dem einen Theil daran liegt, sich auf drei Minuten von dem andern hintergehen zu lassen; er lachte über den Sieger, wenn Verstand und Gefühl ihre kleinen Händel zusammen ausfochten, und sprach zu ihm: morgen wirst du der Geschlagene sein; er lachte über sich selbst, wenn er sich gegen die Macht der Empfindung durch Spott und Scherz wie hinter Wall und Mauer verschanzte; er lachte, weil er sehr ernst war, ein fester Pilot, der seinen Nachen ungefährdet durch die Strömung zu bringen sucht, indessen die Brandung des konfusen, strudelnden Lebens ihn die wunderlichsten Sprünge, welleauf, welleab, machen läßt. Und weil er lachte, so behielt er den frischen Muth, welcher nie die Arme schlaff sinken läßt. Jeder Zustand, jedes Verhältniß war ihm ein neuer Sporn, eine höhere Stufe. »Sei dir selbst getreu – hatte sein Vater zu ihm gesagt, als der fünfzehnjährige Mario das älterliche Haus verließ – sei bereit für das, was Du als recht erkannt, nicht blos zu sterben, das ist bisweilen dem Jünglinge sehr leicht, sondern zu leben, und das ist fast immer sehr schwer. Aber es lohnt nicht der Mühe des Lebens, wenn Du nur das Leichte thun willst.« Dies war der Segen, den der Vater dem Sohne gab, und als der Sohn ihn zu seiner Richtschnur machte, ward der Vater sein Freund; denn nach denselben Grundsätzen leben und handeln – das stiftet Freundschaft zwischen Männern; Mario betete seinen Vater an. Trotz der großen Selbstständigkeit, zu welcher dieser ihn früh gewöhnt, brachte er Alles vor des Vaters Forum, was – nicht der Entscheidung, die traf er selbst – der Billigung bedurfte. »Das war recht,« sagte dann der alte Mengen, und Mario erwiderte: »Ich wußte es.« Bei großen und kleinen Dingen, bei ernsten und unwichtigen Gelegenheiten, erklang oft die Stimme des Vaters, ohne daß Mario daran dachte, vor seinem Ohr. Er liebte einst eine Frau, ein schönes, liebliches, verlockendes Wesen. Es mußte zu irgend einer Entscheidung kommen. »Nun, Mario?« fragte ihn der alte Mengen, obgleich er funfzig Meilen von dem Sohn entfernt war, und Mario zerbrach die Fessel. Ein andres Mal hatte er die tollkühne Wette gemacht, auf der Balustrade eines hohen Kirchthurms frei umherzugehen. Er begann die gefahrvolle Promenade und war fast am Ziel, als der Schwindel ihn so gewaltig packte, daß Blei in seinen Füßen und ein Flor auf seinen Augen lag. Da hörte er seinen Vater: »Aber Mario!« sagen; der Schwindel wich, er ging um den Thurm. – In jeder Krisis, auf jedem Wendepunkt des Schicksals gab ihm sein Vater hülfreich die Hand.

Mit Feldern verkehrte Mario ziemlich viel, obgleich kein tieferes Interesse Beide verband, als Erinnerung an die lustigen Studentenjahre. Feldern, in Vermögensumständen beschränkt, mit trocknen Arbeiten überladen, von gewöhnlichen Fähigkeiten, nur dem Wunsch nachgehend, sobald wie möglich die Geliebte in das bescheidne eigne Hüttchen zu führen – war ziem lich gleichgültig gegen allgemeine Verhältnisse, sobald sie nicht auf irgend eine Weise ihn berührten. Er that das Nächste, das ihm Vorliegende, pünktlich und treu, aber nur, weil es eben sein Geschäft war, und ohne Faden daraus zu ziehen, die er zu eigenen We bereien hätte verbrauchen können. Von Marios rast losem Vorwärtsstreben, von dessen glühender Theilnahme an jeder Erscheinung der

Zeit, von dessen regem Ehrgeiz, durch selbstständiges Handeln und Wirken mehr zu sein, als eine Null, welche die Zeit in ihrem großen Rechenexempel gebraucht, um die Zahl voll zu machen – hatte Feldern keine Vorstellung. »Minister werd' ich doch nicht,« sagte er einst zu Mario, als dieser ihn gefragt, warum er nicht eine Stelle annehme, die man ihm, zwar mit überhäufter Arbeit und ohne pecuniäre Verbesserung, aber in einem höheren Collegium, vorgeschlagen.

»Wie kannst Du so genügsam sein!« rief Mario ungeduldig; »warum Du nicht so gut Minister wie ein Anderer? Als man den nachmaligen Papst Johann XXIII. fragte, weshalb er nach Rom gehe, antwortete er: um Papst zu werden! und wurde es. Man muß nur Hand anlegen, und vor allen Dingen die Zuversicht haben, daß in der Sphäre, die wir durchwandern, das Höchste uns erreichbar sei.«

»Aber ich bin genügsam, das liegt in meinem Character! ein kleines Glück, nur recht rund, nur recht ruhig, das befriedigt mich. Ein großes würde mich betäuben, verwirren, trunken machen, und in dem Rausch würde ich es nicht festhalten können. Und dann der Neid! und dann die Scheelsucht! und dann die feindlichen Blicke und Worte, die den Glücklichen treffen: Basiliskenaugen bei Katzenbuckeln! und dann die Launen der Gönner, welche immer sultansmäßig mit den Lieblingen verfahren – die Glücksgöttin selbst nicht ausgenommen – und dann die innern Anfechtungen ....« –

»Bester Feldern, nimm's nicht übel, Du sprichst wie ein zaghaftes Frauenzimmer. Ist denn die ganze, große, reiche, prächtige Welt nicht für uns Alle da? und nicht blos als ein Tafelaufsatz von Glas und Porzellan, den wir, die Hände unterm Tischtuch, bewundern – sondern als eine Arena olympischer Spiele, wo es zwar Staub giebt, Getöse und Geschrei, Pferdegestampf und Wagengedränge – aber Triumph am Ziel.«

»Und was wird uns für den mühsam errungenen Triumph?«

»Ein grüner Kranz.«

»Nun wahrlich, Freund, Du bist genügsam, ich erwartete doch wenigstens, mit einem goldnen Diadem oder einer Rosenkrone Dich geschmückt zu sehen! aber ein schlichter, grüner Kranz! ....« –

»Ja, ein schlichter, grüner Kranz!« rief Mario und seine Augen flammten von tiefem Feuer, »Gold- und Purpur- und Blumenkränze wären ja Lohn, und wer mag denn dafür belohnt werden, daß er sein Ziel erreicht hat? das Bewußtsein will er! und der schlichte, grüne Kranz ist ein Symbol des Bewußtseins.«

»Und das genügt Dir wirklich vollkommen? nach keinem andern Glück verlangst Du? kein heitrer Genuß des Errungenen würde Dich freuen?«

»O,« sprach Mario lachend, »was das Verlangen betrifft, so verlange ich ein ganz foudroyantes Glück – wenigstens! sonst aber nichts! nichts Halbes, nichts Mittelmäßiges, nichts Theilbares, sondern eben – Alles. Und wie es dann mit dem Genuß beschaffen sein mag – das mögen die Götter wissen, die allein solch Glück verleihen können. Bis jetzt war streben mein Leben, und der Genuß des Erstrebten war ein kurzer, rosenroth verträumter Schlaf, aus dem ich noch immer erwacht bin, begierig nach fernerem Leben.«

»Und bist Du glücklich mit diesen Gesinnungen? ich meine, abgeschlossen in Dir, sicher, ruhig, befriedigt?«

»Glücklich nenne ich nur den, welcher Spielraum findet, all seine Kräfte zu entwickeln und dadurch sein Wesen zu höchstmöglicher Vollendung zu bringen. Selten wird es dem Menschen so gut, daß alle seine Knospenanlagen Blüthen – noch seltener, daß sie Früchte werden – es kommen zu viel Stürme! Wenn Du nur fertige Menschen glücklich nennst, so bin ich nicht glücklich, und werde es dann auch vielleicht nie werden. Mir scheint, wer in der Jugend abgeschlossen, ist im Alter verdorrt, oft vor dem Alter – ein versteinter, bemooster Säulenheiliger. Ich mag keiner sein. Ich will auf der Erde stehen und mit allen Sinnen ihrer Lieblichkeit mich freuen.«

»Und Du denkst ernsthaft daran, Dich zu verheirathen?«

»Zuweilen – für die Zukunft. Ich denke, es muß angenehmer sein, eine Sonne zu werden, um welche ein ganzes Planetensystem sich bewegt, als ein Planet zu bleiben, der die Familiensonne umkreist. Der Fixstern gefällt mir zwar am Besten durch seine grandiose Unabhängigkeit; aber die unruhige, bewegliche Seele verträgt sich nicht mit der Fixstern-Natur.«

»Doch gehört sie einigermaßen zur Ehe.«

»Ich meine, die Ehe giebt sie.«

»Wenn man die Fähigkeit dafür mitbringt.«

»Diese zu entwickeln, werd' ich meiner künftigen Frau überlassen. Aber wann werd' ich die Bekanntschaft Deiner Braut machen?«

»Willst Du morgen mit mir hinaus?«

»Gern.«

Sie ritten am andern Tage das heitre Elbufer gen Meißen hinab. Der Landsitz von Fräulein Cunigundens Eltern lag auf halbem Wege dorthin. Mario forderte seinen Freund auf, ihm eine Beschreibung der Geliebten zu machen.«

»Sie würde parteiisch ausfallen,« entgegnete Feldern; »Cunigunde ist nicht eigentlich schön, wenigstens glaub' ich, daß ihre Schwestern schöner sind ....« –

»*Diable*! sie hat Schwestern? warum sagtest Du mir das nicht früher? Du mußt wissen, ich hüte mich sehr, in ein Haus eingeführt zu werden, wo unverheirathete Töchter sind. Man steht oft mit dem linken Fuß noch auf der Schwelle, und soll schon mit dem rechten vor den Altar treten.«

»Cunigundens Schwestern sind allerliebst.«

»Und sie selbst?«

»Allerliebst wäre keine Bezeichnung für sie.«

Es wird eine häßliche, verständige, grundgute Person sein – dachte Mario, und wandte das Gespräch. Bald war das Ziel erreicht. Durch ein Gitterthor, an dem zwei prächtige Linden Wache hielten, ritten sie in einen zierlichen, gartenmäßigen Hof, vor das nette Landhaus, unter dessen um einige Stufen erhöhten Vorhalle Damen arbeitend saßen. Feldern ward freundlich empfangen, und stellte der Frau von Stein und ihren beiden jüngsten Töchtern Graf Mengen vor. Dann fragte er nach Cunigunden. Sie war mit dem Vater in den Weinberg gestiegen, um zu sehen, ob die Trauben noch nicht reifen wollten – was seine einzige, aber ihm durchaus genügende Beschäftigung war. Eben als Feldern sie aufsuchen wollte, kam sie mit dem Vater zurück. Mario stand versteinert bei ihrer Erscheinung. Ist Feldern toll geworden, dachte er, oder will er mich necken! diese Person soll nicht schön sein? nicht einmal so schön, wie die beiden kleinen albernen Schwestern? er ist blind – er ist rasend! – Feldern näherte sich äußerst zärtlich der Braut; aber – war es die Gegenwart des Fremden oder lag es überhaupt in ihrer Weise – sie empfing ihn kühl. Sie machte eine so graziös ausweichende Bewegung, daß es ihm nicht möglich war, sie zu umarmen, und als sie Hand in Hand neben ihm stand, da sah sie ihn zwar recht freundlich an, aber, o weh! sie sah auf ihn herab, sie war größer als er – vielleicht nur einen halben Zoll, jedoch größer! – Nun, das wird nimmermehr gehen, dachte Mario.

Frau von Stein sprach gescheut, und das ist immer angenehm; Herr von Stein nur, wenn er gefragt wurde, und das ist bei bornirten Leuten auch angenehm; Cunigunde fast gar nicht; ihre Schwestern plapperten so viel wie möglich. Die Conversation stockte nie. Dennoch ward es Mengen nicht behaglich, und er verstand es doch sonst so gut, in jedem Kreise heimisch zu werden! Eine verstimmte Saite verdirbt das ganze Concert für ein feines Ohr. Cunigunde war diese verstimmte Saite. Ihre Befangenheit, ihre Zerstreutheit wirkte ansteckend auf ihn, den einzigen Unbefangenen des Zirkels. Die Uebrigen mußten wol daran gewöhnt sein. Aber wie konnte der Verlobte es sein! Wenn das Mädchen meine Braut und immer so zerstreut bei mir wäre, dachte Mario, so würd' ich um alle Schätze der Welt nicht sie heirathen. Wäre er so verliebt wie Feldern gewesen, er würde sie doch geheirathet haben!

Cunigunde trug einen großen runden Strohhut, dessen breiter Rand Gesicht, Schultern und Nacken fast ganz verschattete. Feldern bat sie, den Hut abzunehmen.

»Die Sonne!« sagte sie ablehnend. Da aber die Vorhalle gegen Osten lag, so fiel kein Sonnenstrahl hinein, und sie setzte hinzu: »Die Mücken!«

»Wie unfreundlich!« sagte Frau von Stein halblaut.

Cunigunde nahm schweigend ihren Hut ab. Sie hatte wunderschönes dunkelbraunes Haar, das sich in schweren Zöpfen um ihre Schläfen legte und sich dann im Nacken zu einem griechischen Knoten verband. Feldern nahm eine Weinrebe, die ihren Hut wie ein Kranz umschlang, und drückte sie auf ihr Haar. Sie sah aus wie Ariadne – aber ohne Verzweiflung über den treulosen Theseus, und ohne Triumph über die Liebe des Bacchus. Sie freute sich nicht darüber, daß der Bräutigam sie reizend fand, sie duldete es; und nur es dulden heißt: es erdulden. Heißes Roth überflog momentan ihr feines, edles Antlitz und sie warf einen dunkeln melancholischen Blick auf Feldern. Später, als sie und ihr Schmuck unbemerkt waren, machte sie eine rasche Wendung des Kopfs, wodurch die locker hängende Rebe herab fiel. Feldern konnte sich keines Lächelns, keiner Aufmerksamkeit von ihrer Seite erfreuen, aber Mengen konnte es noch weniger. Nicht nur, daß sie nicht sprach – sie sah auch Niemand an. Manche Menschen brauchen gar nicht zu reden, nur zu blicken, und man wähnt eine tiefsinnige Musik zu hören, ein Gemälde des innersten Wesens sich aufrollen zu sehen – solche Magie hat das Auge. Menschen, die reden, ohne aufzublicken, müssen ein hinreißendes Organ oder einen außerordentlichen geistigen Reichthum haben, wenn ihre Rede jenen Eindruck machen soll. Ein unsichtbar Sprechender überzeugt nur halb, und reißt nie hin. Das Antlitz ist wahrer als die Worte. Worte lügen so oft; eine Miene, ein Lächeln, ein Zucken der Augenwimper oder der Lippe sagen oft das Gegentheil von dem, was das Wort sagt, und offenbaren dadurch die eigentliche Meinung. Das Wort ist ein kluger, berechneter, feiner Zögling des Geistes; aber der Ausdruck der Bewegung, das Mienenspiel, ist ein Kind der Seele, und die Seele durchschimmert es, wie der Körper ein Musselinkleid durchschimmert. Cunigunde mochte die Absicht haben, ihre Seele zu verhüllen; dies Spiel gelingt zuweilen denen gegenüber, welchen daran liegt, daß es gelinge; wer aber nicht dabei betheiligt ist, erkennt das Spiel. Sie sah Niemand an – man hätte glauben dürfen, daß sie in sich selbst versunken sei; allein sie hob doch bisweilen ihr Auge und dann war es leicht zu erkennen, daß sie in die Zukunft versunken war, solch ein heißer Durst lag in diesem Auge. Aber nicht nach Liebe, nicht nach Glück! nichts Sehnsuchtsvolles, nichts Träumerisches! Ein Schiffer, der das Land erreichen mögte, und den die Brandung nicht landen läßt, mag diesen Ausdruck haben.

Es wurde Musik gemacht und mit gutem Geschmack solche, welche sich für einen häuslichen Kreis schickt. Cunigundens Schwestern sangen zweistimmig, mit jungen frischen Stimmen heitre und launige Volkslieder und neckten Cunigunde mit ihrer Abneigung gegen mehrstimmigen Gesang. Sie sei so einsiedlerisch, sagte die Eine; und die Andere: sie möge nicht Takt halten mit einem Zweiten.

»Ich kann es nicht,« sagte Cunigunde, »ich würd' es ja gern thun.«

»Nun, so singen Sie allein« – bat Feldern, und sie sang mit einer schönen, aber eiskalten Stimme und ohne Leben im Vortrag, so viel und was er wünschte. Beim Abschied entließ sie ihn gerade so, wie sie ihn empfangen hatte. Kein inniger Blick, geschweige ein inniges Wort, war zwischen ihnen gewechselt.

Kaum saßen die Freunde zu Pferde, als Mario ausbrach:

»Du hattest ganz Recht: allerliebst ist keine Bezeichnung für Deine Braut! sie ist ja wirklich bildschön, ohne alle figürliche Redensart! ich meine, schön wie ein Bild.«

»Ich glaubte, die Schwestern würden Dir besser gefallen.«

»Bester! ich verbitte mir diese Beleidigung meines Geschmacks. Zwei weiße schnatternde Gänschen und ein Schwan! Wann wirst Du Dich verheirathen?«

»Im November, denk' ich.«

»Das ist ein Monat, in welchem ich regelmäßig das Leben im Norden verwünsche. Du thust sehr Recht, ihn Dir zum Rosenmonat umzuwandeln! – Aber sie ist äußerst schweigsam – Deine Braut.«

»Ihre Art so!«

»Gott, was sind die Frauen schön, wenn sie schön sind.«

»Du bist ja ganz in Extase« – sagte Feldern mißtrauisch.

»Wie kann Dich das befremden, Dich, der Du vier Jahr lang unter ihrem Zauber stehst und sogar die Qual der langen Sehnsucht ertragen kannst.«

»Was mir gewiß ist, nur in die Ferne geschoben, macht mir keine Qual.«

»Und wartest Du nicht? erzeugt Erwartung nicht Ungeduld, und nennst Du Ungeduld nicht Qual? O laß das nicht Fräulein Cunigunde hören, sie würde nicht mit Deiner stoischen Kälte zufrieden sein.«

»Jeder muß am Besten wissen, wie er mit der Geliebten umzugehen hat« – sagte Feldern übellaunig.

Er sollte es wenigstens – schwebte schon auf Marios Lippen; aber er hielt die kränkende Bemerkung zurück und sagte: »Schade, daß die Eisenbahn noch nicht fertig – Du würdest dann manche schöne Stunde mehr genießen können. Es ist doch hübsch, daß die Liebe, auf die von den administrativen und industriellen Köpfen keine andere Rücksicht genommen wird als die, welche die Propagation des Menschengeschlechts betrifft, auch von Dampfmaschinen und Eisenbahnen ihren Vortheil zieht. Es giebt keine Pyrenäen mehr, sagte Ludwig XIV. großsprecherisch, und log obenein bis auf diese Stunde, wo die Pyrenäen sich dadurch sehr bemerklich machen, daß sie Frankreichs Influenza nur theilweise nach Spanien hineinschlüpfen lassen. Aber wir können mit voller Wahrheit sagen: für Liebende giebt es keine Trennung mehr. In vier Wochen bin ich mit dem Dampfschiff, vom Rhein ausgehend, auf der andern Hemisphäre. Wie Untreue und Pflichtvergessenheit vorfallen sollten, ist gar nicht zu begreifen, denn in jedem Moment muß man gewärtig sein, von einem lieben Besuch überrascht zu werden, und wenn man seiner Liebsten nur keine Zeit läßt zum Vergessen: so wird man es auch nicht. Es ist bewundernswürdig, welchen guten Einfluß die Dampfmaschinen auf die Moralität haben. Und dann wagen verstockte Finsterlinge zu behaupten: deren Verfall und der Fortschritt der Industrie gehen Hand in Hand.«

Feldern antwortete einsylbig. Er forderte nie mehr in Zukunft Mario auf, ihn zu seiner Braut zu begleiten, und da er es nicht that, so sprach auch Mario den Wunsch nicht aus. Wirklich interessirte ihn Cunigunde nicht genug, um ihn zu veranlassen, Felderns Eifersucht zu reizen. Und Feldern war allerdings eifersüchtig, nicht auf einen bestimmten Gegenstand, sondern im Allgemeinen, weil er, trotz des vierjährigen Brautstandes, so unbekannt in dem Herzen seiner Braut war, wie die Alten im Ozean. Manche beschränkte und selbstzufriedene Leute macht solche Unbekanntschaft erst recht ruhig. Sie denken: da existirt nichts weiter, als was sie sehen und verstehen. Andre aber, die weniger beschränkt und selbstzufrieden sind, macht es unruhig, weil sie fühlen, daß ihr Auge und ihr Verstand nicht ausreicht, daß da viel vorgehen mag, was sie nicht ergründen können, und daß es doch eigentlich eine große Demüthigung ist, ein geliebtes Wesen nicht zu verstehen. Das giebt der Liebe ihre Göttlichkeit, daß sie, wie Gott, das Verständniß der Seelen hat. Der Verstand zweifelt, die Forschung grübelt, die Vernunft prüft – die Liebe weiß. Aber das ängstigende, lose, unzusammenhängende, verliebte Wesen, das die Leute Liebe nennen, kann freilich nicht viel w i s s e n. Das räth so herum, auf gut Glück, auf Gerathewohl, irret, trifft, trifft aber nie den Mittelpunkt des Seins, nie den Moment, wo die Knospe der Aloe aufspringt, welche alle hundert Jahr nur Einmal blüht. Ist ein Mährchen! ist eine Fabel! sprechen die Klugen; die Naturforscher wissen nichts von solcher Aloe! – Aber die Dichter wissen von ihr, meine Herren und Damen; wer hat nun Recht? Die Dichter sind ein uraltes, mystisches Volk, das ganz andre Dinge geschaffen hat, als eine Aloe, die nur alle hundert Jahre Einmal blüht. Bei den chaldäischen Schäfern ist's in die Schule gegangen, und die Priester von Memphis und von Dodona sind seine Zöglinge gewesen. Schlagt nach den Homer! die Götter hat er geschaffen. Was wüßte man denn von dem ganzen Olymp, wenn der alte Homer ihn nicht so genau beschrieben? Schlagt nach den Moses. Die ganze Welt hat er geschaffen. Die weisesten Hypothesen späterer Jahrhunderte taugen nur dann etwas, wenn sie mit seiner übermenschlichen und doch so ganz menschlichen Poesie übereinstimmen. Was die Geschichts- und Naturforscher auch entdeckt haben mögen – Homer und Moses sind noch nie dabei zu kurz gekommen. Verlaßt euch auf die Dichter, meine lieben Menschen, selbst wenn sie euch von der fabelhaften Aloe erzählen, die nur alle hundert Jahr Einmal blüht. In der dürren, heißen Wüste des Lebens, wo die Bäche versiegt sind und die Bäume versandet, wo kein Lüftchen weht und kein Vogel singt, unter dem brennenden Aequator des Herzens – da steht sie doch und blüht allen Naturforschern zum Trotz – aber freilich – nur alle hundert Jahr Einmal. Wer kann aber wissen, ob die hundert Jahr nicht gerade um sind, wenn er vor sie hin tritt?

Wenn Jemand mein Büchlein ungeduldig fortwirft, so kann ich es ihm kaum verargen. Er hat sich darauf präparirt, eine kleine Geschichte zu lesen, und ich erzähle ihm

Mährchen! Er verlangt, daß ich ihn – nicht, daß ich mich selbst amüsire. Es ist recht schwer, Autor- und Leserkopf unter einen Hut zu bringen.

Die Zeit vergeht mit derselben Schnelligkeit, wenn man in beständigem Wechsel und in ruhigster Einförmigkeit lebt. Wieder ein Tag vorbei! spricht der, welcher zwölf Stunden friedlich bei seiner Arbeit verbracht hat, und der, welcher die Sehenswürdigkeiten eines fremden Ortes wie ein Irrwisch durchrannt ist. Dann gehen Beide zu Bett: der Ruhige dankt Gott für seinen Frieden, und bittet ihn um ein wenig amüsante Abwechselung; der Unruhige dankt ihm für seine amüsanten Drangsale und bittet ihn um ein wenig Erholung. Zuweilen denkt auch Keiner an Dank und Bitte, und dieser streckt nur ermüdet seine Füße aus, und Jener eben so ermüdet seine Arme. Es ist erstaunlich, wie im Grunde die Menschenschicksale sich gleichen.

»Wieder ein Sommer dahin!« sagte Faustine, als sie mit Andlau Ende Oktober bei kurzen Tagen und nebeligem Wetter in Mainz auf der Heimkehr begriffen, eintraf. »Wie soll ich es prästiren, die ganze Welt zu sehen? bald reicht das Geld nicht aus, bald die Zeit nicht! heut wollen die Verhältnisse es nicht dulden, und morgen giebt's Umstände, die es unmöglich machen. Am liebsten schnürte ich mein Bündelchen, zöge Männerkleider an, und streifte umher. Es sieht nur etwas vagabondenmäßig aus, ich könnte in keinen Salon gelangen, und eine Gräfin Obernau, der die Salons verschlossen sind, ist eine verlorne Person. Dafür zu gelten, kann ich mich nicht entschließen, und so muß ich mir denn den Hauptspaß des Lebens versagen.«

»Du bist im Mittelpunkt Deines Wesens so fest, Ini; wie können die Radien, welche davon auslaufen, in solcher ewig zitternden Bewegung sein? Wäre meine Seele nicht der Deinen gewiß, so würdest Du mir große Sorge machen.«

»Ist unnütz!« sagte sie; »mein Herz ist fest; darauf kannst Du Felsen bauen. Giebt es etwas Zuverlässigeres in der Natur, als die Magnetnadel? nun, sie zittert immer hin und her, und weist doch unverrückt gen Norden. Nur in der Polnähe weicht sie ab. Dahin komme ich aber nicht. Ich bleibe im Tropenklima. Wollen wir nicht in den Dom gehen? Es regnet nur ein ganz klein Bischen.«

»Du bist eine unermüdliche Kirchengängerin! wir haben gewiß über hundert Kirchen in diesen drei Monaten besehen, und wie wenige darunter gefunden, die in reiner Vollkommenheit den Gedanken des Baumeisters auf die Nachwelt gebracht. Zerstört, geflickt, überpinselt, ausgebaut, angebaut, ruinirt durch barbarische Vernachlässigung und barbarische Geschmacklosigkeit, standen sie da, wie wunderschöne Menschen mit Kröpfen am Halse und Warzen auf der Nase.«

»Leider wahr! aber mein Auge ist ein geschickter Operateur und trennt die Auswüchse vom Körper. Und dann ist diese Stadt mit ihrem Dom noch eine von den alten entstandenen, keine moderne gemachte, die plötzlich aufschießt, weil der Monarch eine hübsche Avenue zu seinem Schloß haben will, oder weil die Leute reich werden wollen, und darum Häuser auf Actien bauen. Wie ich sie hasse, diese characterlosen, flachen, öden Häuser mit ihren hundert tausend blanken Fenstern! Kann da Häuslichkeit drin gedeihen, kann da Treue drin wohnen? Wenn ein Wagen vorbeifährt, zittern Thür und Fenster; wenn der Wind weht, bebt das ganze feige Ding, als bäte es ihn unterthänigst um Verzeihung, daß es wagt noch auf den Füßen zu stehen! O ihr lieben, stillen, alten Häuser, die ihr bescheiden mit der schmalsten Seite auf der Gasse steht, um eure Nachbarn nicht zu beeinträchtigen, um euch nicht in die Breite zu verflachen, wie gut bin ich euch! hinter euren starken Mauern und sparsamen, aber weiten Fenstern, in eurer verschwiegenen Tiefe, in euren traulichen, geräumigen, gewölbten Zimmern, da ist's doch noch möglich, Gedanken zu haben, welche sich auf Häuslichkeit beziehen. Wär' ich ein Mann, so holte ich mir nur aus solchem Hause eine Frau. Mädchen, in einem modernen Hause erzogen, sind es für fremde Augen! alle Welt guckt da hinein und fragt neugierig: was thust du? was treibst du? Die Sonne scheint in all die Fenster wie in einen Glaskasten hinein, wo die Blumen vor der Zeit blühen müssen, und für die Mädchen ist Schatten gut, stiller, kühler, grüner Schatten – da bleiben sie frisch, frisch von Wangen, frisch von Seele. Es existiren aber gar keine Mirakelmädchen mit frischen, apfelblütnen Wangen mehr! sie müssen so viel lernen, so viel schöne Künste treiben – das fatiguirt, und glaub mir, es hängt Alles mit den modernen Häusern zusammen. Wär' ich ein Mann, ich schlenderte durch die alterthümlichen Gassen, und schaute rechts und schaute links. Da auf einmal, in jenem dunkeln Hause, wo über der gewölbten Thür drei Eicheln ausgehauen sind, im Erdgeschoß, am offnen Fenster, das mit Gitterstäben geschützt ist, die aber so weit geschweift sind, daß die Katze in dem Ausbug Raum hat, und der große Blumentopf, aus welchem sich die Kapuzinerkresse emporrankt – verstehst Du, lustige Kapuzinerkresse, kein sentimentaler Epheu – da sitzt ein herziges Mädchen und arbeitet fleißig. Sie arbeitet nicht hastig, nicht gebückt wie eine Magd, wie um's liebe Brot – sondern aus anmuthiger Gewohnheit an Beschäftigung. Gute Gedanken steigen mit der Nadel hinauf und herab, vom Kopf zum Herzchen, und die schelmischen Lippen summen ein Lied. Das Haar hängt ihr leicht und lose, wie Gott will, an den Wangen herab, die Augen – wenn sie sie aufschlägt – blicken ernst und verweisen gleichsam dem Munde seinen Muthwillen – das Mädchen müßte meine Liebste werden! Alle Tage ginge ich zweimal vorüber, einmal am Morgen, einmal am Abend; grüßen thäte ich nicht, das wäre befremdlich; aber ohne Gruß würden wir nach und nach ganz bekannt. Dann legte ich mir einmal Morgens den Zwang auf, nicht vorbeizugehn, damit Abends ihre Augen fragten: aber wo warst du denn heute früh? – O Anastas, komm, wir wollen das Haus suchen und das Mädchen. Heirathen kann ich es zwar nicht ....« –

»Aber ich kann es« – sagte Andlau neckend.

»Eben so wenig!« rief Faustine, und warf muthwillig und stolz den schönen Kopf zurück, als brauche sie sich nicht einmal die Mühe zu geben, ihn anzusehen, um ihn zu fesseln.

»Und welchen Ersatz willst Du denn dem armen Mädchen dafür bieten, daß es nicht geheirathet wird?«

»Ich will es malen.«

»Brav! das wird ein hübsches Bildchen werden,« sagte Andlau, und machte trotz Nebel und Wind einen Spaziergang mit ihr. Er freute sich ihres schönen Talents – nicht blos weil es ihm Wonne war sie zu bewundern – sondern weil er es betrachtete als einen Canal, in welchen der übervolle Strom ihres Wesens wohlthätig, ohne die Ufer zu zerstören, sich ergoß. Ihren Phantasien lieh er immer Gehör. Ihren Gedanken-sprüngen setzte oft sein Urtheil, seine Meinung, Schranken; niemals seine Laune. Darum war Faustine außerordentlich durch seinen Umgang verwöhnt; sie fand jeden andern langweilig und steril, wo sie nicht dieser Theilnahme, dieser Ermunterung, diesem Verständniß begegnete. Er hatte sie daran gewöhnt, sich rücksichtlos, absichtlos, in unbefangener keuscher Freiheit vor ihm zu offenbaren; darum wurde es ihr schwer, in die zurückhaltenden, abwehrenden Formen der Gesellschaft sich zu fügen, und sie that es auch nur innerhalb selbstgewählter Grenzen, die angeborner Takt und kein Herkommen ihr bestimmten; aber eben deshalb fühlte sie sich nur bei Andlau glücklich. *»Mon aller n'est pas naturel, s'il n'est à pleines voiles,* sprech' ich mit Montaigne – sagte sie – wenn ich in der kleinen Nußschale oberflächlicher Gespräche und nichtsbedeutenden Verkehrs balanciren muß, so legt sich dieses Unbehagen gleich einer eisernen Schlafmütze auf meine Stirn, und lieber rede ich in dreimal vierundzwanzig Stunden keine Sylbe, als in einer Stunde unaufhörlich von den Fliegen, die brummen, und den Mücken, die stechen.« Andlaus Liebe war ihr die Frühlingsluft, in welcher sie, wie die Lerche, ihre Flügel ausbreitete, sich hob, und steigend und singend hängen blieb.

In Frankfurt fand Andlau einen Brief vor, der ihm den Tod seiner Mutter meldete, und den Wunsch seiner beiden Brüder, ihn bei der Regulirung der Geschäfte zu sehen. »Sie brauchen mich,« sagte Andlau; »sie wollen einen Zeugen haben, daß Keiner von ihnen mit dem Pistol in der Hand dem Andern einen Napoleon mehr, als ihm zukommt, abgefordert hat.«

»Du willst in den Elsaß?« fragte Faustine ungläubig; »willst mich verlassen; Anastas, thu' es nicht! Ich in Dresden, Du jenseit des Rheins – das liegt zu weit auseinander!« Sie schlang die Arme um seinen Hals und schmiegte sich an ihn, ängstlich und fest wie ein junger Vogel unter den Flügel der Mutter. Sie hatte die großen diamantenen Augen einer Gazelle, und mit diesen Augen sah sie ihn so zärtlich und traurig an, daß er sie mit seinen Küssen schloß, denn er fühlte, wie sein Herz an diesen Strahlen zerschmolz.

»Ich kann meinen Brüdern nützlich sein,« sagte er, »vielleicht dazu beitragen, daß Alles in Liebe und Güte abgethan wird. Meine Mutter mag ihren Liebling, meinen jüngsten Bruder, bevorzugt haben, und ich fürchte sehr, Aloys wird es sich nicht wollen gefallen lassen. Jeder handelt für seine Familie, jeder behauptet, das Recht seiner unmündigen Kinder vertreten zu müssen....« –

»Himmel!« unterbrach ihn Faustine, »wie hasse ich all diese Verhältnisse, welche unter der Firma: Familie! den Menschen in gefühlempörende Zustände bringen. Kaum hat ein Wesen die Augen zugethan, welches für uns das Ehrwürdigste unter der Sonne war, so stürzen wir heißhungrig über den Nachlaß her, und zanken uns im Angesichte der geliebten Leiche um die klägliche Erbschaft. Alle Andacht und Trauer geht unter in Berechnungen und Auseinandersetzungen. Und dann heißt es: meinetwegen führe ich nicht diesen Prozeß und werfe ich nicht dies Testament um, aber meine Kinder! – Muß man denn seiner Kinder wegen Scandal treiben, so gehe man doch lieber auf die Landstraße und plündere den ersten besten englischen Reisewagen aus, als mit dem Bruder um drei Batzen zu hadern.«

»Liebe Ini, ich will ja versuchen, ob ich meine Brüder daran verhindern kann.«

»Ja, das schmerzt mich eben, Anastas! Wenn sie Dich ruhig an das Grab Deiner Mutter treten ließen, wenn Ihr Euch an diesem Grabe freundlich und ernst die Hände drücken wolltet, so spräche ich zuerst: gehe hin! – aber um zu verhindern, daß sie sich bei dieser unglückseligen Erbschaft todtschlagen oder bestehlen, dazu bist Du viel zu gut! dazu ist die Polizei da, ich meine die Juristen, die Grenzwächter auf dem Mein- und Dein-Gebiete, die Flurschützen, welche aufpassen, daß keiner eine Traube vom Weinberg nasche – aber sie selbst dürfen naschen für ihre Mühe.«

Doch was Faustine auch vorbringen mochte, Andlau blieb bei seinem Entschluß.

»Einige Wochen vergehen schnell; das hast Du ja im Lauf des Sommers erfahren,« sprach er; »und welche Freude, wenn wir uns nach der Trennung wiederhaben!«

»Weil ich es bereits erfahren habe,« entgegnete Faustine weinend, »so bin ich ja mit dieser Erfahrung gleichsam abgefunden; ich brauche sie nicht mehr. Und wie kannst Du wissen, ob nach einigen Wochen Alles abgethan sein wird! Nimm mich wenigstens mit, als Dein Page verkleidet etwa.«

»Ich werde Dich erst nach Dresden bringen,« sagte Andlau, ohne den letzten Vorschlag sonderlich zu beachten, »und dann zurückreisen.«

»Du bist ein eiskalter Mensch!« rief sie und warf unwillig seine Hand aus der ihrigen.

»Das kann wol sein,« entgegnete er sanft.

»Und ich sehe durchaus nicht ein, warum ich Dich liebe.«

»Das hab' ich nie eingesehen, und es Dir auch oftmals gesagt.«

»Aber da ich Dich nun einmal liebe – rief sie, wieder mit süßer, schmeichlerischer Stimme – so schmerzt mich tödtlich die lange, dumpfe Trennung! Dich nicht?«

»Faustine, Du kennst mich, Du weißt, daß mein Leben in Dir ist, daß Du nicht blos mein Glück, nicht blos meine Liebe, nein! mein Glaube und meine Hoffnung bist, daß Deine Kristallseele mich gleichgültig gemacht hat gegen alle staubigen, buntgefärbten, flitterhaften Erscheinungen, daß neben Dir nichts, unter Dir eine Welt steht, daß ich von der Ewigkeit nichts wünsche, als Dich, weil ich in der Ewigkeit nur Dich, den schönsten Gottesgedanken, sehe; – das weißt Du, und fragst, als ob Du nichts wüßtest! Mache mir nicht das Herz schwer, und glaube nur, ich vermisse Dich durch die Trennung weit mehr, als Du mich. Du setzest Dich an Deine Staffelei und malst und erschaffst, und vergißt bei Deinen Schöpfungen alle Schmerzen, vielleicht alles Glück. Die Phantasie pflanzt goldene Stäbe rings um Dich her, und Deine Trauer rankt sich an ihnen empor und Du stehst schnell in einer duftenden, blühenden Laube, die Du selbst gezogen hast. Der Mensch deutet die Dinge, wie er sie versteht, nach seinen Fähigkeiten; Du bist so reich, daß Dir die Welt ein Golkonda ist. Ein vorübergehendes Leid wird für Dich ein Brunnen tiefer Freuden werden – das solltest Du doch wissen!«

»Ja,« sagte sie, »ich mag aber doch kein Leid! mag nicht aus dem tiefen Brunnen mühsam das helle, reine Freudenwasser emporziehen! Ich thue es nur, wenn ich eben muß, weil ich meine, es sei doch besser, als die Arme schlaff herabhängen zu lassen; aber lieb hab' ich solche Arbeit nicht.«

»Hernach, Engel, ruhst Du doppelt süß bei mir.«

»Aber einstweilen trägt mich Niemand auf Händen..... muß ich ganz allein auf der harten Erde stehen ....« –

»Wünschest Du einen Stellvertreten?«

»Nein.«

»Sonst könntest Du ja Clemens Walldorf kommen lassen,« sagte Andlau lächelnd, »der, nach Allem was Du mir von ihm erzählt hast, überglücklich sein würde, Dich auf Händen tragen zu dürfen.«

»O ja,« erwiederte Faustine gelassen, »das glaub' ich recht gern! ich habe nur nicht die heilige Zuversicht, daß wir nicht Beide der Sache überdrüssig werden könnten. Ich würde fürchten, er ließe mich fallen oder ich spränge herunter.«

»Aber bei mir hast Du es nie gefürchtet?«

»Nie!« sagte sie sorglos.

Ein solches »nie« – ist die größte Ehre, welche eine Frau einem Manne erzeigen kann.

Andlau hatte so oft schon Aehnliches von ihr gehört und gesehen, daß er nicht überrascht davon sein konnte; allein hingerissen und bezaubert war er immer von Neuem durch die anmuthige Nachlässigkeit, die gedankenlose Grazie, mit der sie stets das zu treffen wußte, was sie instinktmäßig als das Schönste erkannte.

»So lange ich noch bei Dir bin, will ich mein schönes Vorrecht nicht blos figürlich gebrauchen« – sagte er, hob Faustine empor, und hielt sie in beiden Armen an seine Brust gedrückt; – »Sonnenstrahl, Rosenduft, meine Ini, bist Du für mich Weib geworden? wirst Du mir nicht verschweben in den beweglichen, unfaßbaren Elementen, woraus Du durch ein Wunder geschaffen bist, wie die Venus aus dem Schaum des Meeres? oder hast du selbst das Wunder gethan, und wie eine Fee Dich sichtbar in der Welt gemacht?«

Faustine lag graziös auf seinen Armen, ihr Haar hing aufgelöst herab, ihre Augen waren halb geschlossen, nach ihrer Art. Wenn es nichts zu sehen gab, sparte sie sich gern die Mühe sie zu öffnen, und blickte nach innen. Sie sprach:

»Rede nur weiter, es klingt gar lieblich! ich freue mich, wenn Du einmal mit meinen Worten sprichst und aus Deiner kühlen Weise heraustrittst.«

»Aber ich verweichliche Dich zu sehr!« sagte er, wie sich besinnend, und stellte sie auf den Fußboden zurück und küßte ihr lockiges Haar, als sei es der Schleier einer Heiligen. Er trieb Abgötterei mit seinem lieblichen Idol.

Seiner Absicht treu, um ihr die Langweiligkeit der einsamen, herbstlich trüben Fahrt zu sparen, brachte er sie nach Dresden, und Faustine, die, wenn sie glücklich war, wol in die Ewigkeit hinüber sah, jedoch nicht über das irdische Heute hinweg – dachte nicht daran, daß am erreichten Ziel der Abschied ihr bevorstehe, und war während der Reise so liebenswürdig, daß Andlau selbst zu glauben anfing: er bringe den Wünschen seiner Brüder ein unermeßliches Opfer. Manche Menschen werden immer liebenswürdiger, je mehr Augen sich auf sie richten; nicht aus Eitelkeit, sondern weil ihnen der allgemeine Beifall Zuversicht giebt und sie anregt. Andere sind am liebenswürdigsten einer einzigen Person gegenüber, wenn diese ihrer Eigenthümlichkeit zusagt; viel Augen, viel Fragen, viel Einwürfe stören sie. Es kommt dabei sehr auf die jedesmaligen Gaben an, sogar auf physische. Wer witzig ist, wer schlagende Antworten giebt, wer eine elegante Form des Ausdrucks, ja, gar ein wohltönendes Organ besitzt, fühlt sich behaglich in dem größeren Zirkel. Wo Ernst und Sinnigkeit vorherrschen, wo die Rede nicht schimmert, wo der Ton der Stimme leise ist, da sind weniger Zuhörer willkommen. Faustine, wie fast alle einsam, d.h. ohne großen Familienkreis, lebenden Personen, hatte eine leise Stimme. Wo eine bedeutende Schaar von Geschwistern ist, mit denen man doch auf gleichem Fuß stehen – oder von Kindern, denen man befehlen muß – da wird die Stimme von selbst laut und tönend; sie soll gehört werden und bisweilen dominiren; aus dem Hause bringt man diese Gewohnheit in die Gesellschaft hinüber. Wer allein lebt, ohne Kinder, ohne Hauswesen, nur mit einem oder zwei Menschen in vertrautem Umgang, der ist nicht im Stande, in einem übervollen Salon zu sprechen, es müßte denn sein, daß Alles schwiege, wenn er redete. Faustine hatte eine leise Stimme, die immer leiser wurde, je inniger und eindringlicher sie sprach. Es ward zuletzt wie ein Klingen der Seele, aber ganz verständlich, so wie man die Aeolsharfe und das Murmeln des Baches ganz genau versteht. Daher sprach sie in der Gesellschaft nur mit ihren Nachbarn rechts und links, sie machte kein allgemeines Aufsehen, aber der jeweilige Nachbar war captivirt, wenn sie sprach, – was auch nicht immer geschah. Den Wecker an der Uhr stellt man auf eine bestimmte Stunde: dann schnurrt er sein Stückchen ab; der Mensch ist keine Sprechmaschine, die ihr gegebenes Thema abhaspelt. Von innen muß er angeregt werden, nicht von außen, wenn er etwas Gescheutes hervorbringen soll. In Faustinen war Alles vereinigt, um sie Andlau gegenüber am liebenswürdigsten zu machen; ein Hauptgrund aber war der, daß er sie liebte. Es ist die schwierigste Aufgabe für eine Frau, auf die Dauer und durch lange Jahre hindurch, liebenswürdig wie keine Andre für den Mann zu bleiben, mit dem sie verbunden ist. Die entnervende Gewohnheit weht über ihn hin, wie feuchte Luft über eine Harfe, und die Saiten erschlaffen. Ihre Liebe reicht nicht aus. Aber die Sache wird ihr sehr leicht gemacht, sobald er sie liebt; und dies seltene Glück hatte Faustine.

Vierundzwanzig Stunden nach ihrer Ankunft in Dresden fuhr Andlau seiner Heimath zu. Beim Abschied sprach er zu Faustinen, nachdem er alle Ausdrücke der Liebe und Zärtlichkeit erschöpft hatte:

»Nun zum Schluß das Wichtigste: Ini, vergiß mich nicht.«

»Das ist ein abgebrauchter Scherz, Anastas!«

»Kein Scherz, Ini! Du weißt ja noch gar nicht, was Du Alles vergessen kannst.«

»O Alles, Herz, Alles, nur aber Dich nicht!« sie umfaßte ihn mit stürmischem Schmerz, und als er gegangen, und die Thür hinter ihm zugefallen war, da meinte sie, ihr Schutzgeist habe sie verlassen, da sank sie auf die Knie und rief:

»Er ist fort! er ist fort! o mein Gott, bleibe du nun bei mir!«

Sie fühlte sich unaussprechlich einsam, obgleich ihre Freunde und Bekannten sie sogleich aufsuchten, sie einluden, auf jede Weise suchten sie zu zerstreuen.

»Andlau ist fort, ich langweile mich überall« – sagte sie ebenso aufrichtig als unverbindlich zu Frau von Eilau, mit der sie sehr liirt war.

»Eben darum werden Sie sich nicht mehr bei mir langweilen, als hier in Ihrer Einsamkeit;« entgegnete diese liebreich. »Sie werden ganz hypochonder zwischen Ihren vier Wänden, unter Menschen müssen Sie sich ein wenig Gewalt anthun, und Selbstüberwindung ist für uns Alle eine gute Schule.«

»Meinen Sie? nun, so will ich heute Abend zu Ihnen kommen – wenn ich es über mich gewinne. Es werden doch nicht viel Leute bei Ihnen sein?«

»Das weiß ich nicht! Da ich nie Jemand einlade, können eben so gut zwanzig Personen mich am Abend besuchen, als zwei. Aber seit wann sind Sie denn menschenscheu?« fügte sie lächelnd hinzu.

»Seit Andlau fort ist« – sagte Faustine melancholisch. Sie hatte keinen andern Gedanken.

Mitten im Salon der Frau von Eilau stand ein großer runder Tisch und Fauteuils rings umher, worauf die Damen saßen, Tapisserie nähten, plauderten. Die Herren schoben Stühle und Tabourets dazwischen – Worte weniger. Rechts daneben stand Frau von Eilaus Theetisch, woran sie so saß, daß sie zugleich das Theegeschäft besorgen und an den Gesprächen des runden Tisches Theil nehmen konnte. Links war eine Schachpartie etablirt. Dies Alles in der Mitte des Zimmers, damit jede einzelne Person zugänglich und uneingesperrt sei. Hinten an der Sophawand ward eine solide Bostonpartie gemacht, und die Spielenden bekümmerten sich nicht um das Vordertreffen. Frau von Eilau sagte zu Feldern:

»Es ist über neun Uhr; die Obernau kommt schwerlich mehr. Gehen Sie doch morgen früh gleich zu ihr und machen Sie ihr in meinem Namen ernste Vorwürfe.«

»Aber sie mag krank sein« – sagte Feldern.

»Keineswegs! nur verdrießlich, nur eigensinnig.«

»Auf jeden Fall gehe ich morgen früh zu ihr, und hätte nicht so lange gezögert, wenn ich nicht diese letzten acht Tage draußen gewesen und erst vor einigen Stunden heimgekehrt wäre.«

»Und wie geht es Cunigunden jetzt?«

»Besser! sie erholt sich langsam.«

»Bleibt es bei dem festgesetzten Vermählungstage?«

»Ich darf es nicht hoffen, kaum wünschen! sie ist von einer ängstigenden Nervenschwäche.«

»Das schöne, kräftige Mädchen! welch ein Jammer! wie kann denn eine armselige Erkältung solche Umwandlung bewerkstelligen?«

»Die Aerzte wissen keinen andern Grund, als Erkältung bei der Weinlese.«

»Die Schröder-Devrient verliert ganz ihre Stimme,« hieß es am runden Tisch, »sie wurde auch eiskalt als Norma aufgenommen.«

»Schade um sie, sie war eine pompöse Norma.«

»Diese Gleichgültigkeit wird ihr sehr wehe thun! wer auf den Triumph des Augenblicks angewiesen ist, will in jedem Augenblick Triumphe.«

»Natürlich! wie sollen diese Künstler denn wissen, ob ihnen Auffassung und Darstellung gelungen, wenn das Publikum kein Zeichen des Beifalls giebt? Die Malibran, von der man doch hätte glauben können, daß sie zum Voraus des tobendsten Beifalls gewiß sei, hörte und sah nichts vor Befangenheit, bis jubelnder Applaus ihre erste Scene belohnt hatte. Dann war sie sicher.«

»Gott, welche traurige Existenz, trotz eines weltberühmten Talents so abhängig von der Laune des Publikums zu sein! Jeder andre Künstler darf an die Nachwelt appelliren;

der Schauspieler hat es nur mit seinen Zeitgenossen zu thun. Wer ihn nicht sah, nicht hörte, weiß nichts von ihm.«

Die Thür öffnete sich. Faustine trat ein. Frau von Eilau rief:

»Je später der Abend, je schöner die Leute!« ging ihr entgegen und umarmte sie herzlich.

Faustine legte beide Hände auf ihre Schultern, und sagte eben so herzlich:

»Liebe, Sie sind eine so kluge Frau! sprechen Sie doch, bitte, mit Ihren eigenen Gedanken und nicht mit denen eines ganzen Volks. – *Bon soir!* wie geht's? charmirt Sie wiederzusehen!« – wurde mit den Uebrigen gewechselt.

Als Faustine eintrat, schlug der Mann, welcher ganz mit der Schachpartie und mit einer schönen Gegnerin beschäftigt war, die Augen auf und erkannte sie. Es war Graf Mengen. Sie sieht aber doch aus wie eine schöne Statue, dachte er, den ersten Eindruck festhaltend. Faustine war wieder ganz weiß gekleidet, und dann stand sie so graziös! Schön tanzen können manche Frauen, schön gehen – wenige, schön stehen – die allerwenigsten. Woran es liegt, weiß ich nicht, vielleicht an der Ungewohnheit, vielleicht an zu engen Schuhen, vielleicht an einem Mangel an Selbständigkeit. Die meisten wackeln. Ruhig zu stehen, ist die Hauptsache beim Stehen; aber darum darf es doch nicht schwerfällig, nicht bewegungslos, nicht plump, nicht niet- und nagelfest aussehen. Es muß eine Ruhepause zwischen der vergangenen und der kommenden Bewegung, es muß verschwebend, nicht wurzelfassend im Erdboden, sein. Eine Frau, die schön steht, gleicht einer Königin, um die sich Dienerinnen – der Sonne, um die sich Planeten bewegen. So stand Faustine. Sie hatte sich spät und schwer entschlossen zu gehen, da sie aber einmal in der Gesellschaft war, so war sie nach ihrer Art munter und triumphirend; nur so zeigte sie sich den Gleichgültigen. Konnte sie das nicht über sich gewinnen, so blieb sie daheim.

Feldern sagte: »Wie freu' ich mich, daß Sie wieder bei uns sind, anbetungswürdige Gräfin.«

»Grüß' Sie Gott, Herr von Feldern!« antwortete Faustine. »Sie hätten aber doch wol sagen können: angebetete Gräfin! da sogar Junker Tobias sagt: »Ich bin auch einmal angebetet worden.««

Mengen horchte hoch auf. Aber sie scherzt ja! sprach er zu sich selbst; so schön und so munter – das ist recht selten. Schönheiten begnügen sich gewöhnlich damit, schön zu sein. Sie wollen sich nicht selbst – Andere sollen sie amüsiren! das macht sie kläglich langweilig. – Zu diesen hochverrätherischen Gesinnungen gegen die Schönheit veranlaßte ihn seine Gegnerin im Schach: Lady Geraldin, die das *non plus ultra* von Liebenswürdigkeit gethan zu haben wähnte, dadurch, daß sie sich zeigte und sich anblicken ließ.

Faustine setzte sich zu Frau von Eilau. Die Herren und Damen der Tafelrunde verbargen sie fast ganz vor Mengens Blick, der nur dann und wann ihren Kopf wahrnahm, wenn ein Anderer sich rechts oder links bog. Er hätte für sein Leben gern diesen Kopf ununterbrochen betrachtet, studirt – man konnte ihn studiren wegen der interessanten Mischungen des Ausdrucks – er schob seinen Stuhl bald so, bald anders, aber es half ihm zu nichts, als daß Lady Geraldin fragend ihn ansah und einen seiner Springer nahm. Er mußte sich gedulden. Dieser Kopf, der über einer mit Schwan besetzten Mantille schwebte, wie der Mond über lichtem Gewölk, und der bald auftauchte, bald hinter Wolken verschwand, hatte etwas seltsam Reizendes: er kam immer mit einem neuen Ausdruck zum Vorschein. Faustinens Augen faßten ihren Gegenstand fest an, wie mit einer sichern Hand; sie forschten nicht, sie fragten kaum, sie wußten; sie verhehlten und überschleierten auch nichts, sie waren wolkenlos und vertrauenerweckend, wie der Himmel; unbekümmert, als gäbe es nichts Häßliches auf der Welt zu sehen, und rein, als wären sie nie der Gemeinheit begegnet. Die Augen eines Engels! dachte Mengen. Um ihren Mund gaukelten Muthwille, Schalkheit, Stolz, Bewußtsein der Ueberlegenheit, Spott. Und der Mund eines Menschen! fügte er hinzu. Aber das warme Colorit, das bewegliche Mienenspiel, die weichen Umrisse verschmolzen den Engel und den Menschen zu einem äußerst lieblichen Weibe. Und gerade diese Mischung ist so anziehend! Das allgemein Menschliche macht, daß solch Gesicht uns gleich ganz vertraut anblickt und uns gewinnt, indem es uns glauben macht, wir hätten einen lieben Freund, der so aussieht. Und wenn wir es genauer beobachten, so wird es durch das Charakteristische dermaßen individualisirt, daß wir nach zehn Minuten die Ueberzeugung gewinnen, es sei lediglich für diese Person geschaffen, vielleicht gar, sie selbst habe es sich geschaffen – was im Grunde jeder Mensch thut, der zum Bewußtsein gekommen. Die Richtung der Seele drückt dem Körper ihren Stempel auf.

Lady Geraldin hatte das Spiel gewonnen; Mario stand auf; da sagte sie gleichmüthig:

»Sie haben mich absichtlich gewinnen lassen; das mag ich nicht. Noch eine Partie!«

Mit freundlichem Grimm gehorchte er, und beschloß, so gut zu spielen, daß sie in fünf Minuten matt sein sollte. Allein sie war ihm gewachsen: es ging nicht so rasch. Am runden Tische wurde lebhaft geredet.

»So heirathet der junge, reiche, gescheute Mann, der eine der ersten Partien in Europa hätte machen können, diese intrigante Person, die wenigstens zehn Jahre älter ist, als er« – beschloß Jemand eine Tagesgeschichte.

»Desto früher wird er ihrer überdrüssig werden.«

»Und auf ein zärtliches Glück ist es wol nicht von ihrer Seite abgesehen! sie will einen glänzenden Namen, Vermögen, welches selbst im Fall einer Scheidung ihr ausgemacht ist....« –

»Bravo! im Ehecontract die Scheidung zu bedenken – das gefällt mir! das ist eine Vorsicht im grandiosen Styl.«

»Ich nenne das gemein« – sprach Faustine ruhig.

»Eltern können aber wirklich kaum mehr ohne jede mögliche hypothekarische Sicherheit ihre Töchter einem Manne anvertrauen. Nach zwei, drei Jahren ist die Sache zu Ende, wie ein Schauspiel, und die ganze Zukunft eines Mädchens zerstört.«

»Ich weiß wol!« entgegnete sie; »aber ich finde es entadelnd für ein Mädchen, wie ein Ballen Waaren assekurirt, hin und her spedirt zu werden. Kaufmännisch gemein, gehört diese Institution ganz einer Zeit an, die gleich der Schlange, nach der Edda, an den Wurzeln des Baumes nagt, der den Himmel und die Götter trägt. Das Gefühl wird an der Wurzel untergraben. Ein Mädchen soll die Zuversicht haben, daß weder Himmel noch Hölle sie von ihrem künftigen Gatten trennen können. Hat sie die nicht, so heirathe sie ihn nicht.«

»Aber sie hatte sie oft, und verliert sie nur später.«

»Ich meine blos, daß ich einen Kaufmann nicht achte, der auf seinen Bankerott speculirt, um reicher zu werden, als er vor demselben war.«

»Vertheidigen Sie denn gar nicht Ihre arme Cousine?« wurde ein junger Mann gefragt.

»Nach zehn Jahren werd' ich es thun! so lange Zeit brauche ich, um die Wendung der Dinge zu beobachten! in zehn Jahren müssen sie sich auf eine oder die andere Seite geneigt haben, und dann kann man etwas Anderes vorbringen, als Muthmaßungen und Voraussetzungen.«

»Ich finde auch wirklich die Zumuthung etwas stark,« sagte Faustine lachend, »daß wir alle Dumm- und Thorheiten unserer Verwandten vertreten und vertheidigen sollen. Ich danke Gott, wenn es mir bei meinen eigenen gelingt.«

»Wie können Sie sich selbst so verleumden!« rief Feldern.

»Keine Verleumdung!« antwortete sie; »aber das Wort Dummheiten ist Ihnen zu kräftig, nicht wahr? also will ich lieber sprechen: meine allerliebsten kleinen Thorheiten machen mir so viel zu schaffen, daß ich nicht Zeit habe, die anderer Menschen wahrzunehmen. Allerliebste kleine Thorheiten, bester Feldern, können Sie nun doch einmal Ihrem Schützling, dem Menschengeschlechte, nicht wegleugnen, so viel Mühe sich auch Ihr gutes Herz deshalb giebt.«

»Es ist wirklich wahr, der Herzog von *** hat auf einem Maskenball in Pilgertracht dem Herrn *** ein bairisches Adelsdiplom überreicht – selbst überreicht, *en masque!* ist das nicht himmlisch?« sagte einer der Herren.

»Ein Scandal ist es! eine Entwürdigung! – Nicht himmlisch, sondern himmelschreiend! – Eine verbesserte Auflage von der altmodischen Form: besser Ritter, als Knecht!« – rief man durcheinander.

»Warum denken die Fürsten nicht Belohnungen aus, welche auf ihre Kosten gehen?«

»Weil es ihnen bequemer ist, auf die unsern zu geben.«

»Und weil der Belohnte so sehr viel lieber »von« vor seinen Namen schreibt, als »Ritter des und des Ordens neunundneunzigster Classe« – hinter denselben der Kürze wegen!«

»Der Adel sollte beim Bundestage einkommen gegen diesen Mißbrauch.«

»Den die Fürsten treiben! wir sind keine Reichsritterschaft mehr und müssen uns Alles gefallen lassen, vom Plebs des Volks und der Fürsten.«

»Und dann,« sagte Faustine, »klingt Herr von Fischer von Schmerlenbach und Herr von Schwarz von Mohrenland so durch und durch plebejisch, daß es keiner Seele einfallen wird, sie in einer alten Chronik oder einem Turnierbuch zu suchen; und das ist ja der alleinige Spaß, den wir noch von unsern Namen haben.«

»Ich verlange keinen Spaß von meinem Namen, gnädigste Gräfin, sondern Ehre.«

»Daß weiß ich, Graf Kirchberg,« antwortete sie freundlich; »weil Letzteres lediglich von unsrer Persönlichkeit abhängt, so hat es ja gar keinen Einfluß auf Sie, ob der Herr Peter – Baron von Petershausen wird. Dalberg und Berlichingen klingen doch anders, nicht blos für unser Ohr, auch für das unsrer Gegner und Rivale, und das eben, daß etwas Unfaßbares darin liegt, etwas Idealisches, tönender als der Geldbeutel, gewichtiger als Berge von Akten, zauberhafter als die schwarze Kunst der Industrie – das ist mein Gaudium! Ich bitte um Verzeihung wegen dieses Studentenausdrucks, aber ich bleibe beim Gaudium! – Die Leute zucken die Achsel über den leeren Schall des Wortes: er ist von Adel; sie machen sich lustig über den Adel, sie suchen bald ihn mit Füßen zu treten, bald ihn zu überflügeln, sie coudoyiren ihn – hier mit der sterilen Aufgeblasenheit des Reichthums, dort mit dem würdigern Bewußtsein des Verdienstes, und wenn ihnen die Möglichkeit eröffnet wird, in die Reihen der gehöhnten Kaste einzutreten, so wischen sie den plebejen Schweiß von der Stirn, holen Athem, lassen sich nieder, kurz, sie zeigen, daß sie am Ziel sind. Meine lieben Freunde, ist denn das kein Gaudium für uns?«

»Man kann sich freilich über Alles lustig machen,« sagte Kirchberg, »aber diese Sache hat doch auch ihre sehr traurige Seite. Freilich lassen diese Leute, eingedrängt und eingeschoben – gleichviel! sich zwischen uns nieder, und dafür drängen sie uns, wie der Kuckuck den Hänfling, aus dem Neste. Sie bekommen den Grundbesitz in die Hände. Viehhändler, Fabrikanten, Banquiers kaufen uraltadlige Herrschaften. Der Erdboden wird unterminirt für die Aristokratie; sie steht nur noch auf einer dünnen Erdschicht – überall! sogar in Oesterreich, wo der Banquier Sina jährlich für mehre Millionen ungarische Besitzungen kauft, und wo überhaupt die ganze Finanz mit unbeschreiblich bitterm Haß dem Bestehen der Aristokratie zusieht. Sie können ihr ihren frivolen Uebermuth nicht vergeben! als ob ein schwerfälliger besser wäre! Wenn diese Leute oben sein werden, so werden sie mit Fäusten schlagen, wo wir mit dem Schwert.«

»O der Uebermuth, der uns immer zum Mißbrauch der herrlichsten Gaben und Kräfte verlockt,« rief Faustine, »ist für Völker und Individuen das, was ich die Erbsünde nenne.«

»Ach wie gut,« sagte eine Dame, »daß ich endlich einmal eine verständliche Erklärung von der Erbsünde bekomme! Bitte, gute Gräfin, können Sie mir nicht eben so kurz und faßlich erklären, was Sie unter der Sünde gegen den heiligen Geist verstehen?«

»Die Dummheit,« – sagte Faustine.

»Oh!« rief die Dame bestürzt.

»Ja, die Dummheit, die sich gegen die bessere Erkenntniß sträubt.«

»Weil ihr die Einsicht fehlt.«

»Nein, weil es nicht in ihren Kram paßt. Die dümmsten Leute sind pfiffig und schlau, wenn es ihren Vortheil gilt, und nur dumm, wenn ihnen die Sache gleichgültig, aber stockdumm, wenn sie zu ihrem Nachtheil ist. Was der Mensch nur ernstlich verstehen will, das versteht er auch.«

Nach diesen Worten wickelte Faustine sich in ihre Mantille und glitt aus dem Salon. Als Mario endlich mit einem erlösungsfrohen: »Matt!« die Augen aufschlug, war sie verschwunden. Er that innerlich das Gelübde, in drei Monaten kein Schachbrett anzusehen – so ärgerlich war er. Lady Geraldins Versicherung: sie habe sich gut unterhalten – was eine große Auszeichnung für ihn sein sollte – dünkte ihn gar kein Ersatz. Er hatte zwar kein Wort von dem verstanden, was Faustine gesagt, allein es schien ihm, als habe ihr allerliebster Mund das Brevet empfangen, nichts Alltägliches vorzubringen. Er war im höchsten Grade verstimmt.

Faustine schrieb an Andlau:

»Anastas, mein Viellieber, komm bald zurück, ich beschwöre Dich. Zehn Tage sind es erst, seit Du gegangen, aber jeder Minute in diesen zehn Tagen hab' ich ihre Länge angefühlt, habe empfunden, daß sie sechzig Secunden hat. Du wirst mir Vorwürfe darüber machen, wirst mir sagen, ich sei nicht einfältig genug, um mir selbst einen solchen Dämmerungszustand zu erlauben, und dies und das! aber wie soll ich ihn denn vermeiden? Bin ich allein, so denk' ich: Allons, meine Hände und Gedanken, tummelt euch, zerstreut mich. Bin ich unter Menschen, so möchte ich ihnen dasselbe zurufen. Aber eine Zerstreuung auf Commando ist ein Handwerk, welches nur in der untergeordneten Sphäre unsrer Thätigkeit getrieben wird. Rede ich, so thut es mir leid, daß Du mir nicht zuhörst; schweige ich, so thut es mir leid, daß meine Gedanken so in der Stille umkommen. Es ist ein Nichtgenügen in dieser Existenz, welches mich aufreibt, weil doch immer der brennende Wunsch da ist, es auszufüllen. Menschen, welche große Heilige geworden sind, müssen durchaus auf diesem Punkt gestanden haben, als sie sprachen: Ich will mich aufmachen und zum Vater gehen! – Aber es gehört ein gewaltiges Genie dazu, um ein Heiliger zu werden; ich meine, ein gewaltiges, beflügeltes, weltüberwindendes, Glück und Schmerz geringachtendes Herz; und was ich von diesen Eigenschaften besitze, reicht nur gerade aus, mich an das Deine zu legen. – Du wirst sagen: ich sei im vergangenen Sommer und auch früher schon auf einige Wochen von Dir getrennt gewesen, und hätte mich darein geschickt. Ja, Herz! im Sommer! da ist es ganz anders, weil die Natur mir zugänglich ist. Die Sonne ist mein Plafond, der Himmel repräsentirt meine vier Wände, da giebt's Freiheit und Schönheit, Lust und Leben. Jetzt bin ich eingemauert wie eine verbrecherische Nonne, bedrückt, geängstigt. Der Sturm heult, es regnet und schneit durcheinander, die Wolken wissen nicht, wohin sie sollen, die Paar armen dürren Blätter, welche noch am Baum festhielten und welche jeder Windstoß abwirbelt, wissen nicht, was mit ihnen geschehen wird, und flattern gepeinigt umher, die Bäume ringen in Verzweiflung ihre Aeste, wie dürre abgemagerte Hände, und es geht ein Aechzen und Heulen und Wimmern durch die Natur. Wie sollte ich diese Desolation nicht empfinden! ich fürchte mich – und es kann mir doch Niemand ein Leid thun! mich friert – und es ist doch ganz warm und behaglich in meinem Zimmerlein! Furchtsam und zitternd möcht' ich mich verbergen und erwärmen an Deiner Brust, mein Freund! mein Engel! – Wenn nur kein Unglück einbricht! auf diese unbestimmte Angst sollte ich gar nichts geben, weil sie mich immer fern von Dir überfällt; aber doch sehe ich mich um in der Welt nach der Wolke, die über meinem Haupte hängt, und wage nicht einen Schritt vorwärts zu thun, aus Besorgniß vor einem verborgenen Abgrund. – – – So weit schrieb ich gestern Abend. Weil lauter Gespenster um mich tanzten, mochte ich nicht unter ihrem Einfluß den Brief beenden; ich ging schlafen, und heute, wo die Sonne am Himmel steht, hab' ich meine Bangigkeit ziemlich verloren. Beachte sie nicht, d.h. halte mir keine Strafpredigt deshalb. Ich weiß selbst, wie wenig es sich für einen verständigen Menschen schickt, gleich einer Wetterfahne abhängig von Wind und Wetter zu sein. Aber bedenke die geringen Anlagen, welche ich zu einem verständigen Menschen habe, und Du wirst Nachsicht üben – gelt? – Ueberdies bin ich selbst meiner Gespensterscheu müde, – ich will arbeiten! das bannet böse Geister. Und wer kann mir denn etwas anhaben? Draußen scheint die Sonne, freilich nur ein mattes, schwächliches Novembersönnchen, weil die Erde an ihrem Gängelband so weitab gelaufen ist, als sie nur kann; aber drinnen wohnt die Liebe, und gar nicht novemberlich, glaube mir! Darum werde ich gut malen! Der Genius der Kunst hat einen so starken Flügelschlag, daß er meine Atmosphäre mit dem reinsten, feinsten Aether erfüllt. *A tout prendre*, Anastas, bin ich doch eins der glücklichsten Geschöpfe auf der wunderschönen Gotteswelt. Das muß Dich unaussprechlich glücklich machen; denn was ich von Glück weiß, weiß ich durch Dich. Gott mit Dir, wie ich es bin!«

Sie führte ihren Vorsatz aus und widmete sich mit dem regsten Eifer der Malerei. Sie malte den ganzen Tag; sie speiste in später Stunde, um keine Zeit zu verlieren.

Dann, um etwas frische Luft zu athmen, fuhr sie spazieren, weil sie im Finstern nicht gehen konnte. Endlich beschloß sie ihren Tag damit, daß sie die Abendstunden mit ernster Lectüre von geschichtlichen Werken hinbrachte. Für die Gesellschaft war sie unsichtbar. Frau von Eilau, Feldern, Graf Kirchberg besuchten sie zuweilen am Abend. Letzterer fragte einmal:

»Wie lange denken Sie dies einsiedlerische Leben fortzuführen, Gräfin?«

»Ich weiß nicht,« sagte sie, »aber es ist mir so angenehm, daß ich es gern immer führte. Man muß nur den Kopf sehr voll und die Phantasie sehr beschäftigt haben, um es zu ertragen und Vergnügen daran zu finden. Ich vermisse nichts, denn meine guten Freunde suchen mich auf.«

»Aber wir vermissen Sie in größern Cirkeln.«

»In Gottes Namen!« sagte Faustine lachend.

»Sie glauben es nicht?« rief er eifrig.

»Ja, ja! ich glaube es sehr gern! die Leute unterhalten sich gut mit mir, weil ich immer sage, was ich denke, immer von innen heraus rede, und das ist ihnen neu. Aber was habe ich davon, für gleichgültige Menschen eine Amüsements-Maschine zu sein?«

»Allgemeines Interesse zu wecken und zu gewähren, ist ein Vorzug, um den Tausende Sie beneiden würden, und den Sie nicht so spöttisch wegwerfen sollten. Jeder reichbegabte Mensch hat eben durch seine Gaben die Verpflichtung übernommen, sie im weitmöglichsten Kreise wirksam werden zu lassen. Thut er es nicht, speichert er seine Schätze auf, sei es des Goldes, sei es der Wesenheit ....« –

»So ist er ein Geiziger!« unterbrach Faustine. »Ach, guter Graf, der Vorwurf trifft mich nicht. Giebt es ein Geschöpf, das immer und ewig zu geben bereit ist, so bin ich es – nur nicht für alle Welt! Und wenn ich es bedenke – ja selbst für alle Welt! ich lüge nicht, ich heuchle nicht, ich verstecke nicht meine Herzensempfindung, ich gebe immer Wahrheit – wer thut mir ein Gleiches?«

»Aber Sie weisen doch zuweilen Menschen von sich ab.«

»Wenn ich fühle, daß wir nicht zusammenpassen.«

»Nein, von Hause aus.«

»Ich bitte um ein Beispiel.«

»Nun, als Feldern Sie vorgestern gebeten hat, Ihnen seinen Freund Graf Mengen vorstellen zu dürfen, haben Sie es ganz verdrießlich abgelehnt.«

»Verdrießlich? o das ist ein Feldernscher Einfall! er ist ein wenig empfindlich, der gute Feldern, und wenn ich nicht gleich auf der Stelle mit offnen Armen seinem Freund entgegen eile, so spricht er: ich sei verdrießlich. Ich habe ihn nur gebeten, noch ein wenig zu warten. Wenn ich in besserer geselliger Laune sein werde, will ich Graf Mengen herzlich gern empfangen.«

»Ist es Ihnen nicht sehr auffallend, daß der sonst allerdings höchst empfindliche Feldern das Verhältniß zu Fräulein Stein erträgt?«

»Wie so? was ist vorgefallen?«

»O gar nichts! sie zeigt nur eine äußerst geringe Sehnsucht, seine Frau zu werden.«

»Es schickt sich nicht anders.«

»*A la bonne heure*! aber sie zeigt dezidirt das Gegentheil!«

»Herr des Himmels!« rief Faustine, »er wird sie alsdann doch nicht heirathen?«

Kirchberg zuckte die Achseln. Sie fuhr fort:

»Lieber Graf, gehen Sie auf der Stelle zu Feldern und bitten Sie ihn, zu mir zu kommen.«

»Wollen Sie ihm verbieten, sie zu heirathen? können Sie es? – Sonst aber .... was haben Sie ihm über diesen Punkt zu sagen?«

»Nichts, als ihn zu beschwören, sie nicht zu heirathen.«

»Das ist mißlich, theure Gräfin. Vielleicht wird er es von selbst nicht thun, denn die Hochzeit ist ins Ungewisse verschoben, bis zur gänzlichen Herstellung von Fräulein Stein; und ich glaube – die erfolgt nie. Was wollen Sie sich in unbehagliche Verhältnisse mischen, da beide Personen Ihrem Herzen nicht nah genug stehen, um Ihnen über das Verdrießliche einer solchen Einmischung hinweg zu helfen – für die man ohnehin selten Dank findet?«

»O ihr Weltmenschen!« rief Faustine. »Oberflächliches Herumtreiben in der Gesellschaft begehrt Ihr von mir! schwatzen und tanzen, witzeln und kokettiren soll ich! Wenn ich sage: das langweilt mich – so antwortet Ihr ganz ernsthaft: Es ist Pflicht, mit den Nebenmenschen umzugehn! Und wenn ich es dann auf meine Weise thun will, so heißt es: Halt! halt! nur nicht mit der Thür ins Haus gefallen! nur nicht gleich treuherzig die Hand geschüttelt! nur kein ehrliches, wohlmeinendes Wort gesprochen! nur immer geflittert und geflattert – das ist ganz genug! – O Kirchberg, ich mag Euch Menschen nicht leiden.«

»Ich verdenke es Ihnen nicht, holde Gräfin, ich mag sie auch nicht leiden, und eben darum ist es eine solche Erquickung, einem Wesen wie Ihnen zu begegnen, daß Sie vor Keinem Ihr Dasein verhüllen sollten.«

»Sie sind *en train* mir Liebenswürdigkeiten auszukramen,« sagte Faustine lachend; »ich kann sie nur leider gar nicht brauchen. Ein Paar Notizen über Feldern wären mir lieber.«

»Die kann ich leider nicht geben!« antwortete Kirchberg in demselben Ton, und ging.

Schon zwei Monat waren vergangen; Andlau kam nicht wieder. Die Geschäfte seiner verstorbenen Mutter waren in großer Unordnung. Seine Brüder hatten lebhafte Neigung, ihren Nachlaß zu theilen, gar keine – ihn zu entwirren. Er stand mit seiner grandiosen

Uneigennützigkeit so frei zwischen ihnen beiden, daß sie gleiches Vertrauen zu ihm hegten und ihn beschworen, das Ganze in seine Hand zu nehmen, um es zu schlichten. »Das Gut meiner verstorbenen Mutter muß erst verkauft werden – schrieb er an Faustine – das mag sich bis zum Frühling hinziehen: so lange müssen wir Geduld haben, meine Ini! dann bin ich frei, und doppelt meiner Freiheit froh, weil ich sie durch ein Opfer mir erkauft habe. Meine Geschäfte sind langweiliger Art! ich muß hier und dorthin fahren, muß mit diesen und jenen Leuten unterhandeln – nun, das ist nichts für Dich! Dir soll ich von andern Dingen erzählen! Süße und Liebe, wer kann auch anders, als von süßen und lieblichen Dingen zu Dir sprechen? wer kann anders, als zu Deinen Füßen niedersinken und Dich anbeten, nicht weil Du schön, nicht weil Du anmuthig bist, nicht weil Du diesen oder jenen Vorzug hast, sondern nur weil es eine Wonne ist, ein Geschöpf anzubeten, das, wie von silbernen Flügeln getragen, über die staubige Erde hingeht. Der Gedanke an Dich ruhet mich aus, wenn ich müde bin von dem künstlichen Treiben der Menschen; erfrischt mich, wenn mir die Seele welk wird von ihrem Lügenhauch; erhebt mich, wenn Zweifel an Treue und Wahrheit mich beschleicht. Du bist für mich das Compendium der Schönheit. In Dir hab' ich Alles vereint, und ein Atom Deines Wesens beseelt mir jede Erscheinung des Lebens. Die Frauen haben größern Einfluß auf die Männer, als umgekehrt. Sie sind so subtil, daß sie in das gesammte Lebensgeäder des Mannes wie Balsam oder wie Gift eindringen. Obgleich es ihrer Eitelkeit schmeichelt, wollen die Frauen doch nichts von diesem immensen Einfluß wissen, weil sie sich vor der Verantwortung fürchten, welche er nach sich zieht. Aber er ist unleugbar. Hier stirbt ein Mensch, weil ihm seine Liebste untreu gewesen ist, ein gemeiner Mensch – hör' an die Geschichte: Es war ein wunderhübsches Bauermädchen auf dem Gut meines jüngsten Bruders, das einzige Kind ihrer Eltern, der Stolz des Dorfes, Braut von einem jungen Knecht, der nicht reich war, nicht hübsch, kurz keine andern Vorzüge hatte, als den, daß er sie und sie ihn liebte. Ein reicher Bauersohn aus der Nachbarschaft, so wie ein Jäger meines Bruders, hatten um das Mädchen geworben und waren spöttisch abgewiesen worden; sie hatte ihren Schatz! Diesen Herbst sollte die Hochzeit sein. Ehe es so weit kam, schien wol eine Veränderung mit dem Mädchen vorgegangen, aber wie das gewöhnlich geht: das fiel Allen erst ein, nachdem die Sache sich aufgelöst hatte. Drei Tage vor der Hochzeit geht sie mit ihrem Bräutigam zum Jahrmarkt in die Stadt. Da tritt bei einer Bude ein junger Soldat, etwas betrunken, zu ihr heran, und sagt ein Paar Worte, die das Mädchen und ihren Bräutigam zittern und erbleichen machen. Letzterer ruft dem Soldaten zu: ›Du lügst!‹ und der erwidert lachend: ›Es steht ja der Verena auf die Stirn geschrieben.‹ Da, ohne sich einen Augenblick zu besinnen, ohne ein Wort zu sprechen, nimmt der Knecht das Messer, welches er eben gekauft, und stößt es dem Mädchen bis ans Heft in den Busen. Sie starb binnen vier und zwanzig Stunden, unaufhörlich wiederholend, daß ihr Liebster ganz recht daran gethan, sie zu tödten, denn sie sei ihm falsch gewesen und habe auch keinen ruhigen Tag mehr gehabt, seit sie sich mit dem Soldaten zu weit eingelassen. Der Soldat, schnell ernüchtert, beschwor die Aerzte, das Mädchen zu retten, und betheuerte immer bei Seele und Seligkeit, er habe nur in trunkenem Muthe gesprochen, er wisse nichts von dem Mädchen. Der unglückliche Mörder, in Kerker und Banden, sagt nichts als: ›Ich will sterben, denn das Verenli ist falsch gewesen und die Welt taugt nichts.‹ Weiß der Himmel, welch Urtheil man ihm sprechen wird. Ist das nicht eine hübsche Geschichte? Du meinst, nur in höhern Ständen, unzerstreut durch Arbeiten und geringe Bedürftigkeiten der Existenz, könne sich die Liebe bis zur intensesten Leidenschaft ausbilden, und nichts halte ihr besser das Gleichgewicht, als wenn man sich um das tägliche Brot bemühen müsse. Hier hast Du einen Beweis vom Gegentheil. Vielleicht ist's eine Ausnahme; wie ich denn überhaupt eine gewaltige, dauernde Liebe zu den Ausnahmen rechne, beim Volk und bei den Vornehmen. Jene kommen nicht dazu, weil ihre Seelenkräfte unentwickelt bleiben beim sterilen Handwerk; diese, weil das hohle, entnervende Treiben der Gesellschaft auf sie wirkt, wie Regenschauer auf Vogelflügel: sie verlieren ihre frische Elastizität. Und selbst wenn bei allen Classen die Energie sich vollkommen entfaltet hätte, so würde man deshalb kaum häufiger die Liebe finden, denn sie ist wie das Genie etwas, was man empfängt, nicht erstrebt; und man könnte sie in ihrer Unwillkürlichkeit capriciös nennen, wenn man sie nicht lieber göttlich nennen mag. Lebe wohl, Du – meine Göttin mag ich nicht sagen: sie steht kläglich außer dem Bereich des Lebens, als habe sie Schiffbruch gelitten! Mein Engel – ist so abgebraucht wie die Rosenwangen und Lilienhände der Dichter, welche nach gerade ganz welk sein müssen! Was bleibt da übrig als: meine Ini, lebe wohl.«

Als Faustine diesen Brief empfing, war sie fertig mit ihren Gemälden, fertig mit ihren Büchern, fertig mit Phantasie, Beschäftigung und Geduld. Sie hielt es für eine Unmöglichkeit, wenigstens drei Monat noch diese Lebensweise fortzuführen, denn nicht ihr Körper allein, auch ihr Geist ward abgemattet durch die wechsellose, spannende, schaffende Richtung ihrer Gedanken. Wenn mir der Himmel doch irgend etwas recht Schönes bescheeren wollte, dachte sie, so eine ächte Weihnachtsfreude, ich könnte sie brauchen.

Es war ganz dunkel in ihrem Zimmer, sie lag auf dem Sopha von wachen Träumen so umschwirrt, daß sie fast dem Einschlafen nahe war, denn sie hatte angestrengt gemalt, um keine unvollendete Arbeit ins nahende neue Jahr hinüber zu nehmen. Sie hörte die äußere Thür des Vorzimmers aufgehen, hörte darin flüstern und leise auftreten; aber sie mochte nicht klingeln und fragen, was es da gebe. Plötzlich fiel ihr ein, Andlau könne sie mit seinem Besuch überraschen wollen, und sie sprang auf. Doch eben so schnell nahm sie ihre vorige Stellung wieder ein, der Scherz sollte ihm ganz gelingen, sie wollte ihn erst erkennen, wenn er vor ihr stand. Sie blieb unbeweglich; nur ihr Herz schlug athemraubend in jubelnder Erwartung. Die Thür ging auf. Kaum aber war eine Männergestalt eingetreten, von der Faustine nicht einmal die äußern Umrisse erkennen konnte, so wußte sie auch, daß dies nicht Andlau war. Sie richtete sich auf, schellte, und fragte zu gleicher Zeit mit eiskaltem Tone:

»Wer ist so gütig, mir diesen seltsamen Besuch zu machen?«

»Ich! nehmen Sie es nicht übel« – war die Antwort.

»Clemens Walldorf? willkommen tausendmal! – Aber, Bester, man läßt sich melden bei einer Dame.«

»Ich fragte Ihre Kammerfrau, ob Sie zu Hause, allein, und wohl wären ....« –

»Da wußten Sie freilich Bescheid, aber ich nicht! – Und was wollen Sie denn nun eigentlich hier in Dresden?«

Es war eine Lampe hereingebracht und vor ihr auf den Tisch gestellt; sie war zufällig wundervoll beleuchtet. Glänzende Lichtstreifen fielen auf ihr schwarzes Atlaskleid und verriethen ihre liebliche Gestalt. Der weiche Nacken, die zarten Hände tauchten aus den dunkeln Falten auf, und die Farben, welche dem Anzug fehlten, lagen alle auf ihrem holden Antlitz. Clemens war bewundernd in ihren Anblick versunken, und vergaß zu antworten.

»Bitte, geben Sie mir meinen Arbeitskorb von jenem Tische,« sagte Faustine; »ich finde es zwar nicht sehr verbindlich, Tapisserie neben der Unterhaltung zu machen, aber Sie scheinen kein Freund der Conversation zu sein und deshalb auch wol kein Feind der Tapisserie.«

Clemens ermannte sich, holte den Korb; statt ihn aber ihr zu geben, behielt er ihn und sagte:

»Sie frugen, was ich hier wolle? nun, zum Beispiel den Inhalt dieses Körbchens besehen. Darf ich?«

»Bürden Sie sich doch nicht muthwillig die Plage des Besehens auf, hier, wo wirklich Augen und Seele zum Genuß mannigfacher Schönheit aufgespart werden sollten.«

Clemens untersuchte genau die kleinen Arbeitsgeräthschaften des Körbchens: »Fingerhut und Scheere von Kokosnuß? das ist sauber gemacht und dauerhaft nebenbei, zu dauerhaft für eine vorübergehende Mode. Ein Flacon von Hyalit, ein Bleistift in Schildkröt: Etui mit Silber eingelegt – niedlich! Aber welche abscheulich plumpe Nadelbüchse von Porzellan!«

»Abscheulich? Unglücklicher! sie ist anbetungswürdig, denn sie ist *rococo*.«

»Ein Erbstück Ihrer Urgroßmutter vielleicht, und respectabel als solches ....« –

»Nichts von respectabel! das ist ein unmodisches Wort, und *rococo* ist modisch *par excellence*.«

»Wie Sie befehlen! wenn es nur nicht schön sein soll. Dies Täschchen von russischem Leder mit Ihren Visitenbillets gefällt mir besser. Ah! ein Brief. – (Es war Andlaus letzter Brief.) – Es muß angenehm sein, Ihnen schreiben zu dürfen.«

»Viel angenehmer, mit mir zu plaudern.«

»Sind Sie mit mir zufrieden, daß ich Ihnen nicht geschrieben habe?«

»Ich bin ganz damit zufrieden. – Jetzt legen Sie die Sächelchen wieder hübsch ordentlich in den Korb. So. Das grüne Gewölbe wäre exploitirt!« Sie lachte so munter, daß Clemens auch ganz heiter ward. Er rief:

»Dresden gefällt mir herrlich. Morgen besehe ich die Bildergallerie – die Ihre.«

Felderns Eintritt störte seine Heiterkeit, und noch mehr störte es ihn, daß Faustine sagte:

»Meine anachoretische Laune ist vorüber! ich werde viel ausgehen und mich sehr freuen, wenn man mich häufig besucht. Graf Mengen, mein bester Feldern, soll mir sehr willkommen sein. Ich schmachte förmlich nach Gesellschaft, nach Mittheilung, nach Anregung.«

»Und warum haben Sie es zu diesem Punkt kommen lassen, gnädige Gräfin?«

»Künstlerlaune, lieber Feldern! ich bin zwar nur eine armselige kleine Dilettantin, aber ich habe große Anlagen zu einer ächten Künstlerin, nämlich immense Launen. Ich treibe Alles *by fits and starts*.«

»Dadurch wird die tiefe Einheit Ihres Innern doppelt interessant.«

»Alle Welt sagt, ich sei interessant! ich wüßte gern, was sich alle Welt unter diesem Worte denkt – und ob überhaupt etwas.«

»Ein Gemisch von Eigenschaften, die sich scheinbar widersprechen: tiefer Ernst und Kindesheiterkeit, z.B. eine sanfte Seele und ein starkes, muthiges Herz, Laune und Gemüthlichkeit, männliche Entschiedenheit und jungfräuliche Grazie –«

»Habe ich denn das Alles?« fragte Faustine verwundert.

»Nein, weit mehr,« sagte Clemens trocken.

Feldern sah ihn überrascht an, er glaubte bereits den höchsten Grad der Bewunderung an den Tag gelegt zu haben. Faustine sagte:

»Lieber Feldern, ich empfehle Ihnen diesen meinen jungen Freund hier, Herr von Walldorf, Bruder meines Schwagers, der hergekommen ist, um recht gründlich Dresden kennen zu lernen.«

»Ganz und gar nicht,« sagte Clemens, wieder sehr trocken.

»So geben Sie selbst Ihre Gründe an,« entgegnete Faustine.

»Ich bin gekommen, um Sie zu sehen, und nun da diese Absicht erreicht ist –«

»Fahren Sie nach Oberwalldorf zurück?« rief sie lachend.

»Will ich schlafen gehen.«

»Um morgen in besserer Stimmung wiederzukommen – hoff ich.«

Feldern sah dem Abgehenden nach und sagte:

»Der junge Mann scheint keine besonders gute Erziehung genossen zu haben.«

»Keine gute, das ist wahr! aber zum Glück auch keine schlechte, sondern gar keine. Daher fehlt ihm Manches, aber verdorben ist nichts. Nehmen Sie sich freundlich seiner an.«

»Sobald Sie ein Gleiches für meinen Freund Mengen thun.«

»O der hat es nicht nöthig, ist seit sechs Monaten hier, hat festen Fuß gefaßt in der Gesellschaft und überall –«

»Wenn Sie wüßten, wie er Ihre Bekanntschaft wünscht!«

»Sonderbar! was weiß er denn von mir?«

»Er hat Sie zweimal gesehen, in der Ferne zwar nur –«

»Ach,« rief Faustine, »er hat mich gesehen! Ja, dann begreif' ich.« – Feldern lächelte. »Warum lächeln Sie?« fuhr sie fort; »muß ich Ihnen denn auseinandersetzen, was doch sehr einfach, daß der frische, unvorbereitete Eindruck einer Persönlichkeit genügend ist, um uns ihre Bekanntschaft wünschen oder meiden zu lassen. Dann haben wir keine Vorurtheile für oder gegen, und die unbefangene Seele weiß, was sie brauchen kann und was nicht. – Es ist wirklich ein Jammer, daß man gar nicht mehr unbefangen sprechen darf! Alles wird uns als Eitelkeit gedeutet.«

»Wenn die Deutung Sie nicht trifft, so werden Sie mir deshalb nicht zürnen.«

»Nein! nur bedauern, daß Sie sich selbst um das Vergnügen bringen, an die Unbefangenheit zu glauben.«

»O Gräfin, man muß sehr jung, sehr unerfahren, oder sehr verliebt sein, um das zu glauben – nicht den Frauen gegenüber: das ist unmöglich! Nur einer einzigen Frau gegenüber! Es liegt ein Abgrund von Lügenhaftigkeit in ihnen!«

Faustine entsetzte sich fast, den sonst so gemessenen, vorsichtigen Feldern so heftig sich äußern zu hören. Welche Erfahrung, welche Kränkung mußte ihn getroffen haben, um einen so ungewöhnlichen Ausbruch zu veranlassen! – Ehe sie noch eine Erwiderung gefunden, wendete aber Feldern das Gespräch, indem er sagte: »Also morgen darf ich Mengen herführen, und Sie entschuldigen, daß es früh geschehen wird, denn ich muß hinausreiten, und die Geschäfte wälzen sich erdrückend auf mich.«

Er ging bald. Was sind das alles für confuse Zustände! dachte Faustine; darf man sich gar nicht mit den Menschen einlassen, ohne im Sturm umgewirbelt zu werden, wie jene Verdammten in Dantes Hölle? Darf man Keinem die Hand reichen, ohne befleckt oder verwundet zu werden? Und warum stehe ich denn so friedlich-glücklich zwischen all dem Wirrsal? O mein Anastas! –

»Endlich!« sagte Mario, als er am nächsten Tage vor Faustinen stand.

»Grade zu rechter Zeit!« sagte Faustine. Beider Blicke begegneten sich und sanken in einander wie zwei gefaltete Hände. Er fühlte, daß die ungekannte Königin seiner

Seele ihm nahe war. Er sprach ungewöhnlich wenig; er ließ Feldern reden, und Kirchberg, den er schon vorfand, und Clemens, der später kam, und sie, die allein für ihn mit süßer Melodie und nicht mit Schellengeklingel redete. Und wenn sie es that, so sah er sie an mit einer Befriedigung, als habe er durch ein glückseliges Ohngefähr die Lösung eines seltsamen Problems gefunden. Clemens sah sie an mit gespannter Unruhe, mit leidenschaftlicher Angst, ob ihr Auge länger, lieber auf einem andern Gegenstande ruhe; Mario – als wolle er seinen Blick zu einem Teppich machen, der ihr zartes, traumähnliches Wesen ungefährdet und unverletzt tragen dürfe. Heute, bei hellem Tageslicht und in der Nähe, kam sie ihm nicht so blendend vor wie im Salon von Frau von Eilau, nicht so majestätisch wie auf der Terrasse; das eigene Zimmer gab ihr einen Anstrich von traulicher Häuslichkeit. Sie selbst und Alles um sie her war so friedlich, so bequem. Kein Fußtritt war auf dem starken Teppich zu hören; tiefdunkel-rothe Vorhänge fielen lang über die Fenster herab, verhüllten die Aussicht auf Schnee und Reif, fingen den matten Strahl der Wintersonne auf und gaben ihm eine glühendere Färbung. Die Thür nach einem zweiten Zimmer war geöffnet; auch dort dieselbe blaßgraue Tapete, derselbe Teppich, dieselben dunkelrothen Vorhänge. Diese gleich-mäßige Farbentemperatur that dem Auge, und dadurch auch der Seele wohl. Es war nur Alles so schnurgerade verschieden von dem, was man sonst zu erblicken pflegt! Ein Gemälde hing in dem ersten Zimmer, auch eins von denen, welche man nicht häufig sieht: es war eine sehr gelungene Copie vom Titianischen Christus mit dem Zinsgroschen, von der Dresdner Gallerie. Clemens fragte, ob sie es gemalt.

»Nein,« sagte sie, »ich kann nicht copiren. Ich thue vorschnell stets etwas von dem Meinigen hinzu, und das wäre doch Jammerschade um dies himmlische Bild gewesen.«

»Keins von allen auf der ganzen Gallerie hat mich so angezogen, wie dieses Bild,« sagte Mario, »und überhaupt niemals hab' ich einen Christus gesehen, der mit seinem feinen, durchschmerzten, edlen, und so überaus geistreichen Gesicht, mehr der Idee entsprochen hätte, mit welcher ich ihn verkörpere.«

»Das freut mich!« rief Faustine; »es theilen gar Wenige meine Vorliebe. Im Allge-meinen finden die Christusbilder von Guido Reni, Carlo Dolce und Bellini mehr Beifall. Es kommt immer auf die Idee an, welche wir selbst davon mitbringen. Mir scheint, Himmel und Erde sind wol nie in einem so engen Raum, mit so geringen Mitteln, in so grandioser Simplicität zusammengestellt worden.«

»Aber können Himmel und Erde sich je so nah kommen, wie in diesem Gemälde?« fragte Mengen.

»O sie sind es ja immer! immer!« rief Faustine lebhaft; »immer und ganz untrennbar! aber dennoch so weit geschieden wie Christus und der Pharisäer, wie Himmel und Erde bleiben, wenn sie auch in unserm Horizont sich vereinigen. Denn die Sinne ver-einen nur, und die Seele trennt.«

»Und vereint!«

»Aber einzig und allein das Gleichartige – und das nenne ich Liebe.«

Leichenblässe legte sich bei diesen Worten über Felderns Züge. Er stand auf und ging. Faustine sah Kirchberg fragend an; der machte ein diplomatisch ablehnendes, lächelndes Gesicht, und sie erschrak wie Jemand, der zu viel gefragt hat. Mengen sah das und sagte ruhig:

»Die Partie geht wahrscheinlich zurück, weil die beiden Leute sich durchaus nicht conveniren. Mir war das auf den ersten Blick klar.«

»Man sagt –« sprach Kirchberg.

»Das ist nicht wahr!« rief Faustine.

»Was denn, gnädige Gräfin?« fragte er befremdet.

»Ein: man sagt! ist von Hause aus nicht wahr,« wiederholte sie.

»Wol möglich und ich will es wünschen! indessen sagt man doch, daß eine *liaison de bas étage* die Heirath unmöglich mache.«

»Kirchberg!« sprach Faustine mit ganz leiser, gedämpfter Stimme und ihre Augen sprühten Funken; – sagen Sie von einer Frau, was Sie wollen! es wird schlecht von Ihnen sein, aber es thut nichts. Doch von einem Mädchen, einem schönen jungen Mädchen – wie wagen Ihre Lippen das! – Vor den Frauen habt ihr Männer keinen Respect mehr, *et elles vous le rendent bien!* aber vor den Mädchen habt doch um Gottes willen noch Achtung, denn aus deren Reihen wollt ihr ja eure künftigen Gattinnen, die Mütter eurer Kinder wählen! ich begreife wirklich nicht, daß ihr vor diesen Geschöpfen nicht das Knie beugt. Es rührt wol daher, daß kein Mann sich vorstellen kann, was es eigentlich ist: ein Mädchen. Er sieht immer das Unvollendete, das Unentwickelte darin; ich sehe das Unangetastete. Ach, ich wollte, alle Mädchen stürben in ihrem achtzehnten Jahr.«

»Dieser Wunsch würde wol keinen Anklang bei den jungen Damen finden,« entgegnete Kirchberg lachend.

»Ich meinte nicht die jungen Damen – die können meinetwegen leben, bis sie alte Damen werden,« sagte Faustine, – »sondern die Mädchen.«

»Ich finde da in der That keinen Unterschied.«

»Keinen Unterschied!« rief Faustine, in höchster Verwunderung die Hände zusammenschlagend; – bester Walldorf – Graf Mengen – weiß wirklich keiner der Herren den Unterschied zwischen einem Mädchen und einer jungen Dame?«

Clemens starrte unverwandt und stumm Faustine an; ihm waren alle Frauen der Welt so gleichgültig, daß er nur zwischen ihnen und ihr einen Unterschied machte. Auch war er gar nicht gewöhnt an diese Art der Unterhaltung. Er verhielt sich passiv. Er verstand nicht, in Faustinens zwischen Ernst und Scherz schwebendes Wesen einzugehen, er wollte ihr immer in allem Ernst sein Herz sagen, sonst aber nichts.

Mengen hingegen war hiebei recht in seinem Elemente. Als Faustine sich zu ihm wandte, sagte er:

»Das Mädchen ist ein frisch vom Himmel herabgeflatterter Engel: der wird gern zur Heimath wieder auffliegen. Die junge Dame ist bereits auf der Erde etwas in die Schule gegangen, hat gelernt ihre schneeweißen Schwingen im Salon zusammenfalten, damit sie niemand geniren, und wird wünschen, die ganze Schulzeit durchzumachen.«

»Nun, das ist doch Etwas!« entgegnete Faustine; »die Herren mögen sich bei Graf Mengen bedanken, daß er sie von dem Verdacht der Blindheit frei spricht.«

»Wir sind gar nicht blind,« sagte Clemens, »wir mögen nur nichts sehen, was uns nicht interessirt.«

»Wirklich?« fragte Faustine; »ich meinte, nur Frauen wären so einseitig! Männer aber betrachteten und bedächten Alles, was ihnen vorkommt, um über Alles ein Urtheil zu haben. Darum sind sie ja eben so unerhört langweilig.«

»Darum?« sagte Mario lachend.

»Freilich! – so unfrisch, so gleichgültig, so ohne Meinungen, die ihnen wie Blut in den Adern pulsiren! denn was giebt's zu sagen über Dinge, die dem innersten Wesen fremd bleiben? Gemeinplätze, Hypothesen, vage Theorien, Sophismen: die ganze Bagage des exercirenden Soldaten – Verstand. Wir aber ziehen als echte Krieger ohne alle Bagage in die Schlacht und kämpfen begeistert.«

»O gnädige Gräfin,« rief Mario, »die Begeisterung ist dem Manne doch viel eigenthümlicher, als dem Weibe! Ich nenne nicht die augenblickliche Exaltation, welche Leib und Leben, Seel' und Seligkeit wagen und opfern läßt, allein Begeisterung, sondern auch festes Beharren, unverbrüchliche Richtung, ausdauerndes Handeln in einem und demselben Sinne, für eine und dieselbe Idee, mit einer und derselben Wärme und Kraft.«

»Das ist Character« – sagte Faustine.

»Aber was alimentirt den Character, wenn nicht Begeisterung? welch ein dürres, unerquickliches, unwirksames Wesen wird daraus, wenn der Character nur wie ein Maulthier immer vorwärts trabt, und seine Last über das Gebirge fortschafft. Ohne Freudigkeit an dem einmal Erfaßten, ohne Andacht zu ihm, ohne Befriedigung in ihm, ohne Triumph mit ihm – ward nie etwas Großes geleistet, und was ist die Quintessenz dieser Empfindungen, wenn nicht Begeisterung? was ist der Pulsschlag, der ihnen Leben zuströmt, wenn nicht Begeisterung? Begeisterung ist der elektrische Schlag, der die Kette der Existenz durchströmt, und die Geschichte beweist, daß nur Männer ihn empfingen.«

»Nur Männer?« unterbrach Faustine; »und die Prophetinnen der Hebräer! und die todverlachenden Römerinnen! und die Priesterinnen der Germanen! und die Heldinnen von Saragossa!«

»Die Richtung nehme ich aus. Wo das Herz des Weibes getroffen wird, wo die Liebe es berührt, sei es ausschließlich für einen Menschen, oder für das Vaterland, oder für Gott – da schlägt der elektrische Funke ein, da lodert die Begeisterung auf. Aber selbst dann begnügt sich das Weib damit, für das Geliebte zu leiden und zu sterben. Zum Schaffen, zum Handeln, zum die Welt aus ihren Fugen Heben, wird das Weib nie angeregt, nie! wohl verstanden, nie durch Begeisterung. Durch Intriguen, durch Laune – ja, damit amüsirt sie sich zuweilen. Noch keiner Frau ist es eingefallen, den Geliebten unsterblich zu machen, wie Petrark die Laura und Dante die Beatrice; sie beherrschen nicht einmal die Kunst! viel weniger die Wissenschaft! die Frau soll noch geboren werden, welche im Stande ist, für eine abstracte Idee sich zu begeistern bis zum gelassenen Erdulden von Kerker und Verfolgung, wie z.B. Galilei mit seinem *»e pur si muove!«* Ein weiblicher Socrates läßt sich nun vollens gar nicht denken!«

»Doch war die schöne und weise Hypatia, welche unter Kaiser Theodosius II. einen Lehrstuhl zu Alexandrien einnahm, wie Socrates Lehrer der Jugend; und gleich ihm fand sie den Märtyrertod, welchen ihres Ruhms und ihrer Wissenschaften neidische Feinde über sie verhängten. Uebrigens – da Männer die Geschichte schreiben, und da die Geschichte sich überhaupt mehr mit Darstellung der Thatsachen, als mit Entwickelung der Motive beschäftigt – kann niemand wissen, ob nicht, während ein Dutzend Männer auf der Lebensbühne agirt und tragirt, eine Frau im Souffleurkasten ihnen ihre Rolle vorspricht.«

»Davon bin ich überzeugt,« entgegnete Mario, »die Frauen haben grenzenlosen Einfluß auf uns. Wo ein Mann ruinirt ward, trug gewiß eine Frau die erste Schuld.«

»O Graf Mengen!« rief Faustine, »Sie sind unerhört parteiisch für Ihr Geschlecht! Ganz der nämliche Vorwurf läßt sich umkehren und bleibt eben so wahr.«

»Aber der ruinirte und gesunkene Mann kann durch eine Frau erhoben und gebessert werden. Läßt sich diese Behauptung auch umkehren?«

»Ich glaube kaum. Die gesunkene Frau steht nicht wieder auf. Ein böser Mann ruinirt so gründlich, daß ein guter nicht mehr retten kann. Unser Einfluß aber ist stärker im Guten, als im Bösen.«

Clemens, der immer ruhig zugehört, hob jetzt an: »Keineswegs! wenn Sie mir befehlen, den Einen aus dem Wasser zu holen, und den Anderen ins Wasser zu werfen, so thue ich beides mit gleichem Vergnügen.«

»Gott behüte mich vor einem so blind ergebenen Freund!« rief Faustine. »Auf Menschen Einfluß zu haben, ist Genuß; dabei kommt es doch auf meine Eigenthümlichkeit an! aber eine willen- und gedankenlose Maschine kann Jeder regieren. Ich sage mich Ihnen gegenüber von allem Einfluß los und ledig.«

»Sie üben ihn unwillkürlich.«

»Ich will aber nicht!« sagte sie, und kreuzte ihre Arme über der Brust, als wickele sie sich in sich selbst zusammen, um niemand zu berühren, wie man wol thut, wenn man im Gedränge von Menschen steht oder geht.

Mario fühlte, daß es Zeit sei zu gehen; es kam ihm zudringlich vor, den ersten Besuch über die Gebühr auszudehnen. Er dachte heimlich: wenn sie nur schwiege, wenn sie nur sich nicht bewegte, wenn sie nur überhaupt gar nicht sie wäre, so würde ich ja sehr gern gehen. – Kirchberg war längst fort. Nun ging auch Clemens. Da überwand sich Mengen und stand auf. Er sagte nur noch:

»Feldern sagte mir vor längerer Zeit, Sie wären zu beschäftigt mit Ihrer Kunst, um Freude am geselligen Umgang zu finden, und als ich fragte, was Sie malten, entgegnete er: Bäume. Würden Sie die Gnade haben, mich einmal diese Bäume sehen zu lassen, welche Sie so lange verschattet haben?«

Faustine lachte. »Bäume, sagt Feldern, hätte ich gemalt? das ist doch possierlich, nur Bäume auf meinen beiden Bildern zu sehen! Wenn Sie Morgens kommen wollen, werd' ich sie Ihnen zeigen.«

»Morgen?« verwandelte Mario ihr Wort.

»O ja, morgen.« Er schied eben so beglückt, wie Clemens verdrießlich, und Faustine dachte: ein angenehmer Mann! warum lernte ich ihn nicht früher kennen? ich hab' es meinem Absperrungssystem zu danken. Das taugt nie etwas! die Cholera schließt es nicht aus, wol aber interessante Bekanntschaften.«

Feldern ritt auf der öden, beschneiten Chaussee den wohlbekannten Weg zu der Braut. Im Hause begegnete er zuerst dem Vater und fragte hastig nach Cunigunden.

»Es geht nicht besser,« sagte der alte Mann wehmüthig und eine zerdrückte Thräne machte sein sonst nichtssagendes Auge beinahe schön. »Kommen Sie zu ihr.«

Er brachte ihn vor ihr kleines enges, schmuckloses, nonnenhaftes Zimmer. Da saß Cunigunde vor einem Tischchen und las in der Bibel. Er ging voran.

»Wie geht es Dir, mein Kind?« fragte Herr von Stein, und legte zärtlich seine Hand unter ihr Kinn.

»Gut, mein lieber Vater,« antwortete sie, diese Hand küssend.

»Nicht wahr, Du stirbst mir nicht, mein frommes, mein bestes Kind?« Er streichelte ihre Wangen, ihre Stirn, ihr Haar.

»Nein, mein lieber Vater,« sagte sie mit melancholischer Zärtlichkeit zu ihm aufblickend. Als er aber sprach: »Feldern ist auch da; darf er kommen?« da glitt ein Schauer über ihr mildes Gesicht, ein Krampf, ein Grauen.

»Ja,« sprach sie. Der Vater ließ das Paar allein.

»Nun, Cunigunde!« sagte Feldern, und setzte sich ihr gegenüber.

»Guten Abend, mein lieber Feldern!« war Alles, was sie vorbrachte. Ihre Brust hob sich in unbeschreiblicher Beängstigung.

»Haben Sie mir weiter nichts zu sagen? können Sie kein Vertrauen zu mir fassen? Reden Sie doch nur, aber mit einem einzigen Grund.«

»Ich habe mich müde geredet! und einen Grund habe ich nicht.«

»So beharren Sie also darin aus Eigensinn, aus Laune, mich fortzuweisen, mich – Ihren treuen, erprobten und bewährten Freund, den Sie jahrelang als Ihren künftigen Gatten betrachtet haben?«

»Keine Laune, o Gott!« seufzte Cunigunde und rang die Hände.

»Nun, liebe Cunigunde, so sprechen Sie nur das Warum aus! Sobald ich weiß, was zwischen uns liegt, will ich es ändern, vermeiden, oder auch ganz Sie aufgeben. Nur aber so kommt es mir wie eine Geistesbefangenheit, wie eine Krankheit vor, die über kurz oder lang weichen wird, und der ich unmöglich mein Glück, meine Zukunft, und vielleicht die Ihre – opfern kann.«

»Sie sprechen so gut, so verständig, daß ich Sie ganz und gar begreife! besser Sie begreife, als mich selbst – denn ein Warum kann ich Ihnen nicht sagen, aber heirathen kann ich Sie auch nicht.«

»Dann ist es nicht anders möglich, als daß Sie einen Andern lieben.«

»Ihre fixe Idee, die ich schon hundertmal verneint habe!«

»Einen Andern, dessen Sie sich schämen, der Ihrer unwürdig ist....« –

»Ist es denn eine solche Schmach zu lieben, daß ich den Mann, den ich liebte, nicht einmal meiner würdig achten sollte?«

»Weshalb nennen Sie ihn denn nicht?«

»Weil ich keinen liebe.«

Feldern stand mit heftiger Ungeduld auf und ging in dem Zimmerchen hin und her. Endlich blieb er vor Cunigunden stehen und fragte scharf:

»Wen wollen Sie heirathen?«

»Niemand« – sagte Cunigunde und sah ihn befremdet an; »das wissen Sie ja. Wollte ich heirathen, so könnte ich gewiß am leichtesten Sie heirathen, den ich achte, den ich kenne, der brav, treu und rechtschaffen ist, der mich herzlich lieb hat....« –

»Cunigunde!« rief Feldern zärtlich, legte den Arm um ihre Schulter und bog sich zu ihr herab. Doch sein Kuß streifte nur ihre Wange, denn sie wendete den Kopf, schloß die Augen und sagte mit zitternder Angst:

»Erbarmen!«

Tief gekränkt ließ Feldern den Arm sinken. Er sagte verletzt und hart:

»In Ihrem Benehmen liegt Lüge oder Wahnsinn.«

»Keine Lüge! jedes Wort ist reine Wahrheit. Ich heuchle keine Achtung, kein Vertrauen zu Ihnen – ich hege es wirklich. Darum habe ich den Muth gefaßt, Sie zu bitten, mein Wort zu lösen.«

»Das ist aber – wenn nicht Wahnsinn, doch Verschrobenheit, Ueberspannung, Sentimentalität! Was wollen Sie denn? etwa katholisch und Nonne werden? die religiöse Schwärmerei verrückt zuweilen die klarsten Köpfe.«

»Ich mag nicht Nonne werden – niemals!« rief Cunigunde, und ein frischer, rosiger Hauch des Lebens überstreifte ihr Antlitz und machte es so schön, daß Feldern trotz seines Unmuthes bewundernd und lächelnd sagte:

»Es wäre auch schade, wenn Sie den Klosterberuf hätten! – Aber was soll denn eigentlich aus Ihnen werden, Cunigunde?«

»Was Gott will!« – sie faltete die Hände, legte sie auf die Bibel und neigte das Haupt.

»Aber wie soll sein Wille sich Ihnen offenbaren, wenn Sie verstockt sind, und auf Wunsch, Rath, Bitte Ihrer besten Freunde nicht hören?«

»Meiner besten Freunde? ja, das ist es eben – ich habe gar keine Freunde!«

»Ihre Eltern – mich ....« –

»Ja, Sie, mein lieber Feldern, Sie sind wirklich mein Freund, und es ist nur gar zu traurig, daß diese Angelegenheit Sie selbst zu nah betrifft, um ganz unbefangen zu sein. Und meine Eltern? ach mein armer, harmloser Vater, der grämt sich um mich, der möchte alle Welt fröhlich wissen, seine Lieben zuerst; drum thut er ja Alles, was die Mutter will. Und meine Mutter ist eine kluge Frau, und auch eine gute Frau! sie meint es gewiß gut mit uns Allen, auch mit mir. Sie spricht: ich sei arm und was ich denn weiter wolle, als einen braven Mann; und so lange ich im Elternhause, hindere ich die Versorgung meiner Schwestern, da ich die schönste von ihnen, und deshalb die begehrteste sei. – Sonst aber hab' ich keine Freunde und weiß auch Niemand, den ich mir zum Freunde wünschte, als ....« –

»Nun, als?« fragte Feldern gespannt. Und da sie schwieg: »Graf Mengen etwa?«

»Wen?« sagte Cunigunde zerstreut.

»Graf Mengen, der im Spätsommer mit mir einmal hier war.«

»Ach nein! keinen Mann. Eine Frau, eine himmlische, wunderbare Frau, der Sie mich im vorigen Winter auf dem Maskenball vorgestellt haben: die Gräfin Obernau. Ich habe sie nur das einzige Mal gesehen, aber ich kann sie gar nicht vergessen! wie sie ansah und aussah, wie sie ging und stand, wie sie sprach und lächelte, immer fiel mir »das Mädchen aus der Fremde« ein, und ob ich nicht auch eine arme Hirtin sein könne, der sie eine Gabe brächte.«

»Liebe Cunigunde, Sie sind wirklich ein wenig sentimental! Das Liebesgefühl lebt in Ihrem Herzen, aber es scheint Ihnen zarter, überirdischer, engelhafter, eine Freundin zu lieben, als einen Freund, und so quälen Sie sich und mich. Die Gräfin Obernau ist zwar eine äußerst anmuthige Person, aber da nicht Jeder die Kraft und die Selbständigkeit hat, so frei das Leben zu beherrschen, so dürfte sie nicht als Richtschnur für allgemeine Verhältnisse dienen.«

»Das begehre ich nicht; ich wünschte nur, daß sie mich liebte. Wünschen Sie das nicht auch für sich?«

»Ganz und gar nicht – obschon es sehr angenehm ist, mit ihr zu leben. Möchten Sie bisweilen sie besuchen, so will ich sie darum bitten; sie erlaubt es gern. Die Monotonie und Einsamkeit Ihres Lebens hier mag auch Ihre Nerven abspannen; vielleicht thut sanfte Zerstreuung, ohne Tumult, ohne Geräusch, Ihnen gut. Theure Cunigunde, ich würde Sie so gern genesen und glücklich sehen.«

Cunigunde gab ihm dankbar die Hand, froh der Aussicht, welche er vor ihr eröffnete. Sie wußte nichts Bestimmtes davon zu hoffen; deshalb war ihr, als ginge sie dadurch ihrem Glück entgegen, ihrer Befreiung, ihrer Erlösung. Ihr schönes Gesicht, welches durch lange, reine Schmerzen unaussprechlichen Adel hatte, lichtete sich an der Hoffnung auf, wie eine frierende Blume am Sonnenstrahl. Freundlicher, als seit Monaten, schieden die Verlobten. Feldern dachte: Faustine hat zwar wunderliche und etwas unpraktische Ansichten von den geselligen und bürgerlichen Verhältnissen, aber Niemand ist weniger sentimental, als sie. Cunigundens Ueberspannung wird in ihrer klaren Atmosphäre weichen, und ist sie nur erst gewichen, so bin ich ja des Mädchens gewiß, das für keinen Andern Neigung gefaßt hat, sondern nur überhaupt ruhigen, kühlen Temperaments ist. Das werden die besten Frauen – Frauen, auf die man sich verlassen kann, ohne Schwankungen, ohne besorgnißerregende Allüren – Frauen, die den Mann nie hinreißen und ihm stets gefallen. Solche Faustine entzückt, aber wer hat den Muth, sie zu heirathen? nicht einmal Andlau. Weibern gegenüber, die immer wie in einem Regen von Brillantfeuer stehen, kommt man sich so dunkel, so inferieur, so dumm vor, daß enorme Selbstverleugnung dazu gehört, um sie zu lieben. Vielleicht liegt aber in ihrer Liebe Lohn für diese Demüthigung.

Der starke Mann fürchtet nicht zu der Geliebten emporzublicken; er fühlt die Kraft in sich, mit einem Schwung ihr zur Seite zu stehen. Der eitle und schwache Mann hält sie gern in seinem Niveau; er fürchtet die Ueberstrahlung, und fühlt nicht die Kraft, ein Gegengewicht in die Schaale zu werfen.

Mengen fehlte nicht am nächsten Morgen bei Faustine. Der Bediente öffnete ihm den Salon. Er war leer. Mario ging hindurch und betrat das zweite Zimmer, welches er gestern nur durch die Thür gesehen. Heute sah er sich darin um; denn dies war augenscheinlich das Gemach, worin Faustine sich am meisten aufhielt. An dem einen Fenster stand ihr Schreibtisch, nichts frappirte ihn auf demselben, als Andlaus Portrait in Aquarel sehr schön und sehr ähnlich gemalt; ein denkender, ernster, melancholischer

Kopf. Sieht man ihr gegenüber nicht heiterer aus? dachte Mario. Am andern Fenster stand ein Tisch mit Lesepult und verschiedenen Büchern, und ein tiefer Lehnstuhl davor. An der einen Wand eine breite, niedrige, aus einzelnen Polstern zusammengesetzte Ottomane. Ihr gegenüber ein großer Toilettenspiegel, an dem nachlässig eine *Echarpe* und eine kleine Tafftschürze hingen. An der Hinterwand schlossen dunkelrothe Vorhänge den Alkoven. – Ein Zimmer ist das weitere Ueberkleid eines Menschen: es verräth dessen Formen und etwas von dem Wesen bleibt darin zurück. Darum sieht man so gern das Zimmer eines berühmten oder eines geliebten Menschen; man wird darin die Seele gewahr. Mario hatte sich friedlich auf die Armlehne des großen Fauteuils gesetzt, und sah sich um. Er wartete nicht auf Faustine; sie schien ihm gegenwärtig.

»Tappt nicht Jemand da herum?« rief ihre goldene Stimme durch eine Thür, die nur angelehnt war.

»Ich harre Ihres Befehls,« sagte Mario, öffnete die Thür und stand in einem kleinen Cabinet, das man Atelier nennen konnte, denn es war ganz für die Malerei eingerichtet: nur ein Fenster, bis zur Mitte von unten auf zugesetzt; Bilder, Zeichnungen, Kupferstiche, Skizzen von oben bis unten an den nackten Wänden, kein Ameublement als einige Staffeleien, ein paar Tische, worauf Mappen, Zeichengeräth, ein Todtenkopf, Gypsabgüsse von Armen und Beinen – und zwei Strohstühle, worauf auch allerlei Utensilien lagen.

»Setzen Sie sich,« sagte Faustine. Sie saß vor einer Staffelei und arbeitete.

»Das hat hier seine Schwierigkeiten,« sagte Mario und sah sich lachend um.

»Ist es Ihnen unbehaglich hier, so erwarten Sie mich im Salon. In zehn Minuten bin ich mit dieser Anlage fertig.«

»Ich muß mich nur arrangiren dürfen« – sagte Mario und kniete neben ihr nieder.

»Das geht auch« – antwortete sie und malte gelassen weiter.

Er betrachtete sie. Ihr Anzug war der unvortheilhafteste von der Welt: ein weißes Linonhäubchen, welches so dicht ihr Gesicht umschloß, daß kein Haar zu sehen war, eine große graue Schürze und graue Vorärmel. Für jede andre Frau würde es eine völlige Abwesenheit aller Eitelkeit verrathen haben, in diesem Anzug Besuch zu empfangen. Bei Faustine aber bedeutete es nichts, als daß sie mehr an ihr Bild, als an ihre graue Schürze dachte. Sie saß stumm da, die Lippen ein wenig geöffnet, als lausche sie auf etwas; mit den breiten Augenliedern zuweilen ganz rasch die Augen zudeckend, wie um sie auszuruhen: die Lachtauben haben diese Bewegung. Endlich wendete Mario seinen Blick ihrer Arbeit zu.

»Warum den finsteren Todtenkopf malen?« fragte er; »was wissen denn Sie vom Tode, Sie, bei der Licht und Wärme – und das ist Leben! – zu Hause sind?«

»Ich wollte auch das Leben malen,« antwortete sie, »aber dazu fiel mir eben nichts Anderes ein, als eine Fülle von Blumen und der Todtenkopf dazwischen, halb versteckt, und doch Alles überragend. Sie haben ganz Recht! mit dem Tode hab' ich nichts zu schaffen, so gar nichts, daß ich ihn nicht einmal verstehe. Aus einer Form der Existenz zu einer andern übergehen, heißt bei mir nicht Tod, sondern eine neue Lebensentwickelung. Leben muß man, wie man liebt: durch Ewigkeiten hindurch. Wer nicht diese Ueberzeugung hegt, weiß nichts vom Leben, nichts von der Liebe. Wer nicht das Weltall zu einem Quell macht, aus dem er Leben und Liebe stets neu und frisch schöpft, sollte nur gar nicht dazu Miene machen. Sie sehen, ich bin eine entschiedene Gegnerin des Todes; aber dem Körper gönne ich gern sein Ausruhen im Grabe, obgleich er dabei so garstig wird, wie mein alter Todtenkopf hier.«

»Warum verdient der Leib dies Ausruhen, der sich doch nicht halb so viel anstrengt, als der Geist? einen körperlichen Schmerz haben wir nach vierundzwanzig Stunden total vergessen; von dem geistigen bleibt immer eine Narbe, oft eine Wunde zurück. Körperliche Ermüdung – was ist denn das? man hat ein paar Nächte durchschwärmt – dann schläft man aus! ein sehr angenehmes Mittel gegen Ermüdung! – Aber gegen geistige Müdigkeit, die auf Ueberanstrengung folgt, und Flug und Schwung lähmt, giebt's keine angenehme Mittel, sondern Sturzbäder von Widerwärtigkeiten etwa, und Moxa der Leidenschaft, und ähnliche Kuren, welche der geschickte Arzt Schicksal zu verhängen weiß.«

»Daher hat aber auch der Geist seine Freude, seinen Spaß, sein Glück, sein Fortkommen – und der arme, arme Leib nichts von dem Allen! Wie muß das Blut rennen, die Nerve hüpfen, die Muskel ringen, wie müssen die Sinne, diese faulen Knechte und stummen Diener der Seele, sich abarbeiten, danaidenmäßig! denn wenn nun der Leib meint, er habe sich ein Vergnügen arrangirt, so tritt plötzlich sein Tyrann auf, Geist, Seele, wie er heißen mag! und spricht: ›Mit nichten, mein Guter, der Abhub der Tafel kommt dir zu!‹ – Dann schmaust der Tyrann die besten Bissen, und trinkt vom Champagner nur den Schaum, und der arme Leib steht demüthig hinterm Stuhl und freut sich, daß es seinem Herrn so gut schmeckt. Man kann sich gar nicht wundern, wenn er manchmal zur Unzeit verdrießlich wird, sich lang ausstreckt und sagt: ›Suche Dir einen andern Knecht! ich hab's satt.‹«

»Die Emanzipation des Fleisches, wie das Modewort heißt, welches jetzt gepredigt wird – entspricht also wol ganz Ihren Wünschen?«

»Unsinn, lieber Graf, kläglicher Unsinn, wie er von Leuten mit fixen Ideen nicht anders zu erwarten ist. All diese Prediger sind mit der Monomanie der Gleichheit behaftet, die sich durch eine Art von Berserkerwuth gegen Alles, was bisher dominirt und primirt hat, äußert. Die aristokratische Institution, daß Vernunft, Verstand, Wille den Plebs der Sinne beherrsche, soll nicht mehr gelten, nicht – weil sie nicht gut und nützlich wäre; sondern *tout bonnement*, weil etwas Hochadliges darin liegt, rohes, ungebildetes Volk – gehorchen zu lassen. Im Mittelalter verliehen die Städte an Ritter und Herren das Bürgerrecht, und das war eine große Ehre, denn sie traten dadurch in eine ehrenwerthe Verbindung. Jetzt, wo alles Zünftige, als der Gleichheit und Freiheit widersprechend – abgeschafft wird, taucht plötzlich eine Zunft von Literaten auf, welche das Bestialitätsrecht verleihen möchte. Aber ich denke, sie werden es wol für sich behalten dürfen. – So. Nun bin ich mit der Anlage fertig. Jetzt sollen Sie die bewußten Bäume sehen.«

Sie erhob sich, stellte ein Gemälde auf die Staffelei, und sprach zu Mario:

»Setzen Sie sich davor hin.«

Es war ein schroffer Felsenabhang über dem Meer. Eine Tanne und eine Birke, mit seltsam verschlungenen Zweigen, standen am äußersten Rande dieses Abhangs und bildeten den Vorgrund. Die Birke war ganz unbelaubt; ihr weißer Stamm, die schlanken Zweige schienen zu zittern und zu frieren im Sturm. Die Tanne breitete ihre Aeste, worauf einzelne Schneeflocken gestreut waren, schützend aus, gleich starken Armen. Der Himmel war winterlich hart, eisgrau, im Westen kupferroth. Tief unten dämmerte das Meer.

Nach einiger Zeit stellte Faustine ein zweites Gemälde auf die Staffelei: ganz derselbe Gegenstand, aber im Frühling und im Morgenlicht. Die Birke, frisch und sonnenglänzend, schmückte die Tanne mit ihrem wehenden, schwebenden Laube, wie mit festlichen Guirlanden.

»Gefallen Ihnen die Bäume?« unterbrach Faustine endlich das Schweigen.

»Sie verstehen zu malen!« entgegnete Mario. »Sie verstehen die Dinge aufzufassen, und ihnen mit dem Pinsel ein poetischwahres Gewand umzuhängen. Aber wundern dürfen Sie sich nicht, daß Feldern, und vielleicht hundert Andere, nur eine schöne Landschaft in diesem Bilde sehen. Bilderschrift ist ein tiefsinniges Studium, wozu mehr gehört als des Kunstkenners Geschmack und Urtheil. Sie ist ein Sanskrit, nur von Wenigen verstanden.«

In demselben Augenblick trat Clemens ein und sagte:

»Verzeihung! ich bin vom Diener hergewiesen.« Dann rasch hinter Mario tretend und das Gemälde betrachtend, rief er hocherfreut: »Die Tanne kenne ich! Sie haben sie einmal auf einem Spaziergang in Oberwalldorf flüchtig gezeichnet: dabei habe ich sie mir eingeprägt. Es freut mich, daß Sie an etwas aus jener Zeit gedacht, wenn nicht an Menschen, doch an den Baum!«

»Ich denke an Alles, was der Erinnerung werth ist,« sagte Faustine.

»Oder der Hoffnung!« rief Clemens.

»Ja; und lieber noch!« entgegnete sie, und machte eine Bewegung, welche die Herren einlud, mit ihr das Atelier zu verlassen. Schürze und Häubchen blieben darin zurück.

Mario und Clemens mißfielen sich ungemein – gegenseitig, wie das gewöhnlich der Fall ist. Seltsam, daß nichts auf der Welt zwei Menschen, die sich einander völlig fremd sind, herzlicher verbindet oder feindlicher entzweit, als die Liebe für eine dritte Person – je nach der Beschaffenheit, dem Colorit, der Temperatur dieser Liebe. Der Freund, der Bruder der Geliebten wird unser Bruder, unser Freund; wer aber Miene macht, sie auf unsere Weise anzubeten, ist unser Erzfeind. Clemens haßte Mario, weil er eifersüchtig auf ihn war. Er fühlte, daß Mario Faustinen besser als er gefallen könne, denn er war unbeholfen und sie hatte die gewandten Menschen so gern: »die Menschen, welche ihr zartes Händchen nur mit einem weißen Glacé- Handschuh anfassen – murmelte Clemens – und davon bin ich kein Liebhaber, obgleich ich, ihr zu Gefallen, auch recht gern weiße oder himmelblaue oder maigrüne Handschuhe anziehen würde.« – Mario hatte Clemens einen Augenblick mit dem unverhohlenen Erstaunen betrachtet, welches durch dessen brüskes Auftreten überall, wo man an bessere Manieren gewöhnt war, hervorgerufen werden mußte. Dann aber beachtete er ihn gar nicht mehr als ein selbständiges Wesen, sondern nur dann, wenn Jener auf irgend eine Weise gegen Faustine anstieß. Sie selbst litt gar nicht durch das unvortheilhafte Licht, worin Clemens sich zeigte.

»Es ist den jungen Leuten sehr heilsam, wenn sie merken, was und wie viel ihnen fehlt, um in der Gesellschaft angenehm zu sein« – sagte sie einst. »Wenn sie von der Universität kommen, sind sie so aufgeblasen wie eine Mongolfiere, und gleich dieser, ihrer Himmelfahrt und des bewundernden Staunens des versammelten Volks gewiß. Warum so aufgeblasen? entweder haben sie sich brav herumgehauen, oder sie haben enorm getrunken, oder der Himmel hat sie mit einem pompösen Bart erfreut, oder sie haben in irgend einem Examen sich nicht verblüffen lassen –«

Clemens, der anspruchloseste Mensch unter der Sonne, war nur auf seinen Bart eitel; deshalb unterbrach er gereizt Faustine und rief, weil er doch nicht die Bart-Stolzen vertheidigen konnte:

»Sie haben gut reden, spöttisch und klug! sollten Sie sich examiniren lassen, würden Sie auch vielleicht nicht bestehen.«

»Das käme noch darauf an« – entgegnete sie unverzagt.

»Und« – sagte Mario – »sich nicht verblüffen zu lassen ist gewiß eine eben so wichtige als richtige Regel darüber. Wenigstens einmal hab' ich mich bei deren Befolgung mit Ruhm bedeckt. Ich wurde mit drei Gefährten examinirt. Alles ging charmant, bis der Examinator nach der Tages- und Jahreszahl irgend eines obscuren Edicts fragte. Nur zufällig hätte man dies behalten und beantworten können. Meine Gefährten schwiegen. Es ist aber doch allzu verdrießlich, wenn ein Mensch viermal fragt ohne eine Antwort zu bekommen: also nannte ich tapfer ein Datum, als ich gefragt wurde. Da sagte der Examinator sehr bedächtig: ›Es ist zwar nicht dieser Monatstag, sondern jener, und auch nicht diese Jahreszahl, sondern jene, welche das Edict bezeichnen; aber man sieht doch!‹«

»Aber man sieht doch,« rief Faustine und klatschte fröhlich in die Hände, »wie leicht es ist, mit einiger Geistesgegenwart gut zu bestehen.«

»Aber man sieht doch,« sagte Clemens, »wie leicht es ist, den Leuten Sand in die Augen zu streuen.«

»Ja,« antwortete sie, »auf die Manier und die Manieren kommt freilich sehr viel an.«

»Das sollten oberflächliche Menschen sagen dürfen, aber Sie nicht! Sie müssen auf das Wesen sehen.«

»Sehr gern! sobald das Wesen ein goldener Apfel in silbernen Schaalen ist – wie es in der Bibel heißt. Ist aber der goldene Apfel in ein Igelfell gewickelt, so bin ich verwundet und abgeschreckt beim Anfassen, und tröste mich nur allmälig durch den Gedanken an den köstlichen Inhalt. Was soll mich aber trösten, wenn ein gemeiner, rothbäckiger, saurer Apfel im Igelfell liegt? nehme er ein Silberflor-Mäntelchen von guten Manieren um, so wird er zwar nicht sonderlich genießbar, allein doch recht gut anzuschauen sein. Gute Manieren sind meine gebornen Freunde; wo ich sie finde, werd' ich mich – nicht immer heimisch, das liegt in einer andern Sphäre – jedoch nie unheimlich fühlen. Schlechte Manieren sind meine gebornen Tyrannen, machen mich zaghaft, machen mich bald übertrieben höflich, um auf meiner Seite doppelte Schranken zu haben, und bald so ungeduldig, daß ich rufen möchte: Geht zu Gevatter Schneider und Handschuhmacher, mit denen ihr zu verwechseln seid.«

»Und was nennen Sie schlechte Manieren haben?«

»Eben verwechselbar mit Gevatter Schneider und Handschuhmacher sein« – sagte Faustine gelangweilt, und Clemens beruhigte sich; denn das paßte nicht auf ihn.

Feldern wollte sein Cunigunden gegebenes Wort erfüllen. Er bat Faustine um die Gnade, seiner Braut zuweilen ihre Gesellschaft zu gönnen. Er sagte:

»Ich bin des günstigsten Einflusses Ihres lichten Wesens auf das krankhaft sentimentale meiner Braut gewiß.«

Faustine sah ihn scharf an und erwiderte: »Sie scheinen mir bestimmte Grenzen setzen zu wollen; aber Sie sollten wissen, daß ich mich denen nicht füge, ohne sie wenigstens im vollen Umfang zu kennen. Erwarten Sie etwas Bestimmtes von mir, wie z.B. daß ich Fräulein Stein einige Anleitung in der Malerei gebe, oder dergl., so sagen Sie es nur gerade heraus; ich werde es gern thun.«

»Cunigunde malt nicht,« entgegnete Feldern, »und überhaupt ist es nicht ein Lehrmeister, den sie in Ihnen finden möchte, sondern eine Freundin.«

»Wer das in mir sucht, dem komme ich entgegen mit vollem, offnem Herzen, und ich bin Fräulein Stein im Voraus dankbar für ihr Zutrauen. Aber, mein bester Feldern, vergessen Sie nicht, daß ich nicht die Person bin, welche je ihre Meinung zurückhält, und daß, wenn man mich um Rath fragt, keine Rücksichten mich hindern, ihn nach meiner Ueberzeugung zu ertheilen.«

Hätte Feldern den Muth gehabt, Faustinen sein gespanntes Verhältniß zu Cunigunden offen darzulegen, so hätte sie ihn beschworen, die widerstrebende Braut fahren zu lassen, und auf keinen Fall sie selbst mit einer Person in Verbindung zu setzen, deren Ansichten sie theilte. Aber Feldern beharrte in seinem Eigensinn, Cunigundens Benehmen als eine nervöse Sentimentalität zu betrachten, welche der Zerstreuung, der freundlichen Theilnahme, der rückkehrenden Jugendkraft weichen würde. Wich sie – warum sollte er vorschnell Fremde von der obwaltenden Spannung unterrichten? Wich sie nicht – und diesen Fall mochte er kaum sich selbst heimlich gestehen – so erfuhr das Publikum ja immer früh genug den eclatirenden Bruch. – Jetzt setzte er ihr aber nur auseinander, wie anmuthig und belebend ihr Umgang für ein junges kränkelndes Mädchen sein müsse, dem in einer beschränkten Häuslichkeit, bei einer strengherrschenden Mutter und einem schwachen, geistlosen Vater, solcher Verkehr durchaus entzogen sei. Faustinens Sympathie ward rege. Cunigunde kam ihr wie ein Echo ihres eignen Wesens vor. Ungeduldig, wie sie war, rief sie endlich:

»Nun, ich sehe ihr mit derselben Theilnahme entgegen, die sie für mich geäußert hat! bringen Sie nur recht bald sie zu mir.«

Cunigunde war entzückt durch diese Botschaft, welche Feldern am Nachmittag ihr hinaustrug, Frau von Stein zufrieden, daß doch irgend etwas im Stande sei, die Tochter aus der unnatürlichen Gleichgültigkeit aufzurütteln, und Herr von Stein sehr gern bereit, mit ihr nach Dresden zu fahren und ihr ein kleines Amüsement zu verschaffen.

Faustine dankte in ihrer Seele dem Himmel, der ihr so gnädig von allen Seiten Menschen zusandte, mit denen sie sich gut unterhielt. Mario war da, täglich, ja, wenn sie es gewünscht hätte, stündlich; Mario, der sie so gut verstand, auf Ernst und Munterkeit einging, stets das zu sagen wußte, was, wenn es ihr auch nicht gefiel, doch sie zum Widersprechen anregte, woraus hervorgeht, daß es keine flache Aeußerungen waren; Mario, um den allmälig eine hohe Leidenschaft starke Wellen schlug, die sein Herz umdrängten und ihn zu dem schönen »Stern der Meere« hintrugen, welcher alle Wogen zu einem Element des unermeßlichsten Glanzes verwandelte; Mario, an den sie so oft, so gern, mehr als sie wollte, dachte – nicht um ihn zu lieben, aber um sich an diesem Dasein voll seltner Kraft und seltner Gaben zu freuen und zu erquicken – so wähnte sie.

Dann war auch Clemens da; doch weder erfreulich noch erquickend für sie – wie sie es früher wol gewähnt. Die letzten Tage in Oberwalldorf hatten ihr die Ueberzeugung aufgedrängt, daß er eine lebhafte Neigung für sie hege; aber sie glaubte sich auf eine Weise gegen ihn benommen zu haben, die auf immer jede Hoffnung in ihm tödten und ihm das Unstatthafte seiner Empfindung dargethan haben mußte. Als er in

Dresden erschien, hielt sie ihn für erwacht aus seinem Traum, denn es war ihr unmöglich, an eine d a u e r n d e Liebe ohne Erwiderung zu glauben, und sie hoffte ihm vielleicht von einigem Nutzen bei seinem Eintritt in die Gesellschaft zu sein, und seine frische, unverdorbene Seele vor bösen Einflüssen zu bewahren. Doch das gestaltete sich sehr bald ganz anders. Clemens hatte keineswegs ein Gefühl aus seiner Brust verbannt, das ihn einst berührte, wie der Sonnenstrahl die eingewickelte Raupe. Faustine war ihm nun einmal zur Hieroglyphe für Schönheit und Glück geworden: bei ihr verstand er jene, durch sie verstand er dieses. Aber das Wesen, das uns in den zwiefachen Himmel der Schönheit und des Glücks erhebt – lieben wir es nicht? ist Liebe etwas Andres, als Offenbarung unendlicher Schönheit und unendlichen Glücks? – So dachte Clemens in den langen öden Tagen, die auf Faustinens Abreise von Oberwalldorf folgten, und daß sie ihn nicht liebe, dachte er auch wol zuweilen, aber nie ohne den demüthigen Zusatz: wie hätte ich auch das verdient? ist's nicht meine Seligkeit, ihr mein Herz zu geben? das ihre will ich ja gar nicht. Wird nicht der Bettler von der Fürstenkrone erdrückt? aber nehmen soll sie mein Herz; nehmen muß sie es – wenn sie es in den Staub träte .... nein, das kann sie nicht! sie muß den Werth eines Herzens erkannt haben, so wie die Gottheit ihn erkennt. Mit diesen Gedanken kam er aus dem Einerlei seines beschränkten thätigen Lebens nach Dresden. Hier sah er Faustine in ganz andern Verhältnissen als zu Oberwalldorf. Sie war umringt, bewundert, gefeiert, Männer und Frauen wünschten sehnlichst ihren Umgang, ihre Bekanntschaft; wer ihr nahte, huldigte ihr, und was mehr ist – huldigte ihr gern. Ihm kam es vor, als ob alle Männer sie liebten, das Herz vor ihr niederlegten; als sei das seinige dadurch im Werth nicht, aber im Preise gesunken. Wodurch sollte er denn ihre Augen, die verwöhnten, auf sich ziehen? Er verlief sich unter der Menge. Er wurde eifersüchtig, wie ein Kind, ohne Gegenstand, ohne Grund. Dies Aufpassen, dies Haschen, dies Lauern machte ihn unzufrieden mit sich selbst, und deshalb wurde er verdrießlich und Faustine zur Last, die gar nicht wußte, was mit diesem Menschen anfangen, als – ihn wegzuschicken, und dazu hatte sie kein Recht. Bisweilen, wenn er allein mit ihr war, rührte seine Andacht sie, und sie war freundlich und herzlich nach ihrer Weise; wie sie selbst sie bezeichnete: »Ich bin freundlich gegen alle Menschen – die mir gefallen,« – aber sobald sie freundlich war, gerieth Clemens in Entzücken, und sie mußte spotten und lachen, um dadurch seine Freudenflammen ein wenig zu dämpfen. Kamen nun gar andre Menschen hinzu, gegen welche sie gleichmäßig freundlich war, weil sie ihr keine Veranlassung gaben, ihr Benehmen zu ändern; kam vollens der gehaßte Mario, von dem Clemens sehr schnell erkannte, daß er für Faustine in einer andern Reihe, als ihre gewöhnlichen guten Freunde stehe, nämlich in gar keiner und ganz abgeschieden – so tobten Wogen von Groll und Bitterkeit durch seinen sonst so sanften Sinn, und sein Mangel an Erziehung veranlaßte ihn zu einem Benehmen, welches ihn bald lächerlich, bald unerträglich machte. Faustine hatte gehofft, die Furcht, lächerlich zu erscheinen, würde ihn, der nicht ohne Schüchternheit war, in seinen Grenzen halten, aber die Leidenschaft übersprang und überwog jede Rücksicht. Jetzt war Faustine ganz gleichmäßig ernst gegen ihn und er kam seltner. Sie fragte ihn einmal, wo und mit wem er seine Zeit hinbringe, und er antwortete:

»Mit jungen Künstlern! ich will auch Maler werden.«

Sie lachte, aber sie freute sich, daß er doch irgend eine Beschäftigung habe, da das nichtsthuerische Leben ihm, dem Arbeitgewohnten, leicht gefährlich werden konnte.

Cunigunde kam. Faustine empfing sie mit der ganzen Holdseligkeit, die sie bezaubernd machte, und die immer, wenn ihr Herz berührt wurde, wie eine Glorie sie umfloß. Sie waren lieblich anzusehen, die beiden schönen Gestalten! Cunigunde glich der Nacht mit ihrem dunkeln Haar, das sich in schweren Locken um ihr vornehm feines, regelmäßig edles, mehr schmerzens- als krankheitsblasses Gesicht ringelte; die schmalen Lippen waren fest geschlossen, sie hatten selten gelächelt, nie geküßt; die länglichen Augen fast immer gesenkt, doch wenn die Wimpern sich hoben, so brach hinter ihrem schwarzen Gitter ein geheimnißvoller Strahl an, der gleich einem feuchten, zitternden Mondlichtstreif zum Himmel stieg, oder vom Himmel kam. Faustine dagegen war wie der Tag hell, durchsichtig, ein Krystall, worin Purpur, Gold, Azur und Rosenroth sich schmolzen. Ihren Kopf konnte nur ein Dichter erfinden, Cunigundens – ein Bildhauer. Sie war die in Frauenform verhüllte Essenz einer halbromantischen, halborientalischen Poesie – Leidenschaft und Phantasie vorherrschend, zwei Dinge, die sich gewöhnlich einander ausschließen, und in ihr sich vereinigten, wie der Lucifer ins Morgenroth hineinstrahlt. Aber nicht die Nacht allein – auch der Tag hat seine Geheimnisse. Wer kann am hohen Sommermittag den Blick aufwärts kehren und in den Himmel hinein sehen, der wie polirter Stahl leuchtet und funkelt? es wird stets ein zitternder Schleier, wie von durchsichtigen Goldflittern, vor den Augen hängen; und diese Atmosphäre umgab Faustine, diese Atmosphäre war es, welche sie schied von der Masse der nüchternen Menschen und sie für Einzelne unwiderstehlich machte. Sie stand darin, wie die Palme in der tropisch blühenden Oase, wie die Peri in ihrem feenhaften Reich. Und diese Atmosphäre zerschmolz alle Fesseln an Cunigundens eingekerkerter Seele eben so plötzlich, wie sie die Schwingen von Marios freier Seele versengt hatte. Sie erzählte Faustinen ihre einfache, kurze, traurige Geschichte: wie sie vor vier Jahren mit Feldern sich willig und gern verlobt habe, wie es ihr aber trotz dessen jetzt eine Unmöglichkeit sei, seine Gattin zu werden, und wie sie als eine Kranke behandelt werde, weil sie keinen Grund für diese Umwandlung anzugeben wisse. Sie sagte mit einem unbeschreiblichen Ausdruck von Melancholie:

»Hypochonder und nervenschwach nennt man mich! Ach, nicht die Nerven – die Seele ist schwach! die fürchtet eine Last auf sich zu laden, der sie nicht gewachsen ist.«

»Nennen Sie Ihre Seele nicht schwach, sondern klar!« rief Faustine. »Allen Zügeln, allen Lenkungen zum Trotz, läßt sie sich nicht durch die Verhältnisse bestechen, sondern erkennt den Weg, auf welchen ihr Heil nicht liegt. Haben Sie je so verständig, so überlegt mit Herrn von Feldern gesprochen?«

»Wie oft! aber er versteht mich nicht. Ich denke, daß Männer nicht gleich uns Fühlfäden an ihren Seelen haben.«

»In gewöhnlichen Zuständen mögen wir ihnen an Takt und Feinheit überlegen sein,« sagte Faustine, Andlaus eingedenk, mit tiefer Innigkeit; »aber wenn ein Mann liebt – und das geschieht öfter, als die Frauen es eingestehen wollen – so umfängt er wie eine Sensitive das Geliebte, und fühlt früher, stärker jede dämmernde Regung, jede Wolke der Empfindung, jeden keimenden Dorn der Mißstimmung, jede schwellende Knospe des Glücks. Aber freilich – lieben muß er. Liebe ist ewig der Ring des Djemschid, welcher das Verständniß der Dinge verleiht.«

»Feldern liebt mich .... sagt er« –

»Ja ja,« sprach Faustine und ein Schatten von Cunigundens Melancholie legte sich auf ihre blütenweiße Stirn, Erinnerungen zogen wie finstre Träume ihrem innern Auge vorüber – »die Männer lieben auf allerlei Weise, und es giebt freilich eine, die uns elender macht, als je ihr Haß uns machen könnte. Von der rede ich nicht; denn wenn ich von ihr redete – fügte sie mit dem leisesten, bebenden Ton hinzu, aber ihr Auge flammte und ihre Wange glühte – so könnte ich nicht anders als sie verfluchen.«

Sie preßte krampfig beide Hände vors Gesicht und schüttelte den Kopf, daß ihre Locken wie Bäche die Hände überrieselten. Dann warf sie Kopf und Haar zurück, ihr Anblick tauchte beruhigt aus der Flut der Erinnerungen auf und sie strich lächelnd, träumerisch über die Stirn, als hätten Gespenster sie geneckt.

»Erschrecken Sie nur nicht über mein rasches, heftiges Wesen,« bat sie lieblich. »Ich habe nun einmal eine Seele, deren Normalzustand ein fiebernder ist. Damit hat man goldenselige Phantasien oder grausige Phantasmagorien; aber letztere kommen mir selten und immer seltner. Von Ihnen wollen wir sprechen. Sagen Sie mir, wie sich Ihr Schicksal in Ihrer Familie gestalten würde, wenn sie entschieden mit Herrn von Feldern brächen?«

»Ich glaube fast, daß ich zu gleicher Zeit mit meiner Familie brechen würde, denn meine Mutter ist nicht daran gewöhnt, daß wir ihren Wünschen entgegen handeln und sie wünscht meine Verheirathung.«

»Nun?« fragte Faustine gespannt, als Cunigunde nach diesen Worten schwieg.

»Ich habe keine Aussichten, keinen Trost, keine Hoffnung. Meine Zukunft ist eine undurchdringliche Nacht. Was ich auch thun möge – Schmerz und Kampf sind mir auf jedem Wege gewiß! doch Elend nur in der Verbindung mit Feldern.«

»Gott!« sagte Faustine, »welch unglaubliches Leid verzweigt sich durch anscheinend friedliche, einfach glückliche, harmlose Verhältnisse. Ueberall nagt und schleicht und brennt ein Gift, und Keiner kann den Andern retten, nicht einmal den Geliebtesten. Jeder muß seinen Kampf selbst durchfechten, und mit seinem Blut bezahlen, und für Jeden ist er immer so, als wäre noch nie etwas Aehnliches dagewesen; denn immer sind die Umstände so verschieden, daß Niemand sein eignes Beispiel als einen Rath darbieten darf.«

Sie sprachen viel miteinander, wie alte Freundinnen, und das erleichterte Cunigundens zusammengepreßtes Herz wenigstens von der beschämenden Qual, mit ihren tiefsten, heiligsten Empfindungen als eine beklagenswerthe Kranke dazustehn. Sie blieb den ganzen Tag bei Faustinen. Sie sang ihr vor – und nicht mit der kalten, seelenlosen Stimme, wie sie einst in Mengens Gegenwart auf Felderns Wunsch gesungen, sondern wie man eben singt, wenn das Herz überfließt. Faustine hörte ihr mit wahrer Andacht zu, denn sie war immer andächtig, sobald sie einen Herzschlag vernahm, und sann nach, ob sie nichts für Cunigunde thun könne, ihr einen Zufluchtsort schaffen, ihr Mittel zu einer selbständigen Existenz an die Hand geben; und dazwischen fiel ihr ein, ob Andlau nicht unzufrieden sein würde über ihre Einmischung in so zarte Verhältnisse, und ob sie kein Unrecht gegen Feldern beginge, der ihre Vermittelung zur Vereinigung, nicht zur Trennung gesucht. Sie hatte ihn zwar gleich auf ihre Handlungsweise vorbereitet – – da kam Feldern. »Ich werde ihm gleich reinen Wein einschenken,« sagte sich Faustine heimlich. So wie er gemeldet war, veränderte Cunigunde sich augenscheinlich, wurde gezwungen, scheu und befangen. Sie verließ das Piano, die Kehle hatte keinen Ton, die Brust keinen Athem mehr, und als er eben in den Salon getreten war, sagte sie ängstlich:

»Ich begreife nicht, warum mein Vater nicht kommt mich abzuholen; es muß schon recht spät sein.«

Zum Glück langte Herr von Stein bald darauf an, und hätte er auch recht gern Faustinens Einladung, den Abend bei ihr zuzubringen, angenommen, so kam ihm doch Cunigunde ablehnend zuvor. Sie bat Faustine um Erlaubniß, sie in ihren einsamen Stunden einmal wieder besuchen zu dürfen, erhielt sie gern, und schied dankbar.

»Wie finden Sie Cunigunde, gnädige Gräfin?« fragte Feldern erwartungsvoll.

»Eben so schön als liebenswürdig – und verständig.«

»Und verständig? – dann hat sie nicht ehrlich zu Ihnen gesprochen.«

»Sie hat! warum sollte sie nicht?«

»Weil sie sich ihrer Thorheit schämt.«

»Feldern!« rief Faustine heftig, »die Thorheit dieses Mädchens ist tiefsinnige Weisheit.«

»Hüten Sie sich, in der nebulösen Schwärmerei, in der vagen Exaltation wahren und kräftigen Schwung des Gefühls wahrnehmen zu wollen.«

»Cunigunde ist ruhig und klar in sich, so weit es ein zwanzigjähriges Mädchen sein kann: sie will nicht einen Mann heirathen, den sie nicht liebt, und das nenne ich vernünftig.«

»Aber während vier langer Jahre hat sie ihn heirathen wollen.«

»Sagen Sie lieber, daß während dieser Jahre die Einsicht ihres Irrthums sich in ihr entwickelt hat.«

»Wie oft soll es den Frauen erlaubt sein, solchen Irrthum zu begehen?« fragte Feldern gereizt und bitter.

»Erlaubt – nie; zu vergeben – immer;« sprach sie sehr sanft.

Feldern schwieg eine Weile; dann fragte er wieder: »Und was wird das Schicksal Cunigundens sein, wenn sie bei ihrem Willen beharrt? Wird sie einen Mann finden, der ihren exaltirten Ansprüchen genügt? wird sie ihr herrliches Wesen an einen Unwürdigen verschleudern?«

»Cunigunde sieht so ernst und fest aus, als brauche sie nicht die Stütze, welche ein Mann geben kann, um ihren Weg durch das Leben zu machen. Gewiß ist's, daß sie keine solche wünscht, da ist die Gefahr nicht groß, an einen Unwürdigen zu gerathen.«

So begann Feldern allmälig die Möglichkeit einer Trennung zu fassen, und er war mit Faustine in ernste Ueberlegung dieses wichtigen Gegenstandes vertieft, als Clemens höchst unwillkommen Beide störte. Eintretend warf Clemens einen zornfunkelnden Blick auf Feldern und einen vorwurfsvollen auf Faustine, zog einen Lehnstuhl, setzte sich bequem zurecht und fragte hämisch:

»Störe ich etwa?«

»Ja,« sagte Faustine sehr unmuthig.

»Behüte der Himmel!« rief der rücksichtvolle Feldern, »dies Gespräch kann ja in jeder Minute unterbrochen und wieder angeknüpft werden.«

»Das ist schön!« sagte Clemens. »Ich war heute zweimal vergeblich vor Ihrer Thür, Gräfin Faustine, Mittags um zwölf, Nachmittags um vier Uhr: beide Mal sagte mir der Diener, Sie wären nicht zu Hause. Jetzt ging ich wieder vorbei, und da ich Licht in Ihrem Salon sah, kam ich herauf, in der festen Ueberzeugung, dieselbe Antwort zu bekommen« –

»Aber Sie täuschten sich, wie Ihnen das schon Millionen Mal passirt ist«, sagte Faustine kaltblütig, ohne seine Impertinenz zu beachten, für welche Feldern ihn sprachlos mit strafenden Augen ansah. Dann wendete sie ihm den Rücken und unterhielt sich mit Feldern über Vorfälle in der Gesellschaft und Erscheinungen in der Kunst und Literatur. Eine momentane Pause benutzte Clemens, um im veränderten, demüthigen Ton die Frage zu thun:

»Sie waren doch nicht etwa krank heute, Gräfin Faustine?«

»Nein, ich war sehr wohl,« antwortete sie kühl und kehrte sich wieder zu Feldern mit einer gleichgültigen Bemerkung über die bodenlose Gesprächigkeit irgend einer Dame. »Es thut mir immer leid um all' die schönen Worte, die sie so kreuz und quer und mit vollen Händen ausstreut. Man kann viel durch ein Wort ausrichten, wenn man nur nicht sich und andre daran gewöhnt hat, daß man die Worte mißbraucht. In ihrer Zusammenstellung kann eben sowol als in ihrer Betonung eine deutliche Nüancirung veränderter Zustände liegen. Wenn Jemand an mich schreibt: »meine theure Faustine!« – der sonst schrieb: »liebe Ini,« oder kurzweg: »Ini« – denn in der bloßen Nennung des Namens ohne verherrlichende Adjectiva liegt die tiefste, koncentrirteste Innigkeit – so weiß ich, daß seine Zärtlichkeit eine retrogade Bewegung gemacht, welche sich im nächsten Brief, den ich vielleicht nach einem halben Jahr erhalten werde, in Hochachtung umgesetzt hat, was mir die: »verehrte Gräfin!« ankündigt.«

»Ist Ihnen das wirklich schon begegnet?« fragte Clemens neugierig. Er suchte an der Conversation Theil zu nehmen, von der Faustine ihn so absichtlich ausschloß. Aber wenn sie auch erwiderte:

»Ich spreche nur beispielsweise von mir« – so würdigte sie ihn doch keines Blicks, und Clemens verzweifelte innerlich, daß er sich von seiner kindischen Eifersucht hatte hinreißen lassen, die ihm jetzt so thörig und unpassend wie möglich erschien.

Nachdem Feldern gegangen, sagte Faustine zu Clemens, der noch immer ganz unbeweglich in seinem Lehnstuhl verharrte:

»Gute Nacht, Herr von Walldorf.«

Er fuhr zusammen. »Herr von Walldorf?« fragte er verwirrt.

»Ja, ich meine Sie.«

»Und was habe ich Ihnen gethan, daß Sie mich plötzlich so fremd behandeln, mich fortschicken, obgleich ich Sie heute den ganzen Tag nicht gesehen?« –

»Mir haben Sie nichts gethan! merken Sie sich das ein für alle Mal: eine Unart trifft nicht mich, sondern den, der sie begeht. Ihr schlechter Ton verletzt mich noch mehr in Ihrer, als in meiner Seele, weil er von einer außerordentlich starken Indelicatesse zeugt. Ich müßte Sie wie ein Kind behandeln und Ihnen jedes unpassende Wort verweisen, wenn es mir nicht zu langweilig wäre als Bonne aufzutreten, einem vernünftigen Menschen gegenüber. Da ich das nicht mag, werde ich Sie fremd und förmlich behandeln, um Sie auf diese Weise an die Schranken zu erinnern, welche Sie stets geneigt sind zu überspringen. Aber ein Mann, der mich dazu zwingt, wird mir über kurz oder lang unausstehlich. Die Männer sind von Natur täppische Gesellen! ward das nicht durch Erziehung und Sitte gesänftigt, so behüte mich der Himmel vor ihrem Umgang.«

Clemens rang die Hände. »Wie kann ein scherzhaftes Wort –«

»Niemand versteht besser den Scherz als ich,« unterbrach Faustine; »darum habe ich auch sehr gut verstanden, daß Sie nicht scherzen, sondern sehr ernsthaft sein wollten, was wirklich bei dieser Gelegenheit nicht blos ins Gebiet des Scherzes, sondern in das der Lächerlichkeit fällt.«

Sie lachte, und Clemens rief erleichtert »Gottlob!«

Faustine sagte mit ihrem gewöhnlichen sanften Ton und hellen Blick: »Ich bin ja so gern die Freundin meiner Freunde! zwingen Sie mich doch nicht, Ihr Zuchtmeister zu sein. Dazu sind ja die Feinde gut.«

»O, Sie sind eine Himmlische!« rief Clemens beseligt und ergriff ihre Hand; setzte aber langsam hinzu, als Faustine die Hand losmachte: »Nur aber grausam.«

»Sehen Sie je, daß ein andrer Mann alle Augenblicke meine Hand anpackt?« fragte sie ein wenig gelangweilt.

»Nein; aber es liebt Sie auch Keiner wie ich.«

»Irrthum! Alle haben mich lieber, als Sie. Alle vermeiden mir lästig zu werden und mir zu mißfallen.«

»Aber für Einen könnten Sie doch eine Ausnahme machen?«

»Und warum das?«

»Eben weil er Sie liebt.«

»Das genügt nicht! ich muß ihn wieder lieben.«

Er sah sie an. Sie saß auf dem Sopha, in die Ecke zurückgelehnt, das feine goldene Kettchen, woran ihre Lorgnette hing, nach ihrer Gewohnheit um die Finger schlingend und wieder ablösend, der Kopf seitwärts gesenkt, der Blick zerstreut, so zerstreut, daß Clemens, der auf dem Punkt gewesen war, ihr zu Füßen zu fallen und um ihre Liebe zu bitten und zu flehen, selbst ganz zerstreut wurde, und gleichsam beruhigend halblaut zu sich selbst sprach:

»Sie kann wol nicht lieben.« – Und damit ging er.

Mengen klagte auch am nächsten Tage über Faustinens Unsichtbarkeit, aber es geschah in einem andern Ton. Für ihn war es wirklich, als habe die Sonne nicht geschienen. Eine Stunde, oft nur eine halbe Stunde, bei ihr zugebracht gab ihm eine Freudigkeit, die dreiundzwanzig Stunden lang anhielt. Er konnte sie nicht so oft sehen, als er wünschte; denn wenn auch eine einzige Minute schon ihm ein Glück war, so sehnte er sich doch immer nach ihrer Allgegenwart, und wenn er auch arbeitend und beschäftigt am Schreibtisch saß, so war es ihm doch oft, als beuge ihr Kopf sich lieblich über seine Schulter, als sehe sie mit ihrem magnetisch anziehenden Auge in das seine. Diese geträumte Allgegenwart verrieth genugsam seine Wünsche. Aber er besorgte allein die Geschäfte. Während der Abwesenheit des Gesandten, im Sommer, hatte er sie übernommen, und gern; ihm war Arbeit eine Lust; sie waren ihm geblieben. Der alte kränkelnde Chef hatte ihn lieb und nahm oft seine Gesellschaft in Anspruch. Die Welt

desgleichen, mit der er sich eingelassen, ehe er Faustine gekannt. Jetzt waren ihm all'
diese Verhältnisse höchst lästig. Er mußte zwischen ihnen und ihr die Zeit theilen, die
Zeit, welche bei ihr unschätzbar wurde; denn in jeder Secunde gewahrte er einen
neuen Reiz, eine neue Gabe bei ihr, und bei Andern nichts, als das tausendfältig abge-
haspelte Einerlei der nach außen gerichteten Oberflächlichkeit. Ihr Wesen war so tief,
daß er oft ihre Anmuth darüber vergaß; aber die Form, worin sie sich hüllte, war so
verschwebend leicht, so heiter, so süß und lieblich, daß es Thorheit schien, bei dieser
Grazie den Ernst zu suchen. Gerade dies seltene Gemisch vom Höchsten und Einfach-
sten – da die meisten Menschen weder das Eine noch das Andre, und nur ausgezeichnete das Eine oder das Andre sind – war ihm anfänglich so überraschend und später
so fesselnd entgegengetreten, wie er nie geglaubt, daß ein Weib es könne. Wenn er in
ihr Zimmer trat und die Thür hinter ihm zufiel, wenn er sie immer ernst beschäftigt,
lesend, malend, schreibend, nachdenklich wie eine Muse fand, und wenn sie dann so
fröhlich, wie ein der Schule entronnenes Kind, Bücher und Pinsel fortwarf und ausrief:
»Ein gesprochenes Wort ist mir lieber, als zehntausend gedachte! jetzt wollen wir
plaudern!« – oder ein ähnlicher Ausruf, der immer einen Gedanken verrieth oder
enthielt, und auf den, als Begrüßung, Niemand rechnen konnte: – so war er in eine
Region entrückt, die sein Fuß noch nie betreten, und in der er sich doch heimisch
fühlte, wie in seinem angestammten Eigenthum. Bisweilen fielen ihm die ersten Aeußerungen ein, welche er über Faustine gehört; aber er schenkte ihnen keinen festen
Glauben. Es wird so viel Wunderliches in der Welt geschwatzt! Doch hatte er nicht
den Muth, Faustine zu fragen. Es war, als fürchte er sich, etwas zu hören, was ihm weh
thun müsse. Allein diese Furcht nahm eine Maske vor und sprach: »warum dies offne
Wesen nach etwas fragen, was sie mir unfehlbar ungefragt sagen wird.«

Doch von ihrem Verhältniß zu Andlau sprach Faustine nie. Sie hielt es nicht für
nöthig, das Warum und Weshalb ihres Thuns darzulegen. Sie that. Mißfiel das, so ertrug
sie es. Sich zu rechtfertigen, zu entschuldigen nur, war ihr nie eingefallen. »Andre
müssen uns entschuldigen,« pflegte sie zu sagen; »wer für sich selbst Entschuldigungen
aussinnt, könnte ja lieber das Mittel aussinnen, ihrer nicht zu bedürfen.« – Auch von
Andlau selbst sprach sie wenig, und nie anders als zufällig zu Personen, die ihn nicht
kannten.

Einmal kam Mengen zu ihr und fand sie umringt von Charten des Orients. Er
fragte, was sie studiere.

»Meine Reise in den Orient,« entgegnete sie und entwickelte ihm den Plan, dem
sie die Frage anhing, ob er nicht von der Partie sein wolle. Er willigte mit Jubel ein,
und Faustine rief alle historische und poetische Erinnerungen auf, welche gerade über
diese Reise einen so mächtigen Zauber verbreiten. Auf einmal sagte sie:

»Einer von Andlaus Freunden ist Consul in Alexandrien geworden. Das schrieb er mir heute, und dieser Freund nun ist der Grundstein zu meiner egyptischen Hoffnungs-Pyramide.«

»Sobald Herr von Andlau Sie begleitet, bin ich überflüssig« – sagte Mengen sehr kalt, »und ich denke, Sie dispensiren mich dann gern.«

»Weshalb wollten Sie sich um die Freude bringen?« fragte sie lieblich; »und kann ich denn je von zu vielen Freunden umringt sein?«

»Ach, Sie machen mich zu Ihrem Sclaven – nicht zu Ihrem Freund.«

»Wenn ich das thue – so haben Sie Recht, sich von mir loszumachen; aber ich thue es unbewußt.«

»Es ist schöner, in der Sclaverei bei Ihnen, als in schwer erkämpfter Unabhängigkeit fern von Ihnen zu leben.«

»Bilden Sie sich nur nicht ein, daß ich Ihnen für dies Compliment danken werde;« rief Faustine lachend; »denn erstens ist's eine Fadaise, und zweitens hasse ich die Sclaverei zu sehr für mich, als daß ich sie Andern auflegen möchte. Wer nicht aus freiem Willen bei mir ist, bei mir bleibt – der kann lieber heut' als morgen gehn; Rücksichten und Pflichten dürfen ihn nicht halten. Ich stürbe lieber vor Hunger, als daß ich ein Stück Brot von der Hand annähme, welche ohne überquellendes Erbarmen, ohne antreibende Liebe, nur aus dürrer Verpflichtung es mir darböte. – Gehen Sie doch, Graf Mengen, gehen Sie, wenn Ihre Freiheit durch mich beeinträchtigt wird – ich halte Sie nicht.«

»Unbewußt – wie Sie selbst sagten.«

»Nun, wenn Sie nicht gehen können, so müssen Sie auch nicht klagen. Man muß Fesseln brechen, nicht gegen sie rebelliren.«

»Sind Sie wirklich im Besitz dieser seltenen Stärke in jedem Augenblick, zu jeder Epoche Ihres Lebens?«

»Mein Leben ist so unaussprechlich einfach und einfarbig gewesen, daß ich nur ein einziges Mal Gelegenheit hatte, einen unbesieglichen Entschluß zu fassen. Da revoltirte ich freilich, aber es war eine Revolution, aus der eine neue Aera für mich hervorging: deshalb hatte ich ein Recht dazu. Seitdem habe ich, Gottlob! weder Kraft, noch Kämpfe, noch Entschlüsse nöthig gehabt, was alles sehr unbequeme Dinge sind. Aber der Mann sollte doch immer unter den Waffen stehn! er ist von so verschiedenen Seiten anzugreifen. Leidenschaften, die wir kaum ahnen, beherrschen ihn oder versuchen es wenigstens; er muß nach allen Seiten auf der Hut sein. Wir haben es immer nur mit der des Herzens zu thun, was aber freilich auch die Sturm- und Wetterseite ist.«

»Charakter haben – Wort und That, Meinung und Handlung in die genaueste Uebereinstimmung, und beide dahin bringen, daß sie Eins, daß sie unsere Wesenheit, daß wir selbst Character werden: darin liegt die ganze menschliche Würde, und um sie stets zu behaupten, ist oft eine übermenschliche Kraft erforderlich.«

»Mag sein übermenschlich!« rief Faustine mit strahlendem Blick, »doch zweifle ich nicht, daß sie im entscheidenden Moment Ihnen zu Gebot stehen würde. O, Mengen, wenn Ihr klares, herrliches, entschiedenes Antlitz im Widerspruch mit Ihrem Wesen wäre, so wär' es mir ein Schmerz. Sie dürfen nicht lügen! nicht von der gemeinen Wortlüge rede ich, sondern von der feinen, welche im Sein nicht hält, was die Erscheinung verspricht. Nicht wahr, Sie werden immer ganz Sie, und so sein, wie ich Sie erkannt habe?«

Sie bog sich vor, und sah ihm fest ins Auge, und ihr Blick berührte den seinen wie der Strahl der aufgehenden Sonne das Meer. Am liebsten wär' er vor ihr niedergekniet und hätte ihr ewige Huldigung gelobt. Aber er begnügte sich, ganz leise mit den Lippen ihre feine Hand zu berühren, die erst gegen ihn ausgestreckt, nun vor ihm auf dem Tische lag. Darauf sprach sie:

»Ich habe das Gelübde verstanden und nehme es an.«

»Doch nun,« rief Mengen, sich zusammennehmend, um nicht das Gefühl ausbrechen zu lassen, »nun müssen Sie mir irgend etwas geben, was mich stets daran erinnert, was mich nie verlassen wird.«

»Das ist billig!« sagte sie. »Herzog Christian von Braunschweig trug stets einen Handschuh von Elisabeth von der Pfalz am Barett. Ich denke, mein gelber Handschuh würde von sehr gutem Effect auf Ihrem schwarzen Hut sein.«

Mario war aufgestanden und ging aus dem Salon in Faustinens Zimmer, an ihren Schreibtisch. Da stand eine kleine, sehr schöne, flache etrurische Schaale und in derselben lagen Ringe und Petschafte. Mario nahm diese Schaale und brachte sie Faustinen. Sie ließ den Inhalt durch ihre Finger gleiten und wählte endlich einen einfachen, starken Ring mit einer großen Perle und der Devise: »*Qui me cherche, me trouve.*« – Sie fragte: »Ist Ihnen der Ring recht?«

Statt der Antwort hielt Mengen seine Hand hin und bat sie, den Ring ihm anzustecken und zwar an den sogenannten Ringfinger. Sie wollte es schon thun, da besann sie sich plötzlich und sagte langsam:

»Nein, der Finger wird dereinst einen andern Ring tragen, welchem der meinige weichen müßte. Gönnen Sie ihm einen Platz, von dem er nicht verdrängt werden kann. – Keine Einwendungen!« rief sie lebhaft; »ich bin eigensinnig! ich will meinen eigenen Platz! sei er so klein wie möglich – ich will meinen eigenen, unantastbaren Platz – oder gar keinen. Sie haben die Wahl.«

»Sie haben zu befehlen,« erwiderte Mario. »Ich meine nur, daß Sie jeden Platz zu einem unantastbaren machen.«

»O ja, wenn ich mich gleich auf einen solchen stelle, der nicht mit den Ansprüchen der Welt in Collision kommt. – Sehen Sie, an Ihrem kleinen Finger nimmt sich der Ring ganz hübsch aus,« setzte sie hinzu und schob ihn an.

»Nun erzählen Sie mir auch seine Geschichte,« bat er.

»Leider hat er keine«, entgegnete sie lachend. »Vor Jahren hab' ich ihn mir ausgedacht, ihn machen lassen, ihn drei Tage getragen – dann bei Seite gelegt. Er bezeichnet nur meine damalige Seelenstimmung. Die Menschenherzen kamen mir vor wie versenkte Perlen, nach denen niemand fragt. Das war ein Irrthum – Taucher fragen wol nach ihnen! darum gehören ihnen auch die Perlen.«

Am Schluß des Gesprächs war Mario so glücklich, daß er ganz vergessen hatte, wie niedergeschlagen er am Anfang gewesen. Faustine aber fiel, nachdem er gegangen, die Frage aufs Herz: ob Andlau sehr mit diesem verschenkten Ringe zufrieden sein würde. In seiner Gegenwart hätte sie ihn gewiß verschenkt und seiner Einwilligung sicher sein können; allein in seiner Abwesenheit! .... Der Vorsatz, es ihm morgen zu schreiben, beruhigte sie. »Es kam ja ganz einfach« – sprach sie zu sich selbst, »ich bin nur so sehr daran gewöhnt, auch das Alltäglichste mit Anastas zu theilen, daß mir das Ungetheilte wie eine Last auf der Brust liegt. Ich kann's wirklich nicht ertragen, so einsam für mich zu existiren, und wenn Mengen nicht hier wäre! .... Gottlob, daß er es ist.«

Ob diese Freude an seiner Gegenwart Andlaus Rückkehr überdauern würde, ob sie kein Unrecht an Mario thue, wenn das nicht der Fall – das kam ihr nicht in den Sinn. Sie glaubte das Recht zu haben, sich aus voller Seele dieser ansprechenden Erscheinung freuen und ihr hingeben zu dürfen; sie sah darin keine Gefahr. Wenn man dies nur Leichtsinn nennen wollte, so würde man dennoch Faustine Unrecht thun, obgleich wol in ihrem Wesen jene leichtblütige Mischung war, welche den Leichtsinn erzeugt. Aber das Leben war ihr eine Aufgabe, sich zur möglichsten Vollendung durchzuarbeiten, und jede Begegnung sollte ein neuer Hammerschlag sein, um das Götterbild aus der rohen Felsmasse befreien zu helfen. Sie war von einer tiefen Herzensreinheit; nicht von der des Kindes, welches überhaupt von keiner Schuld weiß. Ihr heißes Herz verstand jede Schuld, jede Schwäche – nur nicht für sich selbst. Sie maß sich nie bei, die Absicht des Schöpfers mit den Geschöpfen erkannt zu haben: nur für sich hatte sie dieselbe erkannt und sie lag in dem kleinen Wort: aufwärtsstreben. Jede Gemeinheit der Lüge, der Heuchelei, der Gefallsucht war ihr fremd – eben ihrer reinen Natur nach, welche jeden Schein verachtete, und zu der hatte sie eine Zuversicht, die auf nichts begründet und durch nichts gerechtfertigt war. Was ihr begegnete, nahm sie von höherer Hand gesendet an, um es zu ihrem Besten zu verarbeiten, ohne Jemand dadurch zu beeinträchtigen. Aber wo zieht sich der Faden einer Existenz so einsam hin, daß kein fremder sich mit ihm verschlinge und verwebe? daß dieser nicht breche, wenn der Knoten in jenem zerrissen wird?

Indessen kam der Brief für Andlau am nächsten Tage nicht zu Stande, wenigstens nicht so, wie es Faustinens Absicht gewesen. Sie wurde im Schreiben überraschend gestört, indem Frau von Stein sich bei ihr melden ließ. Faustine empfing sie äußerst artig, aber jene nahm nicht sonderlich Rücksicht darauf, und begann sogleich damit, ihr zwar in zierlichen Phrasen, allein ganz unverhohlen Vorwürfe über den ungünstigen Einfluß zu machen, den sie auf Cunigunden geübt. Das Mädchen sie nun erst recht in seinem Eigensinn bestärkt, und sowol Feldern, als sie selbst hätten ganz das Gegentheil erwartet. Faustine antwortete mit einiger Befremdung, daß sie Cunigunden gar keinen Rath gegeben, weil er nicht von ihr verlangt sei, und daß sie das Mädchen schon allzu entschieden gefunden habe, um glauben zu können, daß ihr oder irgend ein anderer Rath von bestimmender Wirkung sein könnte. »Aber nur eine Kranke konnte ich nicht in dem schönen, edlen Geschöpf erblicken,« fügte sie hinzu, »und das mag allerdings sie erkräftigt haben.«

»Jede Ueberspannung ist Krankheit der Seele,« fiel Frau von Stein ihr ins Wort; »und Ueberspannung ist Alles, was uns durch überfeinerte Ansprüche an Glück unserer Bestimmung entfremdet, wol gar entzieht. Cunigunde ist unbemittelt und ihre Zukunft durch nichts, als durch eine Heirath zu sichern. Für jedes Madchen ist es wünschenswerth und ehrenvoll, die Gattin eines so wackern Menschen zu werden, wie Feldern. Ich aber wünsche nicht blos Cunigundens, sondern auch ihrer Schwestern wegen, meine älteste, schönste Tochter zu verheirathen; denn die beiden jüngern werden stets durch sie in Schatten gestellt sein, wenn sie im älterlichen Hause bleibt. Mir muß das Glück all meiner Kinder am Herzen liegen, und ist die Eine thörig, so dürfen die Andern nicht darunter leiden.«

»O Gott,« seufzte Faustine, »Cunigunde leidet aber.«

»Ja, gegenwärtig, weil unser Aller Mißvergnügen sie drückt. Hat sie sich nur erst überwunden und den Schritt gethan, welcher ihr jetzt unmöglich scheint, so wird ihr reines Herz in dem Bewußtsein erfüllter Pflicht die nöthige Stärke und Erhebung finden, um sie mit ihrem Schicksal auszusöhnen. Und überdies geht sie ja keinem entsetzlichen Schicksal entgegen. Feldern ist ein Mann, den eine verständige Frau lenken kann, wie sie will –«

»Führe uns nicht in Versuchung!« sagte Faustine mit einem Ton, vor dem Frau von Stein unwillkürlich verstummte. Nach einer Pause, in welcher Beide sich scharf fixirten, sagte Faustine: »Den geliebten Mann zu beherrschen, ist ein momentaner Triumph unsres Herzens, das mit seiner Glut zuweilen den fremden Widerstand schmilzt und doch schon heimlich bereit ist, den errungenen Scepter niederzulegen. Den ungeliebten Mann zu beherrschen, ist eine Entwürdigung, weil nur zwei niedrige Mittel diese Herrschaft geben können: die Heuchelei der Frau, die Sinnlichkeit des Mannes; – und sie anwenden zu müssen wäre kein entsetzliches Schicksal? Wenn alle

Welt sagt, der Mann ist glücklich dadurch! und wenn er selbst sich vollkommen glücklich fühlt! und wenn es die höchste Ehre einer Frau ausmacht, den Gatten zu beglücken – so sage ich dennoch, durch diese Mittel ist die Frau entwürdigt – nicht vor der Welt, denn was weiß die Welt von einem reinen Herzen? und das allein giebt Adel und Würde; – aber vor sich selbst. Haben Sie doch Mitleid mit Ihrer Tochter, führen Sie nicht sie in Versuchung.«

Aber Faustinens Ansichten konnten keinen Eindruck auf Frau von Stein machen, welche ihr Leben lang nach den entgegengesetzten gehandelt hatte. Sie sagte daher:

»Bei der schneidenden Verschiedenheit unserer Meinungen werden Sie sich gewiß nicht wundern, Frau Gräfin, wenn ich wünsche, daß meine Tochter keinen fernern Gebrauch von Ihrer Erlaubniß macht, Ihren Umgang fortzusetzen.«

Faustine sagte traurig: »Also nicht einmal mich sehen soll die arme Cunigunde? .... Wenn es ihr nun aber eine Freude wäre?« setzte sie bittend hinzu.

»Ich begreife nicht,« entgegnete Frau von Stein scharf, »welch seltsames Interesse Sie an meiner Tochter nehmen.«

»Ich liebe das Liebenswürdige« – sprach Faustine sanft.

»Doch hat es einen gehässigen Anstrich, störende Verhältnisse zu begünstigen.«

»Der Vorwurf trifft mich nicht« – sprach sie noch sanfter, und sogar Frau von Stein wurde entwaffnet durch ihre Anmuth, und schied freundlicher, als sie gekommen, aber unerschütterlich in Betreff Cunigundens.

Kaum war Faustine allein, als sie einen Brief erhielt. Die Aufschrift von unbekannter Hand machte ihr Herz ängstlich schlagen. Das Fremde ist so selten etwas Gutes. Sie erbrach athemlos den Umschlag und fühlte sich wahrhaft erleichtert, als sie die Unterschrift: Cunigunde – las. Diese schrieb:

»Meine Mutter wird Ihnen so eben sagen, daß ich Sie nicht mehr sehen soll, Holdselige! Das betrübt mich tief; denn nicht nur, daß ich Sie immer sehen möchte: ich habe auch eine dringende Bitte, die ich jetzt schriftlich an Ihr Herz legen muß. Mein guter Vater ist mit mir einverstanden, er billigt meinen Schritt, er unterstützt meine Bitte. – Unter den gegenwärtigen Verhältnissen bin ich Arme leider dem älterlichen Hause eine Last geworden. Es ist bitter für ein Kind, das zu erkennen; doppelt bitter mir, weil ich selbst daran schuld bin und es doch nicht auf die Weise ändern kann, welche man von mir wünscht. Aber das Haus verlassen, wo ich Allen, nur nicht meinem armen lieben Vater, im Wege bin – das kann ich allerdings und das will ich. Dazu müssen Sie, Sie wahrhaft Gnädige, mir behülflich sein. Sie haben Verwandte und Freunde in der Ferne, die Ihrem Wort, Ihrer Bitte gern Gehör geben werden. Ach, für sich selbst haben Sie wol nie gebeten, Ihrem unausgesprochenen Wunsch sind gewiß Alle zuvorgekommen. Nun denn, so bitten Sie für mich, daß man mich aus Menschenliebe aufnehme, eine Freistatt mir gönne, einen Wirkungskreis mir anweise, den meine geringen Fähigkeiten ausfüllen können. Einen andern Anspruch an diese große Barmherzigkeit, als den, daß ich sie bedarf, habe ich freilich nicht, denn ich bin ein unbedeutendes, unentwickeltes Wesen, das denen, die sich meiner annehmen wollen, nichts verheißen kann, als Dankbarkeit. Aber wenn Sie das Gewicht Ihrer Bitte für mich in die Schaale legen, so sinkt sie gewiß herab. Zürnen Sie mir, weil ich diese Zuversicht zu Ihnen habe? – Mein letztes Wort ist: möchte ich so bald wie möglich so fern wie möglich sein.«

Nachdem Faustine mit tiefer Rührung diesen Brief gelesen, schrieb sie ihn ab, erzählte Andlau ausführlich Cunigundens Geschichte und auf welche Weise sie darin verflochten sei, beschwor ihn, bei seinen Schwägerinnen und wo man Vertrauen zu ihm habe, nach einer Freistatt für Cunigunden zu suchen, schloß die Copie in ihren Brief, und dachte erst, nachdem er gesiegelt, daß kein Wort von der gestrigen Begebenheit darin stehe. Aber dies ist auch wichtiger – fügte sie hinzu und schickte den Brief augenblicklich zur Post. – Daß sie dem armen Clemens versprochen hatte, sich heute auf dem Bassin des großen Gartens im kleinen Eisschlitten von ihm fahren zu lassen – war ebenfalls gänzlich ihrem Gedächtniß entschwunden, und fiel ihr erst dann ein, als er in später Abendstunde sich bei ihr anmelden ließ. Sie war eben an ihre Toilette gegangen, um sich auf einen glänzenden Ball zu begeben, wo sie mit Mengen über die Vorfälle des heutigen Tages plaudern wollte, also konnte sie Clemens nicht annehmen. Eine halbe Stunde später trat sie in den geschmückten Saal.

Mengen stand mit Feldern so, daß er den Eingang im Auge hatte, und obgleich er lebhaft mit dem Freunde sprach, so flog doch sein zerstreuter Blick unablässig dorthin. Feldern war sehr niedergeschlagen, weil der Bruch mit Cunigunden unwiderruflich, und seine Achtung vor ihrem festen Willen seine Neigung nicht verminderte.

»*A revoir!*« sprach Mengen plötzlich; »hernach reden wir weiter darüber.«

»Heute nicht mehr,« sagte Feldern lächelnd, denn er folgte Marios Augen und sah Faustine. Sie stand an der Thür, die Unmöglichkeit einsehend, durch den Kreis der Tänzer und das Gedränge der Zuschauer zu brechen. Sie lehnte an dem Pfeiler mit übereinander geschlagenen Armen – eine Stellung, die den meisten Frauen wegen zu enger Kleidung unmöglich sein dürfte – und die Rechte tändelte mit dem Fächer, den sie sinnend an den Lippen hielt, nachdem ihre Gedanken nicht mehr durch die Umgebungen beschäftigt waren. Das meergrüne Kleid, die leichten, lang herabfallenden Locken, die stille Traurigkeit, welche sich wie ein silberner Schleier auf ihre weichen Züge legte, gaben ihr etwas so Aetherisches, daß Mario, während er sich Bahn zu ihr machte, unablässig sie im Auge behielt, um sich zu vergewissern, daß sie kein Traumgebild sei, oder um, wenn sie ein solches sei, doch wenigstens wahrzunehmen, wie sie sich in Duft auflöse.

»Welch ein allerliebst verdrießliches Gesichtchen bringen Sie auf unsern muntern Ball, Gräfin Faustine« – sagte er, als er sie endlich erreicht.

»Es ist übel, daß jede Trauer einen verdrießlichen Beischmack hat,« antwortete sie gelassen.

»O keine Trauer heute!« bat er, »ich bin glücklich – noch von gestern, glaub' ich! und dann hab' ich die Nachricht bekommen, daß meine zweite Schwester dem Ziel ihrer Wünsche, der Verbindung mit einem längst Geliebten, durch unvorhergesehene günstige Umstände ganz nahe ist. Die beiden Menschen haben sich abgequält und abgezehrt, und nun ist plötzlich das Glück da.«

»Sagen Sie lieber, die Qual ist aus! ob das Glück nun kommt, ist fraglich.«

»Sie hoffen es doch! – Wollen Sie mit mir walzen, Gräfin Faustine?«

»Ich kann heute keine lustigen Leute leiden, Graf Mengen.«

»Ich bin nicht lustig, nur heiter.«

»Wenn die Heiterkeit sich auf äußere Dinge und Zeichen legt, wird sie lustig.«

»Nun, wie soll ich sein, um Ihnen zu gefallen?«

»Theilnehmend« – sagte sie und eine Thräne trat in ihr Auge.

Mengen erbleichte. Sie weinte und er hatte sie geneckt, in guter Absicht zwar, um sie von der Traurigkeit zu zerstreuen, die er beim ersten Blick in ihrem Gesicht entdeckt; aber sie weinte. Er nahm ihren Arm unter den seinen und führte sie zu einem ruhigeren Platz in einer Fensternische. Da sagte er erst:

»Was ist Ihnen widerfahren?« – Und Faustine erzählte. Zum Schluß bat sie ihn, seinerseits sich zu bemühen, damit Cunigundens Wunsch erfüllt werden möge. »Feldern selbst muß uns dafür dankbar sein,« fügte sie hinzu, »wenn er nur das geringste ächte Gefühl für dies edle Geschöpf hat.«

Mengen hatte gespannt zugehört. Er war beglückt, weil nicht Faustine persönlich von einem Leiden heimgesucht; und zwiefach beglückt, weil er im Stande war, das fremde, welches ihr so zu Herzen ging, zu heben. Er sagte:

»Thun Sie mir den Gefallen, sich recht innig über die Verlobung meiner Schwester Matilde zu freuen.«

»Recht gern, mein lieber Mengen, besonders darüber, daß Sie ein so zärtlicher Bruder sind, denn ich habe Sie nun doch einmal lieber, als Ihre mir unbekannte Schwester Matilde.«

»Aber diese Verlobung macht ja, daß meine jüngste Schwester, eine allerliebste Person, nun ganz allein bei den Eltern sein wird, weshalb ich den Auftrag habe, eine junge und liebenswürdige Gesellschafterin für sie ausfindig zu machen.«

»Mengen! lieber Bester! ist es wahr?« fragte Faustine mit innerm Jubel.

»Und da könnte ich wol keine liebenswürdigere finden, als Fräulein Stein.«

Die Thränen rollten rasch und heiß aus Faustinens Augen. »Dank!« sagte sie, »o tausend, tausend Dank!« Sie drückte seine Hände, sie sah ganz verklärt aus.

»Sie sind ein Engel!« sagte Mario rasch und leise.

»Ich nicht,« sprach sie und trocknete die Augen; »aber Sie! Sie bringen ja eine himmlische, eine rettende, trostreiche Botschaft.«

»Wer sich so freuen kann, ist ein Engel! der gewöhnliche harte, kalte, engherzige Mensch hat kein solches Mitgefühl.«

»Wenn Sie wüßten, wie froh Sie mich machen! dies ist der erste gute Augenblick, den ich heute gehabt. Ich konnte gar nichts für Cunigunden thun! solch Wesen paßt nicht überall hin. Unter meinen nähern Bekannten konnte ich niemand ausfindig machen, mit meiner Schwester würde sie nicht harmonirt haben – und nun nehmen Sie mir die schwere Sorge vom Herzen. Nicht wahr, Sie schreiben gleich morgen früh an Ihre Eltern? ich werde Ihnen Cunigundens Brief senden, damit die Ihrigen sich überzeugen mögen, wie anspruchlos sie auftritt. Nicht wahr, Sie zweifeln nicht, daß es uns glücken wird, sie aus ihren trüben Verhältnissen zu erlösen? Machen Ihre Eltern, macht Ihre Schwester besondere Ansprüche an die Gesellschafterin?«

»Gar keine, als daß sie musikalisch sei.«

»Das ist Cunigunde! sie singt lieblich.«

»Sie hat freilich eine glockenreine Stimme, aber ihr Gesang ließ mich eiskalt.«

»Kurz, sie singt und spielt das Piano – das ist die Hauptsache. – O ich bin froh über die Verlobung Ihrer Schwester Matilde! .... Wollen wir walzen?«

Sie tanzte selten, weil sie es übernatürlich langweilig fand, den Tanz, diesen jubelnden Ausdruck des Frohsinns, bis zur Ermüdung und Erschlaffung durch lange Stunden, gleich einer aufgegebenen Arbeit, auszudehnen. Es würde ihr eben so unmöglich gewesen sein, einen ganzen Abend hindurch zu tanzen, als zu lachen. Was sie auch that – es geschah nie ohne eine innere Nothwendigkeit. Darum tanzte sie auch wie Niemand sonst, obschon ihre Bewegungen so regelrecht waren, wie vom Tanzmeister eingeübt.

Faustine wollte Mario eine Freude machen, darum tanzte sie mit ihm. Als mehre andre Herren sie um gleiche Gunst baten, sagte sie lachend:

»Sie kommen zu spät!« – und war zu keinem Schritt zu bewegen; was man denn freilich wunderlich genug fand.

»Ich mußte heute doch einen Spaß haben,« sagte Faustine zu Mengen, »nachdem ich einen sehr hübschen versäumt – eine Fahrt auf dem Eise im großen Garten mit Walldorf; Alles wegen der bewußten Angelegenheit. Auch mein Diner hab' ich darüber versäumt! um vier Uhr war ich in Schreiberei vertieft, und hernach, als meine gewohnte Speisestunde vorüber – hatte ich keinen Hunger mehr.«

»Es muß immer Jemand Ihnen zur Seite stehn, der für Sie sorgt: sonst begreife ich nicht, wie Sie durch das Leben kommen sollen, Gräfin Faustine.«

»Es ist mir auch unbehaglich genug.«

»Für das verlorne Diner kann ich Ihnen freilich keinen Ersatz bieten. Wollen Sie sich aber morgen von mir im Eisschlitten fahren lassen, so sind Sie wol sicher, daß Sie mich erfreuen.«

»Ich bin heute in gnädiger Stimmung für Sie – dann thue ich Alles, was man wünscht, und sage gewiß nicht Nein.«

»Thun Sie das je, wenn ein Anderer Ja sagt?«

»Wenn ich nicht diesem Andern gegenüber meine Selbständigkeit dadurch verloren, daß ich ihn liebe – so muß ich allerdings für mich selbst denken und handeln, und dann kann es kommen, daß ein sehr dezidirtes Nein seinem Ja begegnet. Uebrigens hasse ich Nein und Ja, und all diese trocknen, scharfen Worte, die plötzlich den sanften Lauf der Dinge hemmen, wie die Schleuse den Bach. Bei Menschen, die überhaupt sich verstehen, folgt die ganze Entwickelung des Charakters, des Verhältnisses so unumgänglich klar aus dem ersten Verständniß – welches nichts ist, als die erste Begegnung in ihrer primitiven Frische – daß eine Frage, auf welche Ja oder Nein folgt, mir ganz possierlich vorkommen würde. Fragte mich Jemand: lieben Sie mich? so könnte ich doch gewiß nichts Besseres thun, als dem Tropf den Rücken zukehren, der das Ja oder Nein nicht längst gemerkt hat.«

»Die Frauen lassen uns so häufig in Zweifel über ihre eigentlichen Gefühle, und treiben so häufig allerliebste Koketterie mit fremden, daß solche unschuldige Frage uns armen, schlichten Männern erlaubt sein dürfte.«

»O die Männer sind rührend in ihrer Einfachheit!« rief Faustine höchst belustigt. »Wesen, die immer sich arrangiren, berechnen, auf ihrer Hut sind, sollen sich plötzlich zu einer Simplizität erheben, welche die Gefährtin der Kindesunschuld ist oder – der weltgroßen Leidenschaft, denn diese wirft allen den Flitterkram der Eitelkeit und der Mode von der brennenden Stirn und dem mächtig schlagenden Herzen.«

»Gräfin Faustine,« sagte Mario ganz ernst, »Sie werden mich von Vorurtheil für mein Geschlecht befangen nennen – dennoch ist es meine tiefste Ueberzeugung, daß ein Mann leichter als das Weib eine weltgroße Leidenschaft faßt.«

»Für das Spiel, zum Exempel, für's Gold, für den Ruhm – ja, das glaub' ich.«

»Nein, grade die Leidenschaft, welche Sie im Sinn hatten.«

»Gut! auch für die Frauen.«

»Nicht für die Frauen, Gräfin Faustine, für e i n e Frau.«

»Richtig! ich besinne mich, daß Sie auch nur den Mann der Begeisterung fähig halten. Sie sind consequent, lieber Mengen, consequent in der Verblendung und Parteilichkeit. Nicht wahr, nur die Männer sind consequent?«

»Der Ausgleichung wegen sind die Frauen eigensinnig.«

»Das kommt auf eins heraus.«

»Nicht ganz; der Eigensinn beharrt bei Grillen und Launen. Zur Consequenz gehört das Fundament einer bestimmten Ansicht, welche zur Richtschnur wird beim Aufbau des Gebäudes.«

»Aber diese Richtschnur kann eben so falsch wie eine Grille sein.«

»Falsch allerdings – dann muß der Baumeister sein Gebäude niederreißen. Aber es ist doch kein solcher Wirrwarr in seinem, als in demjenigen Kopf, der ohne Plan baut, der heute für eine corinthische Säulenhalle schwärmt, morgen eine gothische Thür dahinter wölbt, und übermorgen das Ganze mit einem chinesischen Dach krönt.«

»So geschmacklos sind die Frauen nicht!« rief Faustine entsetzt.

»Ihr Künstlerauge stößt sich an den falschen Proportionen –«

»Und sollte das nicht auch die Seele thun?«

»Ja, wenn sie unverwirrt ist, wenn sie sich nicht von ihrem ersten Plan abbringen läßt, sobald sie den Grundstein dazu gelegt. Aber sagen Sie selbst, sagen Sie die Hand auf dem Herzen: kann man zu einer Frau diese Zuversicht haben? Sind sie nicht immer schwankend, weil sie schwebend – zerbrechlich, weil sie zart – lenksam, weil sie beweglich sind? Gräfin Faustine, sind Sie sicher, daß diese Cunigunde, welche jetzt vor unser Aller Augen einen dorischen Tempel aufführt, in dem nur ernste Götter wohnen können – in diesem strengen Styl beharren werde?«

»Nein!« rief sie fast ängstlich; »aber schön wird er immer bleiben. Und überhaupt – wo ist denn der Mann, der so endet, wie er begonnen hat? erfüllt er alle Erwartungen, entspricht er allen Wünschen, überwindet er alle Versuchungen? reißt nie der Faden, aus welchem er das Gewebe seines Lebens bildet?«

»Er reißt, allein einen andersfarbigen knüpft er nicht an.«

»So denken wenig Männer! daß Sie zu den Ausnahmen gehören, glaube ich gern.«

»Die Frauen klagen über den Wankelmuth der Männer, die Dichter singen davon, dicke Bücher sind damit voll geschrieben – und wer mag ergründen, ob der erste Zweifel an Treue, und somit der erste Schritt zum Wankelmuth, nicht zuerst durch die erste Geliebte in die Brust des Mannes gehaucht ward!«

»Was ist Ihnen denn begegnet, daß Sie die Frauen so sehr hassen oder gering achten?« fragte Faustine mild und traurig.

»Welch eines Frevels beschuldigen Sie mich, weil ich zu äußern wage, daß mit der unsäglichen Grazie des Weibes selten jene Kraft sich paart, welche unser Erbtheil worden ist, und welche nothwendig dazu gehört, nicht um eine weltgroße Leidenschaft zu fassen – wol aber um sie festzuhalten. Mich hat nie eine Frau verletzt, vielleicht deshalb – sagte er lächelnd – weil ich Keiner mein ganzes Herz hingegeben; und wenn ich sage, daß sie schwach sei, so hindert mich das keineswegs, sie zu lieben, ja, die am innigsten zu lieben, deren fliegende Seele ewig eines Schutzes, einer Zuflucht, eines unwandelbaren Haltpunktes bedürfte.«

»So muß es auch sein,« sagte Faustine. Beide schwiegen, ernst, in tiefen Gedanken. Unbegreiflich, daß ein Mann auf der Welt außer Anastas so gesinnt ist – sprach Faustine heimlich zu sich selbst. Unbegreiflich! wiederholte sie und sah Mengen tief und forschend an. Aber das letzte: Unbegreiflich! hatte sie, ohne es zu wollen, laut ausgesprochen.

»Mir scheint es sehr natürlich« – antwortete er, und nach einer Weile, da sie schwieg, rief er: »Wollen Sie mich beurlauben, Gräfin? ich habe nicht umhin können, der Lady Geraldin eine ihrer ewigen Schachpartien zu versprechen.«

»Thun Sie, was Sie thun müssen,« sagte Faustine boshaft.

»Nur wenn Sie mir Urlaub geben.«

»Sie sind nicht in meinem Dienst, wie in dem der Lady Geraldin: wie könnte ich Ihnen Urlaub geben.«

»Wünschen Sie wirklich, daß ich nicht zur Schachpartie gehe?«

»Warum soll ich es nicht wünschen?« fragte sie unbefangen, und sah ihn groß an.

»Dann bleibe ich gewiß auf diesem Platze an Ihrer Seite.«

»Das habe ich ja nur gewollt! erzählen Sie mir von Ihrer jüngsten Schwester, deren Gefährtin Cunigunde nun bald sein wird.«

»Meine Schwester Marie ist achtzehn Jahr alt, ziemlich gescheut und sehr hübsch mit blondem Haar und braunen Augen.«

»Das ist eine äußerst trockne Beschreibung,« sagte Faustine belustigt.

»Ach,« rief Mario, »was kann ich Ihnen von Andern erzählen! Immer und ewig möchte ich Sie reden hören und, wenn ich sprechen müßte, von Ihnen selbst zu Ihnen sprechen.«

»Himmel, das wäre langweilig für mich!«

»Das glaube ich nicht! Giebt es ein Wesen, für das Sie sich lebhafter interessiren, als für Sich selbst?«

»Schlimm genug, wenn das der Fall – und ich kann es nicht leugnen. Denn wie soll ich Respect haben vor irgend einer Wesenheit, wenn ich nicht bei meiner eigenen anfange? und habe ich überhaupt erst diese Achtung für menschliche Entwickelung und menschliches Streben gefaßt, wie sollt' ich nicht suchen, zuerst mich selbst durchzuarbeiten? Das ist unser Ziel, das ist unsere Seligkeit. Muß der Mensch nicht stets diesen letzten Zweck alles Seins im Auge behalten?«

»Und nebenbei den unerschütterlichen Stützpunkt der ewigen Moral: daß diese Seligkeit durch kein Unrecht zu erringen ist! Wer sich mit seinem raffinirten Egoismus im Weltall isolirt, indem er alles Leben nur als den Born betrachtet, welcher ihm frische Nahrung zuströmt, der wird bald genug vogelfrei zwischen seines Gleichen sein, aber nicht frei – nicht geschützt in seiner Eigenthümlichkeit und durch sie, weil er keinen Respect vor der fremden hat.«

»O, ich mag nicht vogelfrei sein! Ich will ja nur das Bächlein sein, welches in das große Meer des Alls zurückströmt und spurlos verschwindet – wie gern! wenn nur mein Lauf klar und meine Welle rein gewesen.«

Marios Blick hing unverwandt an ihr; aber der Strahl ihres Auges glitt bei diesen Worten an ihm vorbei und stieg leuchtend wie eine Girandola gen Himmel. In diesem leuchtenden Strahl zerschmolz ihr Herz und wallte empor, wie das Opfer von der Altarflamme verzehrt als Weihrauch aufsteigt. Es war etwas in dieser Frau, was sie befähigt hätte, eine große Heilige zu werden: der schmachtende, unauslöschliche Durst nach dem Ewigen.

Mario dachte heimlich wie einst Clemens: und kann sie denn überhaupt lieben? länger lieben, als den Augenblick, wo die Sonne der Liebe ihre jungen Strahlen in die Welt hineinwirft? fester lieben, als das Lüftchen, welches süß und schmeichelnd meine Stirn umweht und versäuselt? tiefer lieben, als eine Fee, welche drei Minuten lang den Geliebten beseligt und dann ihn verläßt? – –

So war es zwei Uhr Nachts geworden. Faustine wollte fahren. Ihr Bediente war nicht da; Mario ließ ihn umsonst durch den seinigen suchen. »Der Mensch muß krank geworden sein,« sagte sie, »das ist ihm nie begegnet .... oder was kann ihm sonst widerfahren sein?« Sie beunruhigte sich heftig; sie wollte nach Hause und fürchtete sich. »Könnte er nicht auch meinen Schrank erbrochen, Geld genommen und entflohen sein? es war freilich nicht sehr viel da –« Mengen lachte, aber er sagte:

»Mein Wagen ist zu Ihrem Befehl; ich werde Sie begleiten und dann sogleich nach dem Abtrünnigen forschen.«

»Ach, guter Mengen, wie freundlich von Ihnen!« seufzte Faustine.

Er gab ihr seinen Mantel um, führte sie herab und fuhr mit ihr fort. Sie sagte:

»Nun kann ich Ihnen Cunigundens Brief gleich mitgeben! und morgen schreiben Sie Ihren Eltern und fügen ihn bei. Wann können wir Antwort haben?«

»Spätestens in acht Tagen.«

»Wenn sie günstig lautet, aber erst dann, theil' ich sie Cunigunden mit.«

Faustinens Wohnung war bald erreicht. Im Vorzimmer kam ihre Kammerjungfer ihr wie gewöhnlich entgegen. Faustine fragte:

»Wo ist Ernst?«

»Vor einer Stunde ist er gegangen, die gnädige Gräfin abzuholen. Aber Herr von Walldorf ist noch hier.«

»Welcher Einfall, Jeannette, um diese Stunde Besuch anzunehmen!« rief Faustine heftig.

»Ernst hat es gethan, gnädige Gräfin, ich nicht.«

Faustine öffnete rasch die Thür des Salons und trat ein; Mengen mit ihr. Eine Lampe brannte ziemlich dunkel in dem großen Gemach, in dessen entferntestem

Winkel Clemens saß, im Lehnstuhl vergraben, die Arme auf den Knien, das Gesicht mit beiden Händen bedeckt.

»Herr von Walldorf!« sagte Faustine zürnend.

Er fuhr auf und sah sie bestürzt an.

»Ich glaube, er hat geschlafen!« sprach sie halb unmuthig, halb lachend zu Mario.

»Ich glaube, das thut ihm noth« – antwortete Mario, schüttelte Walldorfs Arm und sagte: »Wollen Sie mich begleiten? die Gräfin kommt ermüdet vom Ball und ist unser ganz überdrüssig.«

»Ihrer vielleicht« – warf Clemens über die Schulter ihm zu und sprach dann zu Faustine: »Sie kommen zu dieser Stunde, in dieser Verkleidung – was soll das bedeuten?«

War Faustine erstaunt gewesen über die Ruhe, womit Mengen Walldorfs Antwort hingenommen, so wuchs dies Staunen, als er ihr jetzt gelassen seinen Mantel abnahm, der noch um ihre Schultern hing, und ihr das Wort abschnitt, das auf ihren Lippen schwebte, indem er sagte:

»Die Gräfin giebt Ihnen sicher morgen die interessantesten Notizen über den Ball, doch heute ist es wirklich zu spät. Kommen Sie mit mir, bester Walldorf.«

»Aber Mengen, ich begreife Sie gar nicht! lassen Sie sich doch nicht mit dem Unbescheidenen ein!« rief sie.

»Sie müssen Nachsicht mit ihm haben – er hat stark getrunken.«

Faustine unterdrückte nur halb einen ängstlichen Ausruf und ergriff Marios Hand. Das erregte Walldorfs Zorn. Er nahte ihr, leichenblaß, und fragte mit starker Stimme:

»Warum fürchten Sie mich?«

»Gar nicht,« sprach sie hastig. Aber ihr Arm lehnte auf Marios, und der fühlte, wie ihre ganze Gestalt zitterte. Er wollte diese peinliche Scene für sie beenden und sprach:

»Wenn Sie mir den Brief geben könnten? und dann, gute Nacht!«

Faustine ging rasch in ihr Zimmer, er folgte ihr bis zur Thür. Auf der Schwelle empfing er den Brief, ihren dankbaren Händedruck, den freundlichsten Blick – dann schloß sich diese Thür .... auch vor ihm. Er empfand das, wie einen leisen Schmerz, ganz heimlich und ganz tief in der Seele; doch er hatte nicht Zeit, dieser Empfindung nachzuhängen. Clemens hatte sich auf ein Sopha gesetzt, die Beine über ein Tabouret gelegt, ein kleines Polster unter den Kopf geschoben, sich so bequem wie möglich etablirt. Mario nahm seinen Mantel um, setzte den Hut auf und fragte:

»Ist's Ihnen gefällig, Herr von Walldorf?«

»Nein, ich warte auf die Gräfin Faustine! sie soll mir Rede stehen, weshalb sie mir heute Mittag ihr Wort gebrochen, und heute Abend mich fortgeschickt hat.«

»Aber sie hat sich in ihr Zimmer begeben: ein Zeichen, daß wir gehen können.«

»Oder, daß ich ihr folgen darf.« Er stand auf, doch etwas schwankend. Mario kochte innerlich vor Wuth, dennoch wollte er glimpflich mit Clemens umgehen, um Faustine nicht noch mehr zu ängstigen. Darum entgegnete er:

»Dann müssen Sie doch auf ihren Befehl warten.«

»Richtig!« sagte Clemens, und ganz vergnügt über dies Argument, welches ihm erlaubte sich zu setzen, nahm er seine bequeme Stellung wieder ein.

Mengen warf Hut und Mantel ab, und etablirte sich neben Clemens ganz auf die nämliche Weise. Als der Anstalten sah, welche ein dezidirtes Postofassen verkündeten, fragte er verdrießlich:

»Mit welchem Recht lassen denn Sie sich hier nieder?«

»Da Sie vor dem Zimmer der Gräfin Wache halten, so darf ich mir wol auch dies Vergnügen machen.«

»Die ganze Nacht hindurch?«

»Die ganze Nacht.«

»Es wird hier aber recht kalt werden.«

»Ich habe meinen Mantel.«

»Zwei Wachen stehen doch nie auf einem Posten. Zwei sind überall zu viel und Einer ist genug.«

»Diesmal ist auch Einer überflüssig.«

Clemens gab allmälig dem Einfluß nach, den die behagliche Stellung auf ihn übte: er wurde immer schläfriger. Nach fünf Minuten murmelte er:

»Ich wollt', es wäre Schlafenszeit und Alles stände wohl.«

»Oho, alter Falstaff!« rief Mario lachend und klopfte ihn auf die Achsel, »dazu kann Rath werden, komm nur mit mir.«

»Du bist ein braver Junge, Heinz, nur etwas leichtfertig,« stammelte Clemens. Und bald hatte Mengen ihn den Händen seines Dieners übergeben. Dann fuhr er auf den Ball zurück – im Grunde nur, um von dem verschollenen Ernst Nachricht einzuziehn; denn als ihm sein Jäger nach einer halben Stunde meldete, Ernst sei da, fürchterlich betrunken, so befahl er jenem, ihn mit sich zu führen und begab sich dann selbst nach Hause. Dort ließ er Ernst hereinkommen, der weinselig, Faustinens Mantel über dem Arm, erschien, und mächtig erschrak, als statt der Gebieterin ein ernster Mann vor ihm stand, der drohend fragte:

»Wer hat Dich dazu verführt, Dich so schmählich zu betrinken?«

»Der Herr von Walldorf,« stammelte Ernst, halb ernüchtert.

»Lüge nicht!« sagte Mengen streng.

»Der Herr von Walldorf, auf meine Ehre! wenn der Herr Graf mir erlauben wollen, mich so vornehm auszudrücken. Er kam und sprach: er habe den Befehl von meiner gnädigen Gräfin, sie zu erwarten, und er könne es mir durch einen Doppel-Friedrichsd'or beweisen. Das war klar. Ich ging. Auf dem Ball hieß es, der würde noch lange dauern. Es war kalt, eine Weinstube nah – ich trank ein Paar Gläser Champagner – vielleicht sind's auch Flaschen gewesen – man berechnet das nicht! die Zeit vergeht so schnell –«

»Die Frau Gräfin will heute nichts von Dir wissen. Geh mit meinem Jäger und schlaf Deinen Rausch aus …. aber den Mantel sollst Du nicht mit Dir herum schleppen.«

Ernst hing den Mantel über einen Stuhl und ging niedergeschlagen ab. Mario nahm den Mantel und betrachtete ihn so aufmerksam, als ob er ihn hätte taxiren sollen, und so erfreut, als ob ihm ein Wunder der Welt in die Hände gefallen. Er war von dunkelrothem Atlas, mit weißem Tafft gefüttert, warm und leicht, um die Toilette nicht zu chiffonniren; weich, um sich dennoch fest darein wickeln zu können. Vor Marios Phantasie schwebte Faustinens lieblicher Kopf über dem Purpurstoff, wie ein Stern über der Abendröthe, und ihre graziöse Gestalt hüllte sich in die reichen Falten, und ihre schneeweißen Hände blitzten draus hervor. Er drückte sein glühendes Antlitz fest in den Mantel, der weiche schmiegsame Atlas legte sich sanft wie ein Kuß an seine Wangen, an seine Lippen – mit einer heftigen Bewegung schleuderte Mario den armen Mantel weit von sich, holte tief Athem, strich ganz erschöpft die Locken aus der Stirn und schellte. Der Jäger kam. Er ließ sich entkleiden, doch unfähig schlafen zu gehen, setzte er sich an den Schreibtisch, um einen Brief an den Vater zu beginnen. Kaum saß er, so fiel sein Blick auf den Mantel, der an der Erde lag. Das ist aber kein Platz für etwas, was sie trägt – dachte Mario, stand auf, nahm den Mantel, küßte ihn, als wolle er ihn wegen der schlechten Behandlung um Verzeihung bitten, setzte sich zum Schreiben, behielt ihn dabei auf seinen Knieen, und schrieb nun wirklich so eindringlich und herzlich über Cunigunde, daß er der günstigsten Antwort gewiß sein durfte. »Das war ein guter Tag!« sprach er halblaut nach Beendigung des Briefes; ich habe den Engel in seiner Glorie gesehen, und ich habe ihm dienen dürfen.

Er suchte die Ruhe, indem er sein Haupt auf den geliebten Mantel bettete, und durch seine Träume gaukelte, weinte und lächelte Faustine.

Clemens erwachte früh, unbehaglich, wüst im Kopf, öde in der Seele. Der ganze gestrige Abend war ihm wie Geld unter den Händen weggekommen. Er konnte sich auf nichts besinnen. Er rief seinen Diener, einen stämmigen, untersetzten Burschen, den er aus Oberwalldorf mitgebracht.

»Johann,« sagte er, »wer hat mich über Nacht hierher begleitet?«

»Das weiß ich nicht, gnädiger Herr.«

»Kam ich allein?«

»Nein, gnädiger Herr! ein sehr großer, blasser Herr, gewiß so groß wie Ew. Gnaden, aber viel dünner – und ein Jäger, kamen mit herauf.«

»War ich denn krank, Johann?«

»Ne, gnäd'ger Herr, das eben nicht,« sagte Johann mit stupidem Lachen.

»Jesus Maria!« rief Clemens entsetzt, »und ich war bei ihr gewesen! unmöglich! bin ich denn an Körper und Seele umgewandelt? kann ich nicht mehr einen erbärmlichen Tropfen Weins vertragen!«

»Na, gnäd'ger Herr,« sagte Johann begütigend, »ich sollte meinen, es wäre wol mehr als ein Tropfen gewesen.«

»Ich will mich ankleiden!« rief Clemens. Er that's im Fluge und stürmte eben so zu Mengen. Er haßte Mengen; aber er wollte doch wissen, ob er Faustine auf irgend eine Weise gekränkt, und ob der Gehaßte ihn zum Dank verpflichtet habe. Mengen war noch nicht aufgestanden, doch Clemens ließ sich nicht abweisen. Jener befahl die Vorhänge aufzumachen, Clemens setzte sich vor sein Bett – und starrte ihn sprachlos an, denn der ihm wolbekannte Mantel Faustinens lag auf Marios Bett. Dieser hatte, plötzlich erweckt, den unseligen Mantel vergessen, er wußte nicht Walldorfs ungemessenes Staunen zu deuten, und wartete ruhig auf eine Erklärung desselben und des frühen Besuchs. Als aber Walldorfs Zähne hörbar zusammenschlugen, wähnte er, Clemens werde durch die Erinnerung an sein gestriges Betragen gedrückt, und deshalb sprach er freundlich:

»Das kann wol einmal passiren, lieber Walldorf, und –«

»O zum Teufel!« rief Clemens außer sich, »der Mantel gehört –«

»Der Gräfin Faustine!« sagte Mario eiskalt, aber innerlich durchzuckte ihn ein gewaltiger Schreck über seine Unbesonnenheit.

»Und das läugnen Sie nicht einmal?« stammelte Clemens.

»Warum sollte ich?« fragte Mario unbewegt.

»O, Faustine! Faustine! in welche Hände bist Du gefallen!« jammerte Clemens und rannte durch das Zimmer.

»Herr von Walldorf, Ihr gestriges Benehmen war zu begreifen und daher zu entschuldigen, Ihr gegenwärtiges ist aber weder das eine noch das andre. Haben Sie die Güte, mir Ihr Anliegen so kurz wie möglich vorzutragen, damit ich es so bald wie möglich erfüllen könne.«

»Graf Mengen, wie kommt dieser Mantel hieher?«

»Auf diese Frage bin ich nicht Ihnen, sondern der Gräfin Faustine die Antwort schuldig; daß ich ihr diese Rechenschaft nicht schuldig bleiben werde, davon mögen Sie später Zeuge sein. Uebrigens, Herr von Walldorf, bitte ich Sie, meine Verehrung für diese liebenswürdige, schutzlose Frau niemals nach der Ihren zu beurtheilen, welche für diese letzte Eigenschaft einen empörenden Mangel an Rücksicht an den Tag gelegt.«

Clemens wußte genug – für seine Person. Und das, was er weiter wissen wollte, erfuhr er jetzt doch nicht. Also lief er fort, auf die Promenade, hin und her vor Faustinens Fenster. Vielleicht würde sie ihn sehen, ihn rufen – allein durch Faustinens pur-

purrothe Vorhänge schimmerte der Tag so dämmernd, daß er ihre Augenlieder überstreifte, ohne sie zu heben. Sie schlief nicht mehr, sie träumte nur noch halb und halb,
es war ihr lieblich zu Sinn – sie wußte selbst kaum warum. Cunigundens freundliche
Zukunft wird es sein! meinte sie.

Nachdem Clemens vergeblich einige Zeit auf und ab gerannt, entschloß er sich
nach einigen Stunden, Faustinen seinen Besuch zu machen, unbefangen, gleichmüthig,
als sei nichts vorgefallen, und es darauf ankommen zu lassen, wie sie ihn empfangen
würde. »Gott,« dachte er, »wenn sie nur diesen Mengen nicht liebte! der macht sie
gleichgültig gegen mich! in Oberwalldorf war sie anders .... nicht anders gegen mich,
nicht freundlicher .... aber dort konnt' ich nicht glauben, daß sie für irgend einen
Mann – Andlau etwa ausgenommen – lieblicher sein könne; ja sogar ihre Empfindungs-
weise für Andlau kränkte mich nicht so – nicht so tief, nicht so bitter. Zeit, Treue,
Gewohnheit, gaben ihm Rechte – ich weiß ja Alles, ich mache mir ja keine Chimären!
ich verlange ja nichts, als daß sie mir erlaube mein Herz vor ihr niederzulegen, als daß
sie freundlich meine Liebe anlächle, sie dulde! statt dessen weist sie sie ab, drängt mir
das Wort in den Busen zurück oder verdreht es mir auf der Lippe, während sie an
diesen Mengen ihre Liebe verschwendet. – Der Teufel mag wissen, in welchem Grad!

Durch solche und ähnliche Vorstellungen regte er seinen Zorn und seine Leidenschaft dermaßen auf, daß er halb vernichtet bei Faustinen eintrat und keines Wortes
mächtig neben ihr auf das Sopha sank. Sie wähnte, wie Mario vorhin, die Erinnerung
an seine Ungezogenheit quäle ihn, und dadurch ward sie in ihrem Vorsatz, den gestrigen
Vorfall gänzlich zu ignoriren, noch mehr bestärkt. Sie frühstückte, denn Clemens, dem
die Secunden zu Ewigkeiten wurden, hatte sich in den Stunden verirrt.

»Brav, daß Sie so früh kommen! ich fürchtete schon, Sie würden mir meine gestrige
Abtrünnigkeit nicht ganz verziehen haben. Das kam aber so.« Sie erzählte ihm, wodurch
sie gestört worden sei, und dann vom Ball, der elegant und amüsant gewesen, und
dann, daß Mengen sie heut im Eisschlitten fahren wolle – Alles so schlicht, so natürlich,
wie die Unbefangenheit, und freundlich, wie die Güte thut, die einen Andern aus
peinlicher Lage befreien mögte. Doch Clemens in seinem aufgeregten Zustand war
nicht dafür empfänglich. Er sah nur eine geschickte Heuchelei. Das überwältigte ihn,
er schlug verzweiflungsvoll beide Hände vors Gesicht. Die erste Bewegung Faustinens
war, mißtrauisch von ihm wegzurücken. Doch sie besann sich, daß er unmöglich
Morgens um zehn Uhr im Rausch sein könne, und seine Desperation auf Rechnung
seiner Beschämung schreibend, faßte sie sich, blieb neben ihm sitzen, zog seine Rechte
von seinem Gesicht herab, und sagte:

»Guter Clemens, beruhigen Sie sich.«

Da blickte er sie an, schüttelte den Kopf und rief:

»Aber Sie strafen ja den lieben Gott Lügen! .... Ja ja!« fuhr er fort, als Faustine tödtlich erschreckt ihn sprachlos ansah – »jetzt fällt die Maske! doch, wenn man nichts ahnt, nichts weiß, und nur Ihr Gesicht sieht, so würde Jeder meinen, der liebe Gott habe seinen Lieblingsengel auf die Welt geschickt, um die Menschen von ihm zu grüßen, und vielleicht ist das auch seine Absicht mit Ihnen gewesen. Aber dies himmlische Antlitz lügt! es wohnt nichts dahinter – als ein lügenhaftes Weib.«

Faustine erhob sich. Sie stand vor Clemens so hoch, so groß, als sei sie plötzlich um einen Fuß gewachsen. Kalt und befehlend zeigte sie mit der ausgestreckten Rechten nach der Eingangsthür, und ohne Clemens eines Blickes zu würdigen, ging sie königlich stolz aus dem Salon in ihr Zimmer und verschmähete es die Thür hinter sich zu schließen. Sie setzte sich an ihren Schreibtisch, legte den Kopf in beide Hände, um sich zu besinnen, ob Clemens verrückt oder betrunken, krank oder unverschämt sein möge, brachte es nicht heraus, und schrieb, um sich zu zerstreuen, ein Paar herzliche Zeilen an Cunigunde, als Antwort auf ihren gestrigen Brief. So war eine Viertelstunde verflossen. Clemens saß noch immer regungslos auf dem Sopha. Er bereute sein Benehmen – besonders deshalb, weil er, mit der Thür ins Haus fallend, Faustinen Waffen in die Hand gegeben. Darum hob er ganz demüthig an:

»Ich bin noch hier, Gräfin Faustine.«

»Wider meinen Willen, Herr von Walldorf,« sprach sie eisig von ihrem Schreibtisch herüber.

Er stand auf, ging bis zur Schwelle ihres Zimmers und bat:

»Wenn ich ein Verbrecher bin, so geben Sie mir durch die Beantwortung einiger Fragen dreist den Todesstoß.«

»Sie sind ein Wahnsinniger,« sagte sie gelassen und legte die Feder hin.

»Kamen Sie nicht heute Nacht in Graf Mengens Begleitung nach Hause?«

»Ja.«

»In seinen Mantel gehüllt?«

»Ja.«

»Warum das?«

»Weil der meine samt meinem Bedienten verschwunden war und noch ist.«

»Ich bitte um Vergebung! der Mantel ist da, ich habe ihn vor zwei Stunden gesehn.«

»Wo denn?«

»Wo? Sie fragen? .... Gräfin, haben Sie in der That den Muth, zu fragen?«

»Himmel!« rief sie sehr ungeduldig, »hing er als Wetterfahne an der katholischen Kirche, oder fuhr ein neuer Faust auf ihm durch die Luft, oder was sonst!«

»Er lag in Graf Mengens Zimmer – auf dessen Bett.«

»Nun das ist mir lieb! der gute Mengen! so hat er den Ernst aufgefunden – ich war schon ganz verzagt. – Weiter im Examen, Herr von Walldorf! Sie sehen, ich bleibe keine Antwort schuldig.«

»Ich bin zu Ende.«

»Das thut mir leid.«

»Warum?«

»Weil es mir nicht geglückt ist, Ihnen den Todesstreich zu geben, d.h. Ihren wahnsinnigen Hirngespinnsten, denn Sie sehen zwar ganz petrifizirt aus, aber gar nicht klar und verständig.«

»Faustine!« rief Clemens und warf sich ihr zu Füßen, »haben Sie Mitleid mit mir. Wie kann ich klar sein, wenn die rasendste Leidenschaft, Eifersucht, meine Besinnung, mein Urtheil verstümmelt, und wenn alle äußern Zeichen mich gräßlich in dem Verdacht bestärken, daß – Mengen glücklicher ist als ich.«

»Das wünsch' ich ihm aus tiefster Seele,« sprach Faustine finster.

Clemens fuhr auf und sagte mit hämischer Bitterkeit: »Daran hab' ich nie gezweifelt! ich wußte es – als ich den Mantel bei ihm sah.«

»Verschonen Sie mich mit diesem ewigen Mantel!« rief sie ungeduldig.

»Er muß doch sein, wo die Besitzerin ist – oder war.«

Der tiefe Unmuth in Faustinens Zügen ging plötzlich in eine so tiefe Trauer über, daß Clemens wie niedergedonnert abermals zu ihren Füßen hinsank. Sie sagte nur: »Clemens!« – aber es lag ein herzzerschneidender Vorwurf in ihrem leisen, zitternden, melancholischen Ton.

»Vergebung!« stammelte er mit gerungenen Händen.

»O,« sagte sie, »nicht mich haben Sie am tödtlichsten gekränkt: Sich selbst – die reine Blüthe Ihres Gefühls! .... Stehen Sie auf, Herr von Walldorf, gehen Sie! Sie können doch künftig nicht mehr den Muth haben, mir fest ins Auge zu sehen, unwillkürlich würden Sie es niederschlagen, und einen solchen Menschen kann ich nicht in meiner Nähe dulden – gehen Sie!«

»Sei gnädig, Faustine!« seufzte Clemens, und drückte seine Stirn auf ihre Füße. Doch mit unsäglichem Widerwillen machte Sie mit dem Fuß eine abwehrende Bewegung und wiederholte:

»Gehen Sie.« – Und er ging. – Große Thränen quollen aus ihren Augen. Sie blickte mit tiefer Sehnsucht Andlaus Bild an und sagte: »Anastas, mein Freund! kommst Du denn nie wieder mit Schutz und Schirm für Deine Ini?«

Da hörte sie im Vorzimmer Marios Schritt. Schnell trocknete sie die Augen. Es war vielleicht ihr größter Schmerz, daß sie ihm den Grund ihrer Betrübniß nicht sagen durfte. Das machte sie verdrießlich. Sie empfing ihn nicht eben freundlich, als er mit den Worten eintrat:

»Darf ich für den Sünder Ernst um Gnade bitten?«

»Der ist an Allem schuld!« rief sie unmuthig.

»Ist Ihnen Unangenehmes widerfahren?« fragte Mario sehr besorgt.

»Nein, gar nichts,« sagte sie verlegen – »ich meinte nur gestern .... und dann, wo ist mein Mantel?«

Aha, dachte Mario, Clemens hat bereits geplaudert. Laut sagte er ruhig:

»Ich nahm ihn gestern Abend dem weinseligen Ernst ab, um ihn vor den Rauchwolken der Bedientenstube zu schützen; jetzt hängt er wieder auf dessen Arm.« Dann erzählte er ihr, daß und wie Ernst zu dem Rausch gekommen, und sie rief:

»Mit Trunkenen hab' ich nichts zu schaffen! den einen hab' ich so eben fortgeschickt, und der andere mag auch gehen.«

»Theure Gräfin, möchten Sie nicht ignoriren?«

»Nein! Clemens beharrt in einem fortwährenden Rausch, der mir ganz lästig ist, und was ich jetzt von ihm erfahren, Bestechung meines Bedienten, trägt nicht dazu bei, ihn in meiner guten Meinung herzustellen.«

»Aber Ernst, der zum ersten Mal diesen Fehltritt begangen und ihn mit Thränen bereut hat....«

»Nun, so ermahnen Sie ihn, reden Sie ihm ins Gewissen, nehmen Sie ihm Schwur und Eid ab, liebster Mengen! ich verstehe mich nicht auf Strafpredigten, und behalte ganz gern einen, seit Jahren treu ergebenen Diener.«

So vermittelte Mario den Frieden; und bald war es ihm auch gelungen, die Unmuthswölkchen aus Faustinens Seele zu verscheuchen, denn sie hatte die reizbare Beweglichkeit eines Kindes, und jeder goldene Apfel eines Gedankens, den man auf ihren Weg warf, hemmte ihren flüchtigen Atalantenlauf. Mario erzählte ihr von einer Heirath, welche als eine schauerliche Mesalliance, nicht sowol des Standes, als auch des Alters und aller äußern Verhältnisse, die Gemüther in Bewegung setze.

»Der Mann ist ein Künstler,« sagte Faustine.

»Aber hoch in Jahren aber ohne die geringste Spur von Schönheit! was hilft es der Frau, ihn alle Abend drei Stunden lang glänzend und gefeiert zu sehen, wenn vor ihren Augen der Nimbus schwindet?«

»O wir sind capriziös! drei Stunden täglich den Liebsten bewundert zu sehen, alle Seelen beherrschend, alle Blicke fixirend – das mag eine große Befriedigung sein.«

»Dann kommt er matt, unschön, abgespannt heim, ein in die Raupenhülle zurückgekrochener Schmetterling ....«

»Ach, Bester! die Frau bekommt den Mann sehr häufig in unschöner Gestalt zu sehen, ohne daß er zuvor die Welt entzückt! Und dann glaub' ich, daß es fast unmöglich ist, den Zauber zu ergründen, welcher über den intimen Umgang aller Kunstmenschen ausgebreitet ist, und daher auch schwer, ihm zu widerstehen, wenn man dafür empfänglich. Launen mögen sie haben, heftig, zerstreut, wild mögen sie sein – dennoch besitzen sie eine Magie, die mit dem allen versöhnt – und das ist vielleicht der höchste Triumph der Kunst.«

»Es fragt sich doch, ob diese Magie fürs Leben ausreicht. Welcher junge Mann ist nicht einmal in eine Schauspielerin, Sängerin bis zum Wahnsinn verliebt gewesen, und wie selten entspringt daraus ein dauerndes Verhältniß.«

»Weil überhaupt ein solches nicht aus jugendlichen Aufwallungen hervorgeht.«

»Nein, weil jene Erscheinungen nur im Besitz der Magie sind, welche für einen Moment blendet, ohne zu fesseln.«

»Sie haben freilich die eigene Erfahrung für sich« – sagte Faustine launig – »dagegen kann ich nicht streiten. Künstler aller Art sind und bleiben aber doch meine geborenen Freunde, für die ich mich vorzugsweise interessire – nur müssen es wahre Künstler sein, schaffende, begeisterte, keine Nachahmer, keine Handwerker.«

»Das Genie hat das nämliche Schicksal wie die Tugend: sie sind beide in der Minorität auf unserer mittelmäßigen Erde. Ein großer Künstler ist eben so selten, als ein großer Mensch.«

»Hört er Ihrer Meinung nach auf ein Mensch zu sein?«

»Halb und halb! es kommen Inspirationen über ihn – er weiß nicht woher! es steigen Bilder vor ihm auf – er weiß nicht von wannen! streitende und ringende Gewalten werden in ihm rege, die kein äußerer Anlaß, keine innere Leidenschaft geweckt! er sagt Dinge, die er noch nie gedacht! er schafft Gebilde, deren Gleichen er nicht geschaut! Allein er kann nicht der Kraft gebieten, welche sie aus dem Nichts hervorruft. Er muß warten, bis ein Gott, ein Dämon, ein Genius sie ihm einhaucht. Er besitzt höhere Gewalt, als die gewöhnlich menschlichen, sogar die allerglänzendsten Fähigkeiten; aber er wird von einer noch höheren Gewalt besessen. Er schreibt Gesetze vor, er stürzt Gebräuche und Meinungen, er beginnt und endet Epochen, wie ein Gott; aber er ist zugleich ein blinder, gehorsam dienender Priester im Tempel des Gottes. Und diese wundersamen Mischungen, welche essentiel seine Wesenheit ausmachen, stellen ihn gewissermaßen seitab von den selbstbewußten Menschen. Ich gestehe, daß ich immer eine Art von Scheu vor ihnen habe, die sonst meiner Natur fremd. Man ist nie sicher bei ihnen, ob sie bergan oder bergab steigen – ob sie Himmelslichter in die Tiefe leuchten, oder unterirdische Flammen am Himmel strahlen lassen wollen – ob sie ihre immensen Gaben wie der Reiter bändigen, oder wie das Roß ihnen gehorchen. Ich liebe sie nur *par distance* – in ihren Werken.«

»Das ist recht weltmenschlich kalt gesprochen! Sie fürchten nur, in eine Sphäre fortgewirbelt zu werden, der Sie nicht gewachsen sind. Bedenken Sie nur, welche unermeßliche Wohlthat ein einziger Künstler für lange Zeiten und kommende Geschlechter werden kann, und Ihr Herz muß schlagen für ein Wesen, das von Gott zu einem Segen der Menschheit auserlesen ward, und das diese hohe Ehre vielleicht mit ungekannten und ungemessenen Schmerzen bezahlt hat.«

»Aber durch welche Wonnen werden diese Wehen des ringenden und schaffenden Genius compensirt! ich denke mir, daß wenig Menschen eine Empfindung hatten, derjenigen gleich, womit Rafael vor seiner vollendeten Sixtinischen Madonna gestanden.«

»Vor der vollendeten? kaum! – der Genius ist *éminemment* strebend, findet weder Genuß noch Befriedigung in dem Ueberwundenen, dem Geleisteten. Wenn die Conception in ihm aufgeht, dann glaub' ich, feiert er seine seligen Mysterien, gegen deren tiefsinnige, glühende, unirdische Trunkenheit unsere kleinen mäßigen Freuden freilich sehr grau aussehen mögen. Doch jener Rausch ist ein Moment, und dann steht er plötzlich in dem nüchternen Leben.«

»Wir Alle stehen in dem nüchternen Leben und ohne jenen compensirenden Rausch –«

»Es muß demjenigen schwer werden, einen Schoppen aus der Hand der schwarzaugigen Kellnerin zu nehmen, dem Hebe die Schaale kredenzt hat. Er wird unwillkürlich vergleichen, den Wein mit dem Nektar, das Mädchen mit der Göttin, und Vergleiche stören die Genußfähigkeit. Wir aber begnügen uns *tout bonnement* mit dem Wein und der Sterblichen, denn wir wurden nicht aus dem Olymp auf die Erde geschleudert. So wird er auch immer das, was er gewollt, mit dem vergleichen, was er geschaffen hat, und gewiß in der Erscheinung nur einen Schatten seiner ursprünglichen Idee finden. Ich hab' einen Freund – er ist aber nicht Maler, sondern Dichter – der spricht: All meine Schöpfungen kommen mir vor wie gefallene Engel! sie haben wol noch etwas, was an ihren Ursprung mahnt, doch die Glorie ist verschwunden, seit sie die sinnliche Form annahmen. Mich grämt's aber wenig! ich verkehre mit den ungefallenen Geistern, und schneide ihnen nach besten Kräften ein Mäntelchen von Staub zurecht, worin sie sich den Menschen offenbaren.«

»Sehen Sie, Ihr Freund fühlt sich glücklich! das spricht für meine Ansicht. Wie heißt er denn? kennt man ihn als Dichter?« fragte Mario neugierig.

»Man kennt ihn wol .... freilich nicht als Dichter, sondern –«

»Nun? sondern? Sie sagten ja eben –«

»Sondern als Dichterin.«

»Also eine Frau?« sagte Mengen gedehnt.

»Ja, zum Unglück n u r eine Frau, die Ihre Ansicht theilt,« sagte Faustine neckend.

»Und warum nannten Sie diese Frau Ihren Freund?«

»Weil für mich das Genie geschlechtslos ist. Mag ein Fledermäuschen oder ein Titane schaffen – sein Genie ist mein Freund.«

»Und trauen Sie mir nicht dieselbe Unbefangenheit zu?«

Faustine lachte herzlich. »Excellent! haben Sie mir je Anlaß zu diesem Vertrauen gegeben? Sie halten die Frau nicht der Begeisterung fähig und nicht der Leidenschaft: ist es möglich, ohne dieses zweischneidige Schwert sich Bahn zu brechen auf dem Pfade der Kunst? Nein! – Sie glauben gar nicht, daß das Genie mit einer Frau Mißheirath schließen, sich gleichsam an sie verplempern könnte. Es braucht eine Hülle sechs Fuß lang, tiefe Baßstimme, *Collier grec*, – darin hat es Raum. Ein Genie, ihr wunderlichen Herren, muß genau so aussehen wie ihr selbst! Trüg' es ein Musselinkleidchen, und das Haar aufgeflochten, ihr würdet ihm für euer Leben gern einen stattlichen schwarzen Bart malen, damit es doch ein klein wenig für seine Würde befähigt wäre! – Nein, guter Mengen, wenn Ihnen das Genie eine Hand reicht, die halb so schmal ist als die Ihre, so machen Sie sicher nicht Ihren Freund daraus!«

»Möglich! weil ich, wie gesagt, diese Leute am liebsten in gehöriger Entfernung beobachte und bewundere. In der Nähe findet man schwer den richtigen Gesichtspunkt, von wo sie betrachtet und beurtheilt sein wollen. Das macht und giebt Verwirrung. Ich liebe die Klarheit.«

»Dann lassen Sie uns in den großen Garten gehen: da ist jetzt Alles von einer gespenstischen Klarheit. Der Himmel so blau, die Erde so weiß, das Eis so hell, die Bäume so nackt – o diese Klarheit, wie ist sie kalt!«

Sie schüttelte sich vor Graus und ging sich zum Spaziergang und zur Eisfahrt anzukleiden. Mengen sah ihr nach. Es war ihm, als ziehe ein Glanzstreif hinter ihren Schritten, wie Nachts im Mondschein auf dem Wasser hinter dem Schwan. Ich liebe die Klarheit, wiederholte er halblaut und setzte sich in tiefen Gedanken aufs Sopha. Was hält mich ab, bei ihr dahin zu gelangen? Eine einzige Frage und Alles ist entschieden! ... aber sie lacht mich aus, sprach sie gestern, wenn ich die Frage thue. Die Sonne ist auch nicht klar, doch licht, himmlisch licht, wie sie. – –

Faustine war längst wieder eingetreten und in der Thür stehen geblieben, als sie seine sinnende Stellung wahrnahm. Er bemerkte sie nicht eher, bis sie fast schüchtern seinen Namen aussprach. Dann fügte sie hinzu:

»Ich unterbreche ungern Jemand in seinen Gedanken, weil ich nicht weiß, aus welchem Eden ich ihn heimrufe.«

»Fürchten Sie nichts! Sie bringen es« – sagte Mario mit tiefer Innigkeit, sehr verschieden von dem scherzenden Ton, mit welchem er sonst wol ein huldigendes Wort zu sagen pflegte. Und so blieb er auch in den Stunden, die er mit ihr verbrachte. Beim Scheiden rief er:

»Und nun vergehen fast vierundzwanzig Stunden, bis ich Sie wiedersehe?«

»Warum? kommen Sie heut Abend zu Frau von Eilau – da werd' ich sein.«

»Ich kann nicht – ich habe nothwendig –«

»So jammern Sie nicht!« rief Faustine ungeduldig.

»Ich werde kommen,« sagte Mario froh, denn er sah wol, daß seine Weigerung, nicht seine Klage sie verdroß, und Faustine lächelte eben so froh als er.

Am Abend jedoch verging eine Viertelstunde nach der andern und Mario kam nicht zu Frau von Eilau. Anfangs war Faustine unmuthig, dann unruhig, endlich geängstigt. Zuerst schob sie dies unbebegreifliche Ausbleiben den Geschäften zu, darauf unvorhergesehenen Störungen, zuletzt irgend einem Unglücksfall. Sie dachte an Clemens, ob der sich nicht zu weiß Gott welcher Thorheit Mario gegenüber habe hinreißen lassen. Schauerliche Möglichkeiten tauchten vor ihr auf und umflorten ihren Blick. Sie sank im Sopha, und ihr Kopf auf die Lehne zurück. Seit einer Stunde wurde Musik gemacht, und zwar so gute, daß Niemand daran dachte, Conversation zu machen, welche durch mittelmäßige hervorgelockt wird, wie die Maus aus ihrem Versteck. So blieb Faustine ungestört und kaum beachtet. Aber die Musik schwirrte wie Mückengesumm in ihr Ohr. Sie war auf dem Punkte, die Gesellschaft zu verlassen, um wenigstens der Qual des Wartens in ihrem einsamen Zimmer überhoben zu sein. Da, ganz leise, um nicht zu stören, ging die Thür auf. Es war Mengen; Faustine hatte aber schon so oft umsonst nach dieser Thür geschaut, daß sie entmuthigt nicht mehr die Augen aufschlagen mochte, und so saß sie ihm gegenüber, ganz blaß, die Wimpern so tief gesenkt, als wären sie geschlossen, um den Mund mühsam verhaltene Trauer – er konnte nicht anders als glauben, ein großer Unfall habe sie betroffen, und um ihr ein Zeichen zu geben, daß eine Freundesseele gegenwärtig, fiel ihm nichts Anderes ein, um die Störung unbekümmert, als seinen Stock fallen zu lassen. Alle Blicke kehrten sich vorwurfsvoll gegen ihn, doch er beachtete sie nicht, denn die seinen waren auf Faustine gerichtet, und sie sah jetzt auf, sah und erkannte ihn, und augenblicklich war sie verwandelt, strahlend, heiter, glücklich. Mengen verging vor Ungeduld über den Virtuosen. Mit dessen Schlußakkord stand er neben Faustine und fragte:

»Was war denn das – vorhin?«

»Ich fürchtete, Sie würden nicht kommen. Da langweilte ich mich.«

»Sonst nichts ist Ihnen geschehen?«

»Ists nicht genug, anderthalb oder zwei Stunden zu warten? und gar für mich, die ich nie Jemand warten lasse? Ich mag über keinen Menschen diese Folter verhängen.«

»Wir hatten keine Stunde verabredet! konnte ich ahnen? –«

»O nein, nein! Sie konnten nicht ahnen! aber nun wissen Sie ein für alle Mal.«

Feldern kam täglich zu Faustinen. Sie hatte ihm die Schritte mitgetheilt, welche sie für Cunigunde gethan. Auch er fand es am Besten für sie und für sich, sie aus dem Elternhause zu entfernen.

»Wenn mir die Möglichkeit abgeschnitten ist, sie wiederzusehen,« sprach er, »so werd' ich leichter an die Unmöglichkeit unserer Verbindung glauben. Kann ich zu ihr, so will ich sie sehen, und sehe ich sie, so will ich sie besitzen.«

»Sie sind recht aufrichtig, mein bester Feldern,« entgegnete Faustine überrascht, »ich habe Sie niemals so offen reden hören.«

»Wenn man nichts zu hoffen noch zu verlieren hat, entweder weil man Alles oder weil man Nichts besitzt, so wird man höchst aufrichtig. Der Bräutigam beim Hochzeitsschmaus sagt unbefangen: ich bin sehr glücklich! und der Bettler an der Straßenecke sagt eben so unbefangen: ich bin sehr elend. Lust und Leid haben Kinder, die sich frappant ähnlich sehen – sie müssen also wol aus derselben Familie stammen.«

Faustine erkannte in diesen und ähnlichen Aeußerungen Felderns Marios Einfluß, der sich treu bemühte, ihm eine Unabhängigkeit von den überraschenden Schicksalswendungen zu geben, wie er selbst sie bisher bewahrt, und sehnlichst wünschte sie, es möchte doch auch für Clemens ein solcher Nothhelfer sich finden, denn sie – das fühlte sie lebhaft – konnte keinen Einfluß mehr auf ihn wünschen, und deshalb ihn auch nicht haben. Er war für sie wie von der Erde vertilgt, spurlos verschwunden, ließ sich weder bei ihr noch irgendwo bei ihren Bekannten sehen, und sie hätte glauben dürfen, er sei abgereist, wenn nicht eine bange Ahnung ihr zugeflüstert, daß er sich schwerlich ohne Abschied, ohne Versöhnung von ihr trennen würde. Wo war er also? umkreiste er ihre Wohnung? bewachte er ihre Schritte? ließ sich von seiner rasenden Leidenschaft nicht das Wahnsinnigste fürchten? – Die Bestechung ihres Bedienten fiel ihr zuweilen ein, wenn sie allein war. Sie gerieth in eine höchst unbehagliche Spannung, und fuhr zusammen, wenn sie Stimmen und Tritte im Vorzimmer nicht sogleich unterscheiden konnte. War Mengen bei ihr, so erschien diese Angst ihr so kindisch, daß sie sich nicht entschließen konnte, sie ihm anzuvertrauen. Auch war es ihr peinlich, Mario auf Walldorfs Spur auszusenden. Sie wußte zu gut, wie rücksichtslos Clemens war, wie leicht er gerade diesen Gehaßten absichtlich kränken und verletzen mochte. Als aber die Woche ohne irgend ein Lebenszeichen von ihm verstrichen, da beschwor sie Feldern, Erkundigungen über ihn einzuziehen. Sie sagte ihm offen Alles, was zwischen ihm und ihr statt gefunden, und schloß damit:

»Ich kann mich nicht direct nach ihm umthun, weil er aus dem geringsten Beweis von Theilnahme gleich ganz unerhörte Folgerungen zieht, die ihm Schaden thun, weil sie sich nie realisiren, aber mich in die widerlichste Verlegenheit setzen.«

Feldern versprach sein Bestes zu thun und ihr im Lauf des Tages Bericht, wenigstens über seine Anwesenheit in Dresden, abzustatten. Ein Brief von Andlau trug nicht dazu bei, Faustine zu erheitern. Er schrieb ihr über Cunigundens Angelegenheiten in dem kühlen Ton der Ueberlegung, der ihr ganz unerträglich war, wenn sie bereits für oder wider Partie genommen. Man sollte doch nur nie in einer solchen Entfernung Dinge besprechen, die heute anders aussehen als morgen, murmelte sie, sondern nur solche, die nie wechseln und nie altern! Freilich kenne ich Cunigunden sehr wenig – freilich ist es eine mißliche Sache, eine passende Stellung für sie ausfindig zu machen – freilich erntet man fast immer Verdruß und Undank aus Einmischung in Familienverhältnisse – aber ich habe mich nicht dazu gedrängt, und die Art, wie ich da hinein verflochten bin, kann gewiß keinen Schatten auf mich werfen. Und sogar wenn es ein Schatten wäre – es sollte mich nicht kränken, denn ich habe etwas Gutes gewollt; und ein Fleck ist es sicher nicht. – Andlaus Antwort war da – und nicht eben trostreich. Wenn Mario keine bessere bekam, was sollte mit Cunigunden werden? Sie grübelte sich matt und müde. Da flog die Thür auf und Mengen freudestrahlend ins Zimmer, einen offnen Brief in der Hand.

»Cunigunde ist willkommen!« rief er, »und zwar gleich auf der Stelle. Meine Mutter hat ihren alten Kammerdiener hergeschickt, um sie auf der Reise zu begleiten – daher die etwas verzögerte Antwort: er brachte mir den Brief. Sind Sie zufrieden?« – Er kniete neben ihr nieder und blickte glückselig in ihr Auge, aus welchem wieder der himmlische Strahl aufleuchtete.

»O Mengen!« sagte sie nur, und legte die Hand auf die Brust; die andre gab sie ihm, und er behielt sie in der seinen ohne sie zu küssen, lange, friedlich, andächtig, immer wie verzaubert in ihr Antlitz schauend. Spät drückte er heftig seine Lippen in die schmale zarte Hand – da stand Faustine auf und sagte:

»Lieber Mengen, sagen Sie, bitte, dem Ernst, er möge einen Boten besorgen, ich will sogleich Cunigunden schreiben, damit sie sich bereit mache; vielleicht kann sie dann schon morgen reisen. O wie wird sie sich freuen! wie dankbar Ihnen sein –«

»Das wäre ganz *hors de saison*! ich habe in Ihrem Dienst gehandelt, da mußte ich wol des Gelingens sicher sein.«

Feldern war gradeswegs zu Clemens gegangen. Der breite Johann schien zweifelhaft, ob er ihn bei seinem Herrn einlassen solle oder nicht; da er aber bereits gesagt, er sei daheim, so mußte er ihm die Thür öffnen. Der zierliche, ordnungliebende Feldern erschrak vor der Verwüstung, die in diesem großen, vielleicht ursprünglich eleganten Zimmer herrschte. Kleidungsstücke an der Erde, Teller auf den Stühlen, Flaschen, Karten, Ueberbleibsel vom Frühstück und von Cigarren auf den Tischen, Schläger und Pistolen auf dem Bett, Gläser überall, zwei Feldbettstellen neben einander aufgeschlagen, und Clemens im Schlafrock, mit verwildertem Bart, geisterbleich, krankhaft, mitten im Zimmer stehend, den einen Arm um den Kopf geschlungen, der andere schlaff herabhängend.

»Hier sieht es ja aus wie in einem Lager,« sprach Feldern eintretend; doch der scherzhafte Ton kam ihm nicht von Herzen.

»Ja,« sagte Clemens gleichgültig, »wir sind zwei Tage und zwei Nächte beisammen gewesen, da muß man seine Anstalten treffen, so gut es gehen will. Wir waren unserer sieben; ein Paar schliefen zur Zeit. Wir wechselten uns ab. Es ging recht gut: Nur aber heute, am dritten Tage, da wurden die dummen Jungen stöckisch und gingen – der eine rechts, der andre links; zum Essen, zum Schlafen – was geht's mich an.«

»Sie sind also wol recht lustig gewesen?«

»Lustig? nun ja, wie man's nehmen will. Lärm gab's genug, Wein auch, Karten auch, und ich hoffe, Sie sind nicht der Meinung, daß Weiber dabei sein müssen, um die Sache ganz lustig zu machen.«

»Gott bewahre!« sagte Feldern, Clemens war ihm beängstigend, schien halb im Rausch, halb geistes- halb körperkrank. »Würden Sie aber nicht auch gut thun, ein wenig frische Luft einzuathmen? die dicke, heiße Atmosphäre des Zimmers stimmt die Nerven herab, beklemmt die Brust. Sie sehen recht fatiguirt aus.«

»Ich bin es,« sprach Clemens und setzte sich auf einen Tisch, von dem er die Karten herabschleuderte.

»Ich glaubte Sie krank, weil ich Sie so lange nicht bei der Gräfin Faustine getroffen.«

»Umgekehrt! weil ich nicht mehr zu der Gräfin Faustine gehe, bin ich krank, d.h. ich würde krank werden, wenn ich nicht vorzöge, lustig zu leben.«

»Es ist ganz hübsch, lustig zu leben, so zwei, drei Tage – doch dann, Bester, wird man des Spaßes überdrüssig –«

»Wie aller Dinge auf dieser sublunarischen Welt und des Lebens zuerst.«

»Sie sind noch sehr jung, Herr von Walldorf –«

»Ich werde morgen zweiundzwanzig Jahr, und das nennt man jung. Allein ich bin zu meinem Unglück in diesen letzten Monaten alt geworden, uralt, wie die Steine –«

»Indessen sind Sie doch noch auf Vergnügungen bedacht –«

»Nein! auf Zeittödtung.«

»Wollen Sie einen Spaziergang mit mir machen?«

»Da müßte ich mich erst ankleiden.«

»Freilich! von Kopf bis zu Fuß.

»Und das ist doch nicht der Mühe werth! Sagen Sie mir, Herr von Feldern, ist denn etwas der Mühe werth, daß ich darum meinen kleinen Finger rege?«

»Ja, die Pflichterfüllung.«

»Aber wenn man gegen Niemand auf der Welt Pflichten hat?«

»Sie fragen wunderlich! haben wir nicht die ganze Menschheit?«

»Bah!« rief Clemens, ließ den Kopf auf die Brust sinken, und hob nach einer Pause an, ohne ihn zu erheben: »Kommen Sie aus eignem Antriebe zu mir?«

Feldern mochte keine Unwahrheit sagen; überdies war etwas so Trostloses in Walldorfs Zustand, daß er ihm die kleine Freude gönnte und die Frage verneinte.

»Sie schickt Sie also? sie denkt an mich?« rief Clemens mit schwermüthiger Freude. »Aber wie könnte es auch anders sein, da ich stets an sie – nicht doch! nur sie denke! Solche Gedanken müssen zu einem Netz werden, das allmälig ihre Seele umspinnt und zu mir hinüber zieht.«

Feldern dachte an das, was ihm Faustine über Walldorfs übertriebene Folgerungen gesagt; deshalb sprach er halb scherzend, doch mit einem Anflug von Bitterkeit:

»Darauf sollten wir es nie anlegen. Frauenseelen sind so subtil, daß unsere plumpen Gedanken sie nicht fangen, und so capriciös, daß sie sich oft ohne unser Zuthun fangen lassen.«

»Meinen Sie? ohne unser Zuthun? Also auch Ihnen haben die Frauen weh gethan! O das Leid, welches dies Geschlecht über die ganze herrliche Schöpfung verbreitet, ist namenlos, und der Mann verloren, der von einem Weibe Heil begehrt! Und gerade, daß die engelhaften so dämonisch sind! Die Menge? o die schaut man an, ohne daß die Brust sich hebt, das Herz klopft, das Blut siedet, die Arme sich ausbreiten! das Alles ist für Eine, die zwischen den Uebrigen sich ausnimmt wie ein Mährchen zwischen Tagesgeschichten .... sagen Sie mir, fallen Ihnen nicht immer Mährchen ein, wenn Sie – diese Frau sehen, z.B. das von der Prinzessin, von deren Lippen Rosen fallen, wenn sie lächelt, und von deren Wimpern Perlen, wenn sie weint. Diese Frau hat Augen! –«

»Alle Frauen haben Augen!« unterbrach Feldern, etwas überdrüssig der Rhapsodie – und es ist gut, daß man sich dessen zuweilen erinnert, um nicht in Monomanie zu verfallen, denn die Frau, die kein Auge für uns hat, sollte für uns auch keine Augen haben.«

»Sehr richtig! sehr philosophisch! O wie bedaure ich, auf der Universität das Studium der Philosophie so gänzlich verabsäumt zu haben. Die Weisheit in eine Wissenschaft gebracht, kam mir so spaßhaft zugestutzt vor, wie der Baum, dem der Gärtner eine Thierform giebt, damit man doch wisse, was so ein dummer Baum bedeute. Aber es ist wirklich so übel nicht erfunden! Bei einem Löwen, einem Adler, weiß Jeder genau, was er zu denken hat, die ganze Geographie, die ganze Naturgeschichte, Millionen Reisebeschreibungen – kurz, die vernünftigsten und zweckmäßigsten Gedanken knüpfen sich daran. Aber bei einem simpeln Baum schweifen sie ins Blaue. Man kann denken an den Baum im Paradiese, von dem Eva den famösen Apfel speiste – oder an den Upasbaum auf Java, der wie die Regierungen zur Pestzeit in dem falschen Verdacht einer allgemeinen Landesvergiftung steht – oder an die Linde auf dem Schloßhof von Nürnberg, welche die Kaiserin Cunigunde pflanzte, Zweige nach unten, Wurzel nach oben, um ihrem Gemahl ihre schneeweiße Unschuld zu beweisen. Kaiser Heinrich II., zubenamt der Heilige, war ihr Gemahl, und es muß doch ein prekäres Ding mit der Unschuld der Weiber sein, da sogar ein Heiliger ihr mißtraut. Ferner an den Lorbeerbaum auf *Isola bella*, worin Napoleon vor der Schlacht von Marengo das Wort *bataille* schnitt – oder an die Eiche bei Pleischwitz in der Nähe von Breslau, in deren hohlem Stamm ein Schuster und ein Schneider ein Paar Hosen und ein Paar Schuh machten, welche noch gezeigt werden – vielleicht hatten sie eine Wette gemacht, sonst begreife ich nicht, weshalb sie diese Werkstatt sich wählten – oder an die »sieben Schwestern« hier im großen Garten – oder an die Tanne von Oberwalldorf, welche Gräfin Faustine in ein schönes Bild gebracht .... da bin ich wieder bei ihr, und fing doch an bei der Philosophie.«

Er stand auf, schlang wieder den Arm um den Kopf und schwieg. Feldern sprach besorgt:

»Sie sind wirklich krank, lieber Walldorf; das wüste Treiben dieser Tage hat Ihre Nerven fürchterlich aufgeregt und Ihr Blut verbrannt. Sie müssen hier heraus, die Unordnung um Sie her macht Sie konfus. Kleiden Sie sich an. Ich warte gern. Dann gehen wir, und während der Zeit wird hier Ordnung gemacht.«

»Meinetwegen!« sagte Clemens, und rief Johann. Unter Johanns löblichen Eigenschaften glänzte nicht die eines gewandten Kammerdieners hervor, und da sein Herr nicht in der Stimmung war, diesem Mangel durch eigene Theilnahme abzuhelfen, so dauerte die Toilette ziemlich lange, und Feldern hatte Muße, zwischen den Trümmern dieses Schiffbruchs der Ausgelassenheit sich auf allerlei Histörchen zu besinnen, die er Clemens erzählte, um ihn aus seinem Hinbrüten aufzurütteln. Doch das war verlorne Mühe. Clemens blieb unempfänglich für Alles, was nicht Faustine war, und hätte Feldern ihn gefragt, was er von dem Mann im Monde denke, so würd' er geantwortet haben:

»Ich sterbe aber, wenn ich sie nicht wiedersehe.«

»Und wenn Sie sie wiedersehen, betragen Sie sich so – seltsam, daß eine Frau, die leicht mit aller Welt zu leben versteht, nicht mit Ihnen fertig werden kann.«

»Das ist es eben! sie muß nicht mit mir umgehen, wie mit aller Welt.«

»Wenn Sie bei diesem Verlangen beharren, kann ich Ihnen freilich nicht meine Vermittelung anbieten.«

»O Gott, machen Sie, daß ich sie wiedersehen darf, und sie soll mich behandeln wie sie wolle, ich lasse mir Alles gefallen, Alles! nur keine Verachtung und auch keinen Widerwillen, aber auch keine Kälte und hauptsächlich keine Gleichgültigkeit. Und dann soll sie mich nennen »lieber Clemens,« nicht »Herr von Walldorf.« Es hat Niemand außer ihr mich »lieber Clemens« genannt, vielleicht meine Eltern, das weiß ich nicht mehr, sie starben früh! Mein Bruder hat eine andere Art sich auszudrücken, und für die übrigen Leute bin ich »Walldorf.« Sie sagt bisweilen »lieber Clemens!« das ist, wie wenn die Nachtigall im Winter schlüge, und wollte sich Jemand unterfangen, mich nach ihr so zu nennen, ich würde ihm den verwegenen Mund mit einer Kugel stopfen. Endlich soll sie mir die Hand geben. Das thut sie nie! Ich habe gesehen, daß sie Mengens großen Windhund auf den spitzigen Schlangenkopf gestreichelt – aber mir giebt sie die Hand nicht! Und welche Grazie liegt in ihren Handbewegungen! nur sie zu sehen, ist, als regne es Blüthen. Also die Hand –«

»Ich erstaune, daß Sie Bedingungen machen, und noch dazu solche, welche kaum die Liebe erfüllen würde. Was soll Gräfin Faustine veranlassen, sie anzunehmen?«

»Die Barmherzigkeit.«

Sie waren ein Paar Stunden umhergegangen. Feldern fühlte sich erdrückt von dieser dem Wahnsinn ähnlichen Leidenschaft, deren Hoffnung auf nichts basirte und deren Verlangen Alles umschloß. Er sagte, er wolle Faustine erzählen, wie unglücklich Clemens sich fühle, ihr mißfallen zu haben, und dann müsse er das Weitere ruhig erwarten und vor allen Dingen keine schlechte Gesellschaft an sich heranziehen, die ihn für jeden Verkehr mit der guten unfähig mache.

»Thut nur nicht preziös mit eurer guten Gesellschaft!« rief Clemens ärgerlich; »in ihr fallen Dinge vor, deren keine schlechte sich schämen dürfte. Ist die Gesellschaft schlecht, d.h. gemein und roh, nun, so ist auch das rohe Wort und der gemeine Scherz am rechten Platz, und Niemand wird dadurch beleidigt. Aber in der guten, der feinen, der gebildeten, der eleganten, was wird da geredet! zierlich immer und mit pikanten Wendungen – die gröbsten Unanständigkeiten: *Asa foetida aux confitures.* Besonders die alten Männer haben recht ihr höllisches Behagen dran, und das macht auch den jüngern Courage. Was man untereinander schwatzt – nun, das hat nicht viel zu bedeuten, aber mit Frauen sollte man doch das lose Maul beherrschen. Wär' ich eine Frau, mir würden bei solchen Gesprächen die Finger jucken, um rechts und links eine Ohrfeige zu geben. Das schickt sich aber beileibe nicht! Sie sitzen da und thun, als hörten sie nicht recht hin. Aber sie hören doch – mögen sie ärgerlich, mögen sie verlegen sein – hören müssen sie. Manche mögen sich auch wol sehr amüsiren; dahin kommt's! Und dazwischen wachsen Mädchen auf, stehen einsam junge Frauen, jung und schön, wie Faustine. Wenn ein gewisser alter Mann, dessen Namen ich vergessen habe, bei ihr eintritt, so möchte ich ihn gleich wieder zum Fenster hinaus spediren. Da legt er sich auf einen Lehnstuhl hintenüber, damit der Bauch Raum habe, der Stock steht zwischen seinen Knieen und die Hände ruhen auf dessen Knopf. Von dem rothen, fetten Gesicht ist nichts zu sehen, als ein gallertartiges Unterkinn, Hängebacken und Wurstlippen. Die Nase zählt nicht, die Augen sind von den Runzeln der Augenlieder verschüttet, wie ruinirte Teiche vom zusammenfallenden Erdreich – und diese Maschine hebt an zu erzählen .... weiß der Teufel was. Und man mag dazwischen reden – er wartet auf eine Pause! man mag ihm geradezu Schweigen gebieten – er schweigt und hängt an die nächste Bemerkung eine Anekdote im verbotnen Styl! Wo solche Menschen reden dürfen, sieht man nicht den Nutzen der Censur ein. Nein, mit eurer guten Gesellschaft bleibt mir nur vom Halse. Wer ein Paar Jahr darin gelebt, ist hieb- und schußfest und weiß Bescheid! Hinge es von mir ab, nicht drei Tage ließe ich Faustine

124

dazwischen. Wenn sie dem alten Molch gegenüber sitzt und das Goldkettchen immer hastiger, immer heftiger um die Finger wickelt, ist sie anbetungswürdig. Einmal lachte sie, aber im Zorn, das war prächtig –«

Und wieder ging er auf Faustine über, und wie ein Monomane vertiefte er sich in Extravaganzen bei seiner fixen Idee, indessen er über andre Gegenstände klar und verständig urtheilte. Trotz seines Mißfallens an der guten Gesellschaft versprach er denn doch, seine gar so lustigen Kumpane etwas fern zu halten und Feldern kam ganz abgespannt bei Faustine an, die in heiterster Laune sehr gern auf seinen Wunsch einging, Clemens wieder zu Gnaden aufzunehmen. Dessen Bedingungen theilte er ihr aber nicht mit, auch nicht ganz genau den Zustand, in welchem er ihn gefunden; er fürchtete, Faustine möchte dadurch etwas aus ihrer versöhnlichen Stimmung gebracht werden, und er hielt es für ganz nothwendig, daß sie nicht ihre Hand von Clemens abziehe, wenn aus ihm etwas Tüchtiges werden solle. Aber daß morgen sein Geburtstag sei, sagte er Faustine.

Als Clemens in der Frühe des nächsten Tages zu ihr kam, rief sie freundlich:

»Nun, mein verlorner Sohn, dies Kränzchen soll zugleich Ihre Heimkehr und Ihr Wiegenfest feiern« – und warf ihm einen Kranz der ersten Frühlingsblumen entgegen. »Schönere Sinnbilder der Hoffnung, als diese unter Schnee und Eis gekeimten Blumen, weiß ich nicht Ihnen zu geben, und die Hoffnung ist doch das, womit wir uns am liebsten beschäftigen.«

»Ich halte nicht viel von der Hoffnung,« entgegnete Clemens.

»Genügen Ihnen die Realitäten so ganz?«

»Sie genügen mir so wenig, daß es mir nicht der Mühe werth vorkommt, Träume von ihnen in die Zukunft hineinzuschieben – und das thut die Hoffnung.«

»Aber unwillkürlich blickt der Mensch in die Zukunft, wie er, wenn er am Fenster steht, zum Himmel blickt, und wie an dem Wölkchen oder Gestirne auftauchen und dahin ziehen, so dämmern in ihr Bilder der Hoffnung auf. Haben Sie schon Ihre Abreise nach Oberwalldorf festgesetzt?«

»Ich habe noch nicht daran gedacht.«

»Und was sagt Ihr Bruder dazu?«

»Nichts – vermuthe ich. Er sagt überhaupt so wenig, wenn er auch ziemlich viel spricht. Da wir aber nicht correspondiren, so weiß ich gar nichts von ihm.«

»Ich wundre mich, daß Ihr Aufenthalt hier Ihnen so zusagt.«

»Sie sind ja hier! – ich meine .... Sie leben ja auch in Dresden.«

»Ich habe nirgends eine andre Bestimmung.«

»Weshalb wollen Sie mich ins Exil des Landlebens schicken, das doch in der That erdrückend ist, wenn nicht Interessen und Pflichten des Herzens dies Kleben an der Scholle und Sorgen um die Scholle adeln.«

»Und was hält Sie ab diesen höhern Interessen nachzugehen? In schöner, kräftiger Jugend stehen Sie brav und unabhängig da, nicht eben reich – das ist sehr gut, da wird man zur Thätigkeit angespornt. Also kaufen Sie ein Landgut Ihrem Vermögen angemessen, suchen Sie eine liebenswürdige Lebensgefährtin und werden Sie recht, recht glücklich, lieber Clemens – das ist mein Wunsch zu Ihrem Geburtstage.«

»Wünschen Sie aufrichtig, mich glücklich zu sehen?«

»Wenn ich Nein sagte, würden Sie es glauben? – Ich lüge nicht, weil ich die Wahrheit bequemer finde, als die Lüge. Das sollten Sie doch wissen.«

»In der Welt macht man aus Gewohnheit, nicht um zu lügen, viel schöne Worte.«

»Ich auch! wenn mir nichts Besseres einfällt! – Doch Freunden gegenüber nenne ich leere schöne Worte Lüge, weil sie etwas Anderes dahinter erwarten; die Welt aber nicht: die empfängt die Münze, womit sie zahlt – ein redlicher Handel.«

»Gut denn! so müssen Sie mein Glück nicht blos wünschen, sondern auch etwas dafür thun.«

»Thun? ach, meine gebrechliche Hand webt leichter die fliegenden Sommerfädchen der Theorie, als das derbe Schiffstau der Praxis. Was kann ich für Sie thun? .... ein hübsches Bild für Sie malen –«

»Ihr eigenes?«

»Nein, daran mögen Andere ihre Kunstfertigkeit üben! ich habe zu viel mit mir selbst zu schaffen, um mich auch noch zu malen! – Und Sie besuchen kann ich –«

»Wann? wo?«

»Nun, wenn Sie verheirathet sind und ein hübsches Haus haben.«

»Das liegt Alles zu fern.«

»So will ich mich besinnen! mit der Zeit fällt mir vielleicht noch etwas ein.«

Aber Faustine war so gelangweilt durch die ungewohnte Anstrengung, jedes Wort so einzurichten, daß es eine Barriere vor Clemens schob: daß sie nicht zu ihrer gewöhnlichen Freiheit gelangte und herzlich froh war, als die Ankunft Cunigundens und ihres Vaters das Zwiegespräch unterbrach.

Frau von Stein hatte ihre Tochter kalt entlassen mit der Weisung, die große Selbständigkeit, welche sie in so jungen Jahren ihren Eltern gegenüber behauptet, auch nun für ihr ganzes Leben und unter allen Verhältnissen zu bewahren, damit sie nicht in den Verdacht kindischen Trotzes gerathe. Da indessen Jeder, der überhaupt einen Willen habe, berechtigt sei ihn geltend zu machen, so billige sie, daß die Tochter auf eigenem, wenn auch überraschendem Wege, zum Glück zu gelangen suche. Cunigundens Schwestern weinten – und trösteten sich. Nur der Vater war sehr betrübt und Cunigunde voll tiefen Schmerzes, ihn verlassen zu müssen. Sie liebte den beschränkten, lenksamen, geduldigen Mann, nicht mit kindlicher Zärtlichkeit, nicht mit Verehrung, aber mit jenem tiefen Mitleid, das vielleicht Antigone für den blinden Vater empfand.

Ach, auch der ihre war ja blind, konnte nicht allein stehen in dem verwirrten Leben, weil er nicht fähig war, es zu überschauen, und bedurfte einer Führerin, einer mildern, als die despotische Gattin war. Das war sein frommes Kind – wie er Cunigunde nannte – ihm stets gewesen und er bedauerte ihren unersetzlichen Verlust, aber vollkommen resignirt.

»Sie ist jung, ich bin alt',« sagte er, »da muß man an ihre Zukunft denken. Alte Leute haben keine! Und verloren hätte ich sie ja doch, sobald sie sich verheirathet hätte. Und dann wäre sie unglücklich geworden, sagt sie; das würde mir das Herz abstoßen. Nun kann ja der liebe Gott es so fügen, daß sie noch einmal sehr glücklich wird, sogar, daß ich es noch erlebe.«

Cunigunde saß immer neben ihm und hielt seine Hand in der ihren. Ihre Lippen zitterten, aber sie weinte nicht und sprach fast gar nicht. Es war eine herbe Wehmuth in ihr, über die Art, wie sie aus dem Vaterhause einsam in die Fremde ging. Ehedem hatte sie sich dies Scheiden wol anders gedacht, an der Hand des Gatten, einer schönen Bestimmung zu – doch das war lange her, war noch ein Bild aus ihrer ersten Jugendzeit, wo sie noch nicht ihre eigenen Ansprüche an den künftigen Gatten kannte. Seitdem war es anders in ihr worden; wie und wodurch – wußte sie nicht. Es kam ihr eben nur vor, als habe sie ausgeschlafen. Doch der Tag, zu welchem sie erwacht war, lag kühl und farblos da, und sie fröstelte bei dem Gedanken, da hinein zu müssen.

Mengen kam, erneuerte die früher gemachte Bekanntschaft mit Herrn von Stein und Cunigunden, und erzählte so viel und so herzlich von seiner Familie, besonders von seinem Vater, daß Allen ganz traulich und heimisch dabei zu Sinn ward. Matildens Hochzeit sollte nächstens sein. Faustine sagte:

»Das freut mich für die Liebenden und noch mehr für Sie, theure Cunigunde. Es bringt uns den Menschen näher, wenn wir ein Familienfest mit ihnen gefeiert haben. Wir sind nicht fremd in dem Kreise, wo wir einmal theilnehmend gelächelt oder geweint.«

»Und ich werde Ihnen bald folgen, mein Fräulein, und Ihnen Briefe und Nachricht von den Ihren bringen,« sagte Mario; »denn ich bin sehr entschlossen, etwas so Frohes, wie eine Hochzeit, nicht bei den Meinen ohne mich vorübergehen zu lassen.«

»Etwas so Frohes?« fragte Faustine; aber Mario hörte es nicht, weil Herr von Stein ganz vergnügt sprach:

»Es freut mich recht, Herr Graf, daß Ihnen eine Hochzeit wie eine Fröhlichkeit vorkommt. Sonst war es Mode, daß es lustig und hoch dabei herging. Es gab Feste und Schmausereien Tage, ja Wochen lang. Zum Hochzeitstage selbst gebrauchte man einen ganzen Tag, wie sich das gehört, damit aller Putz, alle Ehren, alle Lustbarkeit, aller Scherz sein Recht bekomme, und nicht ein Ehrentag mit zwei oder drei kümmerlichen Stunden abgefertigt werde, wie es jetzt wol geschieht, wo man sich am Morgen oder am Abend trauen läßt, einen Bonbon ißt, in den Wagen steigt und in die weite Welt fährt.«

»Das gefällt mir doch sehr gut, lieber Herr von Stein,« sagte Faustine.

»Ja, meine gnädige Gräfin, das glaub' ich gern! die schöne junge Frau ist wol am liebsten mit dem Gemahl allein. Aber du grundgütiger Gott! sie werden beide noch so lange beisammen sein, daß es sehr gut ist, wenn sie in der ersten Zeit ein wenig gestört werden, damit sie nicht nach drei Monaten einander überdrüssig sind. Und dann die Uebrigen! warum sollen die leer dabei ausgehen? an einer Hochzeit nimmt die ganze Welt Theil, mit Fug und Recht, denn zwei Menschen, die losbändig in ihr umherirrten, erbauen sich plötzlich ein Hüttchen und schmücken die Welt mit Menschen und mit Glück. Das ist für jedermann wichtig. Drum erhielten sonst alle Hochzeitsgäste ein Stückchen vom Strumpfband der Braut zum Andenken. Freilich jetzt sind die Leute gewaltig steif geworden. Der harmlose Scherz macht ihnen keinen Spaß mehr, und sie zucken die Achseln über den veralteten, plumpen Gebrauch, worin doch wahrhaftig Andacht war. So unterstützt denn jetzt die Gleichgültigkeit der Uebrigen den Wunsch des Liebespaars, und die wichtigste Angelegenheit des Lebens wird mit einer ganz unstatthaften Heimlichkeit vollzogen, als ob man sich ihrer schäme. Hätte meine Cunigunde geheirathet« – Der Blick der Tochter begegnete bittend dem seinigen, darum fügte er hinzu: »Aber sie will nicht! Es ist kurios, daß heutzutage, wo ein Bräutigam rarer ist als ein Nordlicht, gerade mein Mädchen keinen will. Nun, wir wollen nicht weiter davon reden. Es wird ja wol Alles am Besten sein, wie der liebe Gott es fügt.«

Der Tag ging recht gut hin. Mengen war fast immer da. Cunigunde schöpfte Zuversicht aus seinen Worten. Feldern kam in der Absicht, ihr Lebewohl zu sagen; doch er kehrte im Vorzimmer wieder um. Ihm war, als spiele er in der Scene nur eine Nebenrolle. Am nächsten Morgen wollte Cunigunde reisen, es war Alles für sie in Bereitschaft gesetzt. Sie nahm einen kurzen, heftigen Abschied von Faustine; sie wollte nicht weich werden, vielleicht ihres Vaters wegen. Der alte Mann erbat sich Faustinens Erlaubniß, sie zuweilen besuchen und mit ihr von Cunigunden reden zu dürfen. Diese sagte zu Mario auf Faustine deutend:

»Sie bringen mir also bald Nachricht von meinem Liebesengel!« – dann ging sie mit Herrn von Stein in einen Gasthof, und am andern Morgen, als die Sonne aufging, waren Vater und Tochter schon getrennt, und Cunigunde ging gefaßt ihrer Bestimmung entgegen.

»Und Sie gehen nun auch?« fragte Faustine niedergeschlagen Mengen; »ich werde recht einsam sein. Wenn doch Clemens lieber ginge statt Ihrer.«

»Ich komme bald wieder,« sagte Mario; »meine Eltern wünschen es, wollen mich sehen –«

»Das begreife ich! wenn wir uns aber nur wiedersehen.«

»Warum sollten wir nicht? wir sind jung.«

»O, das ist kein Grund! im Gegentheil, junge Menschen werden häufiger getrennt, als alte.« – Faustine blieb so niedergeschlagen, daß auch Mario davon angesteckt wurde, und wenigstens an dem Abend in keine leichtere Stimmung kam. Doch gerade dieser mächtige, unleugbare Einfluß Faustinens bestimmte ihn, eine Entscheidung herbeizuführen. Gehöre ich ihr so ganz an, sprach er zu sich selbst, so werde sie denn auch mein eigen! und was fürchte ich denn? sie ist ja frei, ich bin es! aber wird sie wollen? sie muß wollen, wenn sie mich liebt .... Wenn! – o verdammter Zweifel, den nur der Kopf ausbrütet, und das Herz nicht hegt!« –

Acht Tage vergingen bis zu Mengens Abreise, und Faustine blieb in einer Nebelwolke von Traurigkeit. In der Region der Gefühle ist dieser Zustand der unbehaglichste, weil er keinen Kampf zuläßt, weil man warten muß, bis Sonne oder Wind den Nebel zerstreuen; und oft der gefährlichste, weil man mit umdämmerten Blicken häufig bis an den Rand des Abgrunds tappt, zuweilen in ihn hinabstürzt. »Wie kann er gehen!« dachte Faustine; »sieht er, fühlt er nicht, wie nothwendig er mir ist? nothwendig, wie die frische Luft, wie der Frühling! – Ach, der Frühling kommt und er geht!« – Bisweilen machte sie sich selbst Vorwürfe, wiederholte sich, daß einige Wochen schnell verstrichen, daß er heimkehren würde, daß auch Andlau, nach seinem letzten Brief zu schließen, bald kommen müsse, und daß alsdann für sie Alle eine Erhöhung des Reizes im lebendigen Verkehr eintreten könne. Aber das lag so fern, gleichsam hinter den Nebelwolken ihrer Traurigkeit. Sie sah es nicht klar. Der Schmerz der Entbehrung lag ihr näher, als der Trost des Genusses einer zweifelhaften Zukunft. Sie wußte nicht, ob Mengen und Andlau an einander Behagen finden würden: Beide waren schroff und scharf, dieser eisig, wenn er unangenehm berührt sich fühlte, und jener in demselben Maaß schneidend – zwei Naturen, die mit gezogenem Schwert sich gegenüberstehen mußten, sobald sie nicht Hand in Hand gingen.

Faustine war in ihrer tiefsten Seele beklemmt und unheimlich. Hätte sie den Muth, die Stärke und die Besonnenheit gehabt, den Verhältnissen fest ins Auge zu sehen, so wäre ihr bald genug klar geworden, daß in Marios Entfernung ihrer Aller Heil liege, und sie hätte durch ein gefaßtes: »Fahre hin,« dem Schicksal vorbeugen können, das sie zerbrach, als es in seiner vollen Macht über sie herbrauste; sie hätte durch eine ruhige Darlegung ihrer innersten Seelenverbindung mit Andlau Mengen auf einmal, ehe er ein Wort gesagt, durch einen einzigen kurzen Schmerz, in sein altes Gleichgewicht, wenigstens äußerlich, zurückgestellt, und in dem seinen das ihre gefunden; sie hätte Alles das thun können, was sie n i c h t that, eben weil ihr Muth, Stärke und Besonnenheit fehlten.

Gegen Clemens war sie während dieser Zeit viel freundlicher, oder eigentlich sanfter als sonst, wo sie ihm nicht leicht irgend ein Wort hingehen ließ, ohne es zu rügen, sobald es über seine Grenze sprang. Jetzt hörte sie nicht so scharf hin, oder sie hatte Mitleid mit seiner Thorheit. Was den Frauen ihr Mitleid für Schaden thut – das ist nicht zu beschreiben und nicht zu begreifen! wenigstens nicht von den Männern zu begreifen, welche für die Frauen alle mögliche Empfindungen, nur kein Mitleid hegen. Im Haß und in der Liebe als Ueberwinder, vernichtend, grausam, vor den Frauen zu stehen, ist ihre Wonne, ihre Lust, ihr Triumph, – ihre Natur! und die Frau, die darüber klagt, ist falsch: es hat noch jeder Simson seine Delila gefunden! – Aber daran thut der Mann unrecht, in jeder Mitleidsäußerung ein Liebeszeichen zu sehen. So weit müßte er aus seiner Natur heraustreten und die fremde Eigenthümlichkeit erkennen. Mitleid ist eine Tochter des allgemeinen Wohlwollens, und die Frau hat viel mehr Wohlwollen für den Mann, in welchem sie von Hause aus eine Stütze und den Begründer ihres Glückes sieht, als er für sie hat, die er doch nur *à tout prendre*, als eine sichre Beute betrachtet. Daher wird die Frau durch eines Mannes Neigung zwar nicht immer zur Erwiderung, doch gewiß immer zum Mitleid gestimmt – vorausgesetzt, daß ihr keine Verbindung mit ihm droht, wie es bei Cunigunden und Feldern war – und sie wird Dinge thun und sagen, die ihm ja nur den Mangel an Liebe freundlich verbergen sollen. In solchem Verhältniß ist es nur seine, niemals ihre Schuld, wenn er ein Lächeln, einen holden Blick, ein süßes Wort als ein Versprechen künftiger größerer Gaben betrachtet. Die Frau ist gleich dem Kinde, heftig, glühend, leichtgerührt; hernach vergißt sie das, und das macht ihr der Mann zum Verbrechen. Es ist aber ihre Natur, so wie die seine Barbarei ist. Nur nie Mitleid mit dem Manne geäußert! er mißbraucht es alle Mal.

Clemens jubelte heimlich: »ich wußte wohl, daß ich sie rühren würde!« Anfänglich war sein brennendster Wunsch nicht weiter gegangen, als seine Liebe geduldet – nun wünschte er schon, sie erwidert zu wissen. Er gestand es sich freilich nicht ein, aber im Herzen rechnete er schon darauf; denn was wär' es für eine wunderliche Liebe, die keine Erwiderung begehrt? ich denke, es wäre gar keine Liebe. – Mengen geht – so lautete Walldorfs Rechnung – sie wird ihn vermissen, weil er ihr eine angenehme Gesellschaft ist, doch von einer Neigung kann nicht zwischen ihnen die Rede sein, da diese Trennung statt findet. Hingegen wird Andlau kommen – aber ist denn da noch die alte Liebe? fast sechs Monat hat er sie verlassen, und sie lebte während der Zeit ruhig und heiter. Wo ist der Mensch, der, wie ich, ohne ihren Blick in Verzweiflung untergeht? Nein, mir, meinem lodernden Herzen gehört sie einzig an. – Bisweilen saß er ihr viertelstundenlang schweigend gegenüber und sie schwieg auch. Sie malte oder zeichnete. Clemens kam gern in den frühen Morgenstunden, wo er gewiß war, sie allein zu treffen; spätern Besuchen räumte er das Feld, und war am glücklichsten, wenn er sie ungenirt bei ihren gewohnten Beschäftigungen, die sie seinetwegen nicht unterbrach, häuslich und traulich fand. Darum begehrte er auch keine Conversation von ihr. Sie durfte sich in ihre Arbeit, ihre Gedanken vertiefen. Das that sie auch. Fiel es ihr dazwischen ein, es sei doch sehr unfreundlich, sich gar nicht um des armen Clemens Anwesenheit zu kümmern, so sah sie lieblich zu ihm auf, oder nickte ihm einen holden Gruß, gleichsam seine Nachsicht erbittend, zu. Er aber meinte dann, sie freue sich über seine Anwesenheit; und sagte sie, um doch einigermaßen für seine Unterhaltung zu sorgen:

»Da liegt ein hübsches Buch, lieber Clemens, lesen Sie doch ein oder das andere Capitel;« – so war er glückselig, weil er dachte: sie wünscht, daß ich bleibe – sonst könnte sie mich ja gehen heißen. – Faustine wünschte aber hinsichtlich seiner gar nichts, als ihn vor Ausartung der Thorheit in Verwilderung geschützt zu wissen.

Am Vorabend von Mengens Abreise waren mehre Personen bei ihr. Er selbst kam spät. Sie hatte sich in eine große Lebhaftigkeit hinein gesprochen, um damit ihre Trauer zu umschleiern. Gleichgültige werden stets dadurch getäuscht. Jemand fragte: wie sie zu ihrem seltsamen Namen gekommen, und sie sagte:

»Mein Vater hatte eine solche Liebe zu dem Götheschen Faust, daß er, um in jedem Augenblick seines Lebens an dies Meisterwerk erinnert zu werden, seinen beiden ersten Kindern den Namen Faust und Faustine beizulegen beschloß. Meine Mutter bebte vor diesen barbarischen Namen, sie hatte ganz andere Lieblinge. Als der Zeitpunkt kam, wo ein Kindlein geboren werden sollte, gab es manche kleine Debatte, und unsäglich war die Freude der Eltern, als nicht Eines, sondern zwei zugleich das Licht dieser Welt erblickten, und nun Jeder einen Lieblingsnamen auf der Stelle anbringen konnte. So ward ich Faustine, meine Schwester Adele getauft. Meine arme Mutter starb im Wochenbett, und mein Vater hatte auch nicht lange die Freude, durch mich an sein geliebtes Gedicht erinnert zu werden: er blieb im Felde. Für mich hat aber mein Taufpathe, Faust, stets ein ganz besonderes Interesse gehabt, unabhängig von dem Zauber seiner Poesie und seiner grandiosen Weltanschauung. Ich wollte immer mein eigenes Schicksal in diesem rastlosen Fortstreben, in diesem Dursten und Schmachten nach Befriedigung finden – aber der zweite Theil hat mir das unmöglich gemacht. Ich denke, es schreibt wol jeder von uns seinen eigenen zweiten Theil zum Faust, der Göthesche ist allzu individuel.«

Graf Kirchberg sagte: »Das find' ich nicht! es ist das treue Bild aller Menschen, die wie die alten Titanen mit großer Kraft den Ossa auf den Pelion thürmen, Studien, Forschungen, Leistungen auf ihre Gaben, um damit dem Himmel abzutrotzen und abzuringen, was er diesem Streben nicht gewähren kann: Befriedigung. Der Strom der Sinnenlust hat im Entstehen noch Nerv, weil der Quellpunkt, die Liebe, ihm Nahrung giebt, aber breit, und dürftig dennoch, zerfließt er in der Steppe des Ueberdrusses und des unbestimmten, auf kein hohes, festes Ziel gerichteten Verlangens. Dann versucht Faust dem Ehrgeiz, dem Weltglanz, der Welteitelkeit einiges Vergnügen abzugewinnen; aber es bleibt ein schaaler Spaß für ihn, ohne Saft und Kraft, und dasselbe bleibt ihm die Kunst, der er sich darauf in die Arme wirft. Das in ihr und mit ihr Erzeugte, Euphorion, verschwindet, weil es nicht aus der Begeisterung geboren ist, und somit hat auch die Kunst ihren Reiz für ihn verloren. Endlich probirt er es gar mit der Wohlthätigkeit, mit der allgemeinen Menschenliebe, doch die Lauheit, das vage Mißvergnügen bleiben ihm zur Seite, und dieser ununterbrochene Seelenregen macht ihn so matt, daß er ganz froh ist, endlich mit guter Manier in die elysäischen Gefilde des Himmels einpassiren zu dürfen.«

»Gut, das ist eben e i n e Richtung!« rief Faustine; »ich sehe aber nicht ein, warum der Faust seelenmatt werden muß. Hat die Liebe ihm keine Befriedigung gegeben, so werfe er sich lodernd, wie in ihren Schooß, in die Arme des Ehrgeizes, der Weltherrlichkeit, der Kunst! so ringe er nach ihnen und um sie, statt mit ihnen zu spielen! so strenge er all' seine Kräfte und sporne all' seine Gaben an, damit er doch Etwas zu Tage fördere – und sei es nur gerade Etwas, woran Mephistopheles seine Weltironie üben könne, der jetzt in dieser beängstigenden Atmosphäre nur noch zu armseligen Späßen Gelegenheit findet, mit Gauklerkunststücken sich helfen muß, und aus seiner grandiosen Lucifer-Region in die Kategorie der kläglichen, dummen Teufel fällt. Die Kräfte eines Faust dürfen brechen – nicht erlahmen. Sind sie gebrochen im rastlosen Kampf: so gehe er heim nach Gretchens öder Hütte, und suche dort im Tode, was er im Leben umsonst gesucht: ein Haus für die Ewigkeit. Der göttlichen Barmherzigkeit und der reinen Liebe sind keine Grenzen gesetzt; heben sie die matte Seele in den Himmel – warum nicht die ringende Feuerseele?«

»Schreiben Sie doch einen zweiten Theil zum Faust« – sprach Feldern scherzend.

»Nein, ich lebe ihn lieber,« entgegnete sie. »Schreiben ist nur ein Surrogat für leben.«

»Oder ein Widerhall des Lebens, der an jedem Busen sich bricht und zu einem neuen, klingenden Ton wird« – sagte Feldern.

»Ach!« rief Faustine, »unsre Brust ist gar nicht mehr im Stande, die Millionen von Widerhallen aufzufangen, die wie Bienenschwärme gegen sie losgelassen werden. Seit das Bombardement der Menschheit durch Kugeln so ziemlich aus der Mode gekommen, ist dafür das durch Bücher eingetreten, welches, wie eine Influenza, seine Zeit durchgrassiren muß. Ich regrettire im Grunde das Kanonen-Bombardement! man riskirte zwar in einem solchen den Geist aufzugeben, allein der Kopf wurde dann doch mit fortgeschossen. Die Bücher hingegen lassen die physischen Köpfe friedlich zwischen den Schultern sitzen, und nur der geistige wird von ihrem Bombardement betäubt und verdummt. Ich hoffe, noch vor Ende dieses Jahrhunderts wird jeder auftauchende Schriftsteller nach irgend einem Botany-Bay gesendet.«

»Welch' ein vandalischer Haß gegen die armen, liebenswürdigen Schriftsteller, die Ihnen doch gewiß von Robinson an bis zur heutigen Stunde unsägliches Vergnügen gemacht haben.«

»So so! Sie leben mir vor, sie denken mir vor – ich lebe und denke aber lieber auf meine eigene Hand, schlecht und recht, wie ich's eben verstehe, als einem Andern nach.«

Als Mengen kam, bemerkte er sogleich Faustinens innere Aufregung. Sie sprach; aber dann und wann hielt sie mitten im Satz inne, weil sie keinen Athem mehr hatte. Ihre Augen glänzten; aber dann und wann sanken die Augenlieder tief und müde herab.

»Sie sind fatiguirt, Gräfin,« sagte Mario sanft, und setzte sich zu ihr.

»O, zum Sterben!« entgegnete sie, sich im Fauteuil zurücklehnend.

»Man muß nicht so viel reden, wenn einem nicht danach ums Herz ist.«

»Dann schweigen Sie nur, Mengen! Sie thun ja nie danach, wie es Ihnen ums Herz ist.« – Er sah sie fragend an. – »Nun ja,« fuhr sie fort, »Sie reisen und würden doch viel lieber, trotz Hochzeit und Freudenfesten, hier bleiben.«

Er antwortete ihr nicht, aber er verwickelte die Anwesenden in Gespräche, womit die Zeit hinging ohne Faustinens Bemühen. Als man aufbrach, wünschte man ihm eine glückliche Reise, und all' die freundlich banalen Phrasen erklangen, welche denen so weh thun, über die der Schmerz des Abschieds einbrechen wird. Faustine saß regungslos auf ihrem Platz. Sie grüßte mit den Augen die Scheidenden. Nun war sie mit Mario allein. Schweigend, mit untergeschlagenen Armen, stand er eine Weile vor ihr, denn die Gefühle wogten in seiner Brust und erstickten die Worte. Da stand sie auf, legte beide Hände gefaltet auf seinen Arm und sagte bebend:

»Auf Wiedersehen, Freund!«

»Kann ich denn so von Ihnen scheiden?« fragte er eben so leise und faßte ihre Hände in die seine; – »o Faustine, ich kann nicht!« rief er dann mit überströmender Heftigkeit und drückte sie an sein Herz, als wolle er dies brausende Herz oder die geliebte Gestalt zerbrechen. –

»O, das ist nicht recht!« sagte sie, immer mit demselben Ausdruck von Trauer im Blick und Ton.

»Vergebung, Faustine,« sprach Mario sanfter und seine Hand glitt leise über ihr Haar, ihre Wange hinab – »siehst Du, ich liebe Dich –«

Da stand sie auf einmal frei, seinem Arm entwunden, vor ihm. Sie bog den Kopf zurück, der plötzlich in einer Verklärung stand, welche nur überirdischer Triumph verschmolzen mit bacchantischem Jubel auf das Menschenantlitz gießen; sie breitete die Arme aus, doch nicht zu ihm, sondern empor zum Himmel, und mit der nämlichen Extase im Ton sagte sie: »Er liebt mich!« –

»Wohin denn mit dieser wehenden Glut, Faustine, wenn nicht zu mir?« rief Mario entzückt und schlang den Arm um sie, als wolle er sie an seine Seite fesseln.

»Er liebt mich!« wiederholte sie mit derselben schwärmerischen Innigkeit. Sie umfaßte seinen Kopf mit ihren beiden Händen, sah ihn an, schüttelte dann langsam den ihren und sagte träumerisch: »Das ist aber doch wol nicht wahr.«

»Nicht wahr! o Faustine, hast Du nicht gefühlt, wie mein Wesen allmälig mit dem Deinen verschmolzen ist, wie mein Herz gelernt hat in Deiner Brust zu schlagen, mein Geist in Deiner Richtung zu fliegen, mein ganzes Sein mit Dir Schritt zu halten. Ist das nicht Liebe, Faustine?«

Wie die rosenrothen Gletscher immer blasser und blasser werden, wenn die Nacht heraufsteigt und zuletzt in schattengleichem Grau dastehen, so erbleichte sie; sie hing zerbrochen in Marios Armen und sagte tonlos:

»O, das ist aber entsetzlich!«

»Warum, Faustine? Engel, Du liebst mich –«

»Ich!« rief sie und fuhr mit der flachen Hand über die Stirn; – »ich .... Sie? – Sie irren sich seltsam, Graf Mengen.«

Entsetzen, als habe der Blitz zu seinen Füßen die Geliebte erschlagen, zerwühlte plötzlich Marios glückstrahlendes Antlitz. Er stieß Faustine von sich und sagte mit einer vernichtenden Drohung im Ton: »Faustine!«

Sie sank in den Lehnstuhl wie eine welke Blume, die das Haupt unter dem rollenden Donner beugt. Dicke Thränen quollen langsam unter den Wimpern vor, die Locken hingen aufgelöst an den entfärbten zarten Wangen herab. Sie war jetzt bezaubernd durch den unaussprechlichen Gram ihres ganzen Wesens, wie sie es drei Minuten vorher durch dessen unaussprechliche Glut gewesen war. Mario hatte nicht die Kraft sie zu verlassen, obgleich er im ersten Augenblick schon eine Bewegung nach der Thür gemacht. Er kniete vor ihr nieder und sprach:

»Faustine, wie können Sie lügen?«

»Ich lüge nicht!« flüsterte sie ohne aufzublicken.

Er legte seine Hände gefaltet auf ihre Kniee und sprach: »Sehen Sie mich an, fest und ruhig, und nun antworten Sie mir: »liebst Du mich nicht, Faustine?«

»Nein!« sagte sie fast unhörbar, aber unwillkürlich ruhte ihr Auge mit so himmlischer Zärtlichkeit auf ihm, daß er entzückt ausrief:

»Deine falschen, lieblichen Lippen lügen! Dein Auge spricht Ja! ich glaube ihm.«

»Nein, nein!« rief sie in heftiger Angst und hielt beide Hände vor den Augen; »kehren Sie sich nicht an die verrätherischen Augen, der Mund spricht die Wahrheit.«

»Faustine,« sagte Mengen und stand auf, und seine zürnende Stimme wurde noch schauerlicher durch die Bebungen, welche die gewaltigste Aufregung ihr gab – »wenn Du mich wirklich nicht liebst, wenn Alles nur ein Spiel, die Belustigung für einen leeren Augenblick gewesen, wenn Du die ganze Grazie Deiner Wesenheit nur als eine gemeine Koketterie verschwendet, wenn Du solche Nichtachtung fremder Gefühle hegst, daß

Du lebende, schlagende, blutende Herzen anatomirst zu Deiner Belehrung oder Deinem grausamen Vergnügen: so habe ich keinen Ausdruck für meine Verachtung.«

»Mario!« schrie Faustine und glitt auf ihre Kniee zur Erde herab – »ich liebe Dich.«

Er hob sie auf, zog sie stürmisch an seine hochschlagende Brust und drängte in einem Kuß die Seligkeit und die Sehnsucht zusammen, welche dies Wort in ihm auflodern ließ. Aber Faustine begegnete nur scheu dieser Glut. Sie machte eine ganz kleine Bewegung, so leise, jedoch so unwiderstehlich, daß die Liebe ihr gehorchen muß, und daß doch nur die Liebe sie errathen kann; – und seine Arme umstrickten nicht mehr wie ein Netz ihre Gestalt, und er fragte gepreßt:

»Warum drängst Du mir das übervolle Herz in den Busen zurück, Faustine? O laß es an dem Deinen ruhen, mein geliebter Engel! jetzt weiß ich ja die Wahrheit.«

»Noch nicht ganz, Mario,« antwortete sie dumpf.

»Aber das Wesentliche: Du liebst mich. Und morgen fährst Du mit mir zu meinen Eltern, als meine Braut, als mein Weib – wie du willst! aber mit mir, denn Du liebst mich, Faustine!« Er schlang ihre Locken um seine Finger.

Sie sagte melancholisch: »Laß mich los! es hilft doch nichts! wir müssen scheiden.«

Da schrie er plötzlich heftig auf: »Andlau?« – Faustine neigte bejahend das Haupt und Mengen sank wie zerschmettert in einen Stuhl.

»Siehst Du wol, wie viel schwerer Dir jetzt als vor fünf Minuten die Trennung wird?« sagte sie gelassen; »O hätte ich das Liebeswort verschwiegen!«

»Rede, Unglückselige, rede!« rief Mengen; »warum denn Trennung? wer hat ein heiligeres Recht an Dir, als ich? und wenn ein Anderer es gehabt hat, geht es nicht auf mich über von dem Moment an, wo Du mich liebst? Ich will Dich haben, Faustine, ohne Theilung, ganz und gar« –

»Das begreif' ich,« unterbrach sie ihn. »Aber kann ich denn einen Tag glücklich sein, wenn ich das ganze Schicksal eines Andern, eines geliebten Menschen, zertrümmere? Kannst du es dann noch durch mich, bei mir, sein? unmöglich, Mario, unmöglich, wie die Sonne unmöglich zur Mitternacht über unserm Haupt stehen kann! Und das sollst Du selbst entscheiden!«

»O Faustine! Du liebst mich, nur mich: das wird entscheiden.«

»Nein, Mario, ich liebe Andlau, den Mann, dem ich mein ganzes Geschick aus freiem, vollem Herzen in die Hand gegeben, und der es wie ein Gott unwandelbar liebend und treu gelenkt hat.«

»Und nicht mich, Faustine? besinne Dich, Herz! wirklich nicht mich?«

Sie sank zu seinen Füßen nieder, umschlang seine Kniee und legte ihren Kopf darauf. Er wollte sie aufheben, doch sie bat: »Laß mich hier liegen, Mario, und frage mich nicht so, Du – Mensch gewordner, lichter Sonnenstrahl! wie sollt' ich Dich nicht lieben?« Sie weinte heftig. Er richtete zärtlich ihr glühendes Antlitz in seiner Hand empor und sprach:

»Mein Engel, erzähle mir nun Alles, was Dich betrifft. Es ist so dunkel um mich her! wenn ich Alles weiß, wird es mir hell werden, damit ich entscheiden könne, entscheiden, wie der Mario es muß, den Du liebst. Darum die Wahrheit, Herz, die reine Wahrheit, wie vor Gott.«

»Wie vor Gott!« wiederholte sie feierlich, und stand auf. Sie waren schön die beiden Gestalten einander gegenüber. Mario saß in seiner gewöhnlichen Stellung mit untergeschlagenen Armen seitwärts am Tisch, und die Kerzen warfen nur ein Streiflicht über ihn. Aber sein marmorbleicher Kopf mit den vornehm stolzen, aber durch die Macht der Empfindung für den Augenblick melancholischen Zügen, mit dem tiefen, geistreichen, glühenden Auge und dem dunkeln Gelock, hob sich, gleich einem Gemälde von Velasquez oder Murillo, lebhaft von der dunkelrothen Lehne des Fauteuils ab, welche ihn hoch überragte. Faustine stand vor ihm, im vollen Kerzenlicht, blaßroth gekleidet, blühend, weich, schwebend, halb sinnlich, halb seelisch, hingehaucht wie von Guido Renis Pinsel, etwas vom Johannes, etwas von der Magdalena im Ausdruck, der in jeder Secunde wechselte, so wie sie die Scala der Gefühle durchflog. – Er – ruhig, fest, entschlossen, nicht unerschütterlich, aber kampfbereit und unermüdlich, die Siegesfahne tragend, vielleicht in den Tod, doch gewiß nicht in den Untergang. Sie – schwankend, und immer ungewiß lassend, ob sie fallen, ob sie in den Himmel auffliegen werde. Er – ganz Mann. Sie – ganz Weib.

»Rede, mein Engel,« sagte Mario sanft; »keine Frage, keine Einwendung, kein Blick sollen Dich stören.«

»Was habe ich denn eigentlich zu sagen?« fragte Faustine sich selbst, träumerisch die Hand an die Stirn legend. »Alltägliche Schicksale, ein Leben ohne gewaltige Ereignisse, eine Persönlichkeit ohne überwiegende Vorzüge – das ward mir, das bin ich. Und innere Zustände, Skizzen der Seele, kann man die einem Andern vors Auge führen und hindern, daß ihm der Glanz zu grell, und der Schatten zu schwarz erscheine? die Wahrheit wird durch das Wort so hart, daß sie, wenn nicht lügenhaft, doch unglaublich, doch übertrieben erscheint. Ich aber habe von nichts, als von innern Zuständen zu sprechen; Begebenheiten darfst Du nicht erwarten. – Aus der Pension in Mannheim, wo meine Schwester und ich, die armen Waisen, erzogen waren, kamen wir im siebzehnten Jahr zu unsrer Tante, welche ein schönes Landgut in der Nähe von Bamberg bewohnte. Ich war ein junges Mädchen, wie alle übrigen – glaube ich. Ich kann mich im Grunde gar nicht darauf besinnen, wie und was ich war, so lange mein Wesen in seiner kühlen, grünen Knospe bewußtlos wie ein Kind in der Wiege schlummerte. Ernst war ich wol, doch auch heiter; still, aber innerlich lebhaft. Bilder wogten in mir, Gestalten tauchten auf, Erscheinungen zogen vorüber mit einer Fülle, in einer Lebendigkeit, welche mich schon zwischen meinen Pensionsgefährtinnen zu ihrer Scheherazade machten, zu einer kleinen Improvisatorin, die aber gewiß sich selbst weit mehr, als den Kreis ihrer Zuhörer amüsirte. Später gab ich diesen Phantasien keine Worte mehr, sondern Bilder; ich zeichnete. Das macht sehr still, weil die Hand bedächtig und das Auge vergleichend verfahren muß, wenn der Kopf auch braust. Dies Talent, grade für mich, mag wol eine besondere Gnade des Himmels gewesen sein: die bestimmte Form gab mir Haltung. Mit der Poesie hingegen, deren Schützlinge zwang- und mühelos von der Form nicht mehr brauchen, als was sie in ihren Fingerspitzen zusammenfassen, hätte ich gewiß den Phaëtons-Gang und Sturz erlitten. – Von Liebe wußte ich nichts weiter, als was in den Dichtern steht, und das ist, so lange man es nicht auf einen bestimmten Gegenstand überträgt, etwas so Farbloses wie das Prisma, ehe man es zwischen Auge und Sonne hält. Ich liebte meine Bilder, meine Bücher, die Blumen, die Vögel, die ganze Natur, die ganze Menschheit, den guten Gott, der dies samt und sonders geschaffen hat, – Alles *en bloc*. Meine Tante am wenigsten; denn sie war intriguant, und solche Charactere stoßen mich von Grund aus ab, weil ich ohne Waffen gegen sie bin, mögen sie mich gewinnen oder mir schaden wollen. Ich fühle mich bei ihnen beklemmt wie irgend ein scheues Thierlein des Waldes, das die fangende Schlinge ahnt. Ich hatte Scheu vor meiner Tante. Die Männer waren mir am liebsten, welche am besten tanzten und dabei nicht allzu fade plauderten. Huldigungen verlangte ich nicht – vielleicht darum wurden sie mir oft zu Theil in der oberflächlichen Manier, die zwischen ganz jungen Leuten statt findet. Nur Graf Obernau behandelte die Sache ernster. Er war Rittmeister, sieben und zwanzig Jahr alt, aus vornehmem Geschlecht, sehr reich und sehr schön – wenn man dies Prädikat den regelmäßigen Zügen, der stolzen Gestalt und guten Haltung beilegen will, welche in manchen Familien selbst dann noch erblich sind, wenn schon der Adel der Gesinnung und die Kräftigkeit des Blutes erloschen, die zuerst diesen Stempel ausprägten. Ich gefiel diesem Manne auf eine mir ewig unerklärbare Weise, d.h. er verliebte sich am ersten Abend, wo er mich bei der Tante sah, dermaßen in mich, daß er auf dem Heimritt zu einigen Kameraden sagte: »Der Teufel soll mich holen, wenn das nicht meine Frau wird.« Seine Kameraden zweifelten durchaus nicht daran, da eine so glänzende Partie wie Obernau schwerlich abgewiesen wird, und er überdies ein sogenannt guter Mensch war, Jedem Geld borgte, Jedem im Duell secundirte, keinen Spaß verdarb, und nebenbei von solcher Schwäche war, daß Jeder, der in seine Launen einzugehen und ihm ein wenig zu schmeicheln verstand, ihn lenken konnte, wie ein Kind. Solch ein Kamerad, der vornehm und reich ist, außer den guten Connexionen auch noch den stets gefüllten Beutel hat, und obenein das gute Herz, welches mit beiden aushelfen läßt – wird von allen jungen Männern zärtlichst geliebt. Kaum hatte Obernau mir sultanisch das Schnupftuch zugeworfen, so würde kein junger Mann, zehn Meilen in der Runde, sich zwischen ihn und mich gestellt haben. Es war gleichsam ein allgemeines schweigendes Uebereinkommen, daß er und ich für einander paßten und gehörten. Obernau und immer Obernau war vor meinen Augen und an meiner Seite, oder schwirrte vor meinem Ohr; denn der Tante konnte nichts Erwünschteres kommen, als seine passionirte Neigung, und sie trug Sorge, mir von ihm stets in einem Ton zu reden, der Eindruck auf mich machen mußte. Nämlich zuerst lobte sie seine guten Eigenschaften, dann beklagte sie den bösen Einfluß, welchen schlechte Rathgeber und eigennützige Freunde in seinem wohlwollenden, vertrauenden Herzen gewonnen, und schloß endlich damit, eine gute, edle Frau könne ihn leicht zu sich emporheben und ihn zu einem neuen, bessern Menschen umwandeln – und das sei der herrlichste Beruf des Weibes. Ich hatte zwar kein Vertrauen zu dem Herzen meiner Tante, aber großes zu ihrer Klugheit. Was sie da sagte, kam mir verständig und gut vor, und ist es auch, wenn nur das Weib, welches sich diesem heroischen Beruf widmet, in sich klar, fest und abgeschlossen genug ist, um nicht selbst dabei herabgezogen zu werden. Ich armes, unerfahrnes Geschöpf, ohne Leidenschaft, ohne Schmerz – diesen zwei Binde- und Löseschlüsseln des Wesens – konnte das damals nicht in Ueberlegung ziehen. Ich dachte, was die ganze Welt gut und zweckmäßig finde und was einen Menschen glücklich mache, daß müsse ich thun, und ich verlobte mich mit Obernau. Wollte ich sagen, er sei mir gleichgültig oder gar zuwider gewesen, und ich sei zu dieser Partie beredet oder gezwungen: so würde ich lügen. Nein, ich war ihm recht gut, und gab ohne Widerstreben seiner Werbung Gehör. Ich wollte ja auch meine herrliche Bestimmung erfüllen und recht etwas Gott und den Menschen Wohlgefälliges vollführen. Ueberdies sah ich meine seit drei Monaten verheirathete Schwester äußerst glücklich mit einem Manne, der mir unerträglich schien; daraus zog ich den Schluß, der grade umgekehrt richtig ist: der Mann sei am liebenswürdigsten in der Ehe – und die Anstalten zur Hochzeit wurden gemacht.

»Je näher aber der Zeitpunkt kam, desto beklommener ward mir. Ich, die nie träume, die nie eine bange Vorempfindung des Gewitters spüre, wandelte umher, als solle ein quälender Traum in Erfüllung gehen oder ein Unwetter losbrechen. Wenigstens bilde ich mir ein, daß diese Schwüle, diese Schwere, diese Angst ohne Grund und ohne Namen, denjenigen heimsuchen müsse, welcher Traum und Ahnung kennt. Zu wem sollte ich reden? die Tante liebte nicht Erörterungen der Gefühle, wenn sie Entscheidungen herbeiführen konnten, welche ihren Absichten widersprachen; sie wies sie nie ab, doch mit schlauer Geschicklichkeit wußte sie stets sie zu vermeiden. Meine Schwester, wie gesagt, war verheirathet: das war eine unübersteigliche Scheidewand zwischen uns. Sie war jetzt die Frau eines Mannes, nicht meines Gleichen, kein Mädchen mehr! kaum daß sie mir noch wie meine Schwester vorkam. Es giebt eine Jungfräulichkeit des innern Seins, rührender und reizender als die, welche der Myrtenkranz repräsentirt, weil sie unendlich seltner ist. Aber leider! leider! geht sie oft vor dieser und fast immer mit dieser verloren! sie widersteht nicht der materiellen Genußsucht. Meine Schwester war in kurzer Zeit ganz fraulich worden, verloren in ihren Familien- und Haus-Interessen, und mit unendlichem Behagen sich darin zurecht setzend, wie der Vogel auf seinem Nest. Sie gehörte zu den weiblichen Wesen, die von der Geburt an, möchte ich sagen, Frauen sind und im Hause Wurzel fassen und Blüten treiben. Sie ist glücklich dabei geworden, weil Temperament, Sinnesart, Character mit ihrem Schicksal Hand in Hand gingen, und weil man von ihr sagen darf – was ich jedoch nie ohne einen leisen Schauder auszusprechen wage: – sie würde jeden Mann glücklich gemacht haben; – und dies wird doch zuweilen als Lob von einem Mädchen gesagt! Nun, ich habe es nie verdient. –

»Aber an wen sollte ich mich wenden in meiner Herzensangst? Sehr verständig, wie mir scheint, wendete ich mich an Obernau, und sagte ihm an einem schönen Abend, wo wir allein im Garten waren und die melancholische Herbstnatur mit heimziehenden Wandervögeln und herabrieselnden Blättern mich noch trauriger stimmte, daß ich ihn lieber nicht heirathen wolle. »Ein romanhafter Mädchengedanke!« antwortete er spöttisch wegwerfend. Ich verstummte blöde, und sann acht Tage lang darüber nach, ob er nicht wirklich Recht habe. Bisweilen kam es mir auch so vor, aber als über diesem Besinnen der Hochzeitstag mir bis auf vierzehn Tage nah gerückt war, so fand ich, Obernau habe Unrecht, und abermals verkündigte ich ihm meinen Ent- schluß und bat ihn dringend, mir mein Wort zurückzugeben. Statt der Antwort sprach er: »Ini, Du siehst zum Küssen lieblich aus, wenn Du bittest! ich wäre ein großer Narr, wollte ich Deinen Willen thun.« Indessen da er sah, daß ich weinte, fragte er, ob ich etwa einen Andern, etwa den und jenen, den er nannte, heirathen wolle. Zufällig waren das närrische, fade, dümmerliche Leute, und Obernaus Frage kam mir possierlich vor – oder war es nervöse Aufregung – kurz, ich brach in lautes Lachen aus, und Obernau sagte beruhigt und beruhigend: »Wenn Du keinen Andern lieber hast, so kannst Du mich mit gutem Gewissen heirathen.« Trotz dieser Versicherung war aber immer eine Stimme in mir wach, die mir zurief: thu' es nicht! und zum dritten Mal, doch nun unter tausend heißen Thränen und mit bangem Flehen, bat ich um meine Freiheit. Da wurde er endlich anders, er gab das spöttelnde, scherzende Wesen auf, womit er bisher meine Einwendungen zunichte gemacht, er beschwor mich, ihn nicht grenzenlos un- glücklich zu machen, er liebe mich zu sehr, um von mir lassen zu können, er wolle Alles thun, Alles sein, was ich gut und recht fände, er lag zu meinen Füßen, er weinte – ich hatte in meinem Leben weder ihn noch irgend einen Mann in solcher Bewegung gesehen, es machte einen schauerlichen, gewaltigen Eindruck auf mich, ich dachte kindisch: wohlan, lieber unglücklich sein, als unglücklich machen! – nicht wissend, daß in der Ehe eins aus dem Andern folgt – ich bat ihn tausendmal um Vergebung, und wünschte nun selbst den Hochzeitstag mit einer fieberhaften Ungeduld herbei, in der Hoffnung, mein Schicksal müsse sich lieblicher in der Entschiedenheit, als in der Erwartung stellen. Ich ward seine Frau. Der Stab war über mich gebrochen! – so kam ich mir vor, so komme ich mir noch jetzt vor, wenn ich an den Moment denke, von welchem doch schon manches Jahr mich trennet.«

Faustine senkte ihr Haupt wie gebrochen, und legte das Gesicht in beide Hände; ihr Busen flog krampfhaft, sie bebte vom Scheitel zur Sohle, und als sie nach einer Pause die Hände sinken ließ, war ihr sonst so blumenzartes, holdseliges Antlitz starr, marmorbleich, tragisch. »Ja,« sagte sie mit herzzerschneidender Wehmuth, »von der Faustine, die damals unterging, mag jetzt wol keine Spur übrig sein, denn sie fiel der Schmach anheim! Ja ja! auf meine unschuldige, reine Stirn wurde der Stempel der Schmach gedrückt, und ich – ich habe es gelitten und es überlebt!«

Sie ging im Salon auf und ab, mit heftigen, ungleichen Schritten. Sie rang die Hände. Sie dachte nicht an Marios Gegenwart, nicht an seine Liebe – nur an ihre Vergangenheit; und mehr zu sich selbst, als zu ihm, sprach sie mit tiefer Bitterkeit:

»Giebt es denn auf der ganzen weiten Gotteswelt eine Schmach, welche der gleich kommt: einem Manne zu gehören, ohne ihn zu lieben? O ich glaube, ein ganzes Leben von Verworfenheit wird mit diesem Begriff bezeichnet. Doch nein! nein! ich irre mich! ich war ja seine Frau, am Altar ihm angetraut – dann hat es nichts zu sagen – für die Menschen.« Sie lachte in sich hinein.

»Ruhig, Faustine, aus Barmherzigkeit mit Dir, sei ruhig!« bat Mario erschüttert.

»Schweigen Sie, Graf Mengen! Sie haben mein Leben wissen wollen – da dürfen Sie mich nicht stören, wenn wir bei einem so wichtigen Punkt angelangt sind. Kennen Sie nicht die Sage von jenem Nixenbrunnen, dessen Wasser, hat man den schweren Steindeckel einmal abgewälzt, immer höher, immer höher steigt, den Rand überquillt und das Land rings umher in eine brausende Wogenflut verwandelt? O, diese unermeßliche Flut von ungekanntem, von mißkanntem Weh in der Brust eines Weibes erschüttert sogar eine Männerbrust, wenn es sich einmal nicht als Klage, nur als Schrei, äußert! dann muß es gewiß etwas welterschütterndes sein! Aber ach! als Abnormität wird es betrachtet! Krankhaft an Leib oder Seele, verschroben, überspannt nennt man eine Frau, nachdem man sie ohne Barmherzigkeit in die Arme des Ersten Besten, der sie nach ihr ausstreckt, geliefert hat, und sie nun mit unüberwindlichem Entsetzen wahrnimmt, was von ihr gefordert wird, was sie gewähren soll. Von einer Million Ehen wird eine aus Liebe geschlossen. Die Beweggründe der übrigen kommen in keinen Betracht; weil sie immer auf hausbackene Nützlichkeit zielen, sind die einen grade so gemein oder grade so würdig als die andern. Aber neunmal hundert neun und neunzig tausend neun hundert Frauen verlangen es eben nicht anders; achtundneunzig verlangten es wol anders, einst, vor langen Zeiten, auf die sie sich selbst nicht mehr recht besinnen können, so untergewirbelt sind sie; nun haben sie sich gefügt, aus Kälte, aus

Verständigkeit. Und eine, nur eine, aber doch eine, eine Einzige unter der Million, die verlangt es anders und, feiner oder schwächer organisirt, kann sie nicht zahm sich fügen, und fühlt doppelt die Demüthigung, weil sie zu schwach ist sie abzuwehren. O diese Eine! sie kommt nicht in Betracht vor euren Gesetzen, es kann kein eignes Recht für sie geschaffen werden, Gott und Menschen ziehen die Hand von ihr ab – denn im Namen Gottes ist ihr Segen verheißen worden, wo sie Unheil gefunden, und die Menschen hohnlächeln ob der Phantasterei, welche da einen Tempel erbauen möchte, wo ein ekler Sumpf liegt. O diese Eine! – es giebt Schmerzen, vor denen die Welt das Knie beugt, strahlende Schmerzen, geputzte Schmerzen, rosenrothe Schmerzen, Triumphbogenschmerzen! aber mit diesem Schmerz kokettirt man nicht, den vergräbt man scheu im Busen, wie man das Krebsgeschwür am Busen mit unsäglicher Beschämung verbirgt. Doch das Gift des Geschwürs durchschleicht allmälig das Geäder des Körpers und dringt in Mark und Blut, und dieser Schmerz wird zu einem Gift, zu einer Quintessenz von Haß, Bitterkeit, Verzweiflung, Empörung, Verachtung und Groll, wovon die Seele krank werden und verderben muß, und Keiner, Keiner hat einen Blick des Erbarmens dafür. O diese Eine! – das ist nicht eine von den Schlechtesten gewesen! nicht um den Glanz und den Genuß der Welt zu haben, ist sie in dies Jammerlabyrinth gerathen! nur kindisch, nur unerfahren, nur jugendlich selbstvertrauend sprang sie, ein sorgloser Schwimmer, von dem stillen Felsen ins rauschende Meer, um einem Andern die liebende, die hülfreiche Hand zu bieten! aber der ist zu Hause in dem wilden Element, der zieht die Arme in den Strudel hinein, in die Tiefe hinab, sie sinkt – und Keiner rettet sie! … Sind denn nicht Männer da? … ja doch! … da stehen sie, faunisch, neugierig, lüstern vor dem trostlosen Geheimniß dieser Ehe, und rathen und räthseln, und deuten und deuteln, und bringen es am Ende zur sonnenklaren Evidenz, daß diese Frau die begehrungswürdigste auf dem Erdboden ist. Ja doch! … wo es eine unglückliche Frau giebt, – jung und hübsch, *comme de raison!* – da fehlt ein halbes Dutzend ritterlicher Männer nicht, welche sich die Ehre streitig machen, dieser holden Augen Thränen zu trocknen, dieser frischen Lippen schmerzliches Zucken in süßes Lächeln zu wandeln. Sie sind ja die gebornen Beschützer der Schönheit – die edlen Männer! – O diese Eine! ich will ja gar nicht weinen, weil ich gerade unter der Million es sein mußte; ich weine nur, weil überhaupt solch Elend auf dieser schönen Welt statt findet.

»Aber damals weinte ich über mich. Ich kam mir selbst unmenschlich entwürdigt vor durch die Leidenschaft, die ich erregte, ohne sie zu theilen, und das Geschöpf, welches der Mann mit dem Fuß vom Sopha auf die Straße schleudert, schien mir weniger erniedrigt, als ich mich fühlte; – denn es steht außer dem Gesetz, denn es macht keinen Anspruch auf Ehre; aber ich, unter dem Schirm des Gesetzes, umringt von jeder Schutzwehr, welche der Ehre heilig, jung, unverdorben, sittlich rein, ich sah mich plötzlich in der Gewalt eines Menschen, dessen furchtbares Recht über mich dadurch geheiligt sein sollte, daß er in einer Kirche vor vielen Zeugen gelobt hatte, es immer zu üben. Was ging das mich an? ich mußte ihm das Recht geben: nur so begriff ich es! nur so konnte es nicht entadelt werden. Ich sah bisweilen die Leute ganz erstaunt an, wenn sie mich mit Achtung behandelten – die übrigens der vornehmen, reichen Frau nie fehlt – ich hätte fragen mögen: was fällt euch ein! der willenlose, dumpf gehorchende Sclav, zählt der mit in der menschlichen Wesenreihe? und steht mir's nicht wie ein Brandmal auf der Stirn, daß ich Sclavin bin? Ich hüllte mich in meinen Gram wie in ein Panzerhemd, und waffnete mich mit meiner Erbitterung wie mit einem scharfen Schwert, und behandelte die Männer mit einem Uebermuth, mit einer Verachtung, vor welcher sie in den Staub fielen und in Anbetung geriethen. Aber ich, die weit sehnlicher wünschte, einen Gegenstand der Liebe und Verehrung zu finden, als es zu sein, zerfiel mit mir selbst immer unheimlicher, immer tiefer, je greller der Widerspruch zwischen der äußern Erscheinung und dem innern Sein sich gestaltete. Ich wurde von meinem Mann geliebt, und empfand für ihn den unbesieglichsten Widerwillen. Die Welt huldigte mir, indessen ich mir selbst verächtlich vorkam. Man pries meine Verhältnisse glücklich und beneidenswerth, und ich fühlte mich in ihnen unaussprechlich elend. Hätte ich wenigstens den Trost gehabt, Obernau etwas über sein leeres, wüstes Treiben zu erheben, so würde mir das einigen Muth eingeflößt haben. Doch die Sclavin dient dem Gebieter nur, wenn er es befiehlt; außerdem ist sie ein Spielwerk, welches unbeachtet im Winkel steht. Ich will gern glauben, daß es mir auf einem gewissen Wege sehr leicht geworden wäre, unumschränkte Herrschaft über ihn zu gewinnen; allein, konnte ich meinen Gemahl nicht ehren, so mochte ich ihn doch wenigstens nicht beherrschen, nicht diese Flitterkrone für den Preis erkaufen, den er darauf gesetzt haben würde. Ich ging meine Wege, er ging die seinen. Er bekümmerte sich gar nicht um mich, sobald ich nur zu gewisser Stunde nicht fehlte. Ich war ja seine Frau und er liebte mich! folglich, welche Ehre für mich!

»Ich war immer mit Männern umgeben; ich ritt mit ihnen, ich fuhr mit ihnen, ich schwatzte mit ihnen, nicht weil sie mir gefielen, sondern weil sie sich an mich drängten, und weil ich gegen sie impertinent sein oder sie ganz ignoriren durfte, kurz, weil sie nicht die Rücksichten heischten, welche zum Umgang mit Frauen erforderlich, und weil überdies Obernaus beide Schwestern mir das eigene Geschlecht noch mehr verleideten, als er selbst das männliche. Die eine war in meinem Alter und verheirathet, eine dürftige, enge Natur, welche sich nicht darüber zufrieden geben konnte, daß mein Fuß kleiner und mein Auge größer als das ihre war. Die andre, ein junges Mädchen von vierzig Jahren, hatte vor Zeiten ein Leben geführt, welches die Bewerber um ihre Hand nothwendig, trotz ihres Vermögens, abschrecken mußte. Jetzt reizlos, früh gealtert, kränklich, sprach sie von ihrem nie verstandenen Herzen, welches sie ganz dem lieben

Gott zugewendet habe, weil kein Mensch dieses Kleinods werth sei. Gewiß ist es, daß kein Mensch den lieben Gott um dies Kleinod beneidet hat, und daß die äußerlich werkthätige, innerlich sterile Frömmigkeit meiner Schwägerin Crescenzie mich gemahnte wie eine Schaale lauwarmen Wassers, worin man vorsichtig die Fingerspitzen wäscht und sie dann säuberlich mit einem Battisttüchlein abtrocknet, aber nicht wie ein frisches, kühles, stärkendes Bad, worein man sich begierig stürzt, um den Staub des Lebens abzuwaschen. Meine Schwägerin Naudine ging umher, die Leute fragend, ob sie je eine Person gesehen, welche mir an Koketterie, Eitelkeit und Leichtsinn gleich käme, und meine Schwägerin Crescenzie erzählte den Leuten wehklagend, mit gen Himmel gehobenen Augen und Händen, wie unglücklich ich ihren Bruder mache.

»Freilich war er nicht glücklich, der arme Obernau, doch ich hätte ja ein ganz andres Wesen sein müssen, als ich war, um ihn zu beglücken. Das hatte ich dunkel geahnt, das hatte er, der mich nur mit den Augen der Sinne ansah, nicht glauben wollen. Er kannte von der Liebe nichts, als was die Sinnlichkeit ihm zuflüsterte, die mich empört, wenn ihr nicht die Seele ihren himmelblauen Mantel umgeschlagen – und so lebten wir, mit einander schauerlich verbunden, in einander schauerlich getrennt. O, ich habe viel gelitten! ich fühlte wohl das Drückende, das Pflichtlose unsers Verhältnisses. Wenn Obernau nicht da war, stellte ich mir seine guten Eigenschaften vor, und schob alle seine Fehler auf Rechnung der vernachlässigten Erziehung. Dann hing ich meine früheren Plane zu seiner Bildung und Erhebung daran, und nichts schien mir leichter, als mit einiger Kraft und einigem guten Willen ihn in eine andere Sphäre zu versetzen. Aber dann kam er, und sein erstes Wort: »Komm her, Ini, küsse mich« – war ganz hinreichend, um mir die grausige Ueberzeugung wieder aufzudrängen, welche nur momentan unterdrückt war, daß kein Mittel in meiner Macht stehe, um günstig auf ihn einzuwirken, weil ich ihn ja leider! leider! nicht liebte. Bisweilen kam er in tiefer Nacht heim, der Himmel mag wissen, aus was für Gesellschaft! Hatte der Wein seinen Kopf montirt, so überstieg seine Brutalität alle Vorstellung. Doch mitunter hatte er gespielt, und wie sich von selbst versteht, bedeutende Summen verloren – dann war er verdrießlich, müde und niedergeschlagen, dann verwünschte er seine Freunde, das wüste Leben mit ihnen, seine eigene Schwäche; – und dann war ich ihm wieder gut, so wie früher als Braut, und drang in ihn, den Abschied zu nehmen, mit mir zu reisen. Er ging ganz auf diesen Vorschlag ein: das dienstliche Verhältniß drückte ihn; die Kameradschaft langweilte ihn; er wollte mit mir reisen, sich aufhalten, wo es mir gefiele; ich sollte in Paris, in Rom malen, so viel ich Lust hätte – ich schlief ein mit der festen Zuversicht auf eine, wenigstens äußerliche Aenderung meines Schicksals, wo ich im Genuß der Reiseabwechselung und der Kunstausübung Zerstreuung und Freude finden würde. Aber ach! wenn Obernau nicht mehr müde und abgespannt war, so kamen ihm meine Vorschläge »romantisch« vor – ein Lieblingswort, daß er fast gegen jede meiner Aeußerungen anwendete – ihm gefiel nichts besser, als in Bamberg zwischen seinen Kameraden und guten Freunden fortzuleben, und ich mußte manchen plumpen Spott über meine Liebe zur Natur und Kunst anhören. Aeußerlich ertrug ich das mit kalter Verachtung; aber es grämte mich, daß Obernau nicht die geringste Theilnahme für mich empfand, und es erbitterte mich, das er dennoch es wagen konnte, von seiner Liebe zu mir zu sprechen und Erwiderung zu fordern, als sei sie sein Recht. Und ließen gar meine Schwägerinnen sich einfallen, denselben Ton anzustimmen, so wies ich sie herbe zurück, und sie rächten sich dafür, indem sie gegen ihren Bruder über meine Schroffheit wimmerten, und ihn endlos beklagten, an eine seelenlose Puppe sein schönes Herz zu verschwenden.

»Wie lange ich diese Existenz ertragen, welchen Act der Verzweiflung ich am Ende begangen haben würde – das weiß ich nicht mehr! wogende Nebelmassen liegen auf jenem Ehestandsjahr, und gern wende ich meinen Blick von ihnen ab, der lichten Erscheinung zu, welche meinem Schicksal eine versöhnende Wendung gab. Ich lernte Andlau kennen, und ich liebte ihn. Gott! ich Arme, ich Bedürftige, ich Hartverletzte – mit welcher unaussprechlichen Wonne, mit welcher lautlosen Ueberraschung sah ich aus dem alltäglichen, langweiligen Schwarm eine Gestalt auftauchen, bei der es mir wohl ward, bei der ich mich in meinem innersten Wesen geschützt und frei fühlte! Ein armes, kleines Fischlein, das im Eismeer geschwommen und gefroren, und sich an Eisschollen blutig gestoßen hat, und nun plötzlich in die lauen, sonnigen Wellen der Südsee versetzt wird, muß diese friedliche Seligkeit genießen. Es fiel mir gar nicht ein, daß meine Pflicht gegen Obernau im Geringsten verletzt werden könne durch dies Gefühl, für das ich keinen Namen wußte und wissen mochte. Ich nannte es nicht Liebe, denn bei dem Wort fiel mir meines Mannes Liebe ein, und ich mochte mein Gefühl nicht einmal durch den Gleichklang des Namens entadeln lassen. Aber ich liebte ihn! meine Seele blühte auf vor seinem Lächeln, meine Träume wurden wach vor seinem Blick, die Welt schlug für mich das Auge auf, wenn ich in das seine schaute – in dies ernste, denkende Auge, das forschend, prüfend, wägend auf den Gegenständen ruhte, und ihnen Werth und Bedeutung zu geben schien, je nachdem es nach der Prüfung mehr oder minder befriedigt war; und das bei mir allein die Forschung vergaß, um in heller Freude zu glänzen. Und wohl mir, daß er es vergaß! unentwickelt, kindisch, dumpf und befangen, wie ich damals war, hätte ich nimmermehr vor der Analyse des Verstandes bestehen können; aber er liebte mich und vergaß daher mich zu analysiren. Ich war ihm wie ein Meteor zwischen dem regelrechten Planetensystem der Gesellschaft. Unter andern Verhältnissen würd' ich mich vielleicht in derselben acclimatisirt haben; jetzt, aus Scheu ihr zu gleichen, blieb ich in meiner primitiven Natur, aufrichtig, stolz, *sauvage*, unabhängig, leidenschaftlich – eine Charactermischung, die man wol als eine Reaction des allgemeinen Gesellschafts-Characters betrachten darf, die aber nicht eben bestimmt sein mag, um einer Frau eine glückliche Zukunft in der Welt zu sichern. Ein gewöhnlicher Mann würde dies sehr bald zu seinem Vortheil benutzt haben: Andlau wurde dadurch gerührt. Er wollte meinem exotischen Wesen etwas von seiner phantastischen Glut nehmen, damit es besonnen in der kühlen Atmosphäre der Welt gedeihen könne – aber daran scheiterte seine Kraft, denn das tiefe Feuer, welches bis jetzt in meiner Brust geschlummert, weil kein Lufthauch es angefacht, brach nun mächtig hervor und verzehrte seinen Willen. Die Liebe brannte wie zwei Altarflammen in unsern Herzen. – – Was sagte die Welt dazu? O die Welt! tausend gemeine Verhältnisse duldete sie, und abertausend noch gemeinere begünstigt sie! aber wo eine starke Leidenschaft auftaucht, da schreit sie Zeter! die keusche, sittsame Welt. Herzen, die im Schlamm ersticken, sucht sie fein säuberlich abzuwaschen; Herzen, die in Glut verlodern, streut sie in alle vier Winde. Ich nahm keine Rücksicht darauf. Mein Leben hatte einen andern Polarstern, als das Urtheil der Menge, und ich sagte höchst unbefangen, wie glücklich ich mich fühle, endlich einen Mann gefunden zu haben, den ich achten könne, weil Pferde und Hunde, Wein und Karten ihm nicht als die höchsten Güter und wichtigsten Interessen des Lebens erschienen. Obernau spottete sehr oft über meine romantische Liebe zu Andlau, aber er suchte nicht sie zu stören, vielleicht weil er meiner überdrüssig war, vielleicht weil er mich nicht fähig hielt, eine mächtige Liebe zu erwiedern; wenigstens meinte er ganz ehrlich, ich müsse von Marmor und Erz sein, indem ich bei der seinigen ungerührt geblieben.

»In meinem jungen brausenden Kopf hatten schon Flucht und jede mögliche gewaltsame Trennung gegohren, da eine Scheidung bei uns Katholiken mit großen Schwierigkeiten zu kämpfen hat. Es gab Augenblicke, wo ich mir die Zuflucht eines Klosters wünschte, um nur dem Druck meiner unseligen Ehe zu entfliehen; denn die Liebe geht ihren Entwickelungsgang, und da mußte es mir bald unerträglich werden, daß mein Äußeres und mein inneres Wesen schauerlich zerspalten war durch mein Verhältniß zu diesen beiden Männern. Was Eins war – getrennt! was ewig Zwei blieb – verbunden! Das ist ein Rechenexempel, bei dessen Lösung das Gehirn wirbeln kann! – Nur frei sein; danach schmachtete ich, wie nach Wasser in der Wüste. Nur frei sein; das war das Angstgebet, welches ich zum Himmel emporschrie. Und Gott hörte mich. Wie ein Gefangener durch Erdbeben – so gewaltsam, so schauerlich wurde ich frei.

»Andlau war eines Tags bei mir, und eben so traurig und niedergeschlagen als ich, mochten wir nicht sprechen und auch nicht unsrer Melancholie uns hingeben. Wir setzten uns an das Piano und spielten. Die Musik machte mich weich, Thränen entstürzten meinen Augen und als er mich zärtlich umschlang, lehnte ich die Stirn an seine Wange und weinte zum Sterben! Da trat plötzlich Obernau mit seiner Schwester Crescenzie ein und rief mit knirschender Wuth: »Du hast Recht, Schwester!« Dann stürzte er in sein Zimmer, holte zwei geladene Pistolen, welche stets im Schranke hingen, und begehrte, Andlau solle sich auf der Stelle mit ihm schießen. Dieser verweigerte es kalt. Obernau wurde immer rasender; Andlau blieb ruhig, beschwor ihn mich zu schonen, kein Aufsehen zu machen, indessen ich wie eine Statue wort-, gedanken-, besinnungslos dastand, und nicht eher meine Fähigkeiten wiederfand, als bis ein Schuß fiel und Andlau zu meinen Füßen hinsank. Nun wußte ich, was ich zu thun hatte! ich ließ anspannen, ihn in seine Wohnung schaffen, Aerzte rufen, ich begleitete ihn. Keinen Augenblick verlor ich in Unentschlossenheit, Verzweiflung, Zaghaftigkeit. Keinen Augenblick wich ich von seiner Seite. Obernau, die ganze Welt, waren nicht mehr für mich da. Ich gehörte dem an, der für mich litt, unschuldig und qualvoll litt. Ich weiß nichts aus jener Zeit, als daß ich ein Paar Wochen Tag und Nacht vor seinem Schmerzenslager saß und um sein Leben flehte. Obernau begehrte, ich solle zu ihm kommen, bald bittend, bald drohend; seine Verwandten forderten dasselbe. Ich hatte nur eine Antwort: »Nie kehre ich in das Haus eines Mannes zurück, der sich und mich im Angesicht der ganzen Welt erniedrigt hat.« Unerschütterlich blieb ich dabei. Obernau wollte sich nicht scheiden lassen, sei es aus Haß oder aus Rache. Mir einerlei! ich ging mit Andlau nach Nizza, seine verwundete Brust brauchte mildere Luft. Zwei Jahr lang kämpften meine Liebe, Sorgfalt und Pflege ihn dem Tode ab. Zwei Jahr lang war ich in steter zitternder Angst um ihn. Doch mitten in dieser Angst war ich glückselig – bei ihm, für ihn lebend, nichts von der Welt wissend, wünschend, verlangend. Meine Tante war kurz vor der Katastrophe gestorben, und hatte mir, der Frau eines reichen Mannes, nur das Pflichttheil, meiner Schwester das ganze Vermögen hinterlassen. Von meinem kleinen Erbe lebte ich damals wie ich jetzt lebe, einfach, schlicht, unabhängig, aber damals unsäglich froh durch den mir so neuen Genuß der Freiheit. Meine Liebe war nicht erkauft, ward nicht bezahlt! ich fühlte mich weder gekränkt, noch erniedrigt, noch gedemüthigt! in meiner Freiheit fühlte ich mich auf derselben Stufe stehend mit dem Mann, den ich so unaussprechlich verehrte, während ich mich durch meine Abhängigkeit tief unter dem Mann gefühlt hatte, den ich nicht achtete. Als Andlau endlich genesen, machten wir eine Reise durch Italien. Wie ging mir das Leben auf im Doppellicht der Liebe und der Kunst! wie entwickelten sich meine Fähigkeiten! welcher Strom von vielseitigem Glück umrauschte mich, und wie froh, wie sicher, wie bewußt meines Glücks und meines Rechts daran stand ich im Nachen, und ließ ihn durch Andlau lenken!

»Da starb Obernau, und ich war frei mit meiner Hand zu schalten. Aber ein unermeßlicher Widerwille gegen die Ehe hatte sich zu fest in meine Brust genistet, als daß ich eine zweite hätte schließen mögen. Die zwei Jahre meiner Verheirathung hatten mich übersättigt mit bittern Empfindungen: der Gemahl war mir peinigend gewesen, seine Familie feindlich, die Welt gleißnerisch, ich mir selbst verächtlich; keinen Schutz hatte ich gefunden gegen die bitterste Demüthigung, keine Stütze für meine rathlose

Unerfahrenheit, keinen Trost für meine innere Zerfallenheit; zweifelnd an Gott, an den Menschen, an mir selbst, stand ich in grausiger Einsamkeit da, unbegnügt, unbefriedigt, tantalisch nach Hesperidenfrüchten schmachtend und, wenn mir eine in die Hand fiel, wenn meine Lippen sie berührten, augenblicklich den Sodomsapfel in ihnen erkennend. Bei Andlau – wie anders! stets war ich gehoben, nie herabgezogen; stets fühlte ich ein Vorwärtsschreiten, eine Entwickelung, keinen Stillstand, kein Zurückgehen, kein Versinken. Ich war glücklich, und fühlte mich durch dies Glück befähigt und stark gemacht, in dieser eigenthümlichen Weise es festzuhalten. Dies Glück und diese Weise ließen mich in meiner vollen Selbständigkeit und doch zugleich in der Sphäre des Weibes, welches seine Ausbildung und Befriedigung allein in der Liebe findet. Es war eine unendliche Gewißheit in mir, welche keines endlichen Symbols bedurfte, und eine endliche Fessel verschmähte. Vielleicht jedem andern Mann gegenüber würde diese Zuversicht eine ungeheure Thorheit sein: bei Andlau ist sie nur eine richtige Würdigung seines Charakters. Aber mir selbst gegenüber ist es die größte Thorheit gewesen, denn die unendliche Gewißheit wankt, und der Platz, der wie ein Fels unter meinen Füßen war, ist Triebsand geworden.«

»Darum, Faustine, mußt Du ihn verlassen,« sagte Mario ernst und ruhig, stand auf und nahm ihre Hand; »da, wo Du bisher gestanden, ist es nicht mehr sicher für Dich. Stütze Dich getrost auf meinen Arm, ich hebe Dich über alle Schwankungen hinweg. Ich danke Dir, daß Du mir Dein Schicksal enthüllt hast, und doppelt danke ich Dir, weil ich darin nichts sehe, was uns trennt.«

Faustine blickte ihn sprachlos an und fuhr mit der Hand über die Augen, wie um sich zu überzeugen, daß sie wache.

»Nichts! denn Du liebst mich, und Andlau – liebst Du nicht mehr; denn wenn Du ihn noch liebtest, so wäre Dein Auge nie anders, als mit dem gleichgültig freundlichen Blick auf mich gefallen, den Du für alle Welt hast –«

»Ja, siehst Du – das ist unmöglich!« rief sie.

»Nun, Faustine, ich liebe Dich: Du weißt es, ich habe es Dir gesagt und Du mußt es auch ohne Worte wissen; aber da ich es Dir gesagt habe, so will ich auch nicht von Dir lassen, denn Dich bindet nichts an einen Andern, sobald Dein Herz Dich nicht bindet, und Dich aufgeben, zurücktreten, von Nothwendigkeit der Selbstopferung reden – das thut nur eine matte Liebe, die sich nicht stark genug fühlt, für die Geliebte eine alte Welt aus ihrer Axe zu heben und eine neue hineinzulegen. Wer zu einer Frau spricht: ich liebe Dich! – und nach diesem Wort nicht bereit ist, mit ihr eines Weges zu gehen, und sollte der in die Hölle führen – freudig bereit ist, weil er die Zuversicht hat, die Hölle in Himmel verwandeln zu können durch Liebe – der ist feig, Faustine, und der Feigling ist keiner Liebe fähig. Ich bin nicht feig! ich habe den Muth, Dich mit Allem zu versöhnen, mit Vergangenheit und Zukunft, und mit jedem Verhältniß, das Dich bisher verwundet oder abgestoßen hat. Du wirst mein Weib, Faustine!«

»O dann bin ich aber von erbärmlicher Untreue!« sagte sie dumpf.

»Und was wärest Du, wenn Du zwischen zwei Männern stehen bliebest, beide verzaubertest, jedem halb, keinem ganz gehörtest? und was wärst Du, wenn Du mit einem gespaltenen Herzen zu demjenigen Dich zurückwendetest, den Du geliebt hast, und zu ihm sprächest: ich liebe einen Andern, aber Dir will ich treu sein? – Du liebst das Schöne, Gute und Hohe, wo Du es findest, Faustine: das macht Dich liebenswürdig; und Du bist zu sehr von der Gegenwart beherrscht, um Dich dauernd an eine Persönlichkeit zu fesseln, sobald Dir diese nicht ganz überwältigend entgegentritt: das macht Dich schwach. Ich will diese Schwäche nicht vertheidigen, weil Du mir Sophisterei vorwerfen, oder mich beschuldigen könntest, ich spräche für meinen eigenen Vortheil; aber glaube mir, wenn Du meine Schwester wärest, würd' ich Dir nichts Anderes sagen als: Untreue ist ein zerrissenes, halbes, schwankendes Wesen, ist Widerspruch in der Seele; mach' den zunicht durch eine scharfe Entscheidung, durch einen unwiderruflichen Schritt, und Du hast Dich frei gemacht, Dich ins Gleichgewicht gestellt, hast das Störende fallen lassen und das Fördernde ergriffen; wähle. Wähle, Faustine!« rief Mario, und die ruhige Gelassenheit, mit der er bisher gesprochen, ging in die bewegteste Leidenschaftlichkeit über; »wähle! jetzt, gleich, auf der Stelle! in einer halben Stunde verlasse ich dies Zimmer, und es hängt von Dir ab, ob ich es je wieder betreten werde, oder nicht. Denn so, wie es bisher zwischen uns gewesen, kann es jetzt, nachdem das Liebeswort gesprochen ward, nicht mehr bleiben –«

»O warum nicht?« unterbrach Faustine; »Sie sind stark, Mengen, Sie können Alles!«

»Alles Menschliche, Faustine, nichts Uebermenschliches! ich liebe Dich! die Liebe will Eins sein mit dem geliebten Gegenstand. In Deiner Nähe bleiben, unter dem Zauber Deiner Holdseligkeit, und diesen Wunsch nicht mit jedem Athemzug, wie die Luft die mich umgiebt, begierig einzusaugen – dazu reicht meine Stärke nicht hin. Hast Du aber die Ueberzeugung, daß Deine Verbindung mit Andlau Dir und ihm noch die frühere Befriedigung gewähren könne, so scheide ich jetzt auf immer von Dir; das kann ich allerdings. Doch meine Liebe zu Dir endet darum nicht! so lange mein Herz schlägt, schlägt es für Dich! so lange meine Augen offen stehen, wachen sie über Dich! so lange ein Blutstropfen in meinen Adern fließt, gehört er Dir! so lange ich auf dem Wege fortgehe, den ich seit meiner Kindheit gewählt, durch meine Jugend fortgeführt habe, und mit dem ich als Mann gleichsam verschmolzen bin – folge ich Dir! Du gehörst zu meiner innersten Wesenheit, Faustine, denn durch Dich ist mir das Verständniß der Liebe geworden. Und Du solltest mich nicht genug lieben, um nicht ganz mir gehören zu wollen? o das werd' ich nimmer glauben. Und wenn Du

Nein sprichst mit Worten und Nein durch die That – dennoch werd' ich Dir nicht glauben!«

»Da hast Du Recht, Mario!« rief sie.

»Jetzt hast Du entschieden, Faustine: Du willst mir gehören. O Engel, habe Dank! Du liebst mich!« – Marios Stimme zitterte und sein Auge war feucht, als er so sprach; von seinen Zügen war jede Spur des Selbstbewußtseins weggeschmolzen, welches ihm sonst etwas so Kühles, so Verpanzertes gab, daß man leicht glauben durfte, sein Herz bleibe unangefochten hinter der eisernen Brustwehr. Faustine sah ihn an; Freude und Wehmuth, Wonne und Schmerz wogten in ihrem Busen; sie erkannte, daß sein Glück in ihrer Hand lag: der Augenblick beherrschte sie, die Gegenwart siegte; sie vergaß die Vergangenheit und dachte nicht an die Zukunft. Sie sagte nichts, aber sie nahm seine Hände, faltete sie und legte sie um ihren Hals, wie ein Joch. Dann fragte sie:

»Hast Du verstanden, Mario?«

Aber Mario antwortete nicht, und Faustine sah sich zum ersten Mal dem Ausbruch einer Leidenschaft gegenüber, neben welcher die eigne Glut ihr blaß und kalt erschien.

»Kann Dich denn wirklich die Liebe beseligen?« fragte sie.

»Die Deine kann es, Faustine!« entgegnete Mario, »und jetzt begehr' ich den Beweis dieser Liebe.«

Sie schlug die erstaunten Augen groß zu ihm auf, als er sie bei der Hand nahm und aus dem Salon nach ihrem Zimmer führte. Da, vor ihrem Schreibtisch, ließ er sie los und sagte bittend:

»Jetzt schreibe, Faustine.«

»O Gott,« ächzte sie und sank in den Lehnstuhl, »ich kann nicht!«

»So muß ich es thun!« sagte Mario gelassen.

»Bist Du wahnsinnig?« rief sie außer sich; »nein! keine andre Hand, als die meine, soll ihm den Dolch ins Herz stoßen; denn das thue ich, das weiß ich!«

»Ja,« sagte Mario, »ihm oder mir.«

Faustinens Zähne schlugen krampfhaft zusammen und ihre Hände waren eiskalt. Mario fuhr fort:

»Die halbe Stunde ist sogleich verronnen, Faustine! schreibe! Du mußt Dich entschließen. Nach dem Entschluß hört die Qual auf. Das Unwiderrufliche überströmt die Schwankungen so beruhigend, wie Oel die tobenden Wellen. Ich will ja nicht Deinen Willen beherrschen; ich will ja nur, daß Du ihn aussprechen sollst. Schreibe, Faustine.«

Sie war ganz von ihm beherrscht. Seine Bestimmtheit, die sich um seine Leidenschaft legte, wie ein Schild vor eine nackte Brust, beschämte sie, die Schwankende.

»Ja,« sagte sie, »Du bist zuversichtlich, weil Du ganz göttlich-zuverlässig bist. Aber ich – darf ich mich auf mich selbst verlassen?«

»So verlasse Dich auf mich, Faustine, und schreibe! Sieh, Du kannst ja nichts Anderes thun. Gesetzt, Du stießest mir den Dolch ins Herz – was wolltest Du hinterher
beginnen? gegen Andlau schweigen? das ist Dir unmöglich! überdies würd' er errathen,
daß Du nicht die Alte bist, und fragt er, wie willst Du leugnen, lügen können! – Oder
Du sagst ihm, was Dir begegnet ist: glaubst Du, daß er im Stande sein wird, es zu ver-
schmerzen? Wenn's eine Laune von Deiner Seite gewesen wäre – wenn Du in einem
müßigen Augenblick Gefallen an mir gefunden und Dich neckend und lieblich mit
mir amüsirt hättest – ja, darüber könnte er lächeln und sich trösten. Kann er das jetzt,
Faustine?«

»Nimmermehr,« sagte sie, und nahm entschlossen die Feder. Sie schrieb:

»Anastas, Dein letztes Wort beim Abschied ist Wahrheit worden: ich habe Dich
vergessen. Nein! nicht Dich, aber mich. Ich meine, ich hab' vergessen, daß ich nur in
Dir leben konnte oder wollte. Wir dürfen uns nie wiedersehen, Anastas. Mit dieser
Entscheidung ruinire ich Dein Leben! darum wag' ich auch nicht, Dich um Vergebung
zu bitten. Du wirst am Besten wissen, wie Du zu denken hast an Faustine.«

Ihre Schrift war unkenntlich, keine Spur der sonst so sichern, leichten Hand. Mario
couvertirte das Blatt. Dann sagte er:

»Nun die Adresse, Faustine.«

»Jetzt mach' ich ein Todesurtheil fertig« – murmelte sie, und adressirte nach
Nürnberg; denn so hatte Andlau es in seinem letzten Brief bestimmt.

Mario siegelte den Brief mit Faustinens Siegel und steckte ihn zu sich, indem er
sagte:

»Morgen früh werd' ich, bei der Post vorbeifahrend, ihn selbst abgeben.«

Dies Alles hatte er gelassen und leidenschaftlos gesagt und gethan. In seinen Augen
war eine andre Handlungsweise unmöglich für Faustine; sie hatte ihren Willen erkannt
und ausgesprochen, sie mußte ihn thun. Nun aber überstürzte ihn die Fülle des seligsten
Bewußtseins wie eine Jubel-Symphonie. Er sank vor Faustine nieder, umschlang sie
mit beiden Armen und wiederholte immer, als ob er sich mit dem Wort vertraut machen
müsse:

»Du liebst mich, Faustine! o, Du liebst mich.«

»Das muß wol wahr sein,« sagte sie finster, und ließ die Hände sinken, mit denen
sie bisher das Antlitz bedeckt hielt. Kaum sah sie aber in Marios Augen, so entzündete
sich auch in den ihren ein helles Freudenlicht, sie war wieder die glühende, funkelnde
Schönheit, wieder das liebedürstige Weib. Sie nahm seinen Kopf in ihre Hände und
fragte mit jenem Uebermuth, den die Liebe so graziös auszusprechen weiß:

»Du bist aber wol nicht glücklich, Mario?«

»Nicht ganz, Faustine!«

»O, Sie sind nicht glücklich?« sagte sie traurig, und ihre Hände sanken wie gelähmt herab; »dann hab' ich gewiß unrecht gethan.«

Mario stand auf und sah sich im Zimmer um, indem er sagte:

»Als ich Dich in jener Ballnacht heimführte und den tollen Clemens hier fand – als ich dort auf der Schwelle stehen blieb und nicht dies Gemach betreten durfte – ja, damals ahnte ich kaum, welch Glück mir heute beschieden werden sollte! Aber ganz glücklich kann ich erst dann sein, wenn Du ganz mir angehörst, und darum flehe ich Dich an, Faustine, reise morgen mit mir zu meinen Eltern und laß den Vermählungstag meiner Schwester auch den unsern sein.«

»Ach, ich soll Dich heirathen?« rief sie ängstlich.

»Wie dann nicht?« fragte er stolz. »Meinst Du, ich würd' es mir gefallen lassen, daß die Frau, der ich mein Leben weihe, meinen Namen zu tragen verschmähte? meinst Du, ich könnte mich zufrieden geben in einem schiefen, aller Mißdeutung fähigen Verhältniß, wenn dieses durch nichts motivirt wird, als durch die Laune der Frau? – Wie soll ich sie schützen, wenn sie nicht öffentlich freiwillig unter meinen Schutz getreten ist? wie sie ehren, wenn sie mir nicht die Auszeichnung schenkt, die mich dazu befähigt, indem sie mich von der Menge trennt? – Tausende können Dir huldigen, Einzelne können Dich lieben, Dein Gatte kann Dich schützen und ehren – er allein so, wie es Dir gebührt.«

Vor einer Stunde ungefähr hatte Faustine ihren vollen Widerwillen gegen die Ehe ausgesprochen; allein Mario dominirte sie dermaßen und rüttelte mit so kräftiger Hand an ihren bisherigen Ueberzeugungen, indem er seine entgegengesetzten leidenschaftlos aussprach, daß sie sich unfähig zum Widerstand fühlte. Sie sagte nur:

»Und er soll dein Herr sein – steht in der Bibel. Wohlan, Mario, ich werde Dich heirathen.«

Er hob sie auf und an sein Herz. »Komm!« rief er.

Sie nahm ihre letzte Kraft zusammen und sagte: »Nein! geh zu Deinen Eltern, sie wissen ja nichts von mir, nichts von uns, Mario! erzähl' ihnen doch erst, daß wir uns lieben! frag' sie doch erst, ob ich ihnen willkommen bin! In acht oder vierzehn Tagen bringst Du mir einen Gruß von ihnen – der wird mir Muth und Zuversicht geben. Jetzt geh, Mario!«

»Aber in diesen acht oder vierzehn Tagen wirst Du gewaltige Erschütterungen und wilde Aufregungen zu bestehen haben – fürcht' ich –«

»Du meinst, ich könnte wol auch von Dir abfallen?« fragte sie mit trübem Lächeln.

»Nein! aber in Gram Dich versenken –«

»Ich werde denken, daß Du glücklich bist,« unterbrach sie ihn, »und dann muß der Gram weichen; denn in meiner Seele ist nichts so stark, als der Gedanke an Dich.«

Sie war aufs Aeußerste erschöpft und kaum im Stande, sich aufrecht zu halten; ihre Wangen brannten und ihre Hände waren eisig. Mario sah es, doch konnte er sich schwer zum Abschied entschließen. Er rief:

»Was kann nicht Alles geschehen in vierzehn Tagen! ich lasse die Hochzeit fahren und bleibe hier!«

Aber Faustine beharrte darauf, daß er ihr von den Eltern ein Liebeszeichen bringe. Als der Morgen graute, ging Mario. Faustine sank in einen eisernen Schlaf. Er hatte die Pferde mit Sonnenaufgang bestellt; aber längst war die Sonne aufgegangen und der Wagen gepackt und angespannt – er konnte sich nicht zur Abfahrt entschließen; ihm war, als drohe Faustinen Gefahr. Wer kann ihr ein Leid zufügen oder ihr weh thun? fragte er sich unaufhörlich; Andlau etwa? aber der thut es nicht! – Endlich sprang er in den Wagen und ließ bei Faustinen vorfahren. Es war acht Uhr, sie konnte aufgestanden sein. Er eilte hinauf und fragte. Die Kammerjungfer antwortete, die Gräfin schlafe wol noch, denn sie sei erst um fünf Uhr zu Bett gegangen. Mario bat sie zuzusehen, ob die Gräfin nicht vielleicht schon wach sei, und als das Mädchen etwas befremdet seinen Wunsch erfüllte, und in Faustinens Zimmer ging, folgte er ihr auf dem Fuße nach. Das ganze Zimmer glänzte in blutrothem Licht; die Vorhänge von Fenster, Alkoven und Bett fingen den feurigen Strahl der Aprilsonne auf, ihr Widerschein überrieselte alle Gegenstände und stach grell in Marios Augen. Unheimlich berührte ihn diese brennende Farbe in dem stillen Zimmer, noch unheimlicher Faustinens leichenhafte Blässe. Sie schlief. Er trat an ihr Lager und betrachtete einen Augenblick mit ängstlicher Sorgfalt dies schöne, zarte Gesicht, welches, wie eine Blume, noch die Spuren des nächtlichen Sturmes verrieth – so abgespannt waren ihre Züge. Dann bog er sich zu ihr nieder und küßte ihre Stirn.

»Anastas?« fragte sie halberwacht und lächelte.

»Du träumst also nicht von mir?« fragte Mario traurig.

»Ich träume nie,« rief sie und richtete sich rasch auf; »oder träum' ich jetzt? weshalb bist Du noch hier?«

»Weil ich Sorge um Deine Einsamkeit habe, mein Engel! Komm mit mir! mein Wagen steht unten bereit. Ich bin furchtsam für Dich .... um Dich.«

Er war neben ihr niedergekniet. Sie legte den Arm um seinen Hals, den Kopf an seine Brust und sagte:

»O laß mich, Herz, ich bin todtmüde, ich muß schlafen .... so schlafen.«

Lange hielt er sie in seinen Armen; sie schlief nicht, aber sie schien betäubt, sprach nicht, und drückte ihn nur zuweilen ganz leise an sich. Er schwieg auch und sann nach, ob diese Ermattung körperlich oder seelisch sei. Sind die Nerven schwach oder ist's das Herz? schwach bist Du, mein armer Engel! – Der Wunsch sie mitzunehmen, sogar gegen ihren Willen, stieg immer mächtiger in ihm auf; da ließ er sie zurück aufs Lager sinken, nahm mit inbrünstiger Zärtlichkeit von ihr Abschied, und eilte hinab. Als er fort war, murmelte Faustine:

»Wär' ich doch mit ihm gegangen.« Ein Chaos wogte in ihr. Die Elemente, aus denen ihre neue Erde sich gestalten sollte, hatten sich noch nicht aus der Gährung ausgeschieden.

Andlau empfing Faustinens Frief in Nürnberg. Er las ihn, ohne ihn zu verstehen, einige Male. Endlich verstand er das: »Wir können uns nie wiedersehen.« – Ihm war, als würd' es Nacht am hellen Mittag. »Pferde! geschwind! fort nach Böhmen!« rief er. Er wollte nur fort; wohin, war ihm ganz gleichgültig; fort! fort! was die Pferde laufen konnten. Beim Pferdewechsel sagte er gewöhnlich nur: »Vorwärts! immer die große Straße.« Zuweilen trat ein Postbeamter an den Wagen und nannte fragend die nächste Station; dann bejahete er schweigend. So fuhr er wie ein Todter durch den lieblichen leuchtenden Frühling, durch Prag, durch Breslau. Er wußte nicht, wo er war. Da kam er in eine alte, große, düstere Stadt; Finsterniß schien auf ihr zu brüten, eine große Vergangenheit, eine trübe Gegenwart. Die mächtigen Häuser mit starken Böschungen glichen Grabmälern oder Festungen des Todes.

»Halt!« rief Andlau. Die Stadt gefiel ihm: es war Crakau. Er ging in die Kathedrale und stieg hinab zu den Gräbern der alten polnischen Könige. Er lehnte sich an einen Sarg; die Geierkralle wahnsinnigen Schmerzes, welche bis dahin seinen Busen krampfig umspannte, löste sich in der Nähe des ewigen Friedens; zwei große Thränen fielen schwer aus seinen Augen auf den Staub der Todten, auf den Staub seines Glücks. Sein Führer, ein eisgrauer Pole, fragte ihn auf polnisch um die Ursache seiner Trauer. Andlau verstand ihn nicht, schüttelte das Haupt und blickte zum Himmel. Da ergriff der Greis Andlaus Hand, folgte jenem Blick, und sprach mit einer Thräne im erloschenen Auge:

Finis Poloniae!« – So standen sie bei einander, der Mann und der Greis, das Leben und der Tod, Jeder von fremdem Volk, Jeder der Sprache des Andern unkundig, Jeder mit seinem eigenen einsamen Schmerz in der Brust; und doch Beide verbunden durch das eine allgemeine, allbeherrschende Gefühl: tiefe, unsägliche, untröstbare Trauer.

Andlau schrieb aus Crakau an Faustine:

»Kein Wort Dir von Frage, Vorwurf oder Klage! Werde glücklich, wenn es Dir möglich ist; vergiß mich, denn das ist die Hauptbedingung zu Deinem künftigen Glück. Vergiß Deine ganze Vergangenheit! Deinem Leichtsinn wird das nicht schwer fallen – und lebe wohl.«

Er blieb vor der Hand in Crakau; ohne Faustine war ihm jeder Ort in der Welt gleichgültig; bei ihr – gehörte ihm die Welt mit ihrer Herrlichkeit, die Kunst mit ihren Wundern, die Natur mit ihren Schätzen. Sie sah die Steine an und erzählte ihm deren

Geschichte! die Jahrhunderte standen vor ihr auf wie vor einer Magierin und sie ließ in einer Kette von Ereignissen den goldnen Faden an ihm vorbeilaufen, an welchem die Vorsehung die Menschengeschlechter lenkt! die Ruinen erhoben sich vor ihr aus dem Schutt und sie stellte ihm den Gedanken der Erbauer hin! die stummen Bilder regten die Lippen vor ihr und vertrauten ihr die Bedeutung, welche der Maler seinen Heiligen, der Bildhauer seinen Göttern gegeben! die Natur redete zu ihr mit Stimmen der Elemente! wäre sie allein in der todten Schöpfung gewesen, sie würde dem Felsen Seele eingehaucht haben; solch ein überquellendes Leben war in ihr, so wußte sie es auf Alles zu übertragen, was sie umgab. Andlau kam sich vor wie ein Eingekerkerter zwischen schwarzen, stummen, kalten Mauern. Zuweilen überfiel ihn nagende Angst um Faustinens ihm so ganz unbekanntes Schicksal. Er las ihre Briefe nach; sie waren in der letzten Zeit unruhig, hastig geworden. Er suchte einen Namen, der ihm Aufschluß geben möge, aber sie nannte nur obenhin einige fremde Namen, unter denen auch Marios war. Wie elend kann sie werden! sprach Andlau zu sich selbst. Die Qual um ihre Zukunft zernagte ihn mehr, als der Blick auf die seine. Er gehörte zu den Männern, von denen Mario einst zu Faustinen sagte: wenn der Faden ihres Geschickes reißt, so knüpfen sie keinen neuen an. Andlaus alte Welt war untergegangen – er suchte keine neue; er blieb auf den Trümmern wie ein Priester auf denen seines zerstörten Tempels. Der Palast seines Glückes war in Schutt zerfallen; nach einer Hütte sah er sich nicht um. Zuweilen auch packte ihn der Ingrimm über Faustinens Schwäche, die sie unfähig machte, einem lebhaften Eindruck mit Besonnenheit entgegenzutreten. Wird sie ewig Kind bleiben? rief er zornig; will ihr Wesen denn immer Blüten und nimmer Frucht tragen? – Dann, mitten in der Trostlosigkeit, kam ihm der Gedanke: weil unzuverlässig, sei sie auch unberechenbar, und vielleicht noch zu herrlicher Entwickelung bestimmt. Nur wollte dieser Gedanke nicht in ihm haften. Faustine hatte seine Existenz zerbrochen: das Natürliche schien ihm, sie müsse auch die ihre zu Grunde gerichtet haben.

Nachdem Faustine seinen Brief empfangen, ward sie ruhiger. Bis dahin lebte sie in unaussprechlicher Bangigkeit. Nun wußte sie, daß sie für immer unwiderruflich von dem Mann getrennt war, den sie ihre irdische Vorsehung genannt, und der Throne und Triumphe ausgeschlagen haben würde, hätte er sie nicht mit ihr theilen dürfen. Und nicht etwa im brausenden Rausch der ersten Seligkeit hätte er das gethan. Nein! noch jetzt, nach sieben Jahren, kniete er vor ihr mit derselben Andacht, Huldigung und Freude, die er ihr bei der ersten Begegnung dargebracht. Die volle Frische der Empfindung lag noch wie Morgenthau auf seiner Liebe; als ein Kleinod trug er sie im Herzen. Nicht aus Pflichtgefühl, nicht als Mann von Ehre betrachtete er Faustine, als ein Wesen, daß ihm für die ganze Zukunft anvertraut sei; nicht aus Rücksicht für ihre Verlassenheit und Hülflosigkeit hielt er sich untrennbar an sie gefesselt; was ihn tiefer rührte und inniger band, war ihre großartige, einfache Natur, die, Alles wegwerfend oder verschmähend oder nicht bedürfend, was nicht Liebe war, sich in die als in ihr alleinzigstes Gewand hüllte. Er liebte sie, mirakelmäßig, nicht mitleidig, sondern bewundernd. Ach, die meisten Frauen preisen ihr Schicksal, wenn nach so vielen Jahren, in denen die frische Schönheit, der Reiz des Besitzes, die Neuheit des Glücks entflohen sind – die Männer noch aus alter Gewohnheit, aus Dankbarkeit für süße Erinnerungen, zuweilen mitleidig einen Strahl der alten erlöschenden Liebessonne aufleuchten lassen; und Faustine, für die, wie durch ein Wunder, diese Sonne im Zenith steht, Faustine schaut nach einem andern Gestirn.

Aber sie that es. Alles dies sagte sie sich tausend Mal, wiederholte und prägte fest sich ein, was Alles sie mit Andlau aufgab, aber – sie gab ihn auf. Es giebt keinen Stillstand für mich, dachte sie, rastlos muß ich vorwärts – und ist das nicht eins und dasselbe mit aufwärts? – Sie kehrte zu ihren alten Gewohnheiten, zur Malerei, zur Gesellschaft zurück. Ihre Freunde fanden sie nicht so frei, leicht und heiter wie sonst. Man war gespannt, ob sie sich wieder ins alte Geleise zurückfinden werde. Clemens ging häufiger denn je bei ihr aus und ein, und nahm immer mehr die Allüren eines unentbehrlichen Freundes an. Sie wehrte ihm nicht, denn bei hundert Dingen war er ihr bequem und bei tausend – gleichgültig. Er wünschte glühend, ihr Alles zu ersetzen, jede Lücke auszufüllen, dann – wähnte er – bliebe ihr nichts übrig, als seine Liebe zu erwidern. Faustine sprach weder von Andlau noch von Mengen: daraus folgerte Clemens, sie sei auf gutem Wege, Beide zu vergessen. Wenn man meint, Clemens sei verrückt, so mein' ich, eine Liebe ohne Erwiderung sei allerdings eine Verrückung: nur auf der Gegenseitigkeit beruht ihre Wahrheit.

Mario schrieb fast täglich. Seine hohe Sicherheit erquickte Faustine. Hätte er ihr gesagt, er müsse ihr den Weg zum Orion bereiten, so würde sie sich darauf verlassen haben. Die hülflose Einsamkeit, in der sie auf der Welt stand, machte ihr diese Zuversicht zum Bedürfniß. Der edle Mann schützt so gern, dachte sie, und wer bedarf mehr des Schutzes als ich? – Marios Eltern waren nicht erfreut über den Entschluß des Sohnes.

»Das ärmste Mädchen, nur unbescholten, wäre mir eine liebere Tochter,« sagte Gräfin Mengen; und der Vater sprach:

»Nach Deiner Beschreibung muß sie eine Circe sein! Hast Du Dich fangen lassen, mein armer Mario?«

Mario lächelte. Der absichtlosen, nachlässigen Faustine wär' eine planmäßige Eroberung unmöglich gewesen. Seine Schwestern warfen sich entzückt in seine Arme, als sie seine Verlobung erfuhren.

»Welch ein unbegreifliches Glück für Dich, Mario!« rief Matilde, und Marie flog zu Cunigunden, um ihr diese Jubelbotschaft mitzutheilen. Dann mußte Cunigunde kommen, und den Eltern all das Gute und Schöne von Faustine erzählen, was sie den beiden Schwestern erzählt hatte, und Mario war gerührt von der tiefen Freudigkeit, mit der sie es that.

»Sie hat mich getröstet, gestärkt und erhoben, als Alle mich niederbeugten; sie hat mir zugelächelt, als Niemand von mir wissen mogte, und in dem entscheidenden Moment, wo thätige Hülfe mir noth that, hab' ich sie bei ihr gefunden.«

Weit mehr noch erzählte Cunigunde von Faustinens Schönheit, Anmuth und Talenten, und sagte zuletzt:

»Ich bin einmal darüber ausgelacht worden, dennoch muß ich sie stets mit dem »Mädchen aus der Fremde« vergleichen; ich kenne sonst Niemand, der ihr ähnlich wäre, oder der mich an sie erinnerte.«

»Ach Gott,« seufzte Gräfin Mengen, »wie soll ein so extraordinäres Geschöpf in den Familienkreis passen?«

»Wie die Sonne in die Welt, gute Mutter,« sagte Mario.

»Mario ist aber einmal verliebt! .... ganz erschrecklich verliebt!« flüsterte Marie heimlich Matilden zu.

»Liebt Dich Faustine in demselben Maße, wie Du sie liebst?« fragte ihn der Vater.

»Die Liebe läßt sich nicht messen und wägen,« antwortete Mario lächelnd, »und bei Niemand weniger, als bei Faustinen. Ihre Liebe fliegt.«

»Und fliegt davon, mein Sohn!« warf die Mutter ein; »solche Frauen – genial, ungewöhnlich, über dem Alltäglichen, und wie man sie nennen mag! haben so selten die Klarheit, Ruhe, Gewissenhaftigkeit und Pflichttreue, mit denen man einzig und allein glücklich sein und machen kann.«

»Vor drei Monaten, liebe Mutter, hab' ich mir und Faustinen selbst das Alles gesagt. Aber ich liebe sie – und wie sie nun einmal ist, so beglückt sie mich.«

»Und so soll sie uns willkommen sein!« sagte der alte Mengen, und gab dem Sohn die Hand. Mario küßte sie und rief:

»Ich wußt' es, Vater!«

Faustine saß vor der Staffelei und that die letzten Pinselstriche an einem meisterhaften Gemälde. Es war dasjenige, welches sie sich einst in Mainz ausgedacht hatte: ein junger Mann ging an einem Fenster vorüber, hinter dessen Gitter ein Mädchen saß, die Katze, die Kapuzinerkresse, die Arbeit – nichts fehlte. Mario sollte kommen; sie wollte ihn mit diesem Bilde erfreuen, denn eifrige Arbeit – das wußte er – war stets ein krampfstillendes Mittel für sie.

Clemens trat ins Cabinet und hinter ihren Stuhl. »Das Bild würde mir außerordentlich gefallen,« sprach er, »wenn der Mann nicht dem Graf Mengen ähnlich wäre.«

»Graf Mengen hat ein so frappantes Gesicht, daß ein Malerauge es gern auffaßt und darstellt.«

»Ich will es nicht leugnen! nur paßt es nicht in diese gothische Umgebung; – er sieht ganz tatarisch aus.«

»Tatarisch! Clemens! Sie haben wirklich kein Urtheil.«

»Und Sie ein Vorurtheil.«

Faustine zuckte schweigend die Achseln. Nach einer Pause fragte sie:

»Werden Sie denn nie nach Oberwalldorf heimkehren, Clemens?«

»Bin ich Ihnen lästig?« fragte er bitter.

»Zuweilen – durch Ihre bizarren Launen – ja.«

»Sie waren in Prag, nicht wahr, da oben auf dem Wisserad über der Moldau, wo man das Badezimmer der Libussa zeigt?«

»Ja, ja! aber ich sprach von Oberwalldorf.«

»Wissen Sie, was in jenem Badezimmer geschah?«

»O ja! die Königin Libussa, stolz auf ihre Unabhängigkeit, wollte keinen Mann Einfluß über sich gewinnen lassen, und, wenn auch aller Schwäche des Weibes unterliegend, nie schwach erscheinen und immer frei bleiben. Deshalb ließ sie die Männer, denen sie eine momentane Gunst geschenkt, aus jenem Gemach in die Moldau stürzen.«

»Sie sind die Königin Libussa im modernen Gewande, ohne die wilde Sinnlichkeit, ohne die blutige Grausamkeit. Hört eine Persönlichkeit irgendwie auf Ihnen homogen zu sein, und hätte sie Ihnen das Innerste des Lebens dargebracht – Sie lassen sie in die Moldau stürzen.«

Bitterer Schmerz durchbebte Faustine; sie gedachte Andlaus und rief:

»Das ist wirklich nicht ganz unwahr.«

»Aber ich lasse mich weder in die Moldau noch nach Oberwalldorf schleudern,« fuhr Clemens aufgeregt fort.

»O, Sie!« sagte Faustine und sah ihn verwundert an, »für Sie bin ich nicht die Königin Libussa gewesen. Ihnen hab' ich keine Liebesverheißung gegeben –«

»Vielleicht auch Andern,« unterbrach Clemens sie gereizt, »aber mir gewiß! Sie haben mich in Ihr Leben aufgenommen! wenn eine Frau wie Sie das thut, so ist es eine Liebesverheißung, denn Sie müssen fühlen, daß dem, der in Ihrer Nähe lebt, Ihre Liebe eine Bedingung der Existenz wird, oder haben Sie das etwa nicht gewußt bei mir?«

»Ich habe Sie um mich geduldet, weil ich keinen andern Weg offen sah, um Sie zur Erkenntniß über mich zu bringen. Ich hatte Wohlwollen für Sie, ich habe Mitleid mit Ihnen –«

»Ah, Du hast Mitleid mit mir!« rief Clemens, warf sich vor ihr nieder, und umschlang stürmisch ihre Knie.

»Ich hatte Mitleid mit Ihnen, muß ich sagen,« rief Faustine ungeduldig, und stand lebhaft auf; »allmälig geht es über in Widerwillen, und nicht durch meine Schuld! Ich begreife Sie nicht, Clemens! wenn mir ein einziges Mal gesagt oder gezeigt würde, daß man mich nicht liebt, so würde ich eher sterben, als mich einer zweiten Abweisung aussetzen.«

»Es ist hart zu sterben, wenn man liebt!« sagte er finster.

»Aber wer spricht denn vom Sterben? Sie sollen ja leben, froher, glücklicher als bisher. Nur ein klein wenig Vernunft, guter Clemens –«

»Bravissimo, Gräfin Faustine! wenn Sie die Vernunft predigen, so mag ich es wol noch zu einer recht freudenreichen Existenz bringen!« rief Clemens und lachte grimmig. »Doch einstweilen, bis es so weit kommt, schwimme ich auf dem Meere des Lebens an das dünne Brettchen der einzigen Hoffnung geklammert, Du werdest mir, wie Leukothea dem Geliebten, dem gefährlich Schiffenden, die rettende Binde zuwerfen – dereinst, Faustine, nicht wahr, dereinst? ich will warten, warten .... o bis in die Ewigkeit hinein, aber ich will und muß darauf hoffen dürfen – sonst .... lasse ich mich sterben.«

»Thun Sie, was Sie wollen – nur hoffen Sie nichts von mir, Clemens« – sprach sie sehr bestimmt.

»Weder für Gegenwart noch Zukunft?«

»Weder für Gegenwart noch Zukunft – so wahr ich Faustine bin.«

»Gut, gut!« sagte Clemens; eine fürchterliche Zerstörung glitt über sein Gesicht. Sie sah es nicht, denn sie hatte sich wieder an die Staffelei gesetzt. »Eine Gnade!« fuhr er fort; »sagen Sie mir, wem gehört Ihre Zukunft?«

»Mir – und Gott!« antwortete sie fest.

»Sie zwingen mich, die Frage anders zu stellen,« sagte er gelassen; »wem gehören Sie in Zukunft?«

»Sie nehmen sich das dreiste Recht einer Frage, die ich nicht Lust habe zu beantworten,« entgegnete sie kalt.

»Mein Gott, einem Freunde, der für immer scheidet, kann man doch wol diesen Beweis von Zutrauen geben,« sprach er sanft.

»Ah, Sie gehen?« rief Faustine freudig.

»Ja, ich gehe, Faustine!«

»Und wann? und wohin?«

»Wohin? das weiß ich nicht; aber wann? morgen .... gewiß morgen.«

Faustine athmete erleichtert auf; morgen sollte Mario kommen, also traf Clemens nicht mehr mit ihm zusammen.

»Sind Sie mit mir zufrieden?« fragte er.

Sie gab ihm schweigend die Hand. Zwischen Vorwurf und Trauer sprach er:

»Sie geben mir die Hand zum ersten Mal, seit wir uns kennen!«

»Es soll nicht zum letzten Mal sein« – erwiderte sie freundlich.

»Wer weiß, Gräfin! es kommt immer anders als man meint! darum sein Sie gnädig und beantworten Sie mir die Frage, die ich vorhin wagte – wenn sie auch allzudreist

ist. Bedenken Sie – es ist die letzte .... ich gehe ja morgen! und ist's für Andre ein Geheimniß, so verlassen Sie sich auf mein ewiges Schweigen.«

Sein feierlicher Ernst in Blick und Ton stimmte auch Faustine ernst. Sie sagte nichts; aber sie legte den Finger auf Marios Portrait im Gemälde. Clemens verstand sie. Er stützte sich auf ihren Stuhl und die Lehne blieb in seiner Hand. Entsetzt blickte sie ihn an und rief angstvoll:

»Gehen Sie, Clemens! um Gottes Barmherzigkeit willen verlassen Sie mich – ich fürchte mich vor Ihnen, Sie sehen aus, als bebrüteten Sie eine Unthat.«

Er fuhr mit der Hand übers Gesicht: »Eine Unthat? o nein, Gräfin! nur eine That!« – Dann nahm er den Hut und sagte: »Ich werde noch Abschied von Ihnen nehmen.« Damit ging er.

In Faustine hatte sich die Angst festgesetzt, Clemens könne Marios Leben wollen; das ihre oder sein eigenes – daran dachte sie nicht; nur an Mario. In namenloser Unruhe ging sie in den Zimmern umher, denn sie konnte nicht mehr den Pinsel halten, alle Nerven zitterten. Bald griff sie im Vorüberstreifen ein paar Akkorde auf dem Flügel, bald trat sie an den Bücherschrank, um Lektüre zu suchen, die sie nicht fand, bald setzte sie sich erschöpft nieder und summte halblaut eine Melodie ohne Worte, bald legte sie sich ins Fenster und blickte rechts und links mit jener seltsamen Stupidität, die den ersten besten Gegenstand ergreift, um von quälenden Gedanken und Vorstellungen loszukommen, so daß man sich z.B. auf der heimlichen Frage ertappt: »Wird jenes Vögelchen sich auf einen Ast oder auf ein Dach setzen?« und man sieht dem Vogel nach, so lange man ihn gewahr werden kann. Während der Zeit hat das Herz gleichsam still gestanden und nach Luft geschnappt, nun gehts wieder weiter in athemlosem Lauf.

Endlich ging sie zu Frau von Eilau, fand aber dort so viel Menschen, daß ihr nicht die gehoffte Zerstreuung ward. Nur in der Conversation mit zwei oder drei Personen amüsirte sie sich, weil sie Aufforderung zur Mittheilung fand. In größeren Kreisen, wo man Lärm machen muß mit seinen Worten, um gehört zu werden – nur gehört, nicht verstanden! da verstummte sie und war fast immer zerstreut. Heute mehr denn je. Aber man kannte das; es fiel nicht auf. Graf Kirchberg setzte sich zu ihr und versuchte Töne anzuschlagen, die in ihr den Wiederhall weckten. Es gelang nicht.

»Ich habe nicht verstanden,« erwiderte sie auf eine seiner Bemerkungen.

»Dann muß ich mich sehr konfus ausgedrückt haben,« sagte er lächelnd, »denn Sie pflegen Salomos Ring bei sich zu tragen, vermittelst dessen man die Sprache auch der unvernünftigen Creatur versteht.«

»O!« rief sie, ohne den Scherz zu beachten, »wenn man sich unbehaglich fühlt, wie konfus und windschief erscheinen alle Worte, Zustände, Menschen! man ist nicht im Stande, das ABC herzusagen! man starrt einen Freund zerstreut wie einen Fremden an! man meint, man werde in den nächsten vierundzwanzig Stunden stecken bleiben wie in einem Sumpf. Kennen Sie solche Momente?« – Ohne seine Antwort zu erwarten, fuhr sie im veränderten Ton fort: »Wo der Pflug über ein Menschenherz geht, ist die Hand Gottes da, um Samen für die Ewigkeit hineinzustreuen: das glauben Sie doch auch, Graf? denn wenn man es nicht glaubt, wie soll man sich trösten, den Pflug mit eigner Hand über ein Herz gelenkt zu haben?«

»Ich würde mich auch nur in dem Fall trösten, daß dies Herz – das meine wäre,« entgegnete Kirchberg. »Es hieße dem Egoismus zu leichtes Spiel machen, wenn der nichtsachtende Leichtsinn oder die rücksichtslose Leidenschaftlichkeit sich einbilden dürften, der liebe Gott werde die Wunden, die sie schlagen, mit Balsam heilen.«

Faustine schauerte zusammen und wurde leichenblaß. Graf Kirchberg fragte, ob sie krank sei.

»Mir ist bange,« sagte sie und verließ die Gesellschaft. Bei ihrem Diener erkundigte sie sich besorgt, ob Niemand in ihrer Abwesenheit sie habe besuchen wollen. Er verneinte es. Dasselbe that ihre Kammerjungfer, die sie, zu Hause angelangt, gleichfalls befragte. Dennoch sah sie sich gespannt im Zimmer um; fürchtete sie Clemens – hoffte sie Marios Nähe? sie wußte es nicht! immer traten Beide zusammen vor sie hin.

»Jeannette, ich freue mich heute recht zu Bett zu gehen!« sagte sie zu der Jungfer.

»Ach!« rief die ganz erfreut, »das habe ich noch nie von der gnädigen Gräfin gehört! und es giebt doch gewiß nichts Angenehmeres und Bequemeres auf der Welt, als solch weißes, frisches, stilles Bett. Ich würd' es noch mal so gern machen, wenn gnädige Gräfin sich immer dazu freuen wollten.«

»Behüte der Himmel, Jeannette! ich darf nicht immer so träge sein.«

Jeannette sah das durchaus nicht ein und verrichtete schweigend ihren Dienst. Faustine schlief bald; und ohne Träume, ohne Unruhe, wie einem Kinde, ging ihr die Nacht hin. Es giebt einzelne glückliche Organisationen, die zugleich stark und biegsam genug sind, um dem Körper zu gestatten, daß er im Schlaf sein Recht behaupte und nicht zu leiden habe von den Kämpfen und Mühen der Seele. Wachend ist er ihr getreuer, dienstwilliger Sclav, schlafend ihr Herr: sie liegt in Fesseln, denn er borgt ihr nicht die Organe, durch welche sie ihre Herrschaft bethätigen kann. Wie im Lethe gebadet war Faustine jeden Morgen; es währte immer eine Zeit lang, bis der grelle Tag mit seinen Beschwerden sich Platz machte in der dämmernden Kühle, womit die Nacht sie umhüllt hatte. Morgens war sie auch am schönsten. Das ist nur ausnahmsweise der Fall bei Personen, die über 16 Jahr alt sind. Je älter man wird, um desto mehr bedarf man der Excitation, der Bewegung, des Putzes, der Lichter, um schön zu sein; es wird eine factice Schönheit. Die meisten Menschen stehen fatiguirt auf; der Traum hat sie mehr geplagt als der Schlaf erquickt.

Faustine stand heiter auf, denn: »heute kommt Mario!« dachte sie. Sie ging auf den Balkon; die grünenden Bäume, der wolkenlose Himmel, die zwitschernden Vögel kamen ihr vor wie freundliche Verheißungen. »Mario!« sagte sie halblaut, mit stillem Jubel. Da, wie ein Schiffer, der am Horizont das kleine Wölkchen, den unfehlbaren Boten des Ungewitters, entdeckt – da sagte sie dumpf: »Wo ist jetzt wol Anastas? was wird aus Clemens .... mein Gott!« Der Tag kam über sie. Indem meldete Ernst den Herrn von Walldorf, der so früh sich empfehlen wolle. Sie ließ ihn eintreten. Clemens sah verwildert aus; ihr fiel ein, ob er nicht berauscht sein könne, und die Angst, welche sie schon mehrmals in seiner Nähe empfunden, befiel sie von Neuem. Aber er sagte ruhig:

»Im nächsten Monat wird es ein Jahr, daß Sie nach Oberwalldorf kamen. Wissen Sie wol noch, was Sie mir dort Alles bei unsern Spaziergängen erzählt haben?«

»Nicht eine Sylbe, bester Clemens.«

»Das vermuthete ich schon! ich will Sie auch nur an ein einziges Wort erinnern. Sie sagten von Georg von Frundsberg und von mehren Anderen: Er sah ein, daß seine Zeit aus war, darum starb er.«

»Ja, das hab' ich gesagt.«

»Und Sie freuten sich darüber.«

»Ich fand es natürlich für jene energischen Menschen.«

»Meine Zeit ist auch aus, Faustine,« sagte er fest.

»Sie haben noch keine Zeit gehabt,« entgegnete sie ebenso fest.

»Doch! doch! die der Hoffnung!«

»Die Hoffnung, von der Sie sprechen, war ein Irrthum; kein tüchtiger Mensch lebt für einen solchen.«

»Ferner sagten Sie damals, Faustine: Auf der Grenze zwischen dem Bewußtsein der neuen Erkenntniß und der Verzweiflung über den Irrthum – stirbt man. Ich stehe auf jener Grenze und ich sterbe.«

»Warum foltern Sie mich, Clemens?« sagte sie traurig.

»Das ist nicht mehr als billig, schöne Königin Libussa! für die Martern, die Du seit einem Jahr über mich verhängt hast, sollst Du wenigstens einen Moment mit mir und durch mich leiden.« Clemens murmelte dies zwischen den Zähnen, und hatte Faustinens Hände über dem Gelenk in seiner Linken zusammengefaßt. Sie konnte nicht von der Stelle, und versuchte es auch nicht, denn sie sah, er hatte einen Entschluß gefaßt, dem sie mit ihrer geringen Kraft nicht würde wehren können.

»Nun? wie wollen Sie mich foltern?« fragte sie muthig; »Sie sehen, ich warte darauf.«

»Du bist recht tapfer, wie sich das schickt für eine Königin! .... Und Du fürchtest Dich wirklich gar nicht vor mir?«

»Ich fürchte nur den Mann, den ich achte und liebe,« sprach sie kalt.

Da zog Clemens ein Pistol aus der Brusttasche, setzte es in den Mund und drückte ab. Seine Hand packte im Todeskrampf noch fester die ihren; sie fiel neben seiner Leiche ohnmächtig hin. Die entsetzten Dienstboten und die übrigen Hausbewohner eilten herbei mit Geschrei und Gejammer. Durch all' den Tumult machte ein Mann sich stürmisch Platz, drang ins Zimmer, das blutroth im Morgenlicht glänzte, sah neben einer entstellten Gestalt die leichenähnliche Faustine, und rief:

»O! warum ließ ich sie hier zurück?« – Mario trug Faustine zum Wagen, der noch vor der Thür hielt, ließ umkehren, und reiste sogleich mit ihr zu seinen Eltern.

»Auch der Genius hat seine Bürden!« sagte ich am Grabe von Leopold Robert in Venedig. Bei diesen Worten hob ein Mann das Haupt und sah mich an, so scharf, so forschend, und zugleich so überzeugt, daß sein Blick mich frappirte, denn in der halb neugierigen, halb gleichgültigen Welt tragen die meisten Blicke ihr nüchternes Gepräge, und die Neptune der Fontänen schauen nicht viel bedeutender drein, als das Menschenauge. Dieser Mann hatte schon am Grabe gestanden, als wir herzukamen. Unbeweglich, die Arme untergeschlagen, den Kopf gesenkt, so tief gesenkt, daß der auf die Stirn gedrückte Hut das Gesicht verbarg, dunkel gekleidet, glich er einer Statue von Basalt. Ohne Rücksicht auf ihn hatten wir geplaudert. Reisen sind nicht die Schule, wo man das Rücksichtnehmen lernt. Gleichgültig wie an einer Mauer streift man an all' den Unbekannten hin. Um so mehr überraschte mich dieser Blick. Der Mann mußte uns verstanden, unserm Gespräch zugehört haben, war vielleicht Bruder, Verwandter, Freund Roberts, vielleicht auf irgend eine Weise in dessen Schicksal verflochten. Sei es Furcht, ihn verletzt zu haben, oder Interesse für den Todten, ich fragte:

»Sie kannten wol Leopold Robert, mein Herr?«

»Nur aus seinen Bildern,« entgegnete er.

Gegen meine Gewohnheit beharrte ich wie ein Inquisitor bei dem fragenden Styl: »Sind sie selbst Künstler?«

»O nein! die Bürde des Genius wurde mir nicht auferlegt,« sagte er und lächelte traurig.

Ich erröthete vor Aerger; ich kann's nicht leiden, wenn man mir meine Worte nachspricht. Er fuhr lebhaft fort:

»Darum ist es eine schwere Bürde, weil die Welt sie nicht anerkennen will! Der Begabte soll ein Vollkommner sein. Weil er Mensch bleibt, wird er gelästert. Man denke nur an Byron und *tutti quanti*.«

Mein Begleiter sagte: »Extravaganzen sind indessen nicht als die Glorie – sondern nur als die Ausgeburt des Genies zu betrachten.«

»Es ist nur übel,« rief ich, »daß viele Leute die natürlichen Allüren des Genies extravagant nennen. Columbus wurde wie ein Narr behandelt, Galilei wie ein Verbrecher!

freilich – nicht alle Genies haben sich so glorreich gerechtfertigt, und Leopold Roberts Manen müssen sich vielleicht unterthänigst bedanken, wenn man achselzuckend spricht: Er war Hypochonder, der Arme!«

»Ja ja!« sagte der Fremde, »denn Wahnsinn und Sünde klingen härter.«

Er hatte während des Sprechens die Haltung wenig verändert, nur den Kopf gehoben, aus dem dunkle Augen ungewöhnlich ernst und strahlend hervorblickten. Sie warfen einen wundervollen, ich mögte sagen, versöhnenden Glanz über seine scharf ausgeprägten Züge, und als er nach jenen Worten das Haupt wieder senkte, so daß die Augen verdeckt wurden – da trat mit ihnen das ganze Gesicht in Schatten zurück.

Wir gingen fort. Nachmittags begegneten wir ihm in der Markuskirche; er grüßte, und es entspann sich eine Unterhaltung, die mir gefiel, denn er war ein sehr angenehmer Mann, von lebhaftem Verstande und von ruhigen Manieren, weltvertraut und weltverachtend, aber nicht blasirt, nicht abgestumpft, sondern nur durch das Beste gleichgültig gegen das Geringe. Wir waren acht Tage zusammen in Venedig. Er hatte ein Kind bei sich, einen prächtigen, sechsjährigen Knaben mit funkelnden Augen, voll Lust und Muthwillen, unbändig wild, verwegen – ganz wie ich Knaben liebe. Sie werden früh genug zahm werden! Daraus, daß Beide in Trauer waren, und an der inbrünstigen Zärtlichkeit, die Beide für einander hatten, erkannte man Vater und Sohn. Keine Spur von Aehnlichkeit war zwischen ihnen! Sonst, wenn auch die Züge sich nicht gleichen, sind es Mienen, Ausdruck, Bewegungen; hier – nichts! Ich fragte auch ganz überrascht, als ich den Kleinen zuerst sah:

»Ist es Ihr Sohn?«

»Sie wundern sich, daß ich ein so schönes Kind habe, nicht wahr?« sagte er, und sein Blick wickelte den Knaben gleichsam in Liebe ein. »Ja, es ist mein Sohn, nur sieht er aus wie seine Mutter, durch und durch wie sie .... und so ist er auch.«

Er schwieg plötzlich. Wir frühstückten im *Café Florian*, und der Knabe sprang auf dem Markusplatz umher, streute den Tauben, die sich dort in Schaaren aufhalten, Brotkrumen hin, unterhielt sich mit den Gondolieren italienisch, mit den Wasserträgerinnen deutsch, und amüsirte sich über alle Maßen, so daß man förmlich neidisch werden konnte. Zuweilen trat der Vater, wenn er lange nicht seiner ansichtig geworden war, vor die Arkaden und rief mit seiner tönenden Stimme:

»Bonaventura!« – dann kam der Kleine gelaufen, athemlos, glühend, warf sich in die Arme des Vaters und sah ihm in die Augen auf eine unbeschreiblich graziöse Weise, neckend und lieblich, wie ein Amor – oder wie eine Frau.

Mein Aufenthalt in Venedig ging zu Ende. Am Vorabend der Abreise bat ich den Fremden um seinen Namen.

»Graf Mengen,« sagte er.

»Mario Mengen?« rief ich erfreut.

»Mario Mengen.«

»Glücklicher!« rief ich; dann fiel mir ein, wie unpassend dieser Ausruf sei; aber ich konnte doch nichts Anderes sagen als: »Armer Glücklicher!«

»Sie kannten also Faustine?« fragte er.

»So wie Sie Leopold Robert« antwortete ich.

Ich war nach Dresden gekommen, damals, vor Jahren, gleich nach jener tragischen Catastrophe mit Clemens, hatte viel darüber gehört, und bald darauf auch von ihrer Heirath mit Mengen. Hernach ward sie in der Kunstwelt so gefeiert, daß wol Niemand ist, der nicht von ihr gehört hätte. Dies sagte ich ihm. Er fragte, ob ich mich genug für sie interessire, um ihrem Leben folgen zu mögen ohne Ungeduld, und ohne vorschnellen Unwillen – dann wolle er von ihr erzählen. Mein Herz schlug vor Freude, denn ich liebte sie, graziös und genial wie sie war. Solche Personen werden so viel getadelt und – ich will's nicht streiten – verdienen auch so viel Tadel, daß der Gedanke, ich würde liebend und bewundernd von ihr reden hören, mich erquickte. Wir gingen die Riva der Slavonier entlang nach dem öffentlichen Garten. Da ist's am einsamsten in ganz Venedig; denn die Italiener gehen lieber in den Straßen spazieren als unter grünen Bäumen. Der Garten ist auf einer Landspitze angelegt: große Rasenplätze und breite Alleen von weißen Akazien, die, eben in voller Blüte, mit ihrem feinen Arom die Abendluft durchströmten. Wir setzten uns so, daß wir vor uns in die Lagunen hinaus sahen, rechts auf die Stadt, die zauberhaft zwischen Himmel und Wasser im Golde der sinkenden Sonne schwebte, und links, in weiter Ferne, auf die schneeweiße Alpenkette. O! Venedig ist gar so schön! – –

Ich hatte in der Hand einen Strauß von dunkelrothen Nelken – meine Lieblingsblume. Mario sah sie unverwandt an; endlich sagte er:

»Ich werde zwar nicht ohnmächtig wie die Prinzessin Lamballe, wenn sie Veilchen sah, und nicht tiefsinnig, wie Ritter Parcival, als er drei Blutstropfen im Schnee sah – doch erinnert mich die dunkelrothe Nelke jedesmal an Faustine. Diese Blume kommt selten zur Vollendung, entzückt uns selten in ihrer reinen Form als glühende Liebesfackel, oder als Köcher voll zartgefiederter Liebespfeile. Ist der Kelch sehr gefüllt, so platzt er, die Blätter fallen traurig heraus, zerflattern, verwelken; ist er dürftig gefüllt, so platzt er zwar nicht, aber die Blume bleibt auch dürftig. Fast eben so selten wie eine Nelke bringt der Mensch sich zur Herrlichkeit: er verwildert oder ermattet. An Faustine war das Wunder geschehen, sie hatte die Glut, die Fülle, die Pracht ihres Wesens unzersplittert beisammen. Sie wollte nicht immer Eins und dasselbe – wenigstens wollte sie es nicht in unveränderter Gestalt – aber was sie jedesmal wollte, das wollte sie ganz. Sie war ein leidenschaftlicher Charakter, und daher nur schwankend, ehe ein energischer Entschluß in ihr Wurzel gefaßt. Um ein großartiger Charakter zu sein, fehlte ihr nichts – als Strenge gegen sich selbst.

»Nach dem Tode des unglückseligen Clemens bracht' ich sie sogleich zu meinen Eltern, und nach drei Wochen, als sie meine Frau ward, war sie auch schon deren geliebtestes Kind, denn diese pompöse Frau, die sich nur zu zeigen brauchte, um für ihre Erscheinung allein jeder Huldigung gewiß zu sein – diese Sibylle mit dem Seherblick und den Prophetenlippen, heimisch in der Kunst, vertraut mit der Wissenschaft – war heiter wie ein harmloses Kind und anspruchlos wie ein junges Mädchen, das die eigne Anmuth nicht ahnt. Auf der einen Seite hätte eine Matrone nicht mehr imponirt, und dem verwegensten Mann nicht strenger ein leichtes Wort auf den Lippen getödtet durch ihren unbefangenen Ernst; auf der andern Seite lagen die Jugend, die Neuheit, die Unkenntniß und die Verheißungen, die so reizend um Neulinge in der Welt schweben. Das war sie. Bis dahin hatte sie außerhalb der Welt gelebt, und sich ihr nicht wie ein Feind – dazu war sie ihr zu gleichgültig – aber wie ein Fremdling gegenüber gestellt. Bis dahin mogte sie nicht in die hergebrachten Verhältnisse eingehen; sie verstand nicht das Familienglück, denn sie war ein verwaistes Kind – nicht die Ehe, denn sie war ein gequältes Weib gewesen – vielleicht nicht einmal die Liebe, obgleich sie Andlau mächtig geliebt hatte, denn sie wollte sich durch die Liebe außerhalb aller Schranken frei fühlen; und nur innerhalb Schranken kann Freiheit bestehen, außerhalb liegen Willkür und Auflösung. Das erkannte sie; jede Erkenntniß war ihr eine Wonne, sie liebte mich glühend, weil sie mir sie verdankte.

»Ein Jahr früher hatte ich zu meinem Freund Feldern gesagt: »ich begehrte kein andres Glück, als ein foudroyantes, das mich gerade im Mittelpunkt meines Wesens träfe. Es war mir geworden! Faustine strahlte in meine Seele hinein wie ein tausendfarbiger Diamant, wie ein indisches Gedicht, Stern und Rose, Glanz und Duft. Das unbedeutendste Weib, der stupideste Mann werden belebt und verschönt durch die Liebe, so daß sie uns erfreuen und interessiren können. Und nun Faustine! bald entzückte sie mich, bald machte sie mich zittern, bald bewunderte ich sie! Herz, Sinne, Geist – Alles fand bei ihr Nahrung, Befriedigung, Anregung. Ich wurde nie müde sie zu betrachten; wie in Rafaels Arabesken Genien aus Blumen keimen, so schwebte ihre Seele in und über ihrer holdseligen Gestalt, die zart und durchsichtig genug war, um jeder Regung leicht zu folgen. Ihre Augen waren von jener unbestimmten grauen Farbe, die man bei Augen blau zu nennen pflegt, und die darum so schön ist, weil sie alle Schattirungen annimmt – vom lichtesten Azur in der Freude, vom tiefsten Schwarz in der Leidenschaft. Ebenso wechselnd war auch ihr Teint, transparent, kräftig; an ihrem Colorit errieth ich ihre Stimmung. Mit dieser Frische kontrastirte seltsam dunkles Geäder ums Auge, das, wenn es nicht von Krankheit herrührt, einem blühenden Kopf wundervollen Reiz von Melancholie und Leidenschaft giebt, wie z.B. bei der sogenannten Fornarina in der Tribüne zu Florenz. Ich wurde auch nie müde sie zu beobachten. Es war etwas Unergründliches, Geheimnißreiches, Einfaches in ihr, etwas von der primitiven Frische des Naturlebens, durch welches alle Elemente spielen und blitzen; in ihr stand das Gewitter neben der Sonne, und das Mondlicht neben der Aurora. Sie war von einer Leidenschaftlichkeit, die man hätte fiebernd nennen dürfen, wenn Körper und Seele ihrer nicht gewachsen gewesen wäre. O, wie sie mir entgegenflog, wenn ich nach kurzer Abwesenheit wiederkehrte! sie erkannte meinen Schritt im Vorzimmer, fast ohne ihn zu hören, sie lief mir entgegen, sie hing sich um meinen Hals – so trug ich sie fort! Goldfunken lagen auf ihrem Haar, unter dem Sammet ihrer Wange rieselte das Blut, silberne Streifen schlangen sich durch das schwarzblaue Auge. Und ihre Stimme! o der goldne Klang, der Lerchenjubel, wenn sie dann sagte: »Mario!« – In den Modulationen dieser Stimme lagen wieder Analogien mit Naturzuständen; erzählte sie von ihrer gleichgültigen, halbvergessenen Kindheit, so war es, als fließe ein schmaler, seichter Bach durch eine grüne Ebene: ihr Ton war gleichmäßig sanft, vibrirte nicht, weil damals das Herz nicht vibrirt hatte. Aber er zitterte traurig wie das Rauschen fallender Blätter, sobald sie mit dumpfem Trübsinn von ihrer Ehe sprach. Bemerkten Sie je am hohen Mittag, im heißen Sommer, das leise, schwere, athemlose Flüstern, das durch die Natur weht? zittern die Blätter, oder die Flügel der Insekten, oder die Wellen im See, oder Schilf, Gras und Blume in der brennenden Berührung des magnetischen Sonnenstrahles? Nun, so war es, wenn Faustine in meinem Arm ruhte, mit ihren weißen Zähnen oder brennenden Lippen meine Wange berührte, ohne sie zu küssen, und Worte flüsterte, die nur die Liebe hören darf, weil die Liebe nur sie erfindet. Beachteten Sie je den wilden, jauchzenden Schrei der Schwalbe, wenn sie Abends durch das Wollustbad der Luft, gleich einem dunkeln Blitz, schießt? Dieser Ton des höchsten Jubels rang sich bisweilen in einem abgebrochnen Laut aus ihrem Busen; und dann girrte sie wie eine verblutende Taube, wenn die Melancholie schwerer Erinnerungen über sie kam. Alle Temperamente waren in ihr vereint zur Quintessenz. Heftig, eifersüchtig, würde sie wie eine ächte Andalusierin den kleinen Dolch im Strumpfband getragen haben, um den Geliebten zu vertheidigen oder – zu strafen. Aber bei allen Angelegenheiten des Lebens hatte sie eine. Fügsamkeit in den fremden Willen, die sich nie verleugnete, und die ich tausendmal auf harte Probe stellte; denn ich wollte, daß sie sich fügen lernen sollte – nicht mir! ach, daß sie mich liebte, war mein Triumph, nicht, daß ich sie dominirte! – aber dem anerkannten festen Gesetz. Ich glaubte, die allmälige Gewöhnung würde auch ihre innerste Wesenheit nach und nach zügeln können. Zeitenlang war sie weichlich, üppig wie eine Orientalin, lag halbe Tage auf dem Divan mit halbgeschlossenen Augen, träumend, denkend, dichtend, und langweilte sich nicht – während sie dann plötzlich von vernichtender Langweil sprach, wenn ich am wenigsten es vermuthete, und sich, um ihr zu entgehen, lernend oder schaffend in die Region des Gedankens oder der Begeisterung warf. Hatte sie sich dann in irgend einem Werk als den Genius gezeigt, den die Welt anerkannt hat, so trieb sie kleine unbedeutende

Kunstfertigkeiten, um ihre Geschicklichkeit auch in diesem Fach zu prüfen; doch sie amüsirte sich nur so lange damit, bis sie es zur Fertigkeit gebracht; dann sah sie sich nach etwas Neuem um. Jede vollendete Arbeit war ihr gleichgültig – gleichgültig haben, besitzen, genießen! Streben war ihr alleinziges Glück, und der Moment, wo sie das Erstrebte mit der Fingerspitze berührte – ihre Seligkeit. Sollte sie aber festhalten, so ermattete ihre Hand.

Gleich nach unsrer Verheirathung gingen wir nach Florenz, wohin ich als Geschäftsträger gesendet ward. Faustine verließ gern Deutschland. Völlig veränderte Umgebungen schickten sich für ihre veränderten Verhältnisse. Anfangs fürchtete sie, irgendwo in Italien Andlau zu begegnen, denn sie war gewiß, daß er dorthin gegangen, und sie meinte, er könne nichts thun, um sie zu vermeiden, da er ja gar nicht wisse, wie sie heiße, noch lebe. Diese Unkenntniß quälte sie.

»Es würde ihm ein Trost sein, mich glücklich zu wissen,« rief sie, »und die Furcht, daß ich mich selbst so elend gemacht haben könnte als ihn, ist gewiß ein Gift in seiner Wunde.«

Sie trauerte um ihn, zuweilen bis zum tiefsten Gram; aber sie wünschte nie anders gehandelt zu haben; darum suchte ich nicht ihr die Trauer zu nehmen. Wenn sie bereut hätte, würd' ich trostlos gewesen sein. Die Erinnerung an Clemens trat zuweilen wie ein Gespenst oder ein Fiebertraum vor sie hin. Sie rang die Hände und Todtenfarbe überzog ihr Antlitz: sie marterte sich ab mit Combinationen, wie sie dieser Catastrophe hätte vorbeugen können.

»O Gott,« sagte sie oft, »ich hätte ja aber eine ganz andre Faustine sein müssen, wenn ich Alles ganz anders hätte machen sollen! die furchtbarsten Erschütterungen, die gewaltsamsten Zustände hab' ich überdauert; ich liebe und hoffe so wie einst; keine Gabe, keine Fähigkeit ist in mir untergegangen; nichts Heiliges ist mir zum Mährchen worden; ich glaube an die unberechenbare Gotteskraft im Menschen, die ihn auf immer neue, unvorhergesehene Bahnen, aber nie zum Untergang führt; – erfülle ich nicht auf diese Weise meine Bestimmung?«

So sprach sie sich ruhig, und immer seltner kamen die Beängstigungen. Ihr Malertalent entfaltete sich wunderbar; der Glanz der italienischen Färbungen schwebte um ihren Pinsel, der mit Allen in Glut und Kräftigkeit rivalisiren durfte, und von Keinem an Phantasie übertroffen ward.

Bonaventura ward im ersten Jahr geboren. Mario ist der Name, den der Erstgeborne in meiner Familie seit langen Zeiten zu führen pflegt; aber Faustine bat und flehte:

»Es giebt nur einen Mario für mich! ich kann Niemand außer Dir so nennen, von keinem zweiten Mario Glück erwarten! gieb ihm einen andern Namen!«

Sie sprach diese Laune so zärtlich für mich aus, daß ich sie hingehen ließ, und warnte ich sie halb im Ernst, halb im Scherz vor ihrem unlöschbaren Durst nach »etwas Anderem« – wie sie selbst es nannte, dann rief sie:

»O fürchte Dich nicht! ich liebe Dich, Mario!«

Sie liebte auch Bonaventura, aber meinetwegen; für ihn sollt' ich arbeiten und sorgen, mit seiner Erziehung mich angenehm beschäftigen, in ihm ihre Seele, ihr Wesen wiederfinden – »wenn ich einst todt sein werde,« sagte sie. Sie knüpfte nicht ihre Zukunft an das Kind. Wenn sie meine leidenschaftliche Zärtlichkeit für den Knaben bemerkte, war es ihr stets wie ein Trost für mich. Sonst dachte sie nicht häufiger an den Tod, als ich oder jeder Andere es thun würde, der den ernsten Gedanken vertragen kann und den Tod weder wünscht noch scheut.

Vier goldne Jahre verlebten wir in Florenz. O, sie war glücklich! die selige Ueberzeugung hab' ich! strahlend glücklich – zuweilen, in Momenten der Liebe, der Begeisterung, wenn ein neues Bild vor ihr auftauchte, ein neuer Gedanke in ihr erwachte, wenn sie die Lava ihres Herzens vor mir ausströmen ließ, des innigsten Verständnisses gewiß; dann rief sie:

»O wäre doch das Leben eine ununterbrochene Kette solcher Momente! Träte doch nie eine Abspannung, Nüchternheit, Oede an die Stelle des Enthusiasmus, der Thatkraft, der Fülle! Folgte doch nur nicht auf den höchsten Schwung die tiefste Ermattung!«

»Wären wir doch Götter und nicht Menschen!« entgegnete ich lächelnd.

»Oder gäbe Gott uns etwas so Dauerndes, so Wechselloses, daß, trotz aller Schwankungen der Sinne und des Geistes zwischen Verlangen und Befriedigung, die Seele in einem permanenten Bewußtsein tiefster, unwandelbarster Befriedigung bliebe.«

»Mir hat Gott dies Wechsellose gegeben, Faustine!« sagt' ich: »die Liebe zu Dir! Tausendmal kann ich geirrt – hundertmal gefehlt haben: allein die Liebe zu Dir hat mich nie anders als stark und gut gemacht. Dies Bewußtsein ist etwas Ewiges.«

»O Mario!« rief sie, und warf sich in meine Arme mit der intensen Leidenschaft in Blick, Stimme und Geberde, die stets mein ganzes Wesen vibriren machte; – »Mario, diese Liebe zu mir ist mein Triumph, meine Rechtfertigung, meine Glorie! aber siehst Du denn nicht ein, daß sie heute in den Himmel hebt und morgen in die Hölle schleudert? Mario! auf Augenblicke der Extase, wo Seel' an Seele ruht, wo ich kein Wort brauche, um Dir mein Innerstes zu offenbaren, wo wir sind wie das Himmelblau, das alle andre Farben in sich auflöst – folgen andere .... da hab' ich Dir nichts zu sagen, wenigstens nichts, was ich nicht ebenso gut allen Menschen sagen könnte; da sind wir in Kleinigkeiten verschiedener Meinung, und eben weil es Kleinigkeiten sind, denkt Jeder, der Andere könne wol nachgeben; da hast Du ein dringendes Geschäft, wenn ich mit Dir umherstreifen mögte, oder ich sitze tief in Farben vergraben, wenn Du kommst mit mir zu plaudern; da ist Dein Blick kälter, Dein Gespräch unbelebter, Dein

Kuß ruhiger, Dein ganzes Wesen gleichgültiger; da fühle ich, daß Du durchaus das Nämliche bei mir findest; da betrüb' ich mich denn unsäglich, und weder Dein glänzendes Lächeln noch Deine sonore Stimme, bei denen mir doch sonst zu Muth wird, als bräche der Tag an, haben genug Gewalt über mich, um Niedergeschlagenheit und Trübsinn zu verjagen, die mich erschlaffend anwehen, wie der Scirocco. Dann denk' ich: wäre die Liebe rechter Art, so könnte nie ein solcher Moment eintreten. Die Seligen sind gewiß niemals niedergeschlagen – die Seligen jenseit des Grabes. O wie gut verstehe ich den alten Montaigne, der da sagt: *Il n'y a de satisfaction çà-bas que pour les ames ou brutales, ou divines.* Geschöpfe vom Mittelschlag wie ich, haben es auch nur mittelmäßig.«

»Nun Faustine,« entgegnete ich, »auch ich kann mit fremden Worten reden! Novalis sagt: Und da kein Sterblicher den Schleier der Isis heben kann, so wollen wir suchen Unsterbliche zu werden.«

»Ja, das wollen wir! und Du bist ein Engel!« rief sie.

Dies Gespräch fand statt, als wir einst bei Sonnenuntergang nach San Miniato heraufstiegen, und unter den Cypressen bei dem Kloster von San Francesco rasteten. Ich lehnte an einer Cypresse und blickte auf sie herab; sie saß auf einer Stufe der Treppe, und hatte ihre Hände gefaltet um ihre Knie gelegt; ihr Hut war zurückgefallen, der Abendwind wehte ihre Locken hin und her, ihr Gesicht war von innerer Glut, ihr blaßrothes Kleid von der sinkenden Sonne in Feuer getaucht. Plötzlich hob sie die Hände zu mir empor und rief:

»Mario! ewig anbeten – das würde mich beseligen.«

»Das verdient kein Mensch!« sagte ich.

»Nein! aber Gott,« antwortete sie. Sie hatte Recht – immer Recht; darum fiel mir auch damals dies Wort nicht weiter auf, um so weniger, da sie plötzlich zu künstlerischen Betrachtungen übersprang, und behauptete: in meiner gegenwärtigen Stellung hätte ich große Aehnlichkeit mit dem Antinous des Palastes Braschi in Rom. Ich lachte über dies allzu schmeichelhafte Compliment; doch sie sagte ernsthaft:

»Sträube Dich und lache immerhin! die Aehnlichkeit bleibt. Antinous denkt nach über seinen Kaiser Hadrian, für den er sich freiwillig den Tod im Nil gegeben, damit die Priester in seinen Eingeweiden das künftige Schicksal des Kaisers lesen möchten – denn so hatte das Orakel geboten; darauf ließ der Kaiser ihm göttliche Ehren erweisen, und ihn als ägyptische Gottheit, mit der Lotosblume über dem Haupt, darstellen. Was half das dem Antinous? er hat doch vor der Zeit sterben müssen! Mario! Mario! wirst Du auch sterben müssen? Meinetwegen sterben? ich bringe auch den Untergang denen, die mich lieben!«

»Aber nicht denen, die Du liebst, Faustine,« sagte ich, und nahm ihre Hand.

»O doch! doch!« antwortete sie mit jener himmlischen Melancholie, die ihren Blick, sonst so rein, klar und schwer wie Gold, in ein dunkles nächtliches Meer verwandelte, das unter dem Mondstrahl zittert. Sie stand auf, und wir gingen schweigend nach S. Miniato, denn ich störte sie nicht in solchen Momenten der Erinnerung; Zerstreuung wäre ungeschickt gewesen und Aufforderung sich mitzutheilen würde sie noch mehr in den Gegenstand versenkt haben. Zuweilen wandelte es mich an wie Eifersucht, daß Schatten Macht über sie haben konnten – Schatten nenne ich, was für sie todt und unfähig war ihr neuen Schwung zu geben. Sie brauchte ihre und die fremde Wesenheit immer ganz voll, ganz beisammen: darum war die Gegenwart ihre Tyrannin und darum auch meine Eifersucht nie von Dauer.

Sie war seltsam anders als ihr Geschlecht! Wir sprachen einmal über die Corinna, worin uns alles Andere besser gefiel als die eigentliche Liebesgeschichte; und ich sprach meine Verwunderung aus, wie ein so glanzvolles Geschöpf diesen trübseligen Oswald lieben könne.

»Mitleid! Mitleid! liebes Herz!« rief sie; »aber davon habt ihr Männer gar keinen Begriff, und ich auch nur einen halben; denn ich bringe es mit dem Mitleid nicht weiter, als mich lieben zu lassen, nicht so weit, um wieder zu lieben. Der Gegenstand meines Mitleids wird kleiner als ich, und ich bedarf eines größeren, der mich ganz umfängt, hebt und trägt. Aber die meisten Frauen sind gutmüthiger und rührbarer als ich. Stirbt doch gar Corinna wegen dieses trübseligen Oswalds! Das ist mir nun vollkommen unbegreiflich! Für die Liebe leben, für den Geliebten leben oder sterben, wie's kommt, das ist einerlei! – Aber nur nicht sterben, weil ein Mann mich nicht mehr liebt! Die Männer müssen um die Frauen sterben, so schickt sich's; das habe ich von jeher behauptet.«

»Ja,« sagte ich, »Du hast darüber wundersam despotische Ansichten.«

»Despotisch? möglich! doch nicht wundersam. Die Liebe ist unser Element, unser Königreich; Ihr nehmt nur dann und wann eine Stelle darin ein, bringt's auch wohl zu einem Ehrenposten oder dergleichen. Wir sind heimisch, wo Ihr fremd – Herrin, wo Ihr Einwanderer seid; dies Bewußtsein macht despotisch: wir wollen lieben über Alles, und lieben, nichts als lieben, Königin sein, von allen Gaben strahlend, im Reich der Liebe! Darum, Mario, begreife ich, daß eine Frau sterben kann, wenn sie nicht mehr liebt! macht ihr Herz seine Pendelschwingungen nicht mehr, so steht das Uhrwerk ihres Lebens still. Lieben ist: sich einem Gegenstand weihen; aber muß der Gegenstand durchaus derselbe bleiben? sind in uns keine Fortschritte, keine Umwälzungen, die einen andern bedingen? können wir bei zwanzig Jahren reif genug sein, um unsre Entwickelung bei dreißig und deren Ansprüche vorherzuwissen und uns gleich von Hause aus dafür einzurichten? Ich meines Theils hatte vor zehn Jahren kaum eine Ahnung von Allem, was ich geworden bin. Es mag ein hohes Glück sein, beim Eintritt ins Leben der Seele zu begegnen, mit der wir, bis zum Austritt aus demselben, verbunden bleiben; aber es ist ein seltner Glücksfall, daß zwei Menschen durchaus gleichen Schritt halten in ihrer Entwickelung, und daß keiner den andern überflügelt. Darum sollte man nicht eine Ausnahme zur Richtschnur machen wollen; nicht sagen: nur das Festhalten an einem Gegenstande ist Liebe.«

»Vielleicht hat man zuweilen darin Unrecht, Faustine!« entgegnete ich; »nur bleibt es gewiß, daß häufig in dem Wechseln mehr Selbstliebe als Liebe liegt. Glaubst Du nicht, daß ein Mensch in Opfer und Entsagung bis zum Tode ebenso sehr der Vollendung entgegenreifen könne, als indem er Andern das Opfern überläßt? Denk an Vinzenze Sonsky!«

»Ach, Vinzenze!« rief Faustine; »ich beuge mich gern vor ihr, denn mehr als sie kann der Mensch nicht thun. Aber das ist ein trauriges Beispiel! sie hat sich geopfert, und doch ist Niemand beglückt, sie selbst todt, ihr Mann einsam im Alter, Ohlen einsam in der Jugend. O sage mir, daß Du glücklich bist, Mario.«

Wenn sie in den Ausdruck der Liebe überging, war sie unwiderstehlich; darin war sie ein Genie wie in ihrer Kunst; dadurch beherrschte sie mich so maßlos, daß ich oft mit Erstaunen wahrnahm, wie sie meine Besonnenheit schwanken machte, meine Besonnenheit, die ich mit so eisernem Willen mir angearbeitet hatte! Vom ersten Augenblick unsrer Bekanntschaft an war meine Seele ihr unterthan. Faustine veränderte nicht meine Richtung, aber indem ich dabei beharrte, sah ich nach ihr, wie nach der Bussole hin, und in den Außendingen des Lebens behielt ich deshalb unumschränkte Gewalt, weil sie zu träg und zu gleichgültig gegen deren Handhabung war. Oft in diesen vier Jahren hatte sie mich gebeten, eine Reise in den Orient mit ihr zu machen; oder wenigstens nach der Schweiz, die sie noch nicht kannte. Meinen Erziehungsprojecten zufolge sollte sie sich aber an den geregelten, einförmigen Gang der Existenz, im Verkehr mit Andern, wie in der bürgerlichen Stellung gewöhnen. Ich schlug es ihr unerbittlich ab, und sagte, ich hätte kein Geld dazu. Das glaubte sie leicht, und deshalb sagte sie ganz ruhig:

»Ich werde suchen etwas zu verdienen.«

Sie schickte ein eben vollendetes Gemälde zur Kunstausstellung nach Mailand, wie sie pflegte. Nach zwei Monaten händigte sie mir eine Anweisung an meinen Banquier in Florenz auf 8000 Franken ein. Ich fragte, ob sie eine plötzliche Erbschaft gemacht.

»Nein!« antwortete sie; »ich hatte nach Mailand geschrieben, man solle den Ezzelino verkaufen, wenn sich Liebhaber fänden: das ist geschehen. Können wir nun in den Orient?«

Ich war ganz verdrießlich; das wunderschöne Gemälde ging nach Rußland! ich sagte, wenn sie mir genau ein ähnliches male, dann wollten wir reisen. ich wußte wol, daß sie es nicht thun würde. »Dieselbe Gedankenfrucht zweimal reifen lassen – kann sogar der liebe Gott nicht« – sagte sie. Aber sie malte Neues, und immer Schöneres. Dazwischen dichtete sie viel, meistens Lieder, tiefsinnig und lieblich wie sie selbst war, denen nichts zur Vollendung fehlte, als daß sie sich ein wenig Mühe gegeben hätte, um sie zu corrigiren. Wenn ich sie dazu ermahnte, so entgegnete sie, damit wolle sie sich beschäftigen, sobald die Zeit des Produzirens für sie vorüber sei. »Vor meinem Tode will ich es thun, damit die Welt wisse, was sie eigentlich an mir gehabt hat; vorher lohnt's der Mühe nicht! die beste Berühmtheit hebt nach dem Tode an! wer populär war, wird selten unsterblich,« sagte sie.

Ich neckte sie bisweilen mit ihrem Ruhmdurst.

»O,« rief sie, »Bedürfniß des Ruhms ist nur Bewußtsein der Zukunft! wer nicht an seine eigne Zukunft glaubt, verdient auch keine Gegenwart; und man sagt mir doch – und ich meine mit Recht – ich sei ein großes Talent. Daß meine Gemälde nur in der Mode und deshalb zukunftlos sein könnten – fällt mir oft schwer aufs Herz. Ich weiß wol, daß ich einen köstlichen Schatz besitze; jedoch, ob ich ihn zu Kleinodien oder zu Münzen oder zu was weiß ich! verarbeite: das weiß ich nicht, wenigstens nicht genau. Wir irren uns über den Werth unsrer Schöpfungen, wie Mütter über die Schönheit ihrer Kinder. Von seinem Gedicht »Afrika« erwartete Petrark die Unsterblichkeit, und fand sie durch seine Sonette. Es wäre doch traurig, wenn ich nur Afrikas hinterließe!«

Endlich ging ich auf die orientalische Reise ein; ich gönnte Faustinen und mir diesen Genuß. Ueberdies halte ich eine solche Anfrischung der Lebenselemente nicht blos dem Künstler nothwendig, sondern Allen, die sich jahrelang nur mit ihrem Geschäft und Beruf abgegeben haben. Man wird allzu einseitig, sobald man sich ihm ausschließlich widmet. Die Einseitigkeit hat auch ihr Gutes: sie macht zufrieden, sie lehrt das Geringe schätzen, sie erhält sogar einen gewissen Grad von Unschuld, indem sie manche Illusionen läßt – aber nicht alle Seelen sind für diese friedliche Beschränkung geboren. Der Eine fliegt lieber, der Andre geht lieber – Jeder nach seiner Eigenthümlichkeit! Die Schattenseiten seiner Vorzüge hat jeder Charakter, jede Lage; aber man bemerkt sie nur bei ausgezeichneten Charakteren und in ungewöhnlichen Lagen, weil bei den alltäglichen Mischungen kaum der Unterschied zwischen Licht und Schatten wahrgenommen wird. Das ist in der Ordnung! man sieht nicht hin, wenn Jemand im Gehen stolpert; will aber Jemand fliegen und die Schwingen brechen, so sieht es das stumpfeste Auge.

Wir reisten zuerst nach Deutschland, um meine Eltern zu besuchen und ihnen Bonaventura zu präsentiren. Meine Schwestern waren jetzt alle drei verheirathet und mäßig glücklich mit kleinen Sorgen und manchen Freuden. Cunigunde war Braut. Nichts glich unsrer Ueberraschung, als sie uns den Verlobten vorstellte, einen benachbarten Landpfarrer von der Sorte, die man jetzt die fromme zu nennen pflegt, mit gescheiteltem Haar und niedergeschlagenen Augen, aus denen zuweilen hastige, stechende, inquisitorische Blicke schossen, die unbehaglich mit dem salbungsvollen Ton kontrastirten, und der ganzen Erscheinung etwas Falsches gaben. Faustine wünschte ihm Glück zu der Braut; bei Cunigunden erstarb ihr das Wort auf den Lippen. Hernach sagte sie zu mir:

»O Gott, welch ein matter, trister Gesell! gegen d e n war ja Feldern ein Heros! Und diese klare, bestimmte Cunigunde kommt mir ganz verwirrt vor, denn sie spricht von diesem Menschen, als sei er wenigstens ein Apostel.«

»Lieber Engel,« entgegnete ich, »Du kannst Dir gar nicht vorstellen, zu welchen Schritten die Furcht treibt – eine alte Jungfer zu werden! die liebenswürdigsten, ausgezeichnetsten Mädchen, zu denen Cunigunde gewiß zu zählen ist – verfallen bei dieser Lebenskrisis fast immer in ein Fieber, das ihnen die Besonnenheit raubt. So ist's Cunigunden gegangen! und da sie diesen Mann unmöglich lieben kann, so hat sie sich für ihn fanatisirt. Wahrscheinlich wird sie später aus Stolz und Beschämung nie eingestehen, daß sie nicht vollkommen glücklich ist; aber sie wird es gewiß nicht! eine Ehe dauert etwas zu lange für den Fanatismus.«

»Und Feldern ist doch ein schlichter, unverschrobener Mensch,« sagte Faustine niedergeschlagen, »trotz seiner Vorliebe für die conventionellen Formen. Sie sind ihm das, was ihm die Kleidung ist: ein Gesetz, das der Anstand gegeben hat. Aber dieser Mann, so gezwungen einfach, so manierirt schlicht – kann dessen Seele wahr sein?«

Meine Eltern freuten sich meines Glücks in Weib und Kind. Faustine war Aller Liebling, Aller Stolz. Die geistige Ueberlegenheit, welche mittelmäßige Frauen so unerträglich macht, daß man sie wie eine lästige Appanage betrachtet, etwa wie einen vornehmen Namen bei großer Armuth – schien Faustinen gegeben, um zu beweisen, daß die superiorste Frau die liebenswürdigste sei. Sie faltete still ihre Flügel zusammen, damit Niemand bemerken dürfe, daß er keine habe; aber sie schüttelte sie und flog auf, bei der geringsten Anregung, und ließ in unsern Kreis den Glanz der Aether, die Blüten ihrer Region hineinspielen.

Dann fuhren wir die Donau hinab nach Constantinopel, Griechenland und Palästina. Erwarten Sie keine Beschreibung der Reise, Gräfin! gedenke ich jener Tage, so wühlt die Erinnerung wie eine himmlische Harpye in meinem Herzen. Faustine war selig, war von einem Reichthum, einer Vollendung, einer Süßigkeit, wie noch nie. Berauscht von den Quellen der Urgeschichte und der Urpoesie, die jenem Boden entquollen, sagte sie:

»Ich bin allzu glücklich! hier muß ich sterben – wäre der Tod nicht allzu grausig. Ich will leben ohne zu altern, schaffen ohne zu ermüden, genießen ohne mich abzustumpfen, forschen ohne zu zweifeln, ruhen ohne mich zu langweilen! glaubst Du nicht, Mario, daß dies Alles hier, in diesen primitiveren Zuständen, leichter zu erreichen sei, als da draußen, in der verschrobenen, abhetzenden occidentalischen Civilisation?«

»Vor allen Dingen glaube ich, daß Du Dich binnen Jahresfrist glühend zur europäischen Civilisation zurücksehnen würdest, gegen die Du freilich oft genug zu Felde ziehst, wenn Du ihr bequem im Schooß sitzest,« sprach ich.

»Und Bonaventuras Erziehung ruft uns zurück! er ist nun bald vier Jahr alt, da muß er denn in irgend eine gelehrte Schule gesteckt werden, und seine schöne, frische, jauchzende Kindheit mit Studien von Dingen hinbringen, deren eine Hälfte er nicht braucht, und deren andre er vergißt. Armer Bonaventura! wärst Du mein Sohn allein, so erzög' ich Dich hier, fern von der demoralisirten Gesellschaft, fern von dem Wust pedantischer Gelahrtheit, mit der Bibel, der Geschichte, der Poesie und der Natur; und wärst Du zum Jüngling herangereift, so ließe ich Dich nach Europa in alle Länder, zu allen Nationen, auf alle Universitäten ziehen, um die Gegenwart durch unmittelbare Anschauung kennen zu lernen. Die Männer-Erziehung ist heutzutag unausstehlich einseitig! die armen Jünglinge werden mit Studien gepfropft, für das Procrustes-Bett des Staatsdienstes gepreßt, der von Allen dasselbe Maß verlangt, das Genie herunter – den Dummkopf herauf zerrt. Lernen müssen sie! ob sie das Gelernte verarbeiten und wissen – darum kümmert man sich nicht. Die Meisten verkommen in dem Sumpf des Lernens, ohne sich zur Entwickelung geistiger Selbstständigkeit zu erheben. Bonaventura! rief sie und hielt den erstaunten Knaben auf ihrem Schooß fest; wenn Du in zwanzig Jahren eine Brille auf der Nase hast, Runzeln auf der Stirn, Falten um Mund und Augenwinkel, wenn Du pedantisch bist, mein Bonaventura, langweilig, unbeholfen, dürr an Leib und Seele, unerquicklich wie die personifizirte Vernünftigkeit, gehörig eitel auf Deine negative Entwickelung, – so verklage ich den Staat beim lieben Gott, weil dessen Geschöpf und mein Sohn so kläglich mißhandelt ward von dem Alles verschlingenden Moloch, dem wir unsre lieben Kinder auf die versengenden Arme legen müssen.«

Ich bin aber der Meinung, daß Kinder in dem Lande und in den Verhältnissen zu erziehen sind, für welche die Geburt sie bestimmte. Exotische Erziehungen sind fast immer unverträglich mit der spätern Bestimmung, und die Gewöhnungen der Kindheit so stark, daß oft ein trauriger Zwiespalt entsteht, wenn man nicht gesucht hat, sie, wenigstens approximativ, jener anzupassen. Auf diese Einwendung entgegnete Faustine:

»Ich hab' auch nur gesagt: wenn Bonaventura mein Sohn allein wäre! – jetzt bist Du mein Herr und der seine.«

Der Orient war der Culminationspunkt meines Glücks. Nach Florenz zurückgekehrt, nahm Faustinens Wesen eine andre Richtung. Ein Hauch von Melancholie hatte immer um sie geschwebt, wie ein leichter Duft um Gebirge: jetzt verdichtete er sich oft zu Wolken, die ihre Heiterkeit überschatteten und ihre Beweglichkeit lähmten. Es geschah ohne äußere Veranlassung; sie war nicht kränklich, sie hatte keine der Verdrießlichkeiten, der winzigen Sorgen, welche reizbaren phantastischen Personen unerträglich sind, keinen Unfall – es kam wie eine Schickung über sie: es war da. Ist es eine traurige Mitgift des Genies, daß er im Geben ein Crösus und im Genießen ein Uebersättigter ist – oder wähnt er leicht, das vorgesteckte Ziel nicht erreicht zu haben und nie erreichen zu können – oder läßt alles Erreichbare eine Lücke in ihm, und alles Sichtbare eine Oede – oder fühlt er vorahnend seinen Flug erlahmen – oder haben diese glühenden, dürstenden, strebenden Creaturen unaufgelöste Geheimnisse zwischen sich und dem Schöpfer, die sie auf alle Weise zu enträthseln suchen – genug, Faustine war verändert. Viele, ich weiß es, werden sagen: das Schicksal hatte sie verwöhnt, sie war übersättigt von Glück, sie machte sich Chimären, weil die Wirklichkeit sich für sie erschöpft hatte, man muß in sich das Genügen finden, und wer das nicht thut, ist ohne innern Gehalt, und Alles, was die Klugheit der Welt und die schnöde Mittelmäßigkeit zu ihrem eignen Vortheil vorzubringen wissen. Aber Faustine war nicht das Kind, das in Thränen ausbricht, weil es nicht den Mond haschen kann, und ihr Schicksal ist darum so traurig, weil es der Mittelmäßigkeit gleichsam gewonnenes Spiel giebt, indem sie Fehler beging, die jener nie einfallen würden. Es ist auch traurig lehrreich, indem es zeigt, wie der glorioseste Mensch untergeht, sobald er sein Ich in der Welt isolirt, sei es auf die feinste, die geistigste Weise. Aber das wird die Menge schwerlich bemerken! sie versteht nur die Bestrebungen für das Ich, insofern sie sich auf Vermögen, Ansehen, schöne Kleider und ähnliche Aeußerlichkeiten beziehen.

»Jetzt mag ich nicht mehr reisen!« sagte Faustine; »ich weiß nun, daß die Erde überall dieselbe ist, und der Mensch ist es auch. Nur die Oberfläche wird bei jener durch das Clima, bei diesem durch das Temperament verändert. Das Neue ist immer etwas Altes, und etwas Anderes ist immer dasselbe; nur das äußere Kleid ward gewechselt. Das kann uns keine volle Befriedigung geben.«

»Volle Befriedigung ist mir undenkbar für den menschlichen Zustand auf der Erde,« sagte ich, »der Moment, wo ich inne würde, am Ziel alles Strebens zu sein, und keine Arena der Wünsche und Kämpfe mehr fände, würde mich trostlos machen, statt mich zu befriedigen. Fertig sein und doch nicht vollkommen – ist wie das Leben in harter Gefangenschaft.«

»Das äußere Leben kann fertig und das innere strebend sein,« sagte sie, »z.B. im Kloster.«

»Oder in jedem andern Verhältniß,« setzte ich hinzu, »z.B. in der Ehe.«

Sie war nicht trübe, nicht unzufrieden, nicht erkaltet gegen mich, nur von einer unbesieglichen Schwermuth. Ich bat, ich beschwor sie zu malen, zu dichten.

»Wozu?« antwortete sie. »Was nicht erster Ordnung ist, braucht gar nicht zu sein, und erster Ordnung sind etwa zwei oder drei Bücher und ebenso viel Kunstwerke: sie bestimmten eine Zeit, sie brachen eine Bahn, sie gaben eine Richtung. Dies hängt nicht sowol von dem ab, der sie schrieb, malte oder baute, sondern davon, daß Gott ihn im rechten Moment, als er ein tüchtiges Werkzeug brauchte, auf die Welt schickte. Ein solcher Genius ist für alle Zeiten groß; nur für eine Epoche es zu sein, ist demüthigend! denke doch: Gluck wird unsterblich genannt, aber von 1000 Menschen gähnen 999 bei seiner Musik.«

»Nach dem Urtheil der Menge darfst Du nicht hören, denn zuweilen beherrscht falscher Geschmack, durch irgend welche Laune einer Sommität sanktionirt, lange Epochen. Während des Baustyls der *Renaissance* war der gothische verachtet; erst jetzt lernt man allmälig ihn bewundern.«

»Freilich, er ist erster Ordnung!« sagte sie traurig.

Wie diese Muthlosigkeit mich grämte! wie ich sie anflehte, mir deren Grund zu sagen! ich warf ihr Mangel an Vertrauen vor.

»Nein!« rief sie, »meine Seele liegt offen vor der deinen! aber Du, Mario, Du willst nicht sehen, was ich doch ganz klar und deutlich sehe, daß meine Zeit aus ist. Schweig! schweig!« rief sie, als ich antworten wollte; »weshalb sollte ich das nicht sehen? weiß doch die Wasserlilie ihre Zeit, steigt zum Blühen auf die Wellen empor, und sinkt dann in die Tiefe zurück, befriedigt, still, mit dem Schatze seliger Erinnerungen. Die Blume weiß, wann ihre Zeit vorüber ist, und der Mensch bemüht sich, es nicht zu wissen! Diese Jahre mit Dir, Mario, waren meine höchste Blütezeit!«

»Du liebst mich nicht mehr!« rief ich mit bitterm Schmerz.

»Thor!« sagte sie ruhig, mit jenem extasischen Lächeln, das ich nur auf ihrem Antlitz gesehen habe; »Thor! hast Du nicht das Tabernakel meines Herzens berührt? ist nicht Bonaventura Dein Sohn? Nein, Mario, ich liebe Dich, ich habe nichts so wie Dich geliebt, ich werde n a c h Dir nichts lieben, aber ü b e r Dir – Gott! O Engel, meine Seele hat mit der deinen in solchen Extasen der Liebe und Begeisterung geschwelgt, daß Alles, was ihr in dieser Region widerfahren kann, nur Wiederholung, und vielleicht .... eine matte sein dürfte. Wir haben mein Herz so nach seinen Schätzen durchgraben, daß die Goldminen .... vielleicht erschöpft sind. Ehe die trostlose Gewißheit uns kommt –«

»Faustine!« sagte ich – ich weiß nicht, mit welchem Ton; denn sie fiel mir zitternd in die Arme und sprach ganz, ganz leise:

»Ah, wenn Du mir zürnst, hab' ich keinen Muth Dir meine Seele zu entfalten.«

Ich erkannte wohl, daß ich sie nicht einschüchtern durfte, umarmte sie und fragte gelassen, was sie denn zu thun gesonnen sei. Sie erwiderte:

»Ich will die Minen verschütten! ist noch edles Metall darin, so mög' es in der Tiefe ruhn! oben darauf will ich Blumen pflanzen.«

»Aber was mögtest .... was willst Du thun?« rief ich in Todesangst.

»Ganz Gott angehören und in ein Kloster gehen,« sagte sie; ich aber sprach bestimmt:

»Nie, Faustine! nie, niemals.«

Ich bemühte mich, die Sache für eine momentane Aufregung zu halten, zu glauben, daß irgend ein Buch, irgend ein Gespräch mit ihrem Beichtvater sie lebhaft erschüttert habe; doch ihre Lektüre bestand grade jetzt aus den alten römischen Geschichtschreibern, und ihr Beichtvater, der zugleich der der halben Florentiner Welt war, Pater Gerolamo, war mir sehr wohl bekannt als ein ruhiger, milder, kluger Mann, ohne alle ascetische Anforderungen.

Wir waren dazumal in Pisa, theils weil der Hof sich für einige Monate dort aufhielt, theils weil Faustine eine besondere Vorliebe für diese melancholische Stadt hatte. Wir bewohnten den Palast Lanfranchi am Lung' Arno, wo Lord Byron während seines Aufenthalts in Pisa wohnte, und bei uns lebte Graf Kirchberg, ein alter Freund Faustinens, der so eben nach Italien gekommen war. Zufällig oder absichtlich – ich weiß es nicht – äußerte er einmal im Gespräch mit mir, Andlau sei von den Aerzten seiner Gesundheit wegen nach Italien geschickt, er glaube nach Rom. Ich bat Kirchberg, nichts davon gegen Faustine zu erwähnen, sie sei ohnehin in einem krankhaft erregten Zustand. Er fand das auch, denn er hatte sie wirklich lieb. Nur Gleichgültige sahen uns mit immer gleichem Auge an. Wir machten täglich weite Spazierritte mit ihr, daran fand sie viel Vergnügen; und fast täglich auch ging sie in das *Campo santo*, »um Studien zu machen,« wie sie sagte. Doch umsonst begehrte ich, daß sie dort Zeichnungen und Skizzen entwerfe.

»Ich sehe und denke – ist denn das nicht genug? sehen nicht die meisten Leute, ohne zu denken?« fragte sie.

»Für Dich ist's nicht genug, Du mußt schaffen!« rief ich, und wie aus einem Munde mit mir sprach Kirchberg, der gegenwärtig war:

»Sie müssen produziren.«

»Immer soll ich mich ganz extraordinär benehmen, Ihr wunderlichen Leute,« sagte sie mit ihrer alten Heiterkeit; »aber doch nur grade so weit, wie Euch das Ungewöhnliche nicht extravagant erscheint. Ach, wie seid Ihr so schwerfällig, Ihr Subtilen! – Aber heut' hab' ich wirklich Lust, das Innere des *Campo santo* zu zeichnen; Ihr könnt allein spazieren reiten!«

Dieser Entschluß wurde dahin abgeändert, daß sie erst mit uns einen Spazierritt machte, worauf wir sie zum *Campo santo* begleiteteten und ihr Pferd mitnahmen. Sie blieb allein unter der Obhut der Kustoden. In zwei Stunden sollte ich ihr den Wagen schicken. – Ich war höchst befremdet, als der Wagen leer zurück kam und der Diener meldete, der Kustode habe gesagt, die Signora sei schon vor einer Stunde fortgefahren. Ihr Zeichnenbuch brachte er; der Kustode hatte es im *Campo santo* auf der Erde gefunden. Ich glaubte, Bekannte hätten Faustine zu einer Spazierfahrt entführt; doch war mir bänglich zu Muth, weil sie niemals bestimmte Stunden versäumte. Jetzt war es

halb 5; um 5 speisten wir, aber sie war um halb 6 noch nicht da. Dies überschritt all'
ihre Gewohnheiten! mich befiel unsägliche Angst, Kirchberg konnte mich nicht beruhigen; ich ließ aufs Gerathewohl anspannen. Da kam sie auf einmal, zu Fuß, im Reit-
anzug, leichenblaß, verstört, athemlos. Wie zerbrochen fiel sie in meine Arme, und
ächzte:

»Er ist da! er ist da! er stirbt und will mich nicht sehen.«

Andlau war in Pisa, todtkrank an seinen alten Brustwunden. Der milde Tag hatte
ihm große Sehnsucht gegeben, das *Campo santo* zu sehen, und er war in Begleitung
seines Arztes hingefahren. So wie Faustine ihn gewahrte, erkannte sie ihn, trotz der
Verwüstung der Krankheit, und flog ihm mit einem Weheruf entgegen. Andlau aber
streckte die Hand abwehrend aus, und sank ohnmächtig in die Arme des Arztes. So
ward er in den Wagen und in seine Behausung gebracht; Faustine begleitete ihn verzweiflungsvoll. Der Arzt beschwor sie, den Kranken zu verlassen, als er wieder zur
Besinnung gekommen, da ihr Anblick ihn tödtlich erschüttere.

»Er soll mich auch nicht sehen,« sagte sie und rang die Hände; »aber lassen Sie
mich nur hier im Vorzimmer, damit ich ihn sehen kann.«

So blieb sie zwei Stunden. Andlau erholte sich momentan.

»Er fragte nicht den Arzt nach mir, und wo ich geblieben sei,« sagte Faustine traurig;
»da fiel mir ein, wie Du besorgt sein müßtest, Mario, und ich kam heim.« – Dies erzählte sie Alles so hastig, so abgebrochen, daß wir sie kaum verstehen konnten.
Kirchberg ging sogleich zu Andlau; er kannte ihn aus früherer Zeit. Sie gab ihm einen
Diener mit, der ihr jede Stunde Nachricht bringen sollte. Anfangs lautete sie immer
gleichförmig. Faustine ging den ganzen Abend auf und ab im Zimmer und sagte zuweilen:

»Mario! Mario! Mario! ich tödte ihn! dem Clemens hab ich Leib und Seele getödtet; .... Ihm, das Herz .... und jetzt auch den Leib.«

Gegen Mitternacht kam Kirchberg und fragte Faustine, ob sie noch einmal Andlau
sehen wolle? er werde den Morgen nicht erleben. Sie stürzte sich in den Wagen;
Kirchberg begleitete sie. Er sagte mir hernach, sie habe sogleich neben Andlau niedergekniet, der mit geschlossenen Augen und schon über den Todeskampf hinaus auf
dem Bett gelegen. Sie sagte fast unhörbar: »Anastas!« – und er, der nichts mehr beachtete, hörte auf ihre Stimme, öffnete die Augen, lächelte, versuchte die Hand ihr zu
reichen, sagte »Ini!« und verschied. Ihr gehörte jeder Hauch seines Lebens, auch der
letzte.

In der folgenden Nacht, bei Fackelschein, fuhren wir in einer Barke mit seiner
Leiche den Arno hinab nach Livorno, wo sie auf dem protestantischen Gottesacker
ihre Ruhestatt fand. Faustine war dabei. Sie schien absichtlich all diese Emotionen zu
suchen, vielleicht in der Hoffnung, ihrem Schmerz dadurch einen Ausweg zu bahnen.

So macht man Wunden größer, damit die Kugel oder der Splitter herausgenommen werden können. Aber bei ihr blieb der Splitter. Sie verfiel in herzzerreißende Trauer. Zuweilen sagte sie mit heißer Sehnsucht:

»O, wenn Gott mir doch einen großen Gedanken in die Seele hauchen wollte, so wie sonst, daß ich ihn ausbilden, ihn auch Andern verständlich machen, und mich daran erfreuen könnte! aber nichts! nichts! meine Seele ist dürr und öde, keines Aufschwungs mächtig, ausgesperrt aus ihrem alten Himmel der Begeisterung, der Phantasie, der Kunst. Laß mich einen neuen suchen, Mario! den, welchen die Religion uns verheißt. Laß mich den Rest meines Lebens einzig Gott weihen, und in ein Kloster gehen.«

»Du tödtest Dich!« sagte ich mit dumpfer Verzweiflung.

»Nein,« antwortete sie, »dort werd' ich still werden. Mario, dies Fieber in mir, das durch nichts auf der Welt gestillt werden konnte, nicht durch die Liebe, nicht durch den Schmerz, nicht durch das Glück, nicht durch den Genuß, durch nichts, nichts, was sonst der Menschen Lust und Wonne oder ihre Vernichtung ausmacht – dies Fieber, das mich rastlos umhertreibt, obgleich ich wohl weiß, daß es nur genährt, nicht beschwichtigt wird durch die Aufregungen – o, laß mich versuchen, ob die Entsagung alles dessen, was ich bisher so glühend geliebt und gesucht, mir Befriedigung giebt. Die Unmöglichkeit ealmirt die wildesten Wünsche. An Klostermauern scheitert der äußere Reiz. Anfangs werd' ich selig darüber sein; dann wird eine Epoche der Verzweiflung kommen, wo meine unbändige Natur sich gegen den Zwang auflehnt; endlich aber legen sich Kämpfe und Stürme, der Friede kommt, die Ruhe in Gott –«

»Die Ruhe im Grabe!« rief ich.

»Mein geliebter Mario,« flehte sie, »gönne mir ein wenig, nur ein ganz wenig Ruhe diesseit des Grabes! wenn Du wüßtest, Herz, wie müde ich bin – nicht des Lebens, nicht der Liebe – aber vom Leben und Lieben, so würdest Du mich selbst auf andern Weg führen.«

»Du schlägst einen falschen ein,« sagte ich; »denn Du willst all Deinen Pflichten treulos werden. Hast Du nicht vor Gott gelobt, in Noth und Tod bei mir auszuharren? hast Du nicht die Kindheit Deines Sohnes zu bewachen und seine Jugend zu leiten? hast Du nicht den Genius zu pflegen? diese Gabe, himmlisch wie keine, – weil sie für Andere eine Stimme des Trostes, der Wahrheit, der Kraft wird.«

»Ach,« unterbrach sie mich, »Du glaubst noch an meinen Genius, mein armer Mario! und ich erreiche, was ich auch schaffen möge, nie das, was ich gewollt. Am letzten Schöpfungstage sah Gott, »daß es gut war«; die Menschen sprechen: der Genius mache gottähnlich, denn aus dem Nichts bilde er Wunder und Welten; so müßte ich denn doch auch sehen, »daß es gut ist«, und mich ruhen in diesem Bewußtsein.«

»Faustine!« rief ich, »vergiß nicht, daß der Dornenkranz untrennbar vom Strahlenkranz ist; die tiefsten Schmerzen haben den höchsten Genius geboren! wer auferstehen will, muß sich ans Kreuz schlagen lassen! wer gen Himmel fahren will, muß die Höllenfahrt nicht scheuen. Mit welchem Recht willst Du bequem nur die Glanzseiten genießen?«

Diese und ähnliche Vorstellungen hatten den Erfolg, daß sie sich mit gewaltiger Kraft emporriß, und in einem Moment der sublimsten Inspiration den »Moses« schrieb, dies Gedicht, welches die brennende Farbenpracht und die mystische Tiefe des Orients gleichsam abkühlt und aufklärt in den Krystallfluten ihrer Andacht, Sehnsucht und Begeisterung. Ueber die Erhabenheit der Gedanken, über die Weltumfassung der Anschauungen, über den lyrischen Schwung der Darstellung – breitet die Melancholie ihrer Seele einen duftigen, bläulich dämmernden Hauch, wie er in Kirchen schwebt, halb Weihraucharom, halb gedämpftes Sonnenlicht. O sie hat mit einem glorreichen Schwanengesang von der Welt Abschied genommen! So lange sie daran arbeitete, und bis sie das Manuscript zum Druck nach Deutschland schickte, war sie fast so lebendig, so angeregt, so frisch wie in ihrer besten Zeit. Nachdem es fort war, sank sie zusammen: der Erfolg war ihr gleichgültig.

»Ich habe mich erschöpft,« sprach sie; »Höheres kann ich nicht – Geringeres mag ich nicht leisten. Ich habe das Meine gethan! nun ists genug für die Welt! nun muß ich gehen, mein geliebter Mario, und wie die alten Anachoreten einzig mit Gott verkehren. Ich scheide nicht gleich einer büßenden Magdalene, ich glaube nicht, im Staub und in der Asche mit blutigen Kasteiungen d a s gutmachen zu müssen, was ich gefehlt habe. Ich will nur Aug und Seele unmittelbar in Anschauung Gottes versenken, statt, wie bisher, in seinen Werken und Geschöpfen ihn zu lieben und zu verherrlichen, und statt mich durch das Sichtbare an das Unsichtbare – durch das Vergängliche an das Ewige erinnern zu lassen.«

Ich erinnerte sie an Bonaventura und an das Glück, worauf sie verzichte durch die Trennung von ihm. Mit einer Glut und Innigkeit, die mich vor dem Gedanken zittern machten, daß all diese Flammen unter dem Schleier lodern sollten, verlodern – oder verzehrend sich nach innen wenden; rief sie:

»Die Trennung von Dir überwiegt jede andere! Dich nicht zu sehen, nicht mit Dir die Gedanken auszutauschen, nicht vor Dir die Seele hinzubreiten, nicht für Dich Sonnen, Sterne und Flammen funkeln zu lassen, nicht in dem Liebesglanz Deiner Augen das Herz zu baden – Mario! Mario! das ist ein wahnsinniger Schmerz, den ich nicht überwinden könnte, wenn ich nicht glaubte, ein Opfer bringen zu müssen.«

»Aber Du opferst mich!« rief ich.

»Nicht Dich, nicht mich! .... sondern uns,« sagte sie. Sie hielt nach ihrer anmuthigen Art meinen Kopf zwischen ihren Händen, und sah mich an mit ihrem seltsam zauberhaften Blick, dem kein Mann widerstehen konnte. Er glitt in die Seele wie ein langsamer Blitz, so intensiv zerschmelzend und versengend. Ich hatte ihr oft gesagt, sie brauche nicht für einen dereinstigen Platz im Himmel zu sorgen, sondern nur den heiligen Petrus mit diesem Blick anzuschauen, er werde ihr alsbald die Pforte öffnen. Mich überfiel die unermeßliche Größe des drohenden Verlustes, und ich sprach mit harter Bitterkeit:

»Und was willst Du denn eigentlich werden? *Soeur grise* etwa? und Deine Nerven beben beim Anblick einer Verstümmelung, und die Luft eines Krankenzimmers macht Dich ohnmächtig! – Oder Ursulinerin, die kleinen Kindern das Buchstabiren und das Einmaleins beibringt? .... und Du wirst ungeduldig, wenn Deine raschen Worte und Gedanken nicht schnell genug Verständniß und Antwort finden!«

Sanft und demüthig antwortete sie: »Nein, Herz, die irdische Geschäftigkeit war nie mein Gebiet. Du hast ganz Recht: darin bin ich ungeschickt. Ich bedarf eines ganz abgeschiedenen und beschaulichen Lebens, heilige Bücher lesen, Psalmen dichten, die Orgel spielen, viel, viel beten! ich finde, was ich brauche .... bei den *Vive sepolte*.« – Die *Vive sepolte*! schon der Name macht schaudern! –

Ich besuchte den Pater Gerolamo, und that ihm einen Eid, daß er die Beichte nicht verletze, indem er mit mir von Faustinens innerstem Seelenzustande spreche. Ich sagte ihm genau Alles, wie sie sich über ihr Vorhaben gegen mich äußerte, und er versicherte, daß sie gerade so auch zu ihm rede, und sich durch die Einwürfe nicht stören lasse, welche er ihr anfangs gemacht.

»Es ist eine Vocation, Signor,« sprach er gelassen und überzeugt.

Faustine war in ihrem Entschluß so fest und sicher, daß ihre Ruhe zuweilen auf mich überging, und mich ihr Glück, wie sie es nun einmal begriff, hoffen ließ, ganz fern, ganz leise. Daß das meine in Trümmer ging, bekümmerte mich am wenigsten, und ich zürnte ihr nicht, weil s i e nicht darauf Rücksicht nahm. Ich sagte mir, ich hätte auf wundersame Schicksale gefaßt sein müssen von dem Augenblicke an, wo ich Faustine in mein Leben verwebt; denn unbeseligt und unverwundet bleibe Keiner in dem Verkehr mit solchem Wesen; – Gott habe für außerordentliche Geschöpfe außerordentliche Prüfungen und Entwickelungen aufgespart, und Faustine, die sich nie in vaporöser Religionsschwärmerei verloren, möge wirklich im Gefühl der Unzulänglichkeit menschlichen Glückes, prophetisch eine bessere Zukunft für sich wahrnehmen. In Augenblicken der Exaltation wiederholte ich mir, ein Herz wie das ihre könne an keinem Menschenherzen Genüge haben, und nur von Gott, dem Herzen des Alls, verstanden, gewürdigt, erfüllt werden. O ich sann mir erhabene Tröstungen auf und – gab meine Einwilligung. Der Papst lös'te unsere Ehe, und ertheilte Faustine die Dispensation, ohne Noviziat den Schleier bei den *Vive sepolte* in Rom nehmen zu dürfen. Sie schritt der Erfüllung ihres Schicksals entgegen, zuversichtlich, hoffnungsreich. Sie ging, wie Moses, einsam auf die Höhe des Nebo, um hinüber zu sehen in das ersehnte Canaan.

Kein Wort, keine Sylbe von den Verzweiflungen des Abschieds und der letzten Trennung! Es giebt Geister, die dem Magus überlegen sind und ihn tödten, wenn er sie hervorruft! – – Ich war Zeuge ihrer Einkleidung. Bis zum letzten Moment wollt' ich sie sehen! kein profanes Auge sollte länger als das meine auf ihr ruhen! – die schönen Locken fielen – der Schleier sank über die holde Gestalt, das begeisterte Antlitz, die glühende Brust – die Sonne meines Lebens versank in Wolken! – – – Und wenn nur ihr eine neue Aurora gedämmert hätte! aber nein, nein, und tausendmal nein! .... Denn sie ist todt, Gräfin, Sie wissen es ja, vor fünf Monaten ist sie gestorben, kaum anderthalb Jahr nach ihrer Einkleidung. Der Beichtvater ihres Klosters schrieb mir, sie sei an kurzer Krankheit gottselig verschieden, und der Bischof des Klosters, ein Cardinal in Rom, den ich wohl kannte, schrieb dasselbe, und viel Lobpreisungen ihrer Demuth, ihrer Milde, ihrer Frömmigkeit dazu. Das sollte mich trösten, meinten sie; mich trösten dafür, daß sie – o nicht an jener kurzen Krankheit, – sondern am langen Gram, an der bittern Enttäuschung, vielleicht an der zernagenden Reue gestorben ist. Denn die Ueberzeugung ist unerschütterlich in mir: zum dritten Stadium des Klosterlebens, das sie einst mir beschrieb, ist sie nicht gelangt; das zweite hat sie aufgerieben. Sie hat sich die Flügel im Käfig wund geschlagen, und ist daran verblutet. Sie hat zu spät eingesehen, daß unser Leben, wie das des Moses, nichts ist, als der Hinblick nach dem verheißenen Canaan; sie hat ihre gloriose Natur in dumpfer Trostlosigkeit zu Ende gehen lassen, und ihren Irrthum mit dem Tode gebüßt! – Ruhe Dir, Du ruheloses Herz!

Von mir hab' ich nichts zu sagen. Sie werden fühlen, daß seit meiner Trennung von ihr die Sonne mir kälter ist, die Nacht länger, mein Auge trüber, meine Bewegung schwerer, mein Gedanke langsamer; daß mir die jubelnde Freude am Leben, an der Natur, an der Kunst erstorben ist, weil sie es nicht mehr durchgeistet; daß mir zu Muth ist, als könne mein Herz seine bei ihr gelernten Pendelschwingungen nicht ausschwingen. Jetzt ruft mich der kürzlich erfolgte Tod meines herrlichen Vaters nach Deutschland. Ja, todt ist der Mann, den ich am meisten verehrt habe, todt das Weib, das ich einzig geliebt habe! aber der Gegenstand meiner süßesten Hoffnungen lebt, blickt mit Faustinens Auge, spricht mit ihrer Stimme, liebt mit ihrer Glut, ist ihr Vermächtniß .... und mein einziges Kind.«

Mario schwieg, und faltete die Hände um Bonaventuras Haupt, der längst auf seinem Schooß eingeschlafen war. Zwei Thränen rollten langsam über sein stolzes, undurchdringliches Antlitz, das jetzt, im Mondlicht, noch bleicher als gewöhnlich war. Ich liebe Männer, denen nicht der Gram, nicht der Schmerz, sondern Freude und Rührung eine Thräne erpreßt.

Wir schüttelten die Hände. Dann stand Mario auf, nahm Bonaventura auf den Arm und ging ans Ufer zu einer der Gondeln, die dort immer stationiren. Leises Plätschern im Wasser verkündete, daß er fortfuhr. Ich habe ihn nicht wiedergesehen, denn in derselben Nacht verließen wir Venedig – aber gehört, daß ihm im Herbst sein Posten in Neapel angewiesen worden sei.

Damals sagte ich zu meinem Gefährten: »Frauen wie Faustine sind der Racheengel unseres Geschlechtes, welche die Vorsehung zuweilen, aber selten auf die Erde schickt, und denen die Allerbesten unter Euch verfallen; denn nur die Allerbesten unter Euch sind zu dem bereit, wozu die meisten Frauen bereit sind: ein Herz für ein Herz, ein Leben für ein Leben, eine ganze Existenz für eine ganze Existenz zu geben, und sie wähnen, diesen Tausch bei solchen Frauen zu finden, deren glutvolle Unersättlichkeit eine Bürgschaft unerschöpflichen Gefühls zu geben scheint. Ein so strahlendes Wesen, meinen sie, müsse ein verklärtes sein; aber mit nichten! eine solche feingeistige Vampyrnatur verbrennt und verbraucht – zuerst den Andern, dann sich selbst. Die mittelmäßigen Männer hüten sich vor ihnen; sie, die ewig Bedürftigen, wollen immer haben; die Bessern unter Euch wollen auch geben. Nehmt Euch vor den Faustinen in Acht! Es ist nicht mit ihnen auf gleichem Fuß zu leben! Es ist immer die Geschichte vom Gott und der Semele – Nein! nicht vom Gott – vom Dämon.

Verzeichnis lieferbarer Titel
in der *Sammlung Zenodot*

Allgemeines Programm

Willibald Alexis: Die Hosen des Herrn von Bredow.
260 Seiten. ISBN 978-3-86640-111-2

Anonym: Fortunatus.
116 Seiten. ISBN 978-3-86640-164-8

Berthold Auerbach: Barfüßele.
152 Seiten. ISBN 978-3-86640-117-4

Ulrich Bräker: Etwas über William Shakespeares Schauspiele.
76 Seiten. ISBN 978-3-86640-223-2

Hermann Conradi: Adam Mensch.
244 Seiten. ISBN 978-3-86640-103-7

Johann Jakob Engel: Herr Lorenz Stark.
112 Seiten. ISBN 978-3-86640-171-6

Paul Ernst: Der schmale Weg zum Glück.
220 Seiten. ISBN 978-3-86640-112-9

Hermann Essig: Der Taifun.
248 Seiten. ISBN 978-3-86640-224-9

Franz Michael Felder: Reich und arm.
260 Seiten. ISBN 978-3-86640-131-0

Karl Emil Franzos: Leib Weihnachtskuchen und sein Kind.
144 Seiten. ISBN 978-3-86640-170-9

Friedrich Gerstäcker: Die Regulatoren in Arkansas.
376 Seiten. ISBN 978-3-86640-177-8

Hans Jakob Christoffel von Grimmelshausen: Trutz Simplex.
96 Seiten. ISBN 978-3-86640-139-6

Wilhelm Hauff: Das Bild des Kaisers.
80 Seiten. ISBN 978-3-86640-192-1

Carl Hauptmann: Einhart der Lächler.
224 Seiten. ISBN 978-3-86640-134-1

Johann Gottfried Herder: Abhandlung über den Ursprung der Sprache.
84 Seiten. ISBN 978-3-86640-222-5

Eduard von Keyserling: Abendliche Häuser.
112 Seiten. ISBN 978-3-86640-189-1

Eduard von Keyserling: Beate und Mareile.
96 Seiten. ISBN 978-3-86640-110-5

Eduard von Keyserling: Dumala.
80 Seiten. ISBN 978-3-86640-109-9

Eduard von Keyserling: Wellen.
104 Seiten. ISBN 978-3-86640-186-0

Klabund: Bracke.
100 Seiten. ISBN 978-3-86640-191-4

Klabund: Kunterbuntergang des Abendlandes.
72 Seiten. ISBN 978-3-86640-185-3

Friedrich Maximilian Klinger: Geschichte eines Teutschen der neusten Zeit.
188 Seiten. ISBN 978-3-86640-195-2

Adolph Freiherr von Knigge: Benjamin Noldmanns Geschichte der Aufklärung in Abyssinien.
228 Seiten. ISBN 978-3-86640-160-0

Hermann Kurz: Die beiden Tubus.
68 Seiten. ISBN 978-3-86640-228-7

Otto Ludwig: Die Heiteretei und ihr Widerspiel.
188 Seiten. ISBN 978-3-86640-201-0

Theodor Mundt: Madonna.
160 Seiten. ISBN 978-3-86640-113-6

Robert Müller: Tropen.
240 Seiten. ISBN 978-3-86640-202-7

Wilhelm von Polenz: Der Büttnerbauer.
284 Seiten. ISBN 978-3-86640-204-1

Wilhelm Raabe: Alte Nester.
192 Seiten. ISBN 978-3-86640-207-2

Otto Ruppius: Das Vermächtnis des Pedlars.
196 Seiten. ISBN 978-3-86640-104-4

Otto Ruppius: Der Pedlar.
176 Seiten. ISBN 978-3-86640-101-3

Gustav Sack: Ein verbummelter Student.
116 Seiten. ISBN 978-3-86640-116-7
Paul Scheerbart: Lesabéndio.
148 Seiten. ISBN 978-3-86640-187-7
Paul Scheerbart: Tarub, Bagdads berühmte
Köchin.
164 Seiten. ISBN 978-3-86640-208-9
Friedrich Spielhagen: Hammer und Amboß.
616 Seiten. ISBN 978-3-86640-209-6
Friedrich Spielhagen: Zum Zeitvertreib.
156 Seiten. ISBN 978-3-86640-136-5
Carl Spitteler: Die Mädchenfeinde.
72 Seiten. ISBN 978-3-86640-184-6
Ludwig Thoma: Andreas Vöst.
216 Seiten. ISBN 978-3-86640-168-6
Ludwig Thoma: Der Ruepp.
148 Seiten. ISBN 978-3-86640-182-2
Ludwig Thoma: Der Wittiber.
156 Seiten. ISBN 978-3-86640-181-5
Ludwig Tieck: Der Aufruhr in den Cevennen.
172 Seiten. ISBN 978-3-86640-212-6
Ludwig Tieck: Der Geheimnisvolle.
76 Seiten. ISBN 978-3-86640-214-0
Ludwig Tieck: Der Hexen-Sabbath.
156 Seiten. ISBN 978-3-86640-210-2
Ludwig Tieck: Dichterleben (Erster Teil).
76 Seiten. ISBN 978-3-86640-216-4

Ludwig Tieck: Die Gesellschaft auf dem
Lande.
80 Seiten. ISBN 978-3-86640-213-3
Alexander von Ungern-Sternberg: Die Zerissenen.
96 Seiten. ISBN 978-3-86640-211-9
Wilhelm Waiblinger: Die Briten in Rom.
92 Seiten. ISBN 978-3-86640-215-7
Jakob Wassermann: Christian Wahnschaffe.
584 Seiten. ISBN 978-3-86640-153-2
Jakob Wassermann: Das Gänsemännchen.
412 Seiten. ISBN 978-3-86640-156-3
Jakob Wassermann: Die Juden von Zirndorf.
200 Seiten. ISBN 978-3-86640-154-9
Georg Weerth: Fragment eines Romans.
120 Seiten. ISBN 978-3-86640-219-5
Johann Karl Wezel: Hermann und Ulrike.
600 Seiten. ISBN 978-3-86640-114-3
Georg Wickram: Der Goldtfaden.
136 Seiten. ISBN 978-3-86640-152-5
Georg Wickram: Der jungen Knaben Spiegel.
88 Seiten. ISBN 978-3-86640-218-8
Georg Wickram: Von guten und bösen
Nachbarn.
120 Seiten. ISBN 978-3-86640-217-1
Ernst Adolf Willkomm: Die Europamüden.
268 Seiten. ISBN 978-3-86640-220-1

Bibliothek der Frauen

Charlotte von Ahlefeld: Erna.
148 Seiten. ISBN 978-3-86640-106-8
Charlotte von Ahlefeld: Marie Müller.
108 Seiten. ISBN 978-3-86640-115-0
Louise Aston: Aus dem Leben einer Frau.
72 Seiten. ISBN 978-3-86640-105-1
Louise Aston: Lydia.
140 Seiten. ISBN 978-3-86640-107-5
Louise Aston: Revolution und Contrerevolution.
180 Seiten. ISBN 978-3-86640-159-4
Sophie Bernhardi: Evremont.
496 Seiten. ISBN 978-3-86640-161-7
Ida Boy-Ed: Fanny Förster.
184 Seiten. ISBN 978-3-86640-119-8

Ida Boy-Ed: Vor der Ehe.
192 Seiten. ISBN 978-3-86640-120-4
Lily Braun: Lebenssucher.
288 Seiten. ISBN 978-3-86640-121-1
Lena Christ: Bauern.
92 Seiten. ISBN 978-3-86640-127-3
Lena Christ: Die Rumplhanni.
104 Seiten. ISBN 978-3-86640-122-8
Lena Christ: Madam Bäurin.
100 Seiten. ISBN 978-3-86640-123-5
Ada Christen: Jungfer Mutter.
96 Seiten. ISBN 978-3-86640-108-2
Hedwig Dohm: Christa Ruland.
156 Seiten. ISBN 978-3-86640-126-6
Hedwig Dohm: Schicksale einer Seele.
212 Seiten. ISBN 978-3-86640-125-9

Hedwig Dohm: Sibilla Dalmar.
192 Seiten. ISBN 978-3-86640-124-2
Hedwig Dohm: Wie Frauen werden.
80 Seiten. ISBN 978-3-86640-178-5
Dora Duncker: Jugend.
124 Seiten. ISBN 978-3-86640-174-7
Marie von Ebner-Eschenbach: Agave.
108 Seiten. ISBN 978-3-86640-179-2
**Marie von Ebner-Eschenbach: Ein kleiner
Roman.**
76 Seiten. ISBN 978-3-86640-167-9
**Marie von Ebner-Eschenbach: Lotti, die
Uhrmacherin.**
88 Seiten. ISBN 978-3-86640-163-1
Marie von Ebner-Eschenbach: Unsühnbar.
156 Seiten. ISBN 978-3-86640-162-4
Marianne Ehrmann: Amalie.
320 Seiten. ISBN 978-3-86640-128-0
**Marianne Ehrmann: Nina's Briefe an ihren
Geliebten.**
124 Seiten. ISBN 978-3-86640-129-7
**Caroline Auguste Fischer: Gustavs Verirrun-
gen.**
72 Seiten. ISBN 978-3-86640-172-3
Caroline Auguste Fischer: Margarethe.
100 Seiten. ISBN 978-3-86640-194-5
**Caroline de la Motte Fouqué: Der Spanier
und der Freiwillige in Paris.**
88 Seiten. ISBN 978-3-86640-133-4
**Caroline de la Motte Fouqué: Magie der
Natur.**
100 Seiten. ISBN 978-3-86640-132-7
Caroline de la Motte Fouqué: Resignation.
328 Seiten. ISBN 978-3-86640-250-8
Louise von François: Der Katzenjunker.
104 Seiten. ISBN 978-3-86640-225-6
**Louise von François: Die Geschichte meines
Urgroßvaters.**
80 Seiten. ISBN 978-3-86640-229-4
Louise von François: Judith, die Kluswirtin.
108 Seiten. ISBN 978-3-86640-227-0
**Louise von François: Stufenjahre eines
Glücklichen.**
384 Seiten. ISBN 978-3-86640-175-4
Ilse Frapan: Arbeit.
200 Seiten. ISBN 978-3-86640-149-5
Ilse Frapan: Zwischen Elbe und Alster.
116 Seiten. ISBN 978-3-86640-226-3

**Henriette Frölich: Virginia oder Die Kolonie
von Kentucky.**
136 Seiten. ISBN 978-3-86640-176-1
Ida Gräfin von Hahn-Hahn: Gräfin Faustine.
184 Seiten. ISBN 978-3-86640-221-8
Elisabeth von Heyking: Tschun.
148 Seiten. ISBN 978-3-86640-141-9
Therese Huber: Klosterberuf.
108 Seiten. ISBN 978-3-86640-234-8
Therese Huber: Luise.
90 Seiten. ISBN 978-3-86640-232-4
Maria Janitschek: Frauenkraft.
136 Seiten. ISBN 978-3-86640-231-7
Maria Janitschek: Kreuzfahrer.
100 Seiten. ISBN 978-3-86640-230-0
Maria Janitschek: Ninive.
128 Seiten. ISBN 978-3-86640-183-9
Fanny Lewald: Diogena.
80 Seiten. ISBN 978-3-86640-198-3
Fanny Lewald: Eine Lebensfrage.
216 Seiten. ISBN 978-3-86640-200-3
Fanny Lewald: Jenny.
212 Seiten. ISBN 978-3-86640-199-0
Eugenie Marlitt: Goldelse.
260 Seiten. ISBN 978-3-86640-196-9
Grete Meisel-Hess: Die Intellektuellen.
248 Seiten. ISBN 978-3-86640-203-4
**Malwida Freiin v. Meysenbug: Himmlische
und irdische Liebe.**
92 Seiten. ISBN 978-3-86640-193-8
Malwida Freiin von Meysenbug: Unerfüllt.
80 Seiten. ISBN 978-3-86640-205-8
Benedikte Naubert: Alf von Dülmen.
244 Seiten. ISBN 978-3-86640-158-7
Louise Otto: Schloß und Fabrik.
280 Seiten. ISBN 978-3-86640-165-5
Henriette von Paalzow: Ste. Roche.
536 Seiten. ISBN 978-3-86640-190-7
**Franziska Gräfin zu Reventlow: Der Selbst-
mordverein.**
100 Seiten. ISBN 978-3-86640-188-4
**Franziska Gräfin zu Reventlow: Herrn Da-
mes Aufzeichnungen.**
92 Seiten. ISBN 978-3-86640-206-5
Johanna Schopenhauer: Richard Wood.
264 Seiten. ISBN 978-3-86640-155-6
Bertha von Suttner: Martha's Kinder.
220 Seiten. ISBN 978-3-86640-235-5

Friederike Helene Unger: Albert und Alber-
   tine.
   128 Seiten. ISBN 978-3-86640-169-3
Friederike Helene Unger: Bekenntnisse einer
   schönen Seele.
   112 Seiten. ISBN 978-3-86640-180-8

Friederike Helene Unger: Julchen Grünthal.
   216 Seiten. ISBN 978-3-86640-135-8
Wilhelmine Karoline von Wobeser: Elisa
   oder das Weib wie es seyn sollte.
   176 Seiten. ISBN 978-3-86640-102-0
Sophie Wörishöffer: Robert der Schiffsjunge.
   452 Seiten. ISBN 978-3-86640-151-8

Bibliothek der Märchen

Ludwig Aurbacher: Büchlein für die Jugend.
   144 Seiten. ISBN 978-3-86640-118-1
Ludwig Aurbacher: Ein Volksbüchlein.
   328 Seiten. ISBN 978-3-86640-166-2
Bernhard Baader: Volkssagen aus dem Lande Baden und den angrenzenden Gegen-
   den.
   312 Seiten. ISBN 978-3-86640-173-0
Karl Lyncker: Deutsche Sagen und Sitten in
   hessischen Gauen.
   244 Seiten. ISBN 978-3-86640-130-3

Johann Andreas Christian Löhr: Das Buch
   der Mährchen.
   584 Seiten. ISBN 978-3-86640-197-6
Karoline Stahl: Fabeln, Mährchen und Erzäh-
   lungen für Kinder.
   120 Seiten. ISBN 978-3-86640-236-2
Jodocus Deodatus Hubertus Temme: Die
   Volkssagen von Pommern und Rügen.
   296 Seiten. ISBN 978-3-86640-157-0

Autobiographische Bibliothek

Ernst Moritz Arndt: Erinnerungen aus dem
   äußeren Leben.
   264 Seiten. ISBN 978-3-86640-138-9
Lena Christ: Erinnerungen einer Überflüssi-
   gen.
   156 Seiten. ISBN 978-3-86640-137-2
Theodor Fontane: Von Zwanzig bis Dreißig.
   292 Seiten. ISBN 978-3-86640-140-2
Franz Grillparzer: Selbstbiographie.
   128 Seiten. ISBN 978-3-86640-142-6
Karl Gutzkow: Aus der Knabenzeit.
   176 Seiten. ISBN 978-3-86640-143-3
Ida Gräfin von Hahn-Hahn: Von Babylon
   nach Jerusalem.
   116 Seiten. ISBN 978-3-86640-144-0

August Wilhelm Iffland: Über meine thea-
   tralische Laufbahn.
   100 Seiten. ISBN 978-3-86640-145-7
Karl Immermann: Düsseldorfer Anfänge.
   Maskengespräche.
   84 Seiten. ISBN 978-3-86640-146-4
Malwida Freiin von Meysenbug: Der Lebens-
   abend einer Idealistin.
   256 Seiten. ISBN 978-3-86640-147-1
Clara Müller-Jahnke: Ich bekenne..
   128 Seiten. ISBN 978-3-86640-148-8
Anton Wildgans: Musik der Kindheit.
   76 Seiten. ISBN 978-3-86640-150-1